南山大学学術叢書

遠藤周作と探偵小説

痕跡と追跡の文学

金 承哲 キム・スンチョル

教文館

今やかの長追ひの音は
　　　身に近く迫って来た。
あの声は轟く海の如く私のまはりにある。
……かの音は私のそばにとまった。
　　　　私のやみは、畢竟するに、
　　　　　ひろげられた愛の御手の影であるか。

——フランシス・トムソン「天の猟犬」より（佐藤清訳）

遠藤周作と探偵小説——痕跡と追跡の文学

目次

装丁　森　裕昌
写真　稲井　勲

凡　例

遠藤周作の作品からの引用は、以下の要領で本文の中に表記する。

▲『遠藤周作文学全集』（新潮社）からの引用は、その作品が掲載されている全集の巻と頁数を記す。例えば、『遠藤周作文学全集2』にある『沈黙』からの引用は（2・二三四頁）とする。

▲『遠藤周作文学全集』に載せられていない作品からの引用は、作品のタイトルと頁数を記入する。（例：『沈黙の声』五四頁）

▲引用文中の〔　〕は本書の著者が説明のために補足した。

▲洋書文献からの引用で訳者の記載がない場合は著者の私訳である。

はじめに

一 「*Catholique* 小説と *roman policier* との関係」という書き込み

『作家の日記[1]』によると、一九五二年一月二八日、フランスに留学してから三年目に入っていた遠藤周作は、評論家ジャック・マドールの『グレアム・グリーン[2]』を読んで、次のように日記に書き残した。

J・マドールのグレアム・グリーン論をよみながら〈カトリック小説と探偵小説〉との関係を非常に面白く思った。マドールはグリーンの手法の三大特徴をあげている。

1 映画的手法、découpage と同時性。例えば『権力と栄光』で神父が死ぬ場面を直接には描かずに、母親が子供に聖人伝をよんできかす場面で切る。

2 次に、さりげなく、使用された「物」が、主人公の運命に関係する事。

（1）『作家の日記』は、遠藤周作がフランスに留学してから帰国するまでの期間（一九五〇年六月一〇日－一九五三年一月一二日）の記録である。

（2）Jacques Madaule, *Graham Greene*, Paris, Éditions de Temps Présent, 1949.

『内なる私』におけるナイフ。

『それは戦場』におけるピストル。

この点マドールは次のような解釈をしている。

そこでは一つの物体が問題となるがしかし、それは、物体をこえる意味がになわされている。この物体は我々を秘蹟にみちびくのである。つまりそれは象徴である。象徴である故にカトリック的考えであり、プロテスタンティズムはかかる象徴の価値をみとめぬ。
3　さて最後にグリーンと探偵小説の関係である。しかしグリーンと限定せずに一般のカトリック小説として良いと思う（何故ならチェスタートンもこのジャンルにはいるから）。
マドールは次のように説明している。

〝カトリック作家は神ではない。彼は人間の眼がみる事の出来るものをみ、我々の耳が聞く事の出来るものをきく。彼は我々が知っている事を知っているだけで、それ以上の事を知らぬ。……人間的運命は、基督教的見地において、謎の運命、言いかえれば、神秘的である。神秘と謎とは同じ現実の両局面である。謎は本質的に不可視の神秘界の、目に見える映像である(3)〟。

こうしてカトリック小説は、探偵小説の手法を効用する事が出来るのである。

これを読みながら、やはり、ぼくは、小説の技術を学ぶには、映画と探偵小説に頼るのがいいと思う。

（15・一六九－一七〇頁、傍点引用者）

マドール（一八九八－一九九三年）は、歴史研究者でありドストエフスキーの研究家として著名であるが、フランスにおけるグレアム・グリーンの受容にも大きな貢献をした人物である。遠藤がマドールの『グレアム・グリーン』をいかに熟読していたかは、現在、町田市民文学館に保管されている遠藤周作の蔵書からも確認することができる。[4] 彼が読んだマドールの本には、至るところに下線が引かれ、また細かい書き込みがなされている。久松健一も指摘したように、遠藤は「グリーンと『女性』、『肉欲』、『宗教』といった観点から本文を細かに読んで」いたし、この本が「遠藤のグレアム・グリーン観を培った一冊であることは間違いない[5]」。

しかしながら、この本を通して培われた「遠藤のグレアム・グリーン観」は、決して、「グリーンと『女性』、『肉欲』、『宗教』といった観点」に限られたものではなかった。むしろ、この本を通して遠藤が会得したものは、「グリーンと『女性』、『肉欲』、『宗教』といった観点」のより奥底にあるもの、すなわち、遠藤も記したように、「グリーンと限定せずに一般のカトリック小説」に対する新しい目覚めであった。

マドールの本は、「序論」と「結論」の他に、「イギリス」(L' Angleterre)、「追跡される人間」(Les hommes traqués)、「優しさの問題」(Le point de tendresse)、「女の役」(Le rôle des femmes)、そして「グレアム・グリーンの手法」(L' art de Graham Greene) という五つの章によって構成されているが、第五章「グレアム・グリーンの手法」(三四八頁) の余白には、「***Catholique*** 小説と ***roman policier*** との関係」という万年筆による遠藤自らの書き込みが鮮明に残っている。この書き込みから、先ほど引用した日記の部分、すなわち、「J・マドールのグレアム・グリーン論をよみながら〈カトリック小説と探偵小説〉との関係を非常に面白く思った」という一文が生み出されたに違いないであろう。

(3) *ibid*., p. 348–349.
(4)『光の序曲――町田市民文学館蔵　遠藤周作蔵書目録(欧文編)』町田市民文学館編集(久松健一監修)、町田市民文学館ことばらんど、二〇〇七年参照。
(5) 久松健一「遠藤周作がフランス語の書物群から受けた影響――旧蔵書の調査を通じて」『明治大学人文科学研究所紀要』第69冊(二〇一一年)六八頁。

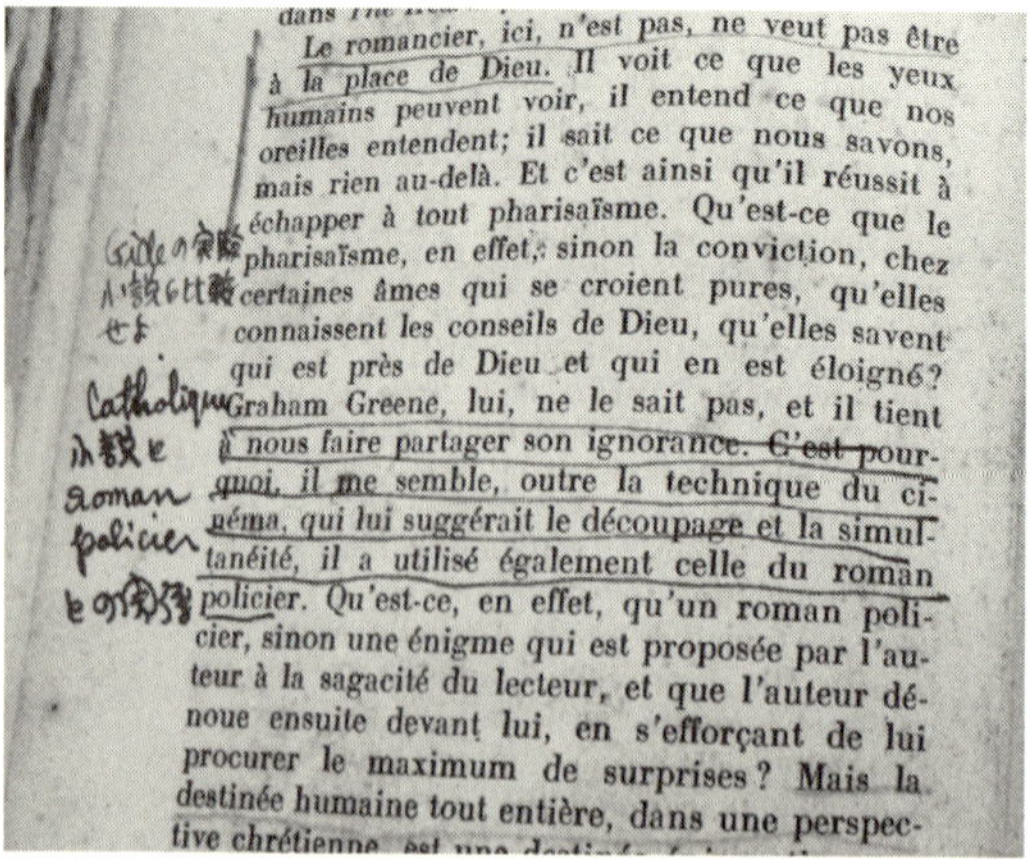

Le romancier, ici, n'est pas, ne veut pas être à la place de Dieu. Il voit ce que les yeux humains peuvent voir, il entend ce que nos oreilles entendent; il sait ce que nous savons, mais rien au-delà. Et c'est ainsi qu'il réussit à échapper à tout pharisaïsme. Qu'est-ce que le pharisaïsme, en effet, sinon la conviction, chez certaines âmes qui se croient pures, qu'elles connaissent les conseils de Dieu, qu'elles savent qui est près de Dieu et qui en est éloigné? Graham Greene, lui, ne le sait pas, et il tient à nous faire partager son ignorance. C'est pourquoi, il me semble, outre la technique du cinéma, qui lui suggérait le découpage et la simultanéité, il a utilisé également celle du roman policier. Qu'est-ce, en effet, qu'un roman policier, sinon une énigme qui est proposée par l'auteur à la sagacité du lecteur, et que l'auteur dénoue ensuite devant lui, en s'efforçant de lui procurer le maximum de surprises? Mais la destinée humaine tout entière, dans une perspective chrétienne

グレアム・マドール『グレアム・グリーン』に
遠藤が書き込みをしている

「*Catholique* 小説と *roman policier* との関係」という書き込みは、遠藤がマドールを通して得た「グリーンの手法」の核心であると同時に、彼にカトリック小説そのものについての新しい視座が与えられたという徴表でもある。というのは、遠藤がマドールから学んだものとしてまとめた三つの点、すなわち、置き換えの手法、象徴としての物理解、そして人間の本質の神秘性は、遠藤の創作活動の駆動力になったからである。そして、「*Catholique* 小説と *roman policier* との関係」についての遠藤の興味は、「カトリック小説は、探偵小説の手法を効用する事が出来る」という目覚めを経て、「ぼくは、小説の技法を学ぶには、映画と探偵小説に頼るのがいいと思う」という自覚にまで発展したのである。そしてその自覚は、やがて「二十八日の計画」と呼ばれるほど確固たるものとして樹立されることになる。それから遠藤は、その「二十八日の計画」に忠実に従い、フランス語に翻訳された英米圏の探偵小説を着々と読んでいくことになる。例えば、一九五二年二月三日付の日記には、その「二十八日の計画」が実行されている様子が窺える。

　午後からダーシャル・ハメットの『見つからないもの』（影なき男《ザ・シン・マン》）を読んだ。二十八日の計画に従って、探偵小説を読もうと考えたのだ。

（『作家の日記』15・一七三頁、傍点引用者）

ここに登場するダーシャル・ハメット（Samuel Dashiell Hammett, 一八九四－一九六一年）は、ハードボイルド小説の先駆けと評価されるアメリカの作家である。『影なき男』の邦訳者の砧一郎は、「ハメットについて」という解説文の中で、評論家ハワード・ヘイクラフトのハメット論を引用する。

近代の探偵小説家で、探偵小説というものをこれほど一変させ、しかもこれほど強く時代に受け入れられた作家は、ハメットをおいてほかにあるまい。彼の創造した作風からして、全く新しい一つの流派とも云うべきハードボイルド派が生まれ、その追随者が続出し、一代の風をなしたのである。嘗つて『ブックマン誌』は、彼の文体を評して、アーネスト・ヘミングウェイですら、ハメットほど効果的な会話が書けるかどうか疑わしいと称賛したが、これは少しほめすぎであったとしても、ハメットのリアリスティックな性格描写は、確かにヘミングウェイの道を行くものであった。彼の主人公は凡て現実社会から引き出してきたような民間の「したたかな探偵」である。非情で、利己的で、好色で、しかし、彼自身の心のなかに定めた法則は固く守り通すという強情な性格をもっている。その行動は機関銃の如く敏速で、事件処理の手段は、時として依頼者を裏切るのではないかと思われるほど凶暴である。しかし、この速度と凶暴にもかかわらず、あるいは却ってそれ故に探偵小説と心理的性格描写とを組み合わせた、最上の作風を成就しているのである。ハメットの名は、探偵文学の一つのエポック・メイキングな路標的作家として永く残るであろう。(6)

『影なき男』(*The Thin Man*) ――『見つからないもの』(*L'introuvable*) は、アンリ・ロビロ (Henri Robillot) によ

(6) 砧一郎「ハメットについて」ダシェル・ハメット『影なき男』(砧一郎訳) 早川書房、一九八四年、二〇三頁参照。Howard Haycraft, *Murder for Pleasure* Appleton-Century, 1941.

るフランス語訳（一九五〇年）のタイトルである――は、行方不明になった人間の痕跡を追跡する、引退した探偵ニック・チャールズの物語である。ある日ニックは、昔からの知り合いの娘に会う。彼女は、発明家である自分の父が行方不明になったので、ニックに父を探してほしいと依頼する。ニックは、妻のノラとともに、その発明家の行方を追うが、その後、幾つかの連続殺人事件がおこる。失踪した発明家こそが犯人ではないかと疑われるが、すでに発明家は殺害されていて、真犯人は意外な人物であった。事件の真相は、作品の最後になって、探偵のニック自身の説明によって明らかになる。

ハメットの作品には、犯人を追跡する探偵自らも悪に手を染めることが多い。ハードボイルド作家がそうであるように、ハメットも善と悪が混在する冷厳な現実世界を見事に描いたのである。彼は、アーネスト・ヘミングウェイやレイモンド・チャンドラーのような作家の推理小説にも多大な影響を及ぼしたと評価される。

遠藤が留学していた戦後のフランスでは、英米圏の探偵小説が「セリ・ノワール」というシリーズで翻訳・紹介されつつあったが、遠藤はこのシリーズに多大な興味を抱いていた。「セリ・ノワール」は、一九四五年からガリマール出版社（Éditions Gallimard）から出版されたもので、ハメットの作品を含め数多くの英米の犯罪小説・探偵小説がこの企画によって次々とフランス語に翻訳された(7)。このシリーズの創案者マルセル・デュアメル（Marcel Duhamel）は、一九四八年に発表した『「セリ・ノワール」のマニフェスト』（Le manifeste de la *Série noire*）の中で、「セリ・ノワール」の精神を次のように述べていた。

経験の乏しい読者は十分御注意されたい。セリ・ノワールの各巻を万人の手にとらせるのははなはだ危険なことである。シャーロック・ホームズ流の謎解きの愛好家はめったに楽しみを見出すことはできないだろうし、型にはまった楽観主義も見られないだろう。背徳は一般にこのジャンルの作品では承認されているが、それはもっぱら因襲的な道徳に打ち込むくさびの役割を果たすためである、美しい感情やさらには無道徳性そのものとまったく同じ資格でこの叢書の中に存在している。この叢書の精神は順応主義とはほど違い。自分が追いかけている悪漢どもよりも堕落の度がひどい警官が見られるだろう。感じのいい探偵がいつも謎を解いてくれるとはかぎらない。しばしば謎が存在しないこともあれば、探偵が登場しないことすらある。しかしそれではいったい何が残るだろう？　行動、不安、暴力があらゆる形をとって、しかもとりわけきわめて屈辱的な形で残る。さらに乱闘と殺戮が残る。愛もあるだろう。とくに獣的な愛が。そして常規を逸した情熱と仮借ない憎悪があるだろう。文明に浴した社会では、あらゆる感情はまったく例外的な場合しか通用しないと見なされている。しかしここでは、人間の感情が一種の通貨であり、そしてしばしばおよそアカデミックとは言いがたい言語で語られる。けれどもそこには、薔薇色であれ黒であれ、とにかくつねにユーモアが支配しているのである。(8)

デュアメルの『セリ・ノワール』のマニフェスト」は、ハードボイルドについての定義として受け取ってもいいであろう。ハードボイルドにおいては、誰が犯人かを捜すことよりは、むしろ犯人を追跡すること自体に意義がある場合が多い。それゆえ、物語には、整然とした論理性が欠ける物語もあるのである。そもそも、ハードボイルドの世界とは、論理で解決することができる世界ではない。『影なき男』の主人公ニックが述べる通りであろう。

（7）Cf. Claire Gorrara, "Cultural Intersections: The American Hard-Boiled Detective Novel and Early French *roman noir*" *The Modern Language Review*, vol. 98, no. 3 (2003) p. 590-601.

（8）ボワロ＝ナルスジャック『探偵小説』（篠田勝英訳）白水社、一九七九年、一〇七－一〇八頁。

殺人が数学で行われるなら、数字で解決できようさ。ところが、まずそんな殺人事件はない。こんどのだってちがう。想像であれなんであれ、ぼくは、一番もっともらしくみえることをいっているだけなんだ。[9]

セリ・ノワールは、英米のハードボイルドを戦後のフランス社会を風靡したが、その時期は、カミュやサルトルのヒューマニズム的・無神論的実存主義が注目されていた時期と重なる。世界や人間存在の不条理性が強調されるなか、それに抵抗すること自体に意義があると認識されたのである。それゆえ、ハメットの作品がそうであるように、ハードボイルドにおいては、古典的な謎解きとしての探偵小説にくらべると、犯人を見つけること自体はそれほど重要性を持たない場合もあり、従って、物語の論理的展開は明確ではない。[10]シモンズは、当時の社会の精神的な状況を次のようにまとめる。

第二次世界大戦が終わりごろになると、古典的なタイプの探偵小説が提供する資本主義社会の安定感も動揺しはじめていた。実際のところ、社会構造の基礎と宗教上の観念に大きな変化が生じた結果、このような仮想現実の矛盾撞着が目立ってきたのである。かかる社会の静的な安定性を信じさせる虚構はもはや維持できなくなり、探偵小説もまた例外たり得なかった。犯罪の発生と容疑者の範囲が限定される探偵小説は厳格なルールに即して書かれるだけに、おとぎ話にすぎぬと見なされてきた。おとぎ話の魅力のポイントは、ストーリーが読者のイマジネーションを刺激して、それを真実と思い込ませるところにある。それが戦後社会になるとおとぎ話は所詮、非合理的でばかばかしいこしらえごとにすぎないとみられるにいたったのだ。アメリカは階級制がもともと確立されていなかったこともあり、イギリスよりもはるかに早く既存の作品パターンが崩壊していった。ダシール・ハメットとその後継者の作風によって崩されたのである。[11]

引用した宣言文でデュアメルは、「読者たちを眠らせないために」「探偵小説の偉大なる専門家」を紹介すると言っていたが、その中には「ジェームズ・ケイン（James Cain）、ジェームズ・ハドリー・チェイス（James Hadley Chase）、ピータ・シエーネ（Peter Cheyney）、ホレス・マッコイ（Horace MacCoy）、ダシェル・ハメット（Dashiell Hammett）、ドン・トレイシー（Don Tracy）、ラウル・ウィットフィールド（Raoul Whitfield）など」の名前が含まれていた。『作家の日記』からも推察できるように、遠藤も、チェイス、チェイニー、マッコイの作品を貪るように読んでいた。

さて、遠藤は、上記の「二十八日の計画」にしたがい、『影なき男』以外のハメットの探偵小説をも読み続けた。再度『作家の日記』によると、遠藤は『ガラスの鍵』（*The Glass Key*）を一九五二年二月一一日に読了した。『影なき男』を読んでから日記を書いたのが同年二月三日なので、『影なき男』を読み終わってからすぐ『ガラスの鍵』を手に取ったと推測される。また、『ガラスの鍵』を読了した直後の同年二月一六日より『マルタの鷹』（*The Maltese Falcon*）を読み始め、翌日の二月一七日には「夜、寝床でハメットの『マルタの鷹』を読了」と書き記した。「二十八日の計画」が立てられてからわずか三週間程度で、遠藤はハメットの探偵小説を三冊も読破し

（9）ダシェル・ハメット『影なき男』一九五頁。
（10）ボワロ＝ナルスジャック、前掲書、一〇七頁。アンドレ・ヴァノンシニ『ミステリ文学』（太田浩一訳）白水社、二〇一二年、七二－七三頁。
（11）ジュリアン・シモンズ『ブラッディ・マーダー――探偵小説から犯罪小説への歴史』（宇野利泰訳）新潮社、二〇〇三年、二七－二八頁（Julian Symons, *Bloody Murder. From the Detective Story to the Crime Novel: A History* Curtis Brown Limited, 1972）。

たということになる。

遠藤は、なぜこれほどハードボイルドの世界に耽溺していたのであろうか。そして、このハードボイルドの世界は、後に遠藤がカトリック作家になっていくことに対して、どのような影響を与えたのであろうか。

こうした問いは、これからの考察によって解明されるので、とりあえずここでは、遠藤がいかにハメットのハードボイルドの世界に惹かれていたかを物語る例をあげてみよう。遠藤は、帰国後、江戸川乱歩の勧めで雑誌『宝石』（一九五七年一二月号、五六―六七頁）に短編推理小説を寄稿したことがある。そして、当時『宝石』の編集者であった江戸川は、遠藤の作品につけた「現代浮世物語」という「解説文」の中で、次のように述べていた。

> 遠藤周作さんが昭和三十年上期の第三十三回芥川賞作家であること、入賞作は日本作家としては異色の西欧精神を取扱った「白い人」であったこと、この作とそれにつづく諸作が、ごうごうたる論争の的となったことなど、周知の通りである。
> 遠藤さんとは「影の会」で一度お目にかかったばかりで、この原稿の依頼にはお邪魔していない。お前が来なくても書くからということで、谷井編集長だけがお邪魔したが、約束の期日にちゃんと書いて下さった。しかも、これはなかなかにあじわい深い物語である。(12)

興味深いことに、江戸川が「なかなかあじわい深い物語」と高く評価したその作品のタイトルは、上記したハメットの『影なき男《ザ・シン・マン》』と全く同じ「影なき男」であった。

二　本書のテーゼ――探偵小説作家としての遠藤周作

本書は、「*Catholique* 小説と *roman policier* との関係」についての遠藤の自覚を手掛かりにして、彼の文学世界全体を解明することを目指す。遠藤は、通常、キリスト教作家、あるいは、カトリック作家として知られており、探偵小説作家とは呼ばれてはいない。例えば、『現代日本キリスト教文学全集』（教文館、一九七三―一九七四年、全一八巻）には、遠藤の作品が数多く掲載されているが、(13)『日本探偵小説全集』（創元社、一九八四―一九八九年、全一二冊）には、彼の作品は一切含まれていない。また、遠藤のキリスト教文学についての研究論文や研究は膨大な量に及ぶ反面、彼の作品を探偵小説と関連付けて考察する研究成果は未だ見当たらない。

（12）『宝石』（一九五七年一二月号）五八頁。「影の会」とは、松本清張・有馬頼義が幹事、中井英夫が世話人を務めた、一般文壇作家による探偵小説勉強会（作家親睦会）のことで、コアな探偵作家ではなく、一般文壇の作家で探偵小説に関心を持つ人々の親睦会である。

（13）この全集は、各巻ごとに主題がついているが、遠藤の作品は、以下のような巻に収録されている。「私のもの」、「黄色い人」（第一巻・神との出会い）、「黄金の国」（第二巻・日本への土着）、「その前日」（第三巻・死と不安）、「海と毒薬」（第五巻・原罪と救い）、「札の辻」（第六巻・信仰と懐疑）、「アデンまで」（第九巻・幼年と青春）、「母なるもの」（第一〇巻・母性と聖性）、「四十歳の男」（第一一巻・日常と家庭）、「わたしが・棄てた・女」（第一二巻・信頼と連帯）、「白い人」（第一四巻・変革と主体）、「聖書のなかの女性たち」（第一七巻・聖書の世界）、「文学とキリスト教」、「父の宗教・母の宗教――マリア観音について」（第一八巻・キリスト教と文学）。

しかし、上記の『作家の日記』が示唆するように、彼の「カトリック小説」が「*roman policier* との関係」の中で創作されたということは十分想定できる。想定できるどころか、これからの議論によって明らかになるように、実際、遠藤は「探偵小説の手法」による「カトリック小説」を多数書いたのである。したがって、彼の「*Catholique* 小説」を理解する際には、それを「*roman policier* との関係」という視座から読まなければならないであろう。

右で引用した遠藤の日記は、彼が「*Catholique* 小説」を「*roman policier*」と結びつけて理解しようとしていたことを明らかにしている。そうであれば、彼が「探偵小説の手法」を自分のものにしようとした、と推定することには何の無理もないはずである。実際、『作家の日記』には、遠藤が「探偵小説の手法」を学ぶことに努めている様子が歴然と書き残されている。それらの記録について考察することによって、遠藤の作品を探偵小説と関連づけながら読み解くことの必要性と正当性が与えられるに違いない。

吉屋健三が述べるように、『作家の日記』は、「魂の苦悩を綴った信仰者の記録、あるいはフランス観察録、留学生の研究録というよりも、じつは小説家誕生の記録といった趣が強い[14]」。そして、「小説家誕生の記録」としての『作家の日記』において際立つのは、他ならぬ「フォークナー及び英米の探偵小説の読書」であった[15]。「カトリック小説の手法」を学ぶために苦悶していた遠藤は、マドールの『グレアム・グリーン』を読む中で、ようやく「*Catholique* 小説と *roman policier* との関係」に着目するに至ったのである。

そうであれば、「*Catholique* 小説と *roman policier* との関係」という書き込みは、留学中の若き遠藤に「エウレカ！」の喜悦を与えた瞬間として受け取ってもいいであろう。そして、その「エウレカ！」の経験は、カトリック作家としての彼の創作活動の中に刻み込まれ、また常に働いていたに違いない。遠藤は、あるエッセイ集（一九八二年）の中で、自分の人生と作品について次のように述べている。

〔前略〕小説家というのは、みんなと同じように、人生とか人間とかがよくわからないから小説を書いているわけです。

仮に二〇代くらいの年齢で、人生の意味とか人間がどういうものかわかってしまったら、こんなにつまらないことはないでしょう。わかってしまったら、もう生きる意味がないのだから。もう生きるエネルギーがあまり必要なくなってしまうのだから。

死ぬ前に、人生の意味はこういうものだったと語る、私はそれが人生を生きるということだろうと思うのです。

推理小説は、最後の頁を開けるまでは大体犯人がわからないように書いてある。つまり、この犯人というのが人生の意義です。時には鮮やかなドンデン返しもある。私たちの人生にも最後にドンデン返しがある。人生の意義というのはそういうもので、神様は、最後に私たちをドンデン返しさせてくれることがある。どんなに神を否定しようとしても、最後の頁でドンデン返しをして自分を信じさせる、ということです。

推理小説のことを私たちは普通ミステリーというのは文字通り人生の神秘というものについて、その意味を探ろうという小説です。この場合、ミステリー小説と言っているが、私の小説も、人生も、やはりミステリーということでミステリー小説になるわけです。

どんな人の人生でもそうだと思う。ただ、人生の意味がわからない、だからこそ小説を書いていると言えると思います。

（『自分をどう愛するか〈生活編〉幸せの求め方』二二七頁、傍点引用者）

---

(14) 吉屋健三「作家案内——遠藤周作」『青い小さな葡萄』講談社、一九九三年、一九六頁（傍点引用者）。
(15) 高山鉄男「解説」『作家の日記』ベネッセ、一九九六年、四三九頁（傍点引用者）。

右の引用文からは、カトリック作家としての遠藤の「人生論」および「文学論」が濃縮した形で述べられている。小説家が何よりも知りたがることは、「人生の意味」である。しかし、それがわからない「からこそ小説を書いている」。しかも、その「人生の意味」とは、人生の最後になるまでは、その全貌を知ることができないし、また許されていない。なぜならば、「人生の意味」は、神による「ドンデン返し」を迎えるからである。遠藤は、こうした「人生の意味」を、推理小説における犯人の正体にたとえる。推理小説において、犯人の正体は小説の終わりまでわからない。それゆえ遠藤は、「私の小説も、人生も、やはりミステリー小説です」と述べたのであろう。そして、カトリック作家の遠藤にとって、「人生の神秘」としての「ミステリー」は、究極的な神秘（＝ミステリー）としての神につながるはずである。

こういった意味で、遠藤の日記に書き記された一連の概念──神の「神秘」「秘蹟」「物」「象徴」「グレアム・グリーン」「探偵小説の手法」など──は、遠藤の作品世界を理解するに当たって鍵となるものであり、遠藤文学の内実と形式を見事にまとめたものであるといえよう。

さらに興味深いのは、遠藤が自分の作品を「ミステリー小説」と言い切った上記の文章に続けて、自著の『沈黙』について述べるところにある。こうしたことは、遠藤自らが『沈黙』を「ミステリー小説」として理解しているという解釈を可能にすると思われる(16)。

私の小説の中に、『沈黙』というのがある。この小説がどうしてできたかと言うと、一五、六年前に、長崎のある建物の中で、ある小さな踏絵を見たことがきっかけになったんです。……ところが、その踏絵を囲んだ木の枠に、黒い指の足跡があった。たくさん踏んだ中に、油足の人がいたわけです。私は、踏絵をみるのははじめてではなかったから、ああ踏絵だな、という程度の印象で、その時は東京に帰って来てしまった。

ところが、家で酒を飲んでいる時とか、夕方散歩している時に、その黒い指の足跡が瞼にフット甦ってくる。……その黒い指の足跡のことを考えると、どんな人が踏んだろうか。踏んだ時、どんな思いがしたろうか。……そう考えはじめると、だんだんその黒い指跡に興味を魅かれてくる。そこで長崎へ何回も出かけることになっていくわけです。

（同、二二七‐二二九頁）

このような文脈から見るかぎり、『沈黙』を「足跡」を追跡するミステリー小説（＝探偵小説）として理解することができる。それどころか、むしろそのように理解しなければならない、と遠藤は主張しているようにも受け取れる。そうした視座から遠藤の作品に接近するならば、ミステリー小説（＝探偵小説）として読み取れる遠藤の作品は結構多いことに改めて気づくことになる。

具体的な説明は後にして、幾つかの例のみをあげてみよう。例の『沈黙』は、踏絵に足跡という痕跡を残した人びとの真相を追跡する作品であり、棄教したフェレイラの真相を求めて日本に来た「探偵」ロドリゴの物語でもある。『わたしが・棄てた・女』が、自分に残されたミツの痕跡を追跡する物語、あるいはそれによって追跡される吉岡の物語であるならば、『楽天大将』は――この作品からもグレアム・グリーンの『ブライトン・ロック』（*Brighton Rock*）との類似性がよく見えてくる――追跡される犯罪者と彼の傍を離れず一緒に追跡される志乃（＝修道女志望者）の物語である。『おバカさん』は復讐の一念に燃える殺し屋の遠藤の跡を追うガストンの物語で

（16）実際に『沈黙』を扱う海外のサイトでは、この作品を「ミステリー・スリラー」（mystery-thriller）、「宗教的スリラー」（religious thriller）、「神学的スリラー」（theological thriller）と紹介する表現が目立つ。たとえば、http://www.startribune.com/silence-speaks-volumes-but-avoids-preaching/409791645/（二〇一八年二月二七日閲覧）。

あり、『スキャンダル』は、もう一人の自分の跡を追う男を描いた心理スリラーに相違ない。『侍』と『鉄の首枷』と『宿敵』は、非自発的な洗礼が残した痕跡を追う者たちの記録であり、彼らが自分たちに痕跡を残した神によって追いかけられたことを自覚する物語でもある。

後に触れることになるが、遠藤が留学中耽読していたグリーンの『密使』(*The Confidential Agent*)は、第一部の「追跡される者」(The Hunted)と第二部の「追跡する者」(The Hunter)で構成されている。また、グリーンの『ブライトン・ロック』『第三の男』『内なる私』も、「追跡する者」と「追跡される者」の間の対立と緊張をあらわす「スリラー・パターン」(thriller pattern)(17)によって描かれている。

文学批評家の川島秀一は、遠藤のフランス留学体験の記録としての『作家の日記』を「遠藤文芸の根幹を不断に照らし出す光源(18)」と呼んだが、冒頭で引用した一九五二年一月二八日付の日記は、「カトリック小説とミステリーの関係」についての遠藤の自覚こそが「遠藤文芸の根幹」であることを物語っている。それゆえ、一九五二年一月二八日付の日記は、遠藤作品世界全体を「不断に照らし出す」「光源」の中の「光源」であるとも言える。

これからの論証によって示されるように、「*Catholique* 小説と ***roman policier*** との関係」についての遠藤の自覚は、彼の創作活動の奥底で繰り返し響きわたるバッソ・オスティナート(*basso ostinato* 執拗低音)であった。本書は、こうした観点が成り立つ所以を明らかにした上で、そのような観点から遠藤の文学世界全体を俯瞰しようとする試みである。

三 「探偵小説」という用語について

まず、探偵小説という用語をめぐって、幾つかの点を整理する必要がある。探偵小説は、the detective story, le roman policier, der Kriminalroman, il romanzo poliziesco などのジャンル名の訳語として使われている。そして、「探偵小説の本質的なモチーフは、端緒、痕跡（traces）、罠などとともに行われる追跡」であり、「事件の真相を調べるものを追跡者として設定する」構造をもつ文学的ジャンルである[19]。要するに、何らかの事件を犯した容疑者および犯人と、彼らが残した痕跡をもとにして彼らを追跡する探偵の間の物語である。そして、一つの文学的ジャンルとしての探偵小説の起源や歴史、そして文学史における位置づけなどについては、膨大な研究成果があるのは周知の通りである。

探偵小説は、日本では普通推理小説という名称でも呼ばれるが、それには、戦後の一時期、「探偵」の「偵」という字が常用漢字から外されたという事情があると言われている[20]。また、探偵小説は、犯罪小説[21]（crime

---

（17）Cf. Bernard J. Bedard, *The Thriller Pattern in the Major Novels of Graham Greene* (dissertation), University of Michigan, 1959; Brian Diemert, *Graham Greene's Thrillers and the 1930s*, McGill-Queen's University Press, 1996; Marc Silverstein, "After the Fall: The World of Graham Greene's Thrillers" in: *NOVEL: A Forum on Fiction* vol. 22, no.1 (Autumn, 1988), pp. 24-44.

（18）川島秀一『遠藤周作――愛の同伴者』和泉書院、一九九三年、二頁。

（19）Yves Reuter, *Le Roman Policier*, NATHAN, 1997, p. 14. ルテールは、「探偵小説」(le roman policier)、ミステリー小説 (le roman à énigme)、犯罪小説 (le roman noir)、サスペンス (le roman à suspense) と細分して論じているが、この本では、本文中にも述べた通り、これらの用語を「探偵小説」と統一して用いることにする。

（20）鈴木幸夫「序にかえて――探偵小説・傷だらけの不死鳥」R・チャンドラー他『殺人芸術――推理小説研究』（鈴木幸夫編）荒地出版社、一九五九年、三頁。

（21）Cf. John Scaggs, *Crime Fiction*, Routledge, 2005.

fiction）、スリラー（thriller）、サスペンス（suspense）というジャンル名と混用される場合が多くあり、ミステリーあるいはミステリー小説（mystery story）の同義語としても用いられている。廣野由美子は、探偵小説という用語をめぐる事情について、次のようにまとめている。

ミステリーと探偵小説、推理小説は、普通はほぼ同義に用いられている。犯人捜しに重点を置いたものが探偵小説または推理小説で、怪奇趣味が濃厚なものがミステリーであるというような区別がなされることもあるが、不可思議な謎が中核に据えられているという点で、これらの間の本質的な差異はない。

しかし、本来、探偵小説・推理小説（detective story）が特定の文学ジャンルの名称であるのに対して、ミステリー（mystery）はジャンル名（mystery story）であるのみならず、「秘密・謎・不可解なもの・神秘」といった広義の意味を含む一般名詞でもある。したがって文学においても、ミステリーは、特定のジャンルにかぎらず、あらゆる作品に含まれる普遍的な要素・機能であると言える。しかし、文学用語としてのミステリーは、あまり正確に定義づけられていないようだ。[22]

廣野の説明のとおり、探偵小説は、推理小説、ミステリーあるいはミステリー小説の同義語として用いられている。先ほどの引用文で、遠藤が「推理小説のことを私たちは普通ミステリー小説と言っている」と述べていたのも、こうした事情を反映したものである。また、遠藤も、先ほど引用した文章において、推理小説とミステリー小説の用語を同義語として認識していた。これらの事情については、一つの具体例をあげてみよう。

二〇一二年、白水社の「文庫クセジュ９６５」として出版された『ミステリー文学』は、アンドレ・ヴァノンシニの *Le roman policier* を原書とするものであった。訳者の太田浩一は、「訳者あとがき」の中で、この本が翻訳・出版されるまでの経緯について説明したが、この説明からは、探偵小説、推理小説、ミステリーといった用語が混用されている様子が浮かんでくる。

本書は、André Vanoncini, *Le roman policier* (Coll. «Que sais-je» n°1623, PUF, 3e édition, 2002) の翻訳です。原書の旧版は、サスペンス小説の著名な書き手であり、ミステリの理論家・批評家としてもりられるポワロ＝ナルスシャックの手になるもので、一九七五年に刊行されました。その日本語訳は、『探偵小説』(篠田勝英訳) の題で、やはり〈文庫クセジュ〉の一冊として刊行されています。長年にあたりミステリ愛好家のあいだで好評を博してきた旧版が、原書、翻訳とも絶版になってしまったのはまことに残念なことですが、原書のついてはのちにPUF社の«Que sais-je?»の叢書に収録され、内容にいっさい変更をくわえないまま復活を遂げることができました。

さて、本書の原題でもあるロマン・ポリシエ roman policier という語ですが、仏和辞典を見ると「推理小説」、仏英辞典には detective story (novel) などと、その語義が記されています。policier はがんらい police (警察) の形容詞ですから、detective story が「探偵小説」だとすると、こちらは「警察小説」ということになります。日本語においては、探偵小説や推理小説に代わって最近よく用いられるようになった、ミステリという語がほぼこれに対応すると考えていいでしょう。本書にも書かれているように、ロマン・ポリシエを短縮してポラール polar という語も近年よく目にするようになりました。[23]

(22) 廣野由美子『ミステリーの人間学――英国古典探偵小説を読む』岩波書店、二〇〇九年、二頁。
(23) アンドレ・ヴァノンシニ、前掲書、一三九－一四〇頁 (傍点引用者)。

太田の説明通り、ボワロ＝ナルスジャック（Boileau-Narcejac）の *Le Roman policier* は、篠田勝英の翻訳で、『探偵小説』（「文庫クセジュ６０８」白水社、一九七七年）という題で出版されていた。roman policier という語が、「ミステリ文学」や「探偵小説」と翻訳されたということは、これらの用語が同義語として用いられている現実を如実に示している。さらに、訳者の篠田は、「訳者あとがき」の中で、ボワロ＝ナルスジャックの論旨について自分の意見を述べているが、ここでも、探偵小説という用語が他の語と混用されている実態がうかがえる。

> 探偵小説の三要素、探偵・犯人・被害者を軸にして、本格推理小説、暗黒小説《ロマン・ノワール》、サスペンス小説という三大ジャンルを次々に分析していく手際は鮮やかで、このあたりから実作者の眼が生きてくるのがはっきりと感じられます。特に、ある作家が他の作家をどう見ているか、というのは読者にとってなかなか興味深い問題であり、具体的に個々の作家に言及している部分こそ、本来もっともおもしろい部分であるかもしれません。けれどもこの場合、日本との受容の相違というのが障害になりがちで、たとえば本格推理小説・ゲーム小説を論じる際に、クリスティやシムノンと並んでピエール・ヴェリイとクロード・アヴァリーヌが登場している（第四章、四節）のは、われわれ日本人読者にとっては納得しにくいことでしょうし……（以下省略）[24]

（24）ボワロ＝ナルスジャック『探偵小説』（篠田勝英訳）白水社、一九七七年、一五七－一五八頁。本書においても、探偵小説、推理小説、ミステリー小説などの用語が混用されている通例に従い、それぞれの議論の流れに沿いながら、これらの用語を混用することにする。ただ、一般的にはミステリーとミステリー小説が併用されているが、本書では、混同を避けるために、ミステリーは「神秘・謎・不可解なもの・神秘」を意味することにし、ジャンル名としてはミステリー小説を用いることにする。なぜならば、先の廣野の説明にもあったように、探偵小説や推理小説、ミステリー小説という語は、「神秘・謎・不可解なもの・神秘」を意味するミステリーに収斂されると思われるからである。

第一章 「芸術体験」としての探偵小説

一 遠藤周作論の脱構築

1 「カトリック作家遠藤周作」という像

従来の遠藤研究においては、「カトリック作家遠藤周作」の「カトリック小説」という面に焦点を当てたものが多い。そして、過言を恐れずに言うならば、「カトリック作家遠藤周作」の「カトリック小説」についての先行研究の多くは、遠藤の文学世界が次のような流れによって形成されたものと考えている。すなわち、遠藤は

①西欧のキリスト教と日本の精神風土の間の「距離」を強く自覚し、
②日本におけるキリスト教信仰の可能性を模索した。そうした試みの結果、
③日本におけるキリスト教の土着化に至ることになり、晩年においては、
④神の恩寵の匿名性と普遍性という宗教多元主義的な信仰の世界にたどり着いた。(1)

たとえ研究者によって強調点の偏差は多少あるにしても、ここにあげた四つの主題は、「カトリック作家遠藤周作」の「カトリック小説」の世界を紐解くための主なキーワードになっている。今日私たちが持っている遠藤

周作像の大部分は、こうした研究の成果によるものであろう。そして、こうした研究成果によって、遠藤作品世界がより広くかつより深く解明されつつあることは、再論の余地もない(2)。

以下においては、これらの研究の内容について、簡潔にまとめておきたい。

①西欧のキリスト教と日本との間の「距離感」の自覚

遠藤文学は、西洋と日本の間の「距離感」を自覚するところから出発し、その「距離感」を埋めていくための試みである。遠藤は、少年時代、母の勧めによりカトリック洗礼を「受けさせられた」が、それが自分の意志によるものではないと悩んでいた。彼の実存的な悩みには、果たして日本の宗教・文化の地平で西欧のキリスト教を受容することが可能なのか、という学問的懐疑も加わった。遠藤は、フランス留学の壮途に就く直前に書いた「誕生日の夜の回想」（一九五〇年）の中で、キリスト教と日本の間の「距離」について、次のように述べている。

もともと全は個の延長であるという怠惰な汎神性に育てられた日本的感性は一切の截然《せつぜん》たる対比、区分を嫌った。対比、相違、区別の検証のある所ではおのずと距離がうまれ、距離は抵抗を生じ、そこから論理と運動とが発せられねばならぬ。人間と自然の間に存在論的差別を設けず、神々のなかにも人間性を敷衍《ふえん》しようとするように、外界と自己との境界線《フロンチエール》をすべて薄めてしまい動くことを何よりも恐れた日本的感性はあかるさを嫌ったのである。あかるい光の下、そこには光と翳《かげ》が対比するからだ。日本的感性が好むもの、なべてのものがおぼろに、或いは灰色にぼかされた春雨や時雨《しぐれ》の湿潤の風景である。『紫式部日記』を開く。まずこうである。「ことわりの時雨の空は雲間あれど眺むる袖ぞ乾く間もなき」『李花集』をみれば、「この秋の涙をそへて時雨にし山はいかなる紅葉とか知る」とくる。じめじめした隠微な風情こそ我々の祖先がもっとも象徴的な心象風景として己れを托するに相応《ふさわ》しいものである。

（12・一〇七－一〇八頁）

遠藤は、キリスト教と日本的風土の間の対立に直面して、その対立を白眼視したり迂回したりするのではなく、真正面から突破する道を選んだ。フランス留学から戻ってから書いた「神々と神と」（一九五四年）で、遠藤はこのように大胆に宣言している。

とまれ「我々がカトリック文学を読むとき、一番大切なことの一つは、これら異質の作品がぼく等に与えてくる距離感を決して敬遠しないこと」。この距離感とは、ぼく等が本能的にもっている汎神論的血液をたえずカトリック文学の一神論的血液に反抗させ、戦わせると言う意味なのであります。（12・二四頁）

（1）「カトリック作家遠藤周作」をめぐる既存の像についての論述は、拙稿「遠藤周作の『イエスの生涯』について──神学と文学の間で」『キリスト教文藝』28（二〇一二年）（1）–（21）を参照。

（2）「カトリック作家遠藤周作」の「カトリック小説」についての主な研究書（単著）としては、次のようなものをあげることができるであろう。武田友寿『遠藤周作の文学』聖文舎、一九七五年、武田友寿『「沈黙」以後──遠藤周作の世界』女子パウロ会、一九八五年、笠井秋生『遠藤周作論』双文社出版、一九八七年、上総英郎『遠藤周作論』春秋社、一九八七年、佐古純一郎『椎名麟三と遠藤周作』朝文社、一九八九年、上総英郎『十字架を背負ったピエロ──孤狸庵先生と遠藤周作』朝文社、一九九〇年、広石廉二『遠藤周作のすべて』朝文社、一九九一年、広石廉二『遠藤周作の縦糸』朝文社、一九九一年、川島秀一『遠藤周作──愛の同伴者』和泉書院、一九九三年、山根道公『遠藤周作──その人生と『沈黙』の真実』朝文社、二〇〇五年、兼子盾夫『遠藤周作の世界──シンボルとメタファー』教文館、二〇〇七年、アシェンソ・アデリノ『遠藤周作──その文学と神学の世界』教友社、二〇一三年、今井真理『それでも神はいる──遠藤周作と悪』慶應義塾大学出版会、二〇一五年。また、佐藤泰正が対談という形で遠藤文学について語った『人生の同伴者　遠藤周作』（春秋社、一九九一年）も、「カトリック作家遠藤周作」の「カトリック小説」に重点をおいたものである。

②日本における信仰の可能性の模索

このように、西欧のキリスト教との「距離感」を熾烈に意識したがゆえに、遠藤はその「距離」を乗り越える道を探し、日本におけるキリスト教信仰の可能性を模索することになる。「存在の秩序」(ordo entis)を常に意識している「白い人」にとって、人間は神によって創造されたものであり、人間の一切の行動は「神の前で」(*coram Deo*)行われる。それとは違って、「汎神論的血液」の持ち主としての「黄色い人」は、霧のような朦朧とした雰囲気に包まれ、「疲労感」を感じるだけである。このような「白い人」と「黄色い人」の間の「距離」は、「黄色い人」の千葉――『黄色い人』の主人公――が「白い人」のフランス人神父に送る手紙の中であらわれている。

> あなたたち白人は人生に悲劇や喜劇を創れる。けれどもぼくには劇は存在しないのです。(6・九六頁)

ここで遠藤の言う「劇」とは、「人間と人間を超越するという存在との関係と相克」から生まれるドラマである。伝統的な西欧のキリスト教によれば、生と歴史は神と人間の間のドラマ、いわゆる「救いの物語」(Heilsgeschichte)である。そして、それがドラマであるかぎり、そこには喜劇と悲劇が存在する。しかし「黄色い人」の千葉にとって「劇」は最初から存在はしない。なぜなら、そこには神がないし、従って神の前での存在としての人間という意識がないからである。従って、そこには、神と人間が歴史という舞台――創造から終末まで――の上で演じる「劇」は成り立たない。全ては、霧雨や梅雨の中のように模糊としているだけである。遠藤は、『白い人』によって芥川賞を受けたときの講演の中で、こうした対立を繰り返して披瀝する。

私はカトリック信者でしたから、もの心、つきはじめてから、神の問題ばかりに、イジめられてきました。外国の文学を学ぶ年齢になってからも、神の伝統が長いことあった白い人の世界と、神があってもなくても、もうどうでもよかったこの黄色い世界との間にたえず引き裂かれました。この事は仏蘭西に行ってますます強くなりました。

昨年の終りになって私は小説を書きはじめました。作品の第一行にジャック・モンジュという外国人の名を書きつけました。すると、この名の背後に神と悪魔、神と人間、善と悪、肉体と霊、これらすべての血なまぐさい戦いを描けるような気がしました。けれども私はジャックではない。白人ではない。黄色い日本人であります。それ故私は再び、日本人の名をそこに書きました。すると、突然その黄ばんだ顔に劇《ドラマ》がなくなってしまったのです。作家として私はこの点について非常に苦しみました。

（山根道公「解題」6・三六四頁）

『黄色い人』は、「人間と人間を超越するという存在との関係と相克」を知らない「黄色い人」の世界を描いたものである。遠藤は、「神のない世界」で「劇《ドラマ》がないという苦しみ」を受けている『黄色い人』を書くことによって、「神と人間との闘いを描いた欧州の小説までに対抗させる」ことを目指し、「黄色い人」においてキリスト教信仰が芽生える可能性を探ったのである。次のような遠藤の発言は、日本人における信仰の可能性を探ろうとする、彼の決意を覗かせる。

私はこの基督教と日本人との矛盾を『黄色い人』という一つの小説に書くことによって、ピリオドをうてたようです。だがこの矛盾は私に一つのことを教えてくれた。それは日本人は日本人として基督教の伝統も歴史も遺産も感覚もないこの日本の風土を背おって基督教を摂取していくことです。そうした試みがさまざまの抵抗や不安や苦痛を日本人の基督教信者に与えるとしても、それに眼をつぶらないこと。なぜならば、神は日本人に、日本人としての十字架をあたえられたに違いないのですから。

（「私とキリスト教」12・三〇九頁）

『海と毒薬』（一九五七年）は、「基督教の伝統、歴史、遺産、感覚もないこの日本の風土を背おって」キリスト教信仰の可能性を模索した作品である。(3) この作品の素材は、第二次世界大戦が終わる直前の一九四五年、九州のある大学の医学部で米軍捕虜を対象に行われた生体解剖事件である。そして、若い医師の勝呂と戸田は、自ら決断も積極的な抵抗もせず、この事件に巻き込まれる。「何をしたって同じことやからなあ。みんな死んで行く時代なんや」という自嘲的な諦念の中で、生体解剖という恐ろしい行為に参加したのである。

その頃、勝呂はもう一度、トラックで運ばれたアメリカ人の捕虜を、第二外科の入口で見た。〔中略〕この前とちがって彼はこの連中に興味も好奇心も湧かなかった。茶色い顎鬚をのばした者もいれば、まだ少年らしい顔をしたのもいる。勝呂はこの男たちに憐憫も同情も敵意も憎しみも感じない。路ですれちがったまま、生涯、その顔を忘れてしまう人間にたいするように彼は無関心にそこを通りすぎた。彼等が捕虜であり自分がそうでないことにどんな違いがあるのだろう。勝呂にはそれを感じることさえ気だるかったのである。

（1・一二五－一二六頁）

勝呂と戸田は解剖実験に参加することにしたが、それに参加することについては勿論、それを拒むことについても、何の意味も見出せない。彼らが交わす次の対話は、『海と毒薬』の中心テーマを克明に示す部分である。

「断ろうと思えばまだ機会があるのやで」

「うん」

「断らんのか」

「うん」

「神というものはあるのかなあ」

「神？」

「なんや、まあヘンな話やけど、こう、人間は自分を押しながすものから――運命というんやろが、どうしても脱れられんやろ。そういうものから自由にしてくれるものを神とよぶならばや」

「さあ、俺にはわからん」火口の消えた煙草を机の上にのせて勝呂は答えた。

「俺にはもう神があっても、なくてもどうでもいいんや」


（1・一三〇－一三一頁）

「神があっても、なくてもどうでもいいんや」という態度は、神の前で罪を感じるのではなく、「他人の目、社会のバツに対する恐怖だけ」を意識している黄色い人の典型的な態度である。

それでは、「神があってもなくてもどうでもいいんや」と言う「黄色い人」にとって、罪とは何だろうか。遠藤は、戸田の告白を通して、次のように語っている。

姦通だけではない。罪悪感の乏しさだけではない。ぼくはもっと別なことに無感覚なようだ。今となっては、これを打明ける必要もあるだろう。はっきり言えば、ぼくは他人の苦痛やその死に対しても平気なのだ。

（3）兼子盾夫「遠藤文学における悪の問題Ⅰ――『海と毒薬』」『湘南工科大学紀要』32（一九九八年）一二八頁参照。

〔中略〕

もう、これ以上、書くのはよそう。断っておくが、ぼくはこれらの経験を決して今だって呵責を感じて書いているのではないのだ。あの作文の時間も、蝶を盗んだことも、その罰を山口になすりつけたことも、従姉と姦通したことも、そしてミツとの出来ごとも醜悪だとは思っている。だが醜悪だと思うことと苦しむこととは別の問題だ。

それならば、なぜこんな手記を今日、ぼくはかいたのだろう。

（1・一五五―一五六頁）

戸田は、「他人の苦痛や死」に対する「無感覚」で「無関心」であると感じながらも、「手記」を書く。それは、自分の犯したことを誰かに打ち明けようとする心境があるからに違いない。そこに、遠藤の言う「黄色い人」の罪意識がある。戸田が生体解剖実験の後で口にした次の告白は、「黄色い人」の罪意識の萌芽を表している。

（変わったことはないんや。どや、俺の心はこんなに平気やし、ながい間、求めてきたあの良心の痛みも罪の呵責も一向に起ってこやへん。一つの生命を奪ったという恐怖さえ感じられん。なぜや。なぜ俺の心はこんなに無感動なんや）〔中略〕俺が怖しいのは……自分の殺した人間の一部分を見ても、ほとんどなにも感ぜず、なにも苦しまないこの不気味な心なのだ。〔中略〕

今、戸田のほしいものは呵責だった。胸の烈しい痛みだった。心を引き裂くような後悔の念だった。だが、この手術室に戻ってきても、そうした感情はやっぱり起きてはこなかった。〔中略〕

（俺には良心がないのだろうか。俺だけではなくほかの連中もみな、このように自分の犯した行為に無感動なのだろうか）。

（1・一七二―一七五頁）

遠藤によれば、西欧的な罪意識と異なる黄色い人の罪の感覚とは、他人の苦痛に対する「無感動」であった。そして、そのような罪の意識があるということは、そこで神の恩寵がすでに働いている傍証である。なぜならば、神の恩寵の働きなしに、人間は自分の罪を認めること――すなわち、自分を否定すること――ができないからである。こうした自覚は、『作家の日記』(一九五二年五月一九日)にも現れていた。遠藤は、G・マルセルの『密使』や『十字架のしるし』を読んで、そこから学んだことを次のようにまとめている。

ここには、現代の基督者が、基督者とは何であるか……それをマルセルは教えている。基督者とは、共に苦悩する人である。この地上に、くるしむ人がいる限り我々は彼等と共にくるしみをになう事、その勇気を獲得した人が、基督者である。何故ならば、そのくるしみは、基督へのまなびなのだから……。

(15・二〇九頁)

③日本におけるキリスト教の日常化と土着化

遠藤は、日本的な罪意識としての「他者の苦痛への無関心」に到達してから、そのような罪から人を救い出す神を描き始める。そして、「他人の苦痛への無関心」という罪は、「他人の苦痛」のみならず「他人の苦痛への無関心」によって苦しむ自分をも無限に許してくれる「母なるもの」によって赦される。さらに、「母なるもの」は、極めて平凡な日常の中に隠れながら、人を救いへと導く存在である。ここで、遠藤の「中間小説」が生まれてくる。

さらに、遠藤の言う「母なるもの」は、西欧のマリア像から極めて日本的なものに変容していく。また、『イエスの生涯』において、「永遠の同伴者」としてのイエスの像として形成される。

湖畔の村々で彼がその人生を横切った数しれぬ不幸な人々。至るところに人間のみじめさが詰まっていた村々。その村や住民は彼にとって人間全体にほかならなかった。そしてそれら不幸な彼等の永遠の同伴者になるにはどうしたらいいのか。〔中略〕

イエスは群衆の求める奇蹟を行えなかった。湖畔の村々で彼は人々に見捨てられた熱病患者のそばにつきそい、その汗をぬぐわれ、子を失った母親の手を、一夜じっと握っておられたが、奇蹟などはできなかった。そのためにやがて群衆は彼を「無力な男」と呼び、湖畔から去ることを要求した。だがイエスはこれら不幸な人々に見つけた最大の不幸は彼等を愛する者がいないことだった。彼等の不幸の中核には愛してもらえぬ惨めな孤独感と絶望が何時もどす黒く巣くっていた。必要なのは「愛」であって病気を治す「奇蹟」ではなかった。人間は永遠の同伴者を必要としていることをイエスは知っておられた。自分の悲しみや苦しみをわかち合い、共に泪をながしてくれる母のような同伴者を必要としている。（11・一二〇－一二一頁）

周知のとおり、「厳父のような神」から「母のような同伴者」への変容は、遠藤の代表作ともいえる『沈黙』において絶頂に至る。そのような神は、『侍』の中で、一つの告白として結晶する。『侍』の主人公の長谷倉六右衛門は、ただ単に自分の任務を成功させるために「形だけの洗礼」を受ける。しかし、たとえそれが「形だけの洗礼」であったとしても、その「洗礼の秘蹟」（sacrament）によって、その人は生涯神から離れることはできない。遠藤は、ある司祭の口を借りて、こうした自分のクレド（*credo*）を述べる。

洗礼という秘蹟は人間の意志を超えて神の恩寵を与えるということを、あなたはお忘れのようだ。そう、彼らの受洗に万が一、そのような不純な動機があったとしても、主は決してその者たちをその日から問題にされない筈はない。彼らがその時、主を役立てたとしても、主は彼らを決して見放されはしない。

（3・三四八頁）

④宗教多元主義とキリスト教と神の匿名性

遠藤は、「母なるもの」として神、「永遠の同伴者」としてのイエス理解に至ることによって、汎神論的な「神々の世界」としての日本にキリスト教の根を下ろした。さらに、その神は、特定の名前を持たない神、すなわち、匿名な存在である。そして、神の匿名性は、神の恵みの普遍性と裏表の関係である。神は、匿名であるからこそ、「多くの名前を持つ」（*God Has Many Names*）。よく指摘されるように、『深い河』の誕生においては、イギリスの神学者のジョン・ヒック（John Hick）との出会いがあった。いわば「宗教多元主義の神学」を唱えるヒックの思想は、遠藤の『深い河』の創作において決定的な役目を果したのである。遠藤は『「深い河」創作日記』の中で、ヒックの著書との出会いについてこう述べる。

数日前、大盛堂の二階に偶然にも棚の隅に店員か客が置き忘れた一冊の本がヒックの『宗教多元主義』だった。これは偶然というより私の意識下が探り求めていたものがその本を呼んだと言うべきだろう。〔中略〕ヒックは基督教神学者でありながら世界の各宗教は同じ神を違った道、文化、象徴で求めているとのべ、基督教が第二公会議以後、他宗教との対話と言いながらも結局他宗教を基督教のなかに包括する方向にあると批判している。そして本当の宗教の多元主義はイエスをキリストとする神学をやめ、つまりイエスの受肉の問題と三位一体の問題にメスを入れるべきだと敢然として言っているのである。

この衝撃的な本は一昨日以来私を圧倒し、隅々、来訪された岩波書店の方に同じ著者の『神は多くの名を持つ』を頂戴し、今、読み耽っている最中である。（一九九一年九月五日）

（15・二八七－二八八頁）

仕事場に行き読書と仕事だが、ヒックの衝撃的な本を読んだあとは何を開いても味けなく、仕方なしに大盛堂に残暑の汗をかきながら赴くが一冊も買いたい本なし。（一九九一年九月六日）　（15・二八八頁）

2 「オーソドックスなアプローチ」を超えて

さて、上記のような遠藤研究においては、幾つかの共通点があるようにみえる。

まず、それらの研究は、主に遠藤のいわゆる「純文学」を考察の中心としている。注（2）にあげられている遠藤研究書を一瞥することで、こうした指摘は証明される。それらの研究書で取り扱われた遠藤の主な作品は、「アデンまで」『白い人』『海と毒薬』『青い小さな葡萄』『火山』『留学』『哀歌』『影法師』『沈黙』『母なるもの』『死海のほとり』『侍』『スキャンダル』『深い河』等がほとんどである。少なくとも単行本として出版されたものの中で、「純文学」以外の作品――いわゆる「中間小説」と分類される作品――を主な対象とした研究書は、今のところ見当たらないと言わざるを得ない。

確かに、カトリック作家としての遠藤の創作活動は、西欧のキリスト教信仰を日本の精神的風土の中に「開花」（井上洋治）させようとする試みであったに違いない。しかしながら、日本の精神的風土における西欧のキリスト教の「開花」という主題は、彼の全作品の中で働いていたモチーフであって、決して彼の「純文学」に限られたものではない。遠藤研究の嚆矢とも言える武田友寿は、こうした遠藤研究における偏向性をすでに指摘していた。

遠藤氏の「軽小説の世界」は、それ自体でまとまった構図と輪郭をそなえて私たちに現前している。これまでの「遠藤周作論」の筆者たちが、私を含めて、この世界をそれ自体として考察し、論じてみせたものがないのは、やはり「純文学」作家、遠藤周作にとらわれたためではないか。それはそれで、たしかにオーソドックスなアプローチではあるのだが、そのために「軽小説」が形象してみせている、もうひとつの豊かな文学世界と、そこに投影されている〈作家の顔〉を見落としていることになるならば、「遠藤周作論」も一面の文学世界をしか明らかにしていない、ということになろう。(4)

武田は、遠藤の「純文学」を対象とする研究を「オーソドックスなアプローチ」と呼んでいるが、そうした視点こそ、遠藤研究の現住所を的確に語っていると思う。

こうした意味で、遠藤の中間小説に研究の軸を置いた小嶋洋輔の『遠藤周作論――「救い」の位置』は、既存の遠藤研究に新しい視点を提供するものとして注目に値する。小嶋は、「遠藤と既知の評論家」や「遠藤周作と実際に会い、話した人々」による遠藤理解を止揚して、「『一般の読者』に対する遠藤の強い意識」を強調する。それのために、小嶋は「『純』と『俗』の二項の問題」に注目し、「遠藤を『スター』たらしめた側面、それを小説ジャンルでいえば『中間小説』という側面といえようが、その側面から遠藤周作を問い返すような作業」を行っている。(5)小嶋は、「純文学」と呼ばれる遠藤の作品以外のすべてのものを「中間小説」に分類し、その『中間小説』リスト」について詳細な解説を付け加えている。(6)

また、松橋幸代の博士号論文『遠藤周作のユーモア研究――新聞、雑誌連載作品を中心に』も、今まで本格的

(4) 武田友寿「狐狸庵先生《えんどうしゅうさく》の天使たち(1)――遠藤周作「軽小説《エンターテインメント》」の世界」『世紀』466(一九八九年)八五頁(傍点引用者)。
(5) 小嶋洋輔『遠藤周作論――「救い」の位置』双文社出版、二〇一二年、四-六頁。
(6) 同上、二七九-二九三頁。

には研究されなかった遠藤のユーモア作品についての斬新な研究である。[7] 小嶋も松橋も、これまであまり注目されてこなかった遠藤の「中間小説」を取り上げることによって、遠藤理解の幅を広げる成果を上げたに違いない。

周知の通り、遠藤周作には、「純文学」の他にも、「中間小説」と分類される作品が多くあり、作品の数からみるならば、「中間小説」のほうが圧倒的に多い。遠藤の作品をどのように分類すべきかについては、まだ一致した意見はないであろう。けれども、概ね「純文学」と「中間小説」に両分することもできるだろうし、「中間小説」のなかにも、「歴史小説」「心理小説」「ユーモア小説」「怪奇小説」などと区分することもできるだろう。これらの小説は、書き下ろしとして執筆されたものもあれば、新聞や雑誌に連載されてから単行本として出版されたものが多数ある。さらに、これらの小説作品以外にも、日記、戯曲集、紀行文、エッセイ集、対談集、講演集など、遠藤は、実に多様なジャンルの作品を残したのである。[8] もちろん、こうした分類法に沿って遠藤の作品を分類する際に、必ずしも一つの作品を一つのジャンルに当てはめることは適切ではない。たとえば、『沈黙』は、「純文学」であると同時に、「歴史小説」に入れることもできるが、同じ「歴史小説」とはいえ、『男の一生』を「純文学」に位置付けることには無理がある。

さて、そこで重要なのは、遠藤研究の軸を「純文学」に置くか、それとも「中間小説」に置くか、ということではない。むしろ、重要なのは、「純文学」か「中間小説」かという二項対立を超えて、これらの作品に一貫した主題はあるのか、そして、もしそのようなものがあるならば、その一貫した主題について著わす一貫した手法はあるのか、もしあるとすればそれはどういうものなのか、という問題である。前にも述べたように、本書においては、「カトリック小説と探偵小説の関係」という遠藤の自覚こそ、その一貫した主題と一貫する手法であることを論証したい。それによって、「純文学」と「中間小説」によって編み上げられている遠藤文学の全体像を俯瞰しようとするものである。

まず、これらの研究書は、主に遠藤の「純文学」を研究対象としているが、果たして「純文学」とは何だろうか。遠藤は、「純文学」を次のように定義している。

小説というのはね、映画やテレビでは決して満足させられない欲求が人間にはあって、それを満たすものだと思うんだ。だから読者が最後に欲する純文学の『純』というのは深いということでしょう。深いというのは深みがあるという意味じゃなくて、人間の内部の一番深いところまで釣り糸を垂れて、そこから引きあげてくるということでしょう。

（「新たな決意」『人間の中のX』一八六頁）

遠藤にとって「純文学」とは、「大衆文学」や「中間小説」の対蹠点にあるものではなく、「人間の内部の一番深いところ」を探り出す文学である。言い換えれば、「人間の内部の一番深いところまで釣り糸を垂れて、そこから引きあげ」ることを目指す文学であれば、それが通常「純文学」と呼ばれようが「中間小説」と呼ばれようが、「中間小説」と「純文学」の間に隔たりは存在しない。

そもそも「人間の内部の一番深いところまで釣り糸を垂れて、そこから引きあげ」る作業とは、遠藤が初期の

（7）これは、松橋幸代が韓国の忠南大学大学院に提出した博士学位論文（二〇一六年）である。

（8）遠藤周作の年譜や著作目録についてもっとも詳細な資料としては、山根道公「年譜・著作目録」『遠藤周作文学全集15』（新潮社、二〇〇〇年）三二九－三八八頁。これは、山根が冒頭で明記しているように、既存の年譜や著作目録、そして遠藤自らの自伝的エッセイ等を参照し、さらに調査等によって補ったものである。また、一田佳希・町田市民文学館共編「遠藤周作著書目録」『遠藤周作とPaul Endo――母なるものへの旅』町田市民文学館、二〇〇七年、一〇二－一一九頁。この冊子は、町田市民文学館の開館一周年を記念する特別企画展として開催された際の資料である。なお、現在、遠藤周作学会では、遠藤の作品を網羅することを基本方針として、『遠藤周作事典』（仮題）の編集作業が行われている。

頃から抱いていた関心事であった。遠藤は、評論「カトリック作家の問題」の中で、「カトリック作家は、作家である以上何よりも人間を凝視するのが義務であり、この人間凝視の義務を放擲《ほうてき》する事はゆるされない」（12・二四頁、傍点引用者）と語っていた。また、フランス留学中でも、自分の目標を「人間内部の原初的なものに到達する事」に定めた。

私は今日、決心した。一切の外部的思潮に足をすくわれない事、私は、自分の裡で最も確実である、あの方法によって、人間内部の原初的なものに到達する事、それ以外に私は私を定める事が出来ないように思われる。（一九五〇年一一月二一日）

（15・四九頁）

さらに、一九五一年一月二五日の日記からも、同様の「確信」を読み取ることができる。

それでは外部の世界は何か――ぼくにとっては、全て外部の世界は砕けたガラスの破片のようなものにすぎぬ。ぼくは外部に何の興味も持てぬし、又、何の関心もない。外部に身を投ずる生の路は、ことさらに心を惹かぬし、それはもう自分の人生とは無縁なものである事もはっきりしはじめてきた――何とつまらないぼくの人生であるか――しかし、ぼくには、確信がある。人生はそれ程単純ではない。今ぼくを支えているものが、波紋のように変化する。影と光がたゆらぐ。もしその影と光とのたわむれをしっかり凝視しておくならば、ぼくは逃さぬであろう。

（15・七〇－七一頁）

さて、遠藤にとって「人間内部の原初的なものに到達する事」は、決して「純文学」が独占するものではない。遠藤のエッセイ集の中には、彼の人生論や文学論を伺わせるものが多いが、「ズボラ男の話」と題した次のエッセイも、そのようなものの一つである。

私はむかしある批評家からこういわれたのを憶えている。「遠藤はひたぶるに神をもとめているのか」

この「ひたぶる」を字引でひくと「いちずに、ひたすら」などという意味がある。そう間いつめられた時、私は当惑して「ひたぶるに求めることはありません」と答えざるを得なかった。ひたぶるという意味には何か「この道ひとすじに」全部をかけて、と言う内容があるような気がしてならないからだ。

私はこの道ひとすじにすべてをかける人を尊敬する。しかし自分はそういう人物ではないし、そういう人物になろうとも思わない。その上私の心にたったひとつのチャンネルしかないとは思っていない。〔中略〕私はひたぶるに神を求めることはなかったが、生涯のんびり、ゆっくり楽しみながら神を求めたと言えるかもしれぬ。

のんびり、楽しく、とは無理をしなかったという意味である。無理をしなかったというのは第一小説を書いたり読んだりしながら、つまり人間の心のなかをまさぐりながら、六十歳の歳月をかけて神を求めるものが人間の無意識のなかにひそんでいるのを実感したからである。また色々なステキな友人を通して神のあることを感じたからである。〔中略〕

むしろ、正直にいうと「ひたぶる」とか「ひとすじ」とか「必死」という生きかたは私の趣味ではない。暗い顔して、うつむいて人生を考えていますという顔も御遠慮申しあげたいのである。更に近代文学のなかの孤独イコール誠実というあの観念や、文学イコール独創という考えかたもなじめないのである。

私はだから多くの作品から文学を学んだし、多くの友人から人生を楽しむことを知った。〔中略〕

富士山をのぼるのは幾つもの道がある。ひとすじの路もまっしぐらにのぼるのが好きな人もいるが、途中で友だちと菓子をたべ、わいわい騒ぎながら、楽しながらのぼっていくのもよいものだ。

私はひたぶるに富士山にのぼろうとしなかった。ひたぶるに神を求めたとも思わない。しかし、一度、神を知った者を神のほうが捨てようとはされないから安心して神に委せて置いていいのである。くりかえすが無意識のなかには人間の遺伝子ともいうべき元型が先天的にひそんでいて、その元型を感じていればどのような頂上を自分たちが求めているかがわかるからだ。

（「ズボラ男の話」『心の夜想曲《ノクターン》』九八－一〇〇頁）

「富士山をのぼるのは幾つもの道がある」ように、「人間内部の原初的なものに到達する事」にも「幾つもの道がある」。そうであれば、仮に「純文学」が「ひたぶるに」その道を登るとすれば、「中間小説」は「のんびり」山を登る方法とも言えるであろう。これと関連して遠藤は、「意識の奥の部屋（追悼　小林秀雄）」というエッセイの中で、小林が『文學界』に連載した「正宗白鳥の作について」から幾つの文章を引用する中で、「意識の奥に隠された部屋部屋」という表現を使う。

もう眼も見えず、口も利けなくなって横たわっている女王（ヴィクトリア）の姿は、これを見守る人々には、思考力は皆奪はれて、知らぬ間に、忘却の国に踏み込んだ様子に見えた。だが、恐らく彼女の意識の奥に隠された部屋部屋にやはり彼女は彼女で、様々な思想を宿してゐたであろう。

（『心の夜想曲』二一六頁）

周知のとおり、遠藤はユングの心理学に多大な興味をもっていた。そして、その影響を受けて、『真昼の悪魔』『悪霊の午後』『妖女のごとく』『闇のよぶ声』などを書くほど、人間の無意識の多層性について格別な関心を示していた。そして、そのような多層的な無意識に「隠された部屋部屋」があるならば、そこにたどり着くためには、一つのチャンネルだけでは不十分であろう。「狐狸庵という名から……」というエッセイの中で、遠藤はこう語っている。

年をとるにつれ、自分を噛《か》みしめるにつれて、私は次第に自分のなかのチャネルがひとつだけではないことに気がついた。
遠藤周作という名で私は『沈黙』や『イエスの生涯』のような作品を書き、またそこに書いた内容が私自身のものであることを疑いはしなかった。しかし、それがすべてだろうか。それが私の全体だろうか。ということは私は自分をどこまでつかめているかの問題にも関係しているのだ。
（『心の夜想曲』三四頁）

「遠藤周作」は、「純文学」としての『沈黙』や『イエスの生涯』の作者のことではあるが、遠藤にはまた「狐狸庵」という別の名がある。それゆえ、「遠藤周作」が遠藤周作の「全体」ではない。これに関して、遠藤は「『外づら』と『内づら』」というエッセイの中で、次のように述べている。

〔前略〕私にいわせるとどんな人間にも外づら（社会にみせている顔）とは別に他人も知らぬ別の面がある筈《はず》だ。その別の面はあまりに複雑で混沌としているから当人も把握することができないのである。しかし把握できなくても誰もが心の奥には他人の知らぬ顔をかくしていることだけは確かだ。
（『心の夜想曲』三六頁）

「外づら」と「内づら」、すなわち「遠藤周作」と「狐狸庵」は、作家遠藤周作の中で「隠された部屋部屋」を象徴するもので、さらに細分化されることは当たり前であろう。しかしながら、この「部屋」と「部屋」の間には、隔絶されていながらも、またつながっていることがわかる。遠藤は、「遠藤周作vs狐狸庵」（『ぐうたら会話集第3集』二一九–二二五頁）の中で、こうした「部屋」と「部屋」の間の対話を試みている。ある意味で、これは遠藤周作を構成している「遠藤周作」と「狐狸庵」との対話であり、遠藤周作の腹話術ともいえるものであろう。

遠藤は、狐狸庵とは「もっとこのはみ出た自分、それだけではない自分、得体の知れないひそかな自分」（「自分の名について」『春は馬車に乗って』四六九頁）と言いながら、「狐狸庵のほうが本当は神というものと関係があるような気がしているのである」（同上）とも断言していることは興味深い。こうしたことは、遠藤の作品世界を「純文学」中心に理解することの重要性や意義を色あせさせることではもちろんない。むしろ、遠藤を理解するに当たっては、「純文学」以外のジャンルの作品も併せて読む必要性があることを強く訴えている。

同様のことを、遠藤は井上ひさしと交わした「対談　神とユーモア」の中で、次のように述べている。

井上　遠藤さんの作品には、シリアスなものとユーモアものとがありますけれども、お書きになる場合、遠藤さんははっきり分けてお考えになってるんですか。

遠藤　書いてることはどちらもそんなに変わってないと思うんです。たとえば、『沈黙』にはキチジローっていう、どうにもしようのない男が出てくる。ぼくのエンターテインメントにも、みんなどうしようもない男が出てくる。先ほど出た、ニタッと笑うパチンコ屋の娘が、男にだまされて捨てられたのに、なおその男をずっと思ってるけど、男はそんなことをすっかり忘れている、というようなエンターテインメントを書きました。『私が棄てた女』というのですが、このときぼくは〝人間が棄てたイエス〟ってことを念頭に置いて書いてるわけです。

ただ、新聞に『沈黙』を書くわけにはいかん。広い読者とコミュニケートするために、漢字はできるだけ使わないようにするとか、『沈黙』ならおそらく切り捨てる部分も書いたりもする。しかし、それは技術的な問題でしょうね、書いてること自体は、そうセパレートしたものはないつもりなんです。(9)

以上の引用文とそれに基づいた論究が示すように、遠藤にとって「純文学」と「中間小説」は、ともに「人間の内部の一番深いところ」を探求する文学であった。それゆえ、遠藤の文学世界を理解するためには、「純文学」と「中間小説」を一貫して司る主題と手法を探さなければならない、という課題に直面することになるのである。

3 「人生体験」と「芸術体験」

「カトリック作家遠藤周作」の「カトリック小説」に重点を置きながら行われてきた研究においては、もう一つの特徴として、遠藤の作品を、彼の「人生体験」と結びつけて読み解く傾向が強いという点を指摘することができる。遠藤の「人生体験」としては、肉親の母との関係、幼児洗礼、戦争体験、フランス留学、病床体験などが挙げられており、それらの「人生体験」と遠藤の作品との関係について数多くの研究が行われてきた。

たとえば、山根道公の『遠藤周作』は、その副題の「その人生と『沈黙』の真実」が示すように、遠藤の「人生体験」が彼の文学世界を形成するに当たってもつ役割や意義についての膨大な研究成果である。山根は、遠藤の「人生」の経験として、第一部の「人生と信仰」では「母遠藤郁と周作――母子体験の真実」（第一章）と「遠藤周作と井上洋治――日本におけるキリストの道」（第二章）を、第二部では「病床体験と踏絵体験」（第三章）と「棄教神父をめぐって」（第四章）を論じている。著者の意図通り、『沈黙』に至るまでの遠藤の「人生」の経験が緻密に論証されており、『沈黙』を理解するにあたって大きく貢献している。

山根は、第一章の導入の部分で、遠藤の作品世界を読む際の基本的な立場について、次のように述べている。

（9）遠藤周作・井上ひさし「対談　神とユーモア」『文學界』10（一九七四年）一五八－一七五頁参照。

遠藤周作は、佐藤泰正氏との対談『人生の同伴者』のなかで、『沈黙』に対する多くの批評のうち、踏絵の場面には作者の独自の母子体験の刻印があるのではないかと指摘した江藤淳氏の批評について、自分の「いちばん重要な部分」を見ぬいたものと述べ、さらにそれは〈母なるもの〉の経験であって、その部分は思想ではなく、無意識であると語っている。この発言からも窺えるように、『沈黙』に込められた作者遠藤の人生と信仰の問題を解明するうえで、この遠藤の無意識の部分にある母子体験の問題を明らかにすることは、遠藤の「いちばん重要な部分」に迫る欠くことのできない課題であると考えられる。これまでも遠藤の作品に描かれた母子体験から、遠藤文学を特徴づける根源的なモチーフとして、〈母なるもの〉に注目して、その原像を探る論はすでに幾つかなされている。しかしながら、遠藤とその母遠藤郁の実人生との関係を中心に捉えて遠藤の人生と文学の全体を論じる考察は未だなされていないようである。

そこで本章では、遠藤とその母遠藤郁の生涯について調査し、新たに判った事実を踏まえて、キリスト教作家遠藤周作の無意識の部分に最も大きな影響を与えていると考えられる遠藤の母子体験の真実を明らかにし、その影響が遠藤の信仰と文学に、なかでも『沈黙』にどのように深く及んでいるか、考察を試みたい。[10]

山根が強調するように、彼の遠藤論の中心は、「遠藤とその母遠藤郁の実人生との関係を中心に捉えて遠藤の人生と文学の全体を論じる考察」にあるのは間違いない。山根によれば、そのような「遠藤の母子体験の真実」こそ、「キリスト教作家遠藤周作の無意識の部分に最も大きな影響を与えている」。

こうした「人生体験」を重視する傾向は、遠藤の作品の中で「私小説」と分類されるものが多いということからみると、当然なものであるかもしれない。遠藤自らも、こうした点を認めている。

私の短編のなかには非常に私小説的なものがある。たとえば、ひょっとすると、私小説だと思って、私にほんとに妹がいるのかと思っていらっしゃる方もいるし、そうだから、実際、「ああいう私」というようなふうに思っていらっしゃる方もいる。つまり、私小説の方法を利用して、私小説というのは一般読者にすぐリアリティを感じさせるから、だから私小説の方法を利用するという、日常生活をいちばんはじめに書いていて、どんどんそのなかに犬の眼なんかのイメージとか、虫とか、そういうもののイメージでメタフィジックの世界を広げてゆくというやり方を、少しずつ考えたわけです。(11)

遠藤は、自分にとって「私小説の方法」が好まれる理由として、それによって「一般読者にすぐリアリティを感じさせるから」と言い、「日常生活をいちばんはじめに」書くことができるという点をあげている。そして、「日常生活」のなかで物として存在する「犬の眼」のイメージを用いて、その中に秘められている「メタフィジックの世界を広めてゆく」ことを目指す。これこそ、遠藤が自分の小説作法として自覚するものである。評論家の武田友寿も、遠藤における短編小説と長編小説の関係について述べる際に、それらが遠藤の「魂の至聖所」へ導くものだと評価する。

じじつ、氏の短編小説はひとしくみな私小説的形態をとっている。それは短編小説の材料が氏の信仰生活や療養生活からとられているという事情からだけではなく、主題そのものが私的体験に密着したものが多

(10) 山根道公『遠藤周作――その人生と「沈黙」の真実』朝文社、二〇〇五年、二六―二七頁。
(11) 遠藤周作・三好行雄「対談 文学――弱者の論理」『群像 日本の作家22 遠藤周作』小学館、一九九一年、二四八頁(傍点引用者)。

く、また、長編小説の主題を支えている氏の体験の原質が告白風に語られている、という意味においてである。つまり、ぼくらは氏の短編小説を発表された順に読みすすめてゆくと、氏の作家としての軌跡とその成熟の過程をそこに見ることができるのである。このことをさらにつづめていえば、短編小説の諸編は遠藤氏の作家的軌跡を示す作品であり、成熟のあかしであり、それだけに遠藤文学のもっと深い世界を覗かせてくれる作品であるということができよう。つまり氏は、短編小説において何よりも自身を、いな氏の内部の世界の消息を形象しているのである。

繊細な感覚、透徹した存在凝視力、実存に注ぐ優しい眼差し、永遠なるものや崇高なものをみつめる視点、氏の短編小説のもつ魅力を語る言葉として、それらはたしかにふさわしい。だがそれらの作品があたえる静謐で心を洗うがごとき感動は、なによりも作品のなかにあるこの作家の風貌——こころの風貌——であり、それはおそらく氏の魂の至聖所に導かれてはじめてふれることのできるものであるにちがいない。そこまでぼくらを誘なうところに、氏の短編小説の尽きない魅力があるのだ、とぼくは思うのだ。(12)

こうした武田の遠藤論は、上で引用した山根の遠藤理解と酷似するものと思われる。武田によれば、遠藤が取り扱う作品の主題は彼の「私的体験」に由来するものが多いし、さらに遠藤はその「私的体験」を「告白風」で物語るのである。遠藤の内面における「私的体験」——「人生体験」——が、同じく極めて私的な「告白」によって文字化される、と武田は断定しているのである。

しかしながら、「人生体験」の重要性を存分に認めるにしても、その「人生体験」は、何らかの媒介を経ずに「体験」になることはできないし、ましてや無媒介的に作品の中で表現・反映されることはありえない。「体験」についての解釈学的考察が示すように、「体験」は、それについての理解・解釈によってはじめて体験になる。すなわち、「体験」は本質的に理解・解釈された体験である。また、体験は言葉によって表現されることによって理解・解釈されることになるので、言葉の問題、すなわち、表現の問題は体験の本質として欠かせないものである。ある体験は、その体験を言葉で表現することによって、やっと体験となるのである[13]。遠藤も、体験に含まれている、言葉による表現という次元の意味を徹底的に自覚していた。彼は、自分の小説について、次のように語っている。

〔前略〕我々は事実だけではなく真実で生きることも忘れてはなるまい。そしてその真実を事実絶対視のたちばからせせら笑う人は人間をあまりにもしらなすぎる。

　私のような小説家はいつも思うのだが、自分が小説を書くようになったのは——多くの人が誤解しているように自分の人生体験からではない。人生体験という事実ではなく芸術体験という真実のおかげである。つまり学生時代や青年時代に色々な小説を読んだり絵をみたり、音楽を聴き、大きな芸術的真実にひたったのち、自分もそのような表現をやってみたくなったからである。さまざまな芸術作品の共同体の働きのおかげで私も小説を書くことができるようになったのだ。

（「誰かの、あと押し（二）」『万華鏡』朝日新聞社、一九九三年、一四四頁。傍点引用者）

もちろん、「事実」としての「人生体験」と「真実」としての「芸術体験」は、二分法的に区分されるものではない。ある意味では、「芸術体験」も「人生体験」の一部であり、また、「私小説」的な書き方が著しい遠藤の

（12）武田友寿『遠藤周作の文学』聖文舎、一九七五年、一七二―一七三頁。
（13）Hans-Gerog Gadamer, *Wahrheit und Methode: Grundzüge einer philosophischen Hermeneutik*, Tübingen, 1960 参照。

ような作家にとって、彼の「人生体験」を「芸術体験」から完全に引き離すことは——どの作家においてもそうであろうが——不可能である。むしろ、「人生体験」と「芸術体験」とは、「解釈学的循環」の中で互いに関わり合いながら、遠藤の作品世界を築き上げたに違いない。

いくつかの例をあげてみよう。遠藤は、小西行長について、評伝（『鉄の首枷』）と小説（『宿敵』）を書いたが、行長について書くに至った理由として、行長の中に自分を重ねてみることができたと述べる。

数年前に小西行長という武将の伝記を書いた。（中央公論社刊『鉄の首枷』）

秀吉幕下の大名のうちでも石田三成や加藤清正にくらべ、資料も乏しく研究されたことの少ないこの武将に関心を持ったのは、彼の外面的行動と内心との大きな違い、権力者の秀吉にたいする面従腹背の姿勢、つまり二重生活者としてのその生きかたに興味を持ったからだった。実は私は彼のなかにしばしば自分の影を見出し自身の分身を発見したがこの理由はあとでふれることにしたい。

（「二重生活者として——日本人におけるイエス像の変化III」13・三五五頁、傍点引用者）

言い換えれば、戦争中二重生活者とならざるを得なかったという遠藤の「人生体験」は、行長についての記録に接すること（＝「芸術体験」）によって、やっと「二重生活者」としての体験として理解・解釈されることになったのである。そして、行長をめぐる「芸術体験」は、遠藤の自己理解にもさらなる影響を及ぼすことになる。遠藤は、「二つの名前（遠藤周作と狐狸庵）とを持つ意味が次第にわかってきたのは、もちろん最初からではなく、五十歳をすぎてからである」（『心の夜想曲』三五頁）と語るが、それは、小西行長についての伝記を書き始めた時のことを指すのである。「二重生活者」としての行長についての「資料を集め」また彼について「書く」ことを通して、遠藤は、行長に「他人の知らぬ別の面」があり、「その別の面はあまりに複雑で混沌としているから当人も把握することができない」（同上・三六頁）「内づら」があるということに気づくことになる。そして、「私はこの『内づら』の自分のことを次第に考えるようになった。『外づら』の自分とはちがった『内づら』の私を。その私をたわむれに『狐狸庵』とよぶようになった」（同上・三八頁）のである。

こうした「解釈的体験」は、遠藤の代表作ともいえる『沈黙』（一九六六年）の誕生をめぐる背景を考察することによって、より明白になる。『沈黙』は、遠藤の病床体験――「人生体験」――を素材として『満潮の時刻』（一九六五年）とほぼ同じ時期に執筆された。『満潮の時刻』の主人公の明石は、退院後長崎を訪れ、そこで踏絵を見る体験――芸術体験――をするが、彼が長崎を訪れたのは、入院中見たある夢の影響である。その夢とは、長崎で踏絵を見るという夢であった。

「ごらんなさい」

いつの間にか、彼の横にはあの女学生がつきそっていた。（女学生は、むかし彼を泳ぎにつれていき、貝がらを耳に当てることを教えた姉に変っていた）

「これは何だか知っている？」

「踏絵でしょう」

「そう、切支丹であれば、これを踏めなかったし、切支丹でなければ平気で踏める――その目的で作られたものなのよ」

木目の走る木の中に真黒は金属の基督《キリスト》の顔がはめこまれているその踏絵を明石は姉に教えられるままにじっと見つめた。幾百人の人間に踏まれたその基督の顔は凹《へこ》んでいた。凹んだ顔のなかにじっとこちらを見上げている哀《かな》しげな眼があった。そしてその顔をはめこんだ木の右端に、べったり、足指の痕がついていた。

（14・四〇二頁）

しかも、明石の踏絵の体験は、単に歴史的遺物としての踏絵を見たこと以上のことを意味する。そこで彼は、踏絵の残された足跡を見るが、それが自分の病気の傷痕と重なり、さらには、獄のなかで拷問や死を凝視していた切支丹の「人生体験」とかさなる。そうした「芸術体験」は、『沈黙』につながる。また、踏絵をみる「芸術体験」の核心は、踏絵に残された、踏絵を踏んだ切支丹たちの足跡であるが、それは、「芸術体験」が今度は遠藤の「人生体験」――母への「裏切り」――によって媒介されたことを意味する。

山根が強調する「遠藤の母子体験」についても、同様のことを指摘することができる。肉親の母から「母なるもの」への変容のプロセスを経て、遠藤の「母子体験」は初めて「母子体験」になったのである。その変容のプロセスは、言うまでもなく遠藤の「芸術体験」によって媒介されたものである。鈴木秀子が語ったように、遠藤にとって母親の存在は、「単に血につながる母親」や「個人的なもの」から離れて、「もっと抽象的で純化された『母なるもの』」へ、「なにか普遍的な、大きな愛の象徴のようなものに変っていく」[14]プロセスを経ることによって初めて、「母子体験」となったのである。

「母なるもの」(一九七四年)は、そうした「純化」のプロセスを含蓄的に示す作品であろう。「当時、切支丹を背景にした小説を書いていた」「私」は、長崎地方に取材旅行をしながら、ある神父の助けを受け、隠れキリシタンが描いた聖母像を見ることになるが、この取材旅行のことが母に対する「私」の追憶と交錯する仕方で描写される。そして、「私」における母のイメージは、西洋の聖母像と日本の聖母像が重畳する形で形成されていく。「私」の肉親の母は、この作品の題目通りに「母なるもの」としての聖母像と重畳される方式で純化されていくのである。この作品で遠藤は、肺の手術を受けた日の「私」の記憶を一つずつ述べていくが、「私」の無意識の中に深く場を占めている母が「私」の信仰の対象である「哀しみの聖母」(*mater dolorosa*)のイメージとオーバーラップされる場面を引用してみよう。

夢を見た。夢のなかで、私は胸の手術を受けて病室に運ばれてきたばかりらしく、死体のようにベッドに放り出されていた。鼻孔には酸素ボンベにつながれたゴム管が入れられ、右手にも右足にも針が突っこまれていたが、それはベッドに括りつけた輸血瓶から血を送るためだった。私は意識を半ば失っている筈なのに、自分の手を握ってくれている灰色の翳《かげ》が誰かわかっていた。それは母で、母のほか病室には医師も妻もいなかった。

母が出てくるのはそんな夢のなかだけではなかった。夕暮の陸橋の上を歩いている時、ひろがる雲の中に、私はふと彼女の顔を見ることがあった。酒場で女たちと話をしている時、話が跡切《とぎ》れて、無意味な空白感が心を横切る折、突然、母の存在を横に感じることもある。真夜中まで、上半身を丸めるようにして仕事をしている時、急に彼女を背後に意識することもある。母はうしろから、こちらの筆の動きを覗きこむような恰好をしている。〔中略〕

そんなときの母は、昔、一つの音を追い求めてヴァイオリンを弾き続けていたあの懸命な姿でもない。阪急の一番電車の片隅でロザリオをじっと、まさぐっていた彼女でもない。両手を前に合わせて、私を背後から少し哀しげな眼をして見ている母なのである。

貝の中で透明な真珠がすこしずつ出来あがっていくように、私はそんな母のイメージをいつか形づくっていたのにちがいない。なぜなら、そんな哀しげなくたびれた眼で私を見た母は、ほとんど現実の記憶にないからだ。

（14）遠藤順子（聞き手鈴木秀子）『夫・遠藤周作を語る』文藝春秋、二〇〇〇年、四〇 - 四一頁。

それがどうして生まれたのか、今では、わかっている。そのイメージは、母が昔、持っていた「哀しみの聖母」像の顔と重ね合せているのだ。
（8・五一頁、傍点引用者）

「ほとんど現実の記憶にない」母のイメージは、「貝の中で透明な真珠がすこしずつ出来あがっていくよう」なプロセスを経て、「哀しみの聖母《マーテル・ドロロサ》」像の顔にまで「純化」されていく。そのような「純化」のモチーフは、言うまでもなく、母が父に棄てられたように、遠藤も自分の母を裏切ってしまったというコンプレックス――うしろめたさ――である。そして、母を裏切ったというコンプレックスは、切支丹がキリストを棄てた際に踏んだ踏絵を見た体験と交差し、またそれによって、「母を裏切った」という体験として刻印される。

母に嘘をつくことをおぼえた。
私の嘘は今、考えてみると、母にたいするコンプレックスから出たようである。夫から棄てられた苦しさを信仰で慰める以外、道のなかった彼女は、かつてただ一つのヴァイオリンの音に求めた情熱をそのまま、ただ一つの神に向けたのが、その懸命な気持ちは、現在では納得がいくものの、たしかに、あの頃の私には息ぐるしかった。彼女が同じ信仰を強要すればするほど、私は、水に溺れた少年のようにその水圧をはねかえそうともがいていた。
（8・四二頁）

このように、肉親としての母に対する罪意識は、「母なるもの」についての信仰に昇華されるが、その昇華のプロセスは、父と同じく自分も母を棄てたという罪意識に媒介されたのである。このような罪意識は、母の突然の臨終へと途切れることなく続きながら極限にまで至る。友人の家で「母が見たなら、きっと泣声を爆発させるような行動を」した「私」は、母が危篤という連絡を受けても、わざとのろのろと家に向かい、家に到着した時には、すでに母がこの世を去った後だった。『母なるもの』には、「私」が母の墓を訪れ、母が亡くなった日のことを回想する場面がある。悪友の家で「母が見たら泣きだすようなことをしていた」「私」は、母が倒れたと連絡を受ける。しかし「私」は、「なぜ、ここに来ているのがわかったのかと不安になっていた」だけであった。

家はもう見えていた。いつもと全く同じように、私の部屋の窓が半分あいている。家の前では近所の子供たちが遊んでいる。すべてがいつもと変りなく、何かが起った気配はなかった。玄関の前に、教会の神父が立っていた。

「お母さんは……さっき、死にました」

彼は一語一語を区切って静かに言った。その声は馬鹿な中学生の私にもはっきりわかるほど、感情を押し殺した声だった。その声は、馬鹿な中学生の私にもはっきりわかるほど、皮肉をこめていた。

奥の八畳に寝かされた母の遺体をかこんで、近所の人や教会の信者たちが、背をまげて坐っていた。だれも私に見向きもせず、声もかけなかった。その人たちの固い背中が、すべて、私を非難しているのがわかった。

母の顔は牛乳のように白くなっていた。眉と眉との間に、苦しそうな影がまだ残っていた。私はその時、不謹慎にも、さっき見たあの暗い写真の女の表情を思いだした。この時、はじめて、自分のやったことを自覚して私は泣いた。

（8・四六－四七頁）

この母の顔は、「哀しみの聖母」のイメージと重なることになる。「私」は、母の遺品の中から、「どこの教会でも売っているこの安物の聖母像」を受け取り、それを大事に保管する。そして、手術のために入院していた病室にも、その聖母像を置く。手術を待つ切迫した状況の中で、聖母像と亡くなった母の顔は一つになっていく。

夜、暗い灯の下で、ベッドからよくその聖母の顔を眺めた。顔はなぜか哀しそうで、じっと私を見つめているように思えた。それは、今まで私が知っていた西洋の絵や彫刻の聖母とはすっかり違っていた。空襲と長い歳月に罅が入り、鼻も欠けたその顔には、ただ、哀しみだけを残していた。私は仏蘭西に留学していた時、あまたの「哀しみの聖母《マーテル・ドロロサ》」の像や絵画を見たが、もちろん、母のこの形見は、空襲や歳月で、原型の面影を全く失っていた。ただ残っているのは哀しみだけであった。

おそらく私はその像と、自分にあらわれる母の表情とをいつか一緒にしたのであろう。時にはその「哀しみの聖母」の顔は、母が死んだ時のそれにも似て見えた。眉と眉との間にくるしげな影を残して、蒲団の上に寝かされていた。死後の母の顔を私ははっきりと憶えている。（8・五二頁）

さて、血のつながった母が「母なるもの」に昇華していくプロセスは、西欧的な「哀しみの聖母」が日本的な母のイメージに変容していくプロセスと一致する。こういう意味で、「母」は、西欧的キリスト教信仰が日本的キリスト教信仰に変容されるに当たって不可欠の媒体だった。肉親の「母」という媒体は、その前に立つ主体を罪の自覚へ導くという点で、主体と信仰の対象を逆対応的につなぐものであるが、その媒体はすでに主体の内面に溶解されている――自分によって棄てられた母――という点で、単純に外部的に主体に付与された媒体ではない。それゆえ、日本的な母を目にするとき、「私」はある種のエクスタシスを体験する。信仰の客体として外にあった「哀しみの聖母」が、自分の中で「痕跡」として残っていて、自分によって棄てられた「母」と、完全に一致したことを経験したからである。それは、神秘主義者たちの言う「神秘的一致」（unio mystica）とも呼ばれるものであった。

キリストをだいた聖母の絵——いや、それは乳飲み児をだいた農婦の絵だった。子どもの着物は薄藍で、農婦の着物は黄土色で塗られ、稚拙な彩色と絵柄から見ても、それはここのかくれの誰かがずっと昔描いたことがよくわかる。農婦は胸をはだけ、乳房を出している。帯は前むすびにして、いかにものら着だという感じがする。この島のどこにもいる女たちの顔だった。赤ん坊に乳房をふくませながら、畠を耕したり網をつくろったりする母親の顔だった。〔中略〕私はその不器用な手で描かれた母親の顔からしばし、眼を離すことができなかった。彼等はこの母の絵に向かって、節くれだった手を合わせて、許しのオラショを祈ったのだ。〔中略〕昔、宣教師たちは父なる神の教えを持って波濤万里、この国にやって来たが、その父なる神の教えも、宣教師たちが追い払われ、教会が毀されたあと、長い歳月の間に日本のかくれたちのなかでいつか身につかぬすべてのものを棄てさりもっとも日本の宗教の本質的なものである、母への思慕に変わってしまったのだ。

（8・五五頁）

かくれの家から出てきた「私」を迎えてくれたのは、「霧にうかぶ木々の影」で鳴くカラスであった。「私」は、その鳴き声を聞きながら、母を裏切った自分のことを思いながら、あの昔の隠れたちが唱えたオラショを呟く。

この涙の谷にてうめき、なきて御身にねがい、かけ奉る

その祈りの中で、肉親上の母は「母なるもの」に昇華され、それによって西欧的な「マーテル・ド・ドロロサ」は「日本宗教の本質的なもの、即ち、母に対する思慕」によって「乳飲み子を抱く農夫の妻」という日本的な聖母に変容したのである。

「母なるもの」が示すように、「人生経験」としての「母」は、「マーテル・ドロロサ」やかくれの聖母像とし

て「芸術体験」を通して解釈されることによって、はじめて「人生経験」になったに違いない。こうした意味で、改めて遠藤の「芸術体験」に焦点を置く研究が要請される。

これからは、遠藤が探偵小説に出会うことになった経緯とその中身を中心にしながら、彼の「芸術体験」について考察したい。(15) 高山も指摘した通り、「小説家誕生の記録」としての『作家の日記』においては、何よりも「フォークナー及び英米の探偵小説の読書」の記録が目立つからであり、本書の目的も、探偵小説と遠藤文学の関連性を解明するためのものだからである。

二　探偵小説との出会い

1　「芸術体験」その一――フランス留学の前

遠藤の文学世界はどのような「芸術体験」によって築かれたのだろうか。このような課題に直面するとき、「遠藤文芸の根幹を不断に照らし出す光源」（川島秀一）とも言われるもの、すなわち、遠藤のフランス留学中における「芸術体験」――探偵小説への関心――が注目の的になる。だが、探偵小説への遠藤の関心は、実は彼の渡仏以前の時期までさかのぼる。そこで、遠藤の「芸術体験」を留学の前と留学の時に二分して論じることにする。

一九五三年、遠藤は病気によって留学先のフランスからの帰国を強いられた。その翌年に、彼は『文學界』（一九五四年二月号）に「シャロック・ホルムスの時代は去った」（『春は馬車に乗って』一三－一八頁）というエッセイを寄稿した。それを読んでみると、探偵や探偵小説についての遠藤の関心は、すでに少年時代にまでさかのぼることが分かる。遠藤は、少年時代、「自称教育的なる（?）子供用のよみもの」には関心が全くなくて、古本屋で買った「蝦蟇《がま》に乗った忍術使い、鉄棒あやつる豪傑などを黄色や赤の原色鮮やかに表紙にペタリと描いた豆講談本は、われわれの先輩たちが、少年の頃、懸命によみふけったもの」を読むのに夢中になっていたと述懐する。それらの本を読みながら、「猿飛佐助や霧隠才蔵的忍術使いになる事、そのために深山に上って白髪白髯《はくはつはくぜん》の老師に出会う事すら真剣に考えた」という。

その頃、偶然少年雑誌『譚海《たんかい》』のなかに神田の某書店の奇書広告がのっていた。一瞬にして体をかき消す法、一声にて相手を眠らす法、煙となって空を飛ぶ法、雲を呼ぶ術等天下の秘本というのである。

（「シャロック・ホルムスの時代は去った」（『春は馬車に乗って』一四頁）

少年遠藤は「貯金箱をこわしてぼくはその本を注文し」「それを待った日々の期待と悦びは今でも忘れられぬものだったが、その本は遂に届かなかった。それが「少年期においてぼくが裏切られた最初の経験である」という。

そして、「最近、偶然その豆本が一冊押入れの奥から出て来た」ので、大いに感銘を受けたことを書いている。

（15）遠藤の「芸術体験」についての先行研究としては、主にフランスのカトリック作家――F・フランソワ・モーリアックやG・ベルナノス――と遠藤の関係についてのものが多いのが現状である。また、G・グリーンと遠藤との関連性についての研究も多数行われている。ぞれぞれに関連する研究論文については、巻末の「参考文献」を参照すること。しかしながら、グリーンの作品の特徴と言われる「スリラー・パターン」が遠藤に及ぼした影響に関する研究は、少なくとも「カトリック作家遠藤周作」の「カトリック小説」に焦点を当てる研究の中には、今のところ見当たらない。

二十年前の自分はよほど、その本を大事にしていたものと見え「遠藤周作ノ所有ナリ」と裏に大書してある。所々に感銘深しと考えたのか赤線すら引いている。〔中略〕それらの赤線は少年の頃のぼくのかなしい秘密を告白しているのだ。末っ子で泣き虫だったぼくは、自分をいじめる学校の友達や兄を、こらしめるような力持ち、闊達自在に雲や雨をふらしたり、ワルモノどもをねむらせたりする事の出来る忍術使いにむなしく憧れた。彼らのなかに自分の、果たしえぬひそかな願望を昇華させていたのである。知能発育の遅かったぼくは中学を出るまで、探偵になろうと考えたり、当時、京都、新興キネマにいた嵐寛寿郎氏に手紙をだして殺陣《たて》を教えてほしいと乞うたり、今から思えば憐れな事ばかり、いずれをとっても自分のなり得ない姿を願う涙ぐましい表現であった。

(同上、傍点引用者)

遠藤によれば、こうした神出鬼没の人間像は通俗小説や映画が一般大衆に提供する「理想的人間像」であり、「一般大衆の心理的傾向を最も如実に投影してくれるのが最近の探偵小説」であった。現代の探偵小説は当然ながら新しい「理想的人間像」を提示するが、遠藤は現代の探偵小説を網羅的に並べながら、それらについての自分の分析や見解を述べる。遠藤がどれほど探偵小説に深い関心を寄せていたかがわかる。

立川文庫の忍術使いや紅涙小説の薄倖の女性はこの世界では探偵である。かくして新しい理想的人間像(?)は、まず、金に困らぬ男である。コナン・ドイルのシャロック・ホルムスのように朝飯に下宿の婆さんのゆで卵ばかり食っているモソモソした貧乏くさい探偵の時代は過ぎた。イキで颯爽《さつそう》として金まわりがよい。ダーシャル・ハメットの私立探偵はそれを演じたウィリアム・ポウエル同様美男子で、金銭の心配は絶対にした事がない。第二に酒がすきである。いつもキャトル・フィンガーズでウィスキーをなめなめ、事件の解決を考えている（マック・コイの新聞記者ドラン）。第三に女にもてて、しかも少なからず、和田平助である（ペータ・チェイネイのレミイ・コーション探偵）。第四に実にチャッカリして利己主義で時には非情でさえある（ミッキイ・スピレインのハマー探偵）。第五に……つまりこれらの「タブ探偵」ちゃっかり探偵はアメリカの普通市民の理想的人間像であろう。画一的に順応主義や凡庸主義に無個性に化せられた彼ら小市民が、アメリカ流の生存競争社会に個性ある性格あるものとしてひそかに憧れるのがこれら探偵に表現されている人間像なのである。

（同上、一六一一七頁）

遠藤と現代の推理小説との本格的な出会いは、遠藤が大学の先輩の柴田錬三郎の自宅に通い、アルバイトとしてフランスの大衆文学（推理小説を含む）を読んでその大筋を書いた時から始まった。

当時、小遣いの足りなかった私に彼（＝柴田）はひとつのアルバイトをくれた。それは仏蘭西の現代大衆小説を読んで、その筋書きをレジュメとして報告することである。私は手当たり次第、向こうの推理小説や大衆小説を読み、錬さんにその筋書きをはなしてきかせ、アルバイト料をもらった。

（『心の夜想曲』文藝春秋、一九八九年、二〇五―二〇六頁。傍点は引用者）

すでに述べたように、遠藤は留学中、「セリ・ノワール」を通して――アメリカのハードボイルド作家のD・ハメットの小説を含め――フランス語に翻訳されていた英米圏の探偵小説を耽読していた。しかし、欧米の「推理小説や大衆小説」との出会いは、実は大学時代にすでに始められていたのである。後に遠藤は、日本的ハードボイルドともいえる柴田の人気小説『眠狂四郎無頼控（一）』に「解題」（新潮社、一九六〇年、三九六―四〇一頁）をつけ、なぜ眠狂四郎が熱狂的に受け入れられるのかについて分析する。この文書には、日本の「汎神論的風土」

の中で欧米のキリスト教信仰の受容の問題で悩みつつある作家遠藤の姿が、いや、遠藤文学の全貌が見事に反映されており、ミステリー小説が遠藤文学の中核に当たることを改めて鮮明に浮かびあがらせると言わざるを得ない。

ハードボイルド型探偵には本質的に運命感が欠如しているのである。彼もおそらく孤独なのかもしれない。だがその孤独には人間の力ではどうにもならぬ運命の重さ、暗さがまつわりついていない。宿命の暗さ、業の悲しさが感ぜられない。一時はあれほど騒がれたハードボイルドの主人公たちが結局、我が日本の風土に遂に根をおろさなかったのは、彼があまりに運命感や宿命感を持っていなかったからなのである。

狂四郎の孤独はこれら紅毛碧眼の毛むくじゃら探偵のように粗雑なものではない。それはどうにもならぬ運命の重さ、宿命の暗さ、業の悲しさを背負って出てきたものなのだ。狂四郎は生まれながらにして不幸な運命を生涯、背負わねばならぬ男であり、転びばてれんと日本の女との間に生まれた私生児なのである。原作者によればここから彼は人生に対する虚無感と復讐感とを養ったそうである。……後をふりかえっても死、前をみても死、彼の顔にはいつもその使命の故に死の翳が漂っているのである。……狂四郎は父を殺した男である。また、その従妹を従妹と知らず犯してしまった男である。……それは西欧的な孤独や罪とはおそらく無縁なものであり、実に日本的、日本大衆的なものであることは言うまでもない。……氏が眠狂四郎を白人と日本人との混血児にしたてたのは実は日本インテリを諷刺するためだったのではなかろうか。狂四郎は白人でもなければその母のように生まれながらの日本人でもない。

(同上、三九九－四〇一頁)[16]

遠藤とグリーンとの関係についてはすでに多く研究されているが、探偵小説という観点からグリーンと遠藤の関係――遠藤の言う「グリーンと探偵小説の関係」――を理解しようとする時、まずは遠藤と堀田善衛との親密な関係が注目されるべきである。「兄弟のように慕った二人の交渉[17]」とも言われる遠藤と堀田の付き合いが興味深いのは、遠藤が堀田を通してグリーンやフォークナーの文学世界に初めて接したことだけではなく、遠藤が堀田のグリーン理解に影響されたというところにある。

遠藤は、『堀田善衛集』（新選現代日本文学全集30）の「付録」に寄稿した「昔のころ」という一文の中で、次のように述懐している。「夜がふけると、彼は僕の家に泊まることがあった。ぼくの書棚には上智大学からもらってきた占領軍兵士のポケットブックがかなりあったが、それを深夜、氏は一人で寝床の中でひろげていた。氏はその本からフォークナーや、G・グリーンの名をはじめてぼくに教えてくれたのである。『こんな本もあるぞ。こんな本もあるぞ[18]』」。今井真理の報告によれば、遠藤が堀田から「グリーン、フォークナーやスタインベック、そしてヴェルレーヌをはじめ多くの詩人の話をして」もらい、「その後、遠藤は『憐憫の罪グレアム・グリーン』を発表した」という[19]。今井が指摘するように、「グリーンのこれらの小説（『密使』と『恐怖省』）の中には『追いつめられる者と追う者、獲物と狩人』という設定があると」堀田は考え、さらに「そこにはキリストとユダの関係が投影されている[20]」と堀田は解釈した。とすると、遠藤はフランス留学以前に、堀田を通して、「追いつめられ

(16) 柴田は、遠藤との会談の中で、混血児としての眠狂四郎という発想は遠藤からもらったと認める。「柴田　キミがそそのかしたんだよ、黒ミサで生まれた子にしろって。／遠藤　そうそう。あのころ、僕は黒ミサの本など読みふけっていたから、その話をしたことがあります」『ぐうたら会話集　第2集』角川書店、一九七八年、二八九頁。
(17) 今井真理「堀田善衛と遠藤周作」『三田文学』105（二〇一一年）二〇七頁。
(18) 遠藤周作「昔のころ」『堀田善衛集』（新選現代日本文学全集30）「付録4」筑摩書房、一九五八年、四頁。
(19) 今井真理、前掲書、二〇四頁。
(20) 今井真理、同上、二〇四－二〇五頁。

る者と追う者、獲物と狩人」という構造、すなわちグリーンの手法としての「スリラー・パターン」について熟知していたと言える。堀田の言葉を引用してみよう。

この追いつめられる者と追う者、獲物と狩人という関係は、グレアム・グリーンのあらゆる作中人物の関係であるといっても過言ではない。すなわち、筆者が今思い出せるだけでも *The Man Within* の主人公アンドレウス、*It's a Battlefield* のコンラッド・ドローヴァー、*A Gun for Sale* のレーヴン、*Stamboul Train* のツィンナ、それから最大の傑作 *The Power and the Glory*（邦訳名『逃亡者』）の僧侶、*The Heart of the Matter* のスコビイ警部等、抽象してみれば全部、以上の位置に、元素のように還元出来ると思う。しかも外面的には、この現実の法によって永遠に追われるものが、内面的には、断乎として、合理的なるが故に不条理な現実を裁く、追いつめる者に変容するためには、大いなる信仰を要する。グレアム・グリーンがカトリックの信仰を持つ所以であろう。[21]

遠藤が堀田から受けたであろう影響は、グリーンの「追いつめられる者と追う者、獲物と狩人という関係」のみにはとどまらない。遠藤の作品にはフォークナー的な「二重小説」――『作家の日記』によれば、遠藤は留学中、W・フォークナーの『野生の棕櫚』を読んでそれを「圧倒的」と評価した（一九五〇年一二月一五日）――の構造を持つものが多いが、中野記偉によれば、「二重小説の創始者フォークナーの存在を遠藤周作に教えたのがほかならぬ堀田善衛であった」[22]。

このように、遠藤は大学時代の先輩である堀田善衛を通して、フランス留学以前からフォークナーやグリーンの文学世界に接していたのである。「遠藤はナマのグリーンに感動するまえに、堀田流に解釈されたグリーンを注入されたわけだ」（「グリーンと日本の作家たち2、七五」）。今井真理が遠藤と堀田の関係を「兄弟のように慕った二人の交渉」[23]と呼んだように、遠藤が先輩の堀田から受けた影響は重要なものだった。

中野記偉は、遠藤に芥川賞をもたらした『白い人』もグリーンの『密使』や堀田の『歯車』に共通するテーマの作品であると指摘しながら、遠藤がグリーンの文学世界に接するに当たって堀田の影響が多大であったと主張する。「まだ堀田調、グリーン調が露骨に出ている」[24]。

中野は、堀田の『歯車』も「ユダ・コムプレックス」をテーマにしたものであるといい、それは「裏切り者の複雑な心理、忠誠と不忠誠にひきさかれる悩み」と呼ぶ[25]。こうした中野の見解は、堀田のグリーン理解と一致する。堀田はグリーンの『密使』を例としてあげながら、この作品で現れる構造としての「追いつめられる者と追う者、獲物と狩人という関係」こそがグリーンの作品全体を貫通する基本的構造だと断定する。


この追いつめられる者と追う者が最終的に還元されるのは、すなわちキリストとユダの二人である。この関係をもっとも克明執拗に追求した作品が、先に記した『権力と栄光』（邦訳名『逃亡者』）である。しかし、そういうキリスト教的な主題を内に持つ作家に、なぜかくまでスパイ小説が多いのか、と反問される読者があるかもしれないが、スパイの最も典型的な型、あるいは原型は、キリストとユダの関係にあるといえ

(21) 堀田善衛「グレアム・グリーンの『密使』」『堀田善衛全集13』筑摩書房、一九九四年、一〇〇頁。
(22) 中野記偉「二重小説の運命——フォークナー・堀田善衛・遠藤周作」高柳俊一編『受容の軌跡』南窓社、一九七九年、二四九頁。
(23) 今井真理、前掲書、二〇七頁。
(24) 中野記偉「G・グリーンと日本の作家たち（一）——堀田善衛の場合」『世紀』240（一九七〇年）七六頁。
(25) 同上、七八頁。

ば、不充分ながら納得出来るのではなかろうか。ユダは、イエスの秘密をスパイしてこれを売ったのである。しかもなおユダはイエスを信じている。すなわち、ユダはダブル・スパイである。そこに、イエスもユダも、絶対的な孤独に渡される契機がある。この作品の主人公Dの孤独も、他の作品と関連させて追いつめてゆけば、事態は単に一つの現代の政治的世界を扱ったスリラー小説というだけにはとどまらなくなる。[26]

ここで堀田が述べることには、遠藤の作品世界を理解するに当たって、実に多くのことが示唆されている。まず、遠藤は、グリーンと同様に、探偵小説の手法を駆使しながら、娯楽小説（エンタテインメント）及び「中間文学」を数多く書いた。また、遠藤は、グリーンから影響を受け、「スリラー・パターン」による小説を書き続けたが、それらの作品のバックボーンには、キリストとユダの関係がある。ここで私たちは、遠藤の作品世界全体をグリーン流のスリラーとして受け止める可能性を得ることになるのである。堀田が指摘したように、グリーンの娯楽小説と小説には同じ構造が働いている。「エンターテインメント、つまり大衆の娯楽に供す、というつもりの作品であろうが、カトリック作家グリーンの娯楽は、並のスリラー作家のそれのように、読み過せばそれでいいといった清涼飲料のようなものではない。つまりスリラーであるということが娯楽なのであるならば、この娯楽小説は底にいわばモオリアック風な黒々とした人間世界の劫罰風景をかくし持っている」[27]。

中野は、こうした堀田と遠藤の関係を述べつつ、遠藤とグリーンの文学世界の類似性を幾つかの点にまとめているが、その基本的なスタンスは決して肯定的とはいえないように思われる。また、中野は、遠藤の自然描写に「依然としてこの文章にグリーンの文体が投影している気がしてならないのは私のひがみであろうか」といいながらも、「本格的な受容といったのはこのところにある」ともいう。なぜなら、描写は「比喩を創造する力」に左右されるからである。グリーンは「比喩作りの名人」であるが、「比喩作りの一点をとっても、遠藤が日本のグリーンと呼ばれるのもむべなるかなで、グリーンよりもグリーン的かもしれない」[28]と、やや皮肉な評価を下している。

遠藤が自分の作品創作について語る部分は、中野の指摘が由来するところに私たちを導く。「さきほども言ったように、私の場合は自然描写にしろ、さりげなく書いた一行にしろ、ダブル・イメージ、トリプル・イメージをそこにこめたいと思っている」(『沈黙の声』六九頁)。その一例として、遠藤は、『沈黙』のなかで司祭ロドリゴが踏絵を踏んだとき朝になり、鶏が鳴いたと書いたところをあげる。「長い苦しい夜があけて鶏が鳴いたと書けば、外国ではそこに聖書のなかのペテロのエピソードが隠されていることに気づくはずである。〔中略〕私の書いた一行一行を、キリスト教という文化のなかに育ったヨーロッパの人びとなら正確に感じとってくれる——そういう期待を私は持っていた」(同上、六九－七〇頁)。

これに加えて、遠藤は自分の描写が読者に正確には読み取られていないと不満を吐露するが、これこそ、遠藤が「メタフィジック批評」から「ミステリー小説」に至ることになった、作家遠藤の苦悩を如実に示している。


日本の文壇のなかでキリスト教をテーマにしたものを書けば、どうしても通じない面が出てくるのは仕方がないのかもしれない。そのために私も手を変え品を変え、いったいどこで調和させたらいいのかと、それまでにもいろいろ考えてきた。

たとえば私の小説には九官鳥や犬などがよく出てくる。病気の主人公が、自分の心のなかの暗い秘密を九

(26) 堀田善衛、前掲書、一〇一頁(傍点引用者)。
(27) 堀田善衛「グレアム・グリーンの『恐怖省』」前掲書、八五頁。
(28) 中野記偉「G・グリーンと日本の作家たち(二)——遠藤周作の場合」『世紀』241(一九七〇年)七七－七八頁。

官鳥にだけ語りかける。そして主人公が二度目の手術を受けたとき、九官鳥は死んでいる。しかしその場合、私の読者は誰ひとりとして、九官鳥をキリストだとは考えてくれなかった。

あるいは一匹の犬がじっと主人を見ている。その哀しい眼にわたしはいつもキリストを感じているからそう書くのだ。キリストという言葉の代わりに一匹の犬をさりげなく置き、その犬の眼を書く。だがそれがキリストの眼だとはほとんどの人が分かってくれない。犬を書いても犬と思われ、鳥を書いても鳥と思われた。理解されなかったからといって愚痴をこぼすのは小説家として屈辱だが、かなりの悪戦苦闘をしてきたのは事実である。

（『沈黙の声』七八―七九頁）

グリーンが遠藤の『沈黙』の英訳版を読んで絶賛したことに触れながら、中野は「グリーンは遠藤の中に忠実な追随者を発見したかもしれない」（下線は原文による）と、いささか酷評にも受けとれる判断を下し、その実例として、中野は『沈黙』の「踏むがいい」という着想は「それほど独創的でない」といい、それがグリーンの『拳銃売ります』で主人公が殺害した首相――キリストの象徴――が夢の中に現れ、「射つが良い。私のまなかいを射つが良い、わが子よ。ともに帰途につこう」というところを指摘する。

しかしながら、こうした遠藤とグリーンの関係についての評価は、遠藤の作品世界を理解するにあたって、グリーンを理解することが不可欠であることを指摘したという点では高く評価できる。とはいえ、こうした中野の評価には、遠藤が何のためにグリーンから学ぼうとしたのかについての考慮が全く欠けているという点で、限界をもつものであると言わざるを得ない。

グリーンへの遠藤の愛着の度合いは、グリーンの作品に出てくる表現をそのまま自分の作品の中で使うほど強いものであった。たとえば、『満潮の時刻』で人生を見る明石の眼とオーバーラップする、もう一つの眼のことを語るところがある。

お前がみつめているのは乳色に真直たちのぼる煙突の煙、手をにぎりながら死が自分たちを引き裂くのに耐えていた夫婦、人間の営み、ラクダのように膝を折り曲げて性交をしている恋人たち、すべてそれらの人間の生活とよぶもの、人生とよぶものであったのか。しかしお前の眼はそれを嫌悪するのではなく、憎むのではなく、それを忍び、それを悲しみながら愛している光のためにこのように、うるんでいるのである。

（『満潮の時刻』一九七頁、傍点引用者）

こうした描写は、グリーンの『権力と栄光』の次の箇所を連想させるに十分であろう。

彼自身の信仰の中心には、常に彼を納得させるような神秘がいすわっていた。――われわれは神の姿に似せてつくられたということが。神は親だ。だが、同時に、神は警官であり、犯罪者であり、司祭であり、狂人であり、裁判官だということが。この神に似たものがさらし絞首台にぶらさがっていたり、あるいは、監獄の中庭で銃殺刑の銃の前で奇妙な姿勢をとったり、あるいは、セックスの体位ではからだをねじまげてらくだみたいな真似をする。

（『グリーン全集8』一二四頁、傍点引用者）

さらに敷衍するならば、『沈黙』で追いかけられたロドリゴが山中をさまよう場面の描写は、『内なる私』の冒頭で主人公のアンドリューズが逃げ回る風景描写を彷彿とさせる。これについては、次節で詳論することにする。

2 「芸術体験」その二――フランス留学と英米の探偵小説

「大事なのは追跡することである。
それは、病気の後の回復のようなものだ」

（G・グリーン『ブライトン・ロック』）

①「セリ・ノワール」と英米の探偵小説

遠藤は、佐藤泰正と交わした対談の中で、自分の留学体験についてこう語っている。

結論的にいうと「距離感」といいますか、「ヨーロッパと私」との「距離感」、もしくは「キリスト教的ヨーロッパと自分」との「距離感」、あるいは「キリスト教文学と私」との「距離感」、「日本と小説家になろうとしている文学青年としての私」との「距離感」を感じつつ、病気もしましたんで帰国いたしました。

（『人生の同伴者』一〇三頁）

しかしながら、遠藤は、ただ単に「距離感を感じつつ」フランスから日本に戻ってきたのではない。『作家の日記』からは、遠藤が「帰国後に作品を創出する、重要なモチーフやテーマの元型[29]」ともいえるもの、すなわち、遠藤の留学中の「芸術体験」のほぼ全貌が読みとれるが、その「芸術体験」の一つは、すでに引用した高山鉄男の言葉にあるように、「フォークナー及び英米の探偵小説の読書」であった。これは、ある意味では遠藤の留学体験の目玉ともいえる部分であろう。この「フォークナー及び英米の探偵小説の読書」は、「距離感を感じつつ」あった遠藤に、その「距離感」を乗り越える道を与えたのである。

遠藤が「*Catholique* 小説と *roman policier* との関係」についての関心から、ハメットの探偵小説を読み続けたことはすでに言及したが、探偵小説への遠藤の関心はハメット以外にまで及んでいた。こうした形跡は、遠藤の「ぼくと探偵小説」というエッセイからうかがうことができる。

ぼくが探偵小説を愛読したのはフランス留学中だった。フランスに着いたころ、本屋にいくたびに黒いカバーで黄色い緑どりをした表紙の本が幾十冊も棚に並んでいるのが眼につく。手にとってみるとガリマール社で発行している、「セリ・ノワール」叢書である。この叢書はマルセル・デュマールの監修で主として英米の探偵小説を次々と仏訳したものであった。〔中略〕当時はぼくもそれほど推理小説ファンでもなかったし、寂しい懐中を考えると、他の文学書を買うのが当然の義務と思っていた。

だが、メトロに乗っても汽車に乗っても、若い青年や娘がこの真黒な表紙の本をてにしている。その上、古本屋にいくとこのセリ・ノワールの叢書は五十フランから百フラン（五十円から百円）の安い値段で手に入れられることもおいおいわかってきた。

邦訳もされたクムード・エドモンド・マニイの「アメリカ小説の時代」がちょうど出版されたばかりで、これがこの年批評賞をえた。

このマニイという夫人は実に探偵小説が好きらしく、「アメリカ小説の時代」の中にもフォークナーやス

（29）武田秀美「遠藤周作の文学と『留学日記』について――肺病・回宗・文学テーマの元型」『星美学園短期大学研究論叢』42（二〇一〇年）三頁。

タインベックやヘミングウェイだけではなく、探偵小説の手法と映画の手法とを比較している頁がいくつもある。

必然的にぼくは彼女の説をたしかめるために、ダシェル・ハメットを始めとして英米国の推理作家の本を買わざるをえなくなった。米国だけでなく、彼女のグレアム・グリーン論、ジャック・マドールの「グレアム・グリーン」と同様に宗教小説と探偵小説との関係を追究していた。

そこで、ぼくも次第に「セリ・ノワール」叢書に手を伸ばし始めた。コーヒーをのむ金を我慢すれば、一冊のセリ・ノワールはすぐ古本屋で買えるのだから、次々とこの黒い表紙の本はたまりはじめた。

探偵小説とは汽車の中で読むべきである。読み終わったら捨てるべきである。とはある作家の説であるが、ぼくにはとても捨てる気にはなれなかった。〔中略〕

日本にかえってみると、このセリ・ノワールをあまり並べていない。あっても少く、しかも値段が本国の倍以上もする。やはり探偵小説は安いほど有難いから、今、巴里にいる義妹に時々、送ってもらうことにしている。

（大岡昇平『ミステリーの仕掛け』社会思想社、一九八六年、二一四－二一六頁）

遠藤の言うマニイの「アメリカ小説の時代」については、『作家の日記』（一九五一年一月三日）には『アメリカ小説の年輪』というタイトルで書き残されている。「クロード＝エドモンド・マニーの『アメリカ小説の年輪』のデクーパージュを、全く、憑かれたように今日よみ上げた。ぼくが、アメリカ文学から学ぼうとしたものの一つ、技術的な面はここであます事なく研究しつくされている。ぼくはそれを克明にノートした」（15・六四頁）。

同じ内容のことは、「帰国まで――我が青春のリヨン」というエッセイの中にも記されている。そこで遠藤は、学生たちが使う俗語を理解するために、探偵小説を読んだと言う。

> 一人の学生から、毎日、学生用語の特訓をうけ、あわせて、ガリマール社から出ている探偵小説『黒い叢書』を買ってきて、いわゆる下品な言葉を夢中になって暗記した。（14・二八四頁）

また、同じエッセイの中では、病気療養のために入った療養所でも「図書館でガリマール版のアメリカ探偵小説の仏訳を借りだして安静時間に読んだ」（14・二九四頁）とある。マドールのグリーン論に接してから、探偵小説を読み続けたことがわかる。

ここで、遠藤文学を理解するに当たって『作家の日記』を考察することの意義について言及しておきたい。『作家の日記』からは、遠藤が留学中受けた「影響」を読み取ることができるが、それは、還元主義的な決定論という意味での影響を意味するものではない。「こういう影響を受けたから、ああいう作品を書いた」というふうに、単線的な結論を引き出すことは無理であろう。遠藤が留学中読んでいたフランス語の蔵書を調べた久松が言う通りである。

> 詩人ヴァレリーが奇しくも言ったように、〈Le lion est fait de mouton assimilé〉「獅子の体は羊を同化してできたもの」なのである。獅子は羊を食べるが、消化、同化された羊は獅子の血肉となる。そのふたつの姿は似て非なるもの。つまり、影響を受けて書かれた作品は先達を摂取し、それを消化し、「自己」を形作るものの、その途中のプロセスはまことにとらえにくい。
>
> しかり、影響とは「たとえば何もない白紙の上に、赤い鮮やかな判子が捺されるといった」明らかな痕跡を指すのではない。明々白々な証跡、それは「影響」の本質ではないのだ。アンドレ・ジッドが『文学における影響について』のなかで述べているように、それまで知らなかった自身への「啓示」であり、「説明」であるのが「影響」でありながらも、それは「類似によってしか働かない」ものであるからだ。言い換えれ

ば、「影響という作用が起こる以前に、影響をあたえる者と影響をうける者との間に、すでに何らかの関係があったのである。関係とは、いいかえれば、共通点ということだ。影響をうける素地が、しらずしらずのうちに準備されていて、その上に影響という作用が成立するもの」（高橋たか子『犬の魂』）であるのだ。(30)

「影響」とは、自分への「啓示」であり、「説明」である。というのは、その「影響」を受けることによって、自分の中にある何ものかと共鳴するということを意味する。そういう意味で、「影響」とは、「何もない白紙」の上に刻み込まれるものではない。たとえば、遠藤は留学中、ハードボイルドやグリーンの作品から大きな「影響」を受けるが、これは、遠藤がすでに堀田を通して知っていたグリーンの「スリラー・パターン」を想起させたことであるとも言えるのである。このように、「影響」を受けるというのは、その「影響」によって、今までは気づかなかった、自分の中の何ものかを引き出すことを意味し、その何ものかを自分のものにすることをも意味する。遠藤の場合、フランス留学中読んだ探偵小説は、彼が考えていた小説の「主題」と共鳴し、その「主題」をより鮮明に自覚させると同時に、その「主題」を表現するための「手法」に目覚めさせてくれたのである。

しかしながら、遠藤がフランス留学中に探偵小説から受けた影響は、「獅子の体は羊を同化してできたもの」という次元を超えるところがある。獅子は羊を食べても依然として獅子であり、羊が獅子の生き方に与える影響は微々たるものにすぎない。しかし、遠藤が摂取した探偵小説は、小説家遠藤の考え方や書き方を大きく変え、彼が小説家として生まれるに当たって原動力となったという意味で、「獅子と羊」の関係だけでは説明できない影響を与えたのである。

再び、『作家の日記』に戻ると、探偵小説についての遠藤の関心は、ハメットに限るものではなかった。『作家の日記』には、至るところに、遠藤が探偵小説を読んだ記録が多く残されている。遠藤がどれほど探偵小説に関心を寄せたかは、「G・ルカーチの『実存主義かマルクス主義か』を読み始める」と書き出した日記（一九五二年三月二日）について、久松が「久々に探偵小説から離れ[31]」と書くほどであった。

遠藤は探偵小説を集中的に読んでいたが、それぞれの作品についての評価は、もちろん一様ではなかった。たとえば、「ジェームズ・ハドリー・チェイスの『犬を放せ』を面白くよむ」（一九五二年四月九日）という記録もあれば、「ツエーネの探偵小説を読んだ。つまらぬ」（一九五二年四月二二日）と失望感を示した日記もある。

また、「二十八日の計画」に従ってハメットの探偵小説を読んだものの、ハメットについての遠藤の評価は必ずしも高いものではなかった。たとえば、「ハメットやケーンのアメリカ探偵小説、これに不満を持っていた」（一九五二年三月三一日）とか、「ハメットの小説もこれで三つよんだが、殆ど学ぶべき事なし」（一九五二年二月一七日）と酷評したこともあった。後に詳論することになるが、こうした遠藤の「不満」は、再度彼をグリーンの作品に関心を注ぐきっかけにもなったのである。

こうしたことは、遠藤の探偵小説読書が、小説を書くための「技術」を習得するためという、極めて緻密な計画のもとで行われたという事実を証しするものであろう。前にも引用したように、遠藤は「カトリック小説」を書くに当たっては「探偵小説の手法を効用する事が出来る」と思い、「小説の技術を学ぶ」ために「映画と探偵小説に頼る」ことを決めたのである。

そうであれば、遠藤は果たして探偵小説からどのような「技術」を学ぼうとしたのか。この問いに答えるためには、何よりも、遠藤が探偵小説をどのように理解していたかを把握する必要がある。様々な作家の探偵小説を読み、遠藤は自分の感想を日記に細かく残したが、それにより、私たちは遠藤の探偵小説理解の形成過程を追体

（30）久松健一、前掲論文、二九頁。
（31）同上、七一頁。

験することができる。小説の「技術」を学ぶために探偵小説を次々と読む中で、探偵小説に関する自分の見解が形成され、その見解をもとにして、遠藤は探偵小説の「技術」を見出すことになったのである。そのようにして身につけた「探偵小説の技術」は、遠藤自身の「カトリック小説の手法」として定着させることができたのである。それゆえ、遠藤が見出した「探偵小説の技術」を理解するために、『作家の日記』における遠藤の探偵小説「批評」を考察してみる必要がある。

まず、一九五二年二月一一日の日記には、ハメットの『ガラスの鍵』についての言及がある。遠藤は、「クロード・エドモンド・マニーがその『アメリカ小説の年輪』のなかでこの本を寧ろ、この作家をフランスでは間違って探偵小説の作家にしていると書いていたが、これはやはり探偵小説であると、ぼくは思う」と反論した上で、その理由を次のように書いている。そして、「何故」『ガラスの鍵』が探偵小説であるかという遠藤の主張からは、彼自身の探偵小説観が浮かんでくる。

> まず、この小説は、先週読んだ『見つからないもの』と同じ様に、疑惑を登場人物の全てに拡散している。『見つからないもの』は〈探偵小説〉として面白いとすれば、読者が予想していた犯人が「見つからない」、つまり不在であったというトリックである。しかし、『ガラスの鍵』では、もう少し、各登場人物への疑惑を行動よりは心理的に絡みあわせている。しかし、それだからといってこれは探偵小説である。
> 真の犯人は全く意外な人物であるが（被害者の父親）、それは、この本の大半を埋める、各疑惑から全く離れていていかなる手がかりも読者にあたえられてない。
> 1　読者は、探偵エッドの説明以外には父親が何故犯人だったかを知る事は許されぬ。つまりダーシャルは、読者の推理を、この父親に対しては許さぬ。
> 2　つまり、読者は結局最後まで受身である。彼自身が行動的になって、作中人物の世界に探求する事は

ない。
3　従って、読者はこの本を受入れるためには、彼が最後の大団円まで推理して来たものを一切捨てて（推理しない読者は更に、恐怖だけを受身的に受入れるのだから尚更である）エッドの勝手な説明を受け入れねばならぬ。
4　つまり、この小説は、読者の意志を全く無視している。読者をして人間の世界にひき入れない。これは大衆小説の性格である。
この四つの理由で、ぼくはこの小説を探偵小説とする。
（15・一七四－一七五頁）

このように、一九五二年二月一一日の日記は、遠藤の探偵小説観が肯定的な形であらわになったとすれば、同年三月一日の日記は、否定的な形で、遠藤の探偵小説観が披瀝されている。同年三月一日の日記には、「ホレース・マッコイの『きょうかたびらにはポケットがない』を読了」とあり、続いて「マッコイの小説を読むのはこれが初めてであるが、これを探偵小説の叢書セリ・ノワールにいれたのは、どうしても出版社の間違いである」と自分の意見を述べている。[32] ここでは、先ほどとは正反対に、「何故」マッコイの小説が探偵小説ではないか、という遠藤の持論が展開される中で、彼の探偵小説観が垣間見られるのである。

この小説をガリマールはセリイ・ノワールに入れているが、これは甚だ惜しいと思う。アメリカの画一主

（32）Horace MacCoy, *Un linceul n'a pas de poches*, Paris, Gallimard, 1949 参照。もともとのタイトルは *No Pockets in a Shroud*.

義の性格はオハラの『サマラの決闘』よりマッコイの方がうまく書いている。それに対する、アメリカ作家の恐怖を考えねばならぬ。

1　恐怖とぼくは書いた。これは誇張した言諜ではない。でなければ何故オハラはその主人公を自殺させ、マッコイは、ドラソを殺さしているか。アメリカ的画一主義は暴力と結びついている。暴力はたしかに二つの種類があるのだ。

2　ハメットの『こわれた瓶』とこの小税『きょうかたぴらにはポケットがない』との主人公が同一類型である事に注意せよ。

非常に行動的で、生存競争力の強い、そして女性に対して非道徳的な、欧州的ドンファンと全く違った青年、つまり、アメリカには肉欲の悲しみというものがあるか。

（15・一八二―一八三頁）

また、一九五二年三月二一日付の日記には、遠藤が今まで読んだ探偵小説の中に、自分が考える探偵小説がない理由について述べている。遠藤はブルノ・フィッシャー（Bruno Fischer）の『サ・ト・ラ・クープ』（*Ça te la coupe!*）（原題は *The Bleeding Scissors*, 一九四八年）を読んで、次のような感想を記した。

ブルノ・フィッシャの『サ・ト・ラ・クープ』を読了。非常に面白かった。これは、映画でみた「夜、街のねむる時」の作者だが、最後のしめくくりも大変いいし、スリルの使い方もうまい。ハメットのような投げやりがない。しかし、二月一日にかいた、ぼくの探偵小説の方法は今迄よんだ、この種の本にはない。

不可能なのであろうか。すると、その時、探偵小説とは読者の推理を托するのではなく（フィッシャも、最後に犯人を説明する）ただスリルをあたえるだけを目的とする事になる。

（15・一八九頁、傍点引用者）

フィッシャーの『サ・ト・ラ・クープ』は、例の「セリ・ノワール」によって一九五〇年にフランスで出版された。ある日突然、妻のジュディスと義理の姉ポーラがともに姿を消したことを受け、夫のレオが彼女たちの行方を追跡する物語である。彼女たちがもともと女優だったことを糸口にして、夫は犯人探しに出かけ、最終的には、ジュディス自身の話によって事件の真相が明らかになる。この作品を日本語に翻訳した井上一夫の「解説」には、フィッシャーの作品を「巡礼型手法（ピルグリメイジ・メソッド）」と紹介した。[33]「巡礼型手法」とは、探偵が犯人を追いかけるために、色々の場所を走り回ることを意味する。後に詳論することになるが、遠藤の作品にも、こうした「巡礼型手法」が用いられている。東と西の世界がぶつかりあう『沈黙』『侍』『深い河』などは言うまでもなく、『悪霊の午後』『妖女のごとく』『海と毒薬』『闇のよぶ声』においても、主人公は犯人を追跡するために、犯人が痕跡を残した場所を駆け回る。『死海のほとり』は、まさに現代と過去における二つの「巡礼」によって構成されている。

もう一つの例をみよう。一九五二年三月三一日付の日記には、ピータ・シエーネ（Peter Cheyney）の『イヌを笑うか』から学んだという内容が書かれているが、ここでは、探偵小説に対する遠藤の見解が総合的にまとめられている。

昨年物故したピータ・シエーネの探偵小説はよみたいと思いながら、何かつまらぬような気がして手を出さなかったが、今日『イヌを笑うか』を読んで色々教えられる所があった。今まで、ぼくがハメットやケーンのアメリカ探偵小説、これに不満を持っていたのは「映画的シナリオ」描写と「スリルのためのスリル」

（33）井上一夫訳『血まみれの鋏』東京創元社、一九五七年、二二五頁。

この二点である。ところが、シエーネの探偵小説は、流石コナン・ドイルのシャロック・ホルムスから伝統を引いて「推理」を第一としている。英国探偵小説は、ぼくを充たしてくれる。

1　これは探偵の「手記」と寧ろいってよい。探偵が如何に推理し事件を解いていくか。彼は、時には過って推理する。過って推理したため、逆に思いがけぬXにあう事があり、そのXによって常道に戻る事もありうる。

2　探偵の推理するのは、事件の経過だけではない。彼は亦犯人たちの心理過程を推理する。

もし、これらの〈想像、推理〉を、探偵小説的表面性にとどめず、もっとふかい人間心理（特に精神分析学的方法などをもちいて）にまで止揚したならば、必ず面白い作品が出来るに違いない。

さて、最後に一寸むつかしい問題が残る。探偵の推理をAとし、事件の現実をBとする。この時A↓BとするかA≠Bとするか、シエーネは此の小説ではA≠Bとし、ここで〈人生における驚き〉と共に、探偵小説に欠くべからざる驚きと、筋だてのフィクションを此処でたてている。このいずれをとるべきか？

（15・一九四−一九五頁）

ここで遠藤が語っている「探偵の推理」と「事件の現実」の関係とは、いわば探偵小説における「物語の二重構造」のことであろう。探偵小説は、一般的に、「犯罪の物語」と「捜査の物語」という「二つの物語」の組み合わせによって構成されている(34)。そして、「ふたつの話はやはりテクストが作り出す現実の引き裂かれた二つの部分として存在してしまう。この亀裂は、探偵と犯人を両極に置く最も重要な関係が、互いに面と向かい合う形では描かれないという点に現れている。物語の二つの極は、それぞれの領域の内に閉ざされていて、他方からは謎がもたらす距離によって隔てられている。両者の関係は、常に延期されていく出会い、語りの終局においてようやく実現される出会いにおいて実現されるにすぎない。同時にそれは、探偵が犯人の運命に対して、外在的な位置から、原則として純粋に操作的ないし職業的な形でしか関与しないということでもある[35]」。

それゆえ、「探偵の推理」と「事件の現実」はいつも緊張関係の中に共存するが、「語りの論理に関して見るならば、両者は互いに対立している。ここで問題になるのは、犯罪と捜査のいずれが優位に立つかということではない。私たちは、語りの可能性の諸条件それ自体にかかわることになる[36]」。

要するに、遠藤は「探偵小説に欠くべからざる驚きと、筋だてのフィクション」の中で「いずれをとるべきか？」と自問したが、それらは表裏一体をなすものであり、そこに探偵小説の「テクストが呼び起こす独特な面白味の多くが存在している[37]」。別の文脈で言うならば、探偵小説が読者に与えるべき「驚き」は、その中に作家の意図が含まれているからこそ、読者に「現実のように」受け取られなければならないのである[38]。遠藤が自問した、「探偵の推理」と「事件の現実」との間の関係は、後に『沈黙』において実現されることになる。

遠藤はハメットやアメリカの探偵小説について、ある「不満」（一九五二年三月三一日）を抱くことになり、その

（34）Yves Reuter, *Le Roman Policier* p. 39.

（35）ジャック・デュボア『探偵小説あるいはモデルニテ』（鈴木智之訳）法政大学出版局、一九九八年、九四頁。Jacque Dubois, *Le Roman Policier ou La Modernité*.

（36）同上、九五頁。

（37）同上、九六－九七頁。

（38）Cf. John G. Cawelti, "Faulkner and the Detective Story's Double Plot" in: *Mystery, Violence, and Popular Culture* The University of Wisconsin Press, 2004, p. 265–275; John G. Cawelti, "Canonization, Modern Literature, and the Detective Story" *Theory and Practice of Classic Detective Fiction* ed. by Jerome H. Delamater & Ruth Prigozy, Hofstra University, 1997, pp.5–15; Peter J. Rabinowitz, "The Click of the Spring: The Detective Story as Parallel Structure in Dostoyevsky and Faulkner" *Modern Philology* vol. 76, no. 4（1979）pp. 355–369.

後再びグリーンを読むことになる。先に引用した一九五二年二月一七日の日記には、次のように記されている。

夜、寝床でハメット『マルタの鷹』を読了。何も学ぶべきものがない。ぼくが、一月に探偵小説を読む気になったのは、少くとも〈伏線〉の方法を学ぶためであった。しかし、ハメットに関する限り、伏線は使われていない。〔中略〕それに比べればG・グリーンの伏線の使い方の見事さ……

このように、遠藤は、マドールのグリーン論の影響で英米の探偵小説を読むことになったが、再びグリーンを一層深く研究するに至ったのである。要するに、遠藤はグリーンを読むなかで新たにマドールのグリーン観に接し、グリーンのみならずより多くの探偵小説を読み続けたが、結局はグリーンに戻ったのである。

②グレアム・グリーンの「スリラー・パターン」

それでは、遠藤とグリーンとの関係はどうだったか。すでに引用したように、遠藤は「J・マドールのグレアム・グリーン論をよみながら〈カトリック小説と傑偵小説〉との関係を非常に面白く思った」と言い、マドールがあげるグリーンの手法の三大特徴の一つとして「グリーンと探偵小説の関係」に注目する。そして、「こうしてカトリック小説は、探偵小説の手法を効用にする事が出来るのである。これを読みながら、やはり、ぼくは、小説の技術を学ぶには、映画と探偵小説に頼るのがいいと思う」と言うほど、遠藤がグリーンの探偵小説から受けた影響は甚大なものであった。マドールも述べたように、グリーンの特徴としては、「グリーンのすべての小説はスリラーである」(39)という主張にある。

遠藤周作の作品がグレアム・グリーンと密接な関係をもっていることは、「遠藤周作は日本のグレアム・グリーン」という表現として人口に膾炙されており、両作家の関係についてはすでに一定の先行研究がある。しかしながら、こうした論究は、今まで主に両作家の個々の作品を比較し、それによって浮上する両作家のカトリシズムの比較研究が主流であるのも事実である。こうしたことは、遠藤とグリーンの関連性について考察する際に、主に遠藤の純文学のみを研究の対象とした結果だと言ってもよいであろう。しかしながら、遠藤がグリーンから影響を受けたのは、グリーンのカトリシズムという「信仰問題」のみならず、その「信仰問題」という主題を書く「技術」でもあったのである。

では、遠藤がグリーンの作品について抱いていた関心は何だったのか。結論から言うならば、それは、グリーンの書き方としての「スリラー・パターン」(thriller pattern) であり、しかもグリーンはこの「スリラー・パターン」を彼の「小説」(novel) と「娯楽物」(entertainment) の双方を貫通する技法として用いた、ということであった。したがって、グリーンの「娯楽物」に当たるといえる遠藤の「中間文学」にも、遠藤の純文学と同様に、この「スリラー・パターン」は機能していた。というのは、遠藤とグリーンの関係を立体的に理解するためには、遠藤の「純文学」と「中間文学」に跨る研究方法を取らねばならないし、実際に遠藤にとって二つのジャンルは、グリーンの場合と同様に、不可分である。グリーン自ら「私の「小説」のうち、娯楽性の濃いものを「entertainment」と呼ぶ」と言ったことからわかるように、小説と娯楽物は別々の根源からできたものではない。

(39) Brian Diemert, *Graham Greene's Thrillers and the 1930s*, p. 62.

『密使』を読了。グリーンの小説もこれで三冊読んだのだが、その小説技術で眼につくのは、筋の上で偶然性を沢山ほうりこむ事だ。しかし、これは単に外部的な偶然性ではない。我々の無意識に、又は、無思慮に、あるいは、（グリーンの場合は特に）疲労から行われた小行為が未来において行為（罪）に変容する。人生はこの小行為が大行為に変容するさまざまの糸の織り物である。

そうしたグリーンの技術方法は比較的、『密使』のような、彼の所謂〈エンターテイメント〉作品には探偵小説的形をとり、『事件の核心』のような宗教小説では神秘、恩寵、罪の問題を含ませる。グリーンの小説では期待は生命である。『密使』のような探偵小説形式では、はらはら期待させるためになかなかこみいった細工を使っている。（一九五一年一二月四日）

（15・一五七頁）

グリーンへの遠藤の関心は、『作家の日記』の至るところに記されている。「グレアム・グリーンの『第三の男』を見た」（一九五一年八月二二日）という日記の箇所をはじめ、「やりたい仕事は、今月ではグレアム・グリーン研究」（一九五一年一月一五日）とも書いてある。それからも、「グレアム・グリーンの『事件の核心』をよみ始む。〔中略〕この作品については、もっと読みつづけてから書こう」（一九五一年一〇月二三日）、と記すほど、遠藤のグリーンへの関心は甚大なものであった。『権力と栄光』を読了してからは、次のような感想文を書き残した。

グリーンを続読。この小説ではジョゼ神父は重大な役割をなしていない。

第二部で神父がプロテスタントの兄妹に救われ、身の安全をえてから再び、もとの罪にはいる技法は、新鮮なものである。つまり、グリーンは苦悩において人間が、初めて、上昇する事を肯定している。そういう事はめあたらしい事ではない。しかし、グリーンのうまさは、たえず、神父を〈罪の淵〉におき一寸《ちょっと》でも、たががゆるめば、彼が、もとの線までかえる事を描写している所だ。

例えば、今日読んだ、巻末の、神父がアメリカ人のギャングに告悔を拒絶された時、自分が無益である事に怒りを感ずる心理などは、うまいものである。（一九五一年一一月六日）

（15・一五〇頁）

グリーンの『密使』を一九五一年一一月二六日からわずか二日間にわたって読破したり、『内なる私』については、また詳細な感想文を残した。

グレアム・グリーンの『内なる私』を読み始む。最初のアンドリューズが森の中を恐怖においつめられて逃げる書き出しは非常にうまいと思った。（一九五一年一二月七日）（15・一五九頁）

グリーンの小説の中で、『内なる私』は一番ぼくを感動させている。つまり、デュアメルの『サラバンの日記』を読んだ時の感動と似たものが……弱い者が、その弱さにかまけながら次第に崇高なものになっていく姿勢、それこそ、ぼくが描こうと思っていて、とり出す事の出来なかったものがそこにあると思われる。（一九五一年一二月九日）（15・一六〇頁）

『沈黙』の主題でもある「弱者の救い」という問題は、すでにグリーンとの出会いによって芽生えていたことは、以下の記録からも明らかになってくる。

グリーンの『内なる私』を非常な感動を持ってぼくは今、読了した所である。
グリーンのものもつづけざまによんで、彼の、作品の方向もわかった気がする。
1　グリーンは巨人、聖人を描かない。人間の弱さを描く。彼は罪を犯す。それを悔いる。しかし、再び罪を犯す。『事件の核心』の主人公や『内なる私』のそれのように。
2　しかし彼はモーリアックの主人公のように受身ではない。悔恨と自己を呪う気持にたえずおいかけられている。それは一つの能動性である。時としてヒロイズム、しかし再び罪を犯す。
3　弱さに犯されるのは、彼が安全、en sécurité を保証されている時である。『栄光《マ》と勝利《マ》』の司祭のように。

グリーンの小説技術はモーリアックのように心にくい程うまいとはいえない。技術的な仕組みが鮮やかに読者にわかるからである。しかしそれだけに小説技術を学ぶ上には非常に都合がよい。(一九五一年一二月一〇日)　(同上)

多くのグリーン研究者が語るように、グリーンの作品は「スリラー・パターン」として一貫している。とりわけ、エンターテインメントとして書かれた作品、『拳銃売ります』(*A Gun for Sale*)、『密使』(*The Confidential Agent*)、『恐怖省』(*The Ministry of Fear*) などにその形跡が著しい。というのは、『密使』が「追跡される者」(The Hunted)(第一部)と「追跡する者」(The Hunter)(第二部)によって構成されていることからも明らかである。

また、「小説」と評価される作品の中では、『ブライトン・ロック』(*The Brighton Rock*)、『権力と栄光』(*The Power and the Glory*)、『事件の核心』(*The Hear of the Matter*)、『情事の終わり』(*The End of the Affair*) などをあげることができる。遠藤が「一番ぼくを感動させている」と評価した『内なる私』(*The Man Within*) は、グリーンの最初の小説作品であるが、そこからすでに追跡する者と追跡される者の間の葛藤と緊張が描かれている。

これらの作品を支配する「スリラー・パターン」とは、善と悪が対立・葛藤する世界というグリーンの現実認識を反映したものである。グリーンは、「人間が生きているこの世界には、どこにおいても平和がない」[40] と述べたが、「スリラー・パターン」は、こうした世界における人間を描くために使われた技法であった。グリーンの作品には、事件をめぐって、追跡する者と追跡される者が繰り広げる外的な対立・葛藤はもちろん、事件の経過とともに、両者の間の内的な対立・葛藤も大きくクローズアップされている。そうした対立・葛藤は、究極的には宗教的な対立・葛藤にまで深まり、神と人の間の対立・葛藤を現わす装置として用いられるのである。すなわち、グリーンの作品は、事件が登場人物に及ぼす心理的な影響を描くと同時に、その心理的な影響は、登場人物たちを神へ導くもののための置き換えとして描かれている。

それゆえ、グリーンにおいては、「心理的スリラー」（psychological thriller）が「宗教的スリラー」（religious thriller）および「神学的スリラー」（theological thriller）と重なるのである。そえゆえ、遠藤の『沈黙』[41]にも、グリーンの『権力と栄光』や『事件の核心』の場合と同様に、「大きな神学的な問題で満ちているスリラー」と評価することが十分に可能であろう。江戸川乱歩がグリーンの『密使』と『ブライトン・ロック』を「心理的スリラー」の範疇に置いたことからも分かるように[42]、実は、都留信夫も指摘した通り、「殆んどすべてのグリーンの作品が同種の主題とスリラーとの結合から生まれているといって差支えない[43]」。しかも、もっとも重要なのは、グリーンの作品が宗教的な主題を中身とするという点と、グリーンの作品がスリラー小説という様式で書かれたという点の間には、密接な関係があるということである。それゆえ、グリーンの『地下室』（*The Basement Room*）をめぐる次のような説明は、グリーンの作品全体についてもあてはまるものであり、さらには、グリーンから多大な影響を受けていた遠藤の宗教的な作品が、スリラーという様式をとった根本的な理由をも明らかにするもの

（40）Graham Greene, *The Lawless Roads* Penguin Books, 1982, p. 33.

（41）Ferdinando Castelli, S. J., “Silenzio, di Shusaku Endo. Un ‘thriller’ teologico” *La Civiltà Cattolica* Quaderno 3997 (2017) p. 24. Cf. A. J. M. Smith, “Graham Greene’s Theological Thrillers” *Queen’s Quarterly* 64（1961）, pp. 15–33.

（42）江戸川乱歩『幻影城』（江戸川乱歩全集第26巻）光文社、二〇〇三年、八八頁。

（43）都留信夫「宗教の世界とスリラーの世界――グレアム・グリーンの場合」『L＆L』（明治学院大学英文学会）7（一九六二年）五三頁。

であろう。

『地下室』は背信の物語であり、その主題は宗教的である。だが、同時にこの小説は読者の心に戦慄を誘うスリラー小説でもある。それはたんに本来宗教的な内容の物語を、スリラーという枠組みのなかに収め、読者に受け入れ易くしたいというだけのことではない。この小説のスリラー性は、決して異質の内容を包みこんだオブラートではない。なぜならば、『地下室』では、圧倒的な悪のまえに立たされた主人公の姿そのものが極めてスリリングな存在であり、主題自体が必然的にこうした物語構成を要求しているともいえるからである。(44)

それでは、なぜスリラーと宗教的主題は結びつくのだろうか。都留は、一方、グリーンの『失われた少年時代』(The Lost Childhood)とアントニー・ストー(Anthony Storr)の探偵小説論――「黒と白の世界」(A Black-and-White World)――を例として挙げながら、「圧倒的な悪の存在、その悪と善との死をかけた対立・抗争」こそ、「冒険小説、探偵小説、そしてある種の宗教小説に全く共通する主題となりうることであろう」と結論づける。他方、都留は、ストーの探偵小説論を次のようにまとめて、ストーの探偵小説理解がそのままグリーンには適用されないと指摘するが、都留のこうした指摘こそ、なぜ遠藤が「シャーロック・ホームズの時代は終わった」といいながらハードボイルドの世界に興味を示したのかを説明してくれるであろう。

ストーによれば、探偵小説とは法と秩序を枠として、そのなかで善悪が葛藤する物語である。娯楽性を重視する彼は、当然ながら、この物語という要素を極度に強調する。物語としての探偵小説における葛藤は劇的・典型的たることを絶対条件とする。その際、犠牲となるのは登場人物の性格である。この種の小説においては性格もまた典型的なものでなければならない。善はあくまでも善であり、悪は終始絶対の悪でなければならない。そうしなければ物語が劇的でなくなるからである。シャーロック・ホームズがよい例となろう。かれは真実探求への熱意と犯罪一掃の意欲以外はもたない人物である。それでよいのだ。もしホームズが女の色香に迷い、名声や権力を求める人物であったり、あるいは緊急時にもなおコカインを手放しえぬ弱い性格の人物であったりしたならば、到底あれだけの活躍は期待できぬはずである。犯罪者の側についても全く同様である。こうした物語性とその道徳性は西部劇に類似する。最近探偵小説にも活きた性格を求める傾向がみられるが、探偵小説の存在理由をまもるため、そのような無用な試みは放棄するよう勧めて、ストーはこのエッセイの結論とするのである。(45)

都留はストーの探偵小説理解を右のようにまとめた上で、グリーンのスリラーの世界とストーが理解するスリラーの間の相違を明確にする。

グリーンはそうは割り切れない。グリーンはいかなるときにもまず小説家である。小説家としてのかれは、どうしても人間の魂の矛盾から目を離すことができない。大衆小説を読むときにも、推理小説を向かうときにも、かれが求めるものはやはり人間である。(46)

(44) 同上、五三頁。
(45) 同上、五八－五九頁。
(46) 同上、五九頁。

グリーンやストーのスリラー理解をめぐる以上のような議論には、日本のカトリック作家としての遠藤が、なぜスリラー（＝ミステリー）に多大な関心を寄せたのか、そして彼が古典的な謎解きとしての探偵小説の限界を超えて、探偵と犯人を――ストーの二分法とは違って――「白」と「黒」と「割り切れない」混合体として描写するハードボイルド作品に興味を示したのかの理由を説明してくれる。日本の「カトリック」作家としての遠藤は、キリスト教における神と悪魔、白と黒の判然とした区分とそこに由来する「劇」を知らない「日本」の風土の中に「劇」を導入する試みとしてミステリーを用いることになったとも思われる。

ここで注目したいのは、遠藤は日本にいた頃や渡仏した当初は、まだ探偵小説について批判的であったということである。例えば、遠藤は留学する前より、慶應義塾大学仏文科の先輩の堀田善衛（一九一八－一九九八年）と親しく交わっていたが、堀田宛ての手紙（一九五〇年一〇月一七日）で、遠藤はこう書いている。

> こちらの新作家は、アメリカの探偵小説を勉強しているのがいます。私にも何故だか、わかるんです。堀田さんはよく探偵小説みてられましたね。ぼくは日本にいた時、何故かわからんかったが、こちらにきてわかりました。毎月、何か雑誌を送ってもらってますが、ひどいですね。あれが文学でない事もこちらに来てハッキリわかりました。(47)

しかし、留学三年目に入るころからは、マドールのグリーン論の影響もあり、探偵小説に対する遠藤の立場は一変することになる。これらの事情については、すでに冒頭で述べた通りである。グリーンへの遠藤の関心が実は彼のフランス留学前から芽生えていたことを思えば、ハメットの探偵小説を読むことによって、グリーンへの遠藤の関心がより深くなったことは容易に理解できる。

ハメットやグリーンの探偵小説が遠藤に及ぼした影響の詳細については後に考察することにするが、前述したとおり、遠藤の作品世界は、「追跡する者・追跡される者」の間の緊張関係によって成り立つ探偵小説・推理小説的な構造をもつ。そして、遠藤がそのような作品を書き続けたのは、すでに引用した遠藤の言葉どおり、神と人生の神秘（ミステリー）にその淵源をもつのであろう。

（47）『三田文学』105（二〇一一年）一八八―一八九頁。

第二章　遠藤文学の探偵小説的構造

一　「影なき男」を読む

私たちは、遠藤周作の文学世界が「カトリック小説と探偵小説との関係」という立場から築かれたものだと主張した。これまではあまり言及されてこなかった短編小説「影なき男」に注目することで、こうした主張を立証すると同時に、その内容を検討してみたい。それによって、グリーン的な分類法に従い「影なき男」をエンターテインメントとしての「心理的スリラー」[1]と呼ぶことができるなら、『沈黙』はノベルとして「神学的スリラー」に当てはまる、と主張することができるであろう。

「影なき男」は、推理小説雑誌『宝石』（一九五七年一二月号）に掲載されたもので、一時同雑誌の編集長を務めていた江戸川乱歩に頼まれて寄稿したものである。[2]同作品は、後に『ブラック・ユーモア傑作選』（阿刀田高編、光文社、一九八九年、一五七－一八一頁）に転載されており、「鉛色の朝」と改題され、『蜘蛛――周作恐怖譚』（新潮社、一九五九年）、『遠藤周作怪奇小説集』（講談社、一九七〇年）、『怪奇小説集』（講談社、一九七三年）、『怪奇小説集I』（『遠藤周作文庫』、講談社、一九七五年）『蜘蛛（ふしぎ文学館）』（出版芸術社、一九九六年）に収録されている。また、この作品は、発表当時のものから改題され、『ブラック・ユーモア傑作選』と『怪奇小説集』という、異なるジャンルの選集にまたがる形で収録された。

しかし「影なき男」は、いわゆる「純文学」を中心とする新潮社版の『遠藤周作文学全集』には、一九七五年版（全一一巻）にも二〇〇〇年版（全一五巻）にも含まれていない。これらの事実は、この作品が遠藤の文学世界において占める位置を示すと同時に、遠藤の作品世界を理解してきた従来の視座の一つを提供する可能性を秘めているとも推察される。

まず、この作品の内容を略述することで、この作品に内蔵されていると思われる幾つかの要素を浮上させてみたい（引用は、初出の『宝石』による）(3)。

その男が私の前にあらわれたのは、二月の、ある曇った朝のことである。（五六頁）

読者に何か不気味なことを暗示するような書き出しで始まるこの作品の主人公は、生まれたばかりの赤ん坊をもつ平凡な会社員の村松という男である。ミステリー小説や怪談のような陰惨な雰囲気すら漂うその緊張感は、「新聞の一面には、久しぶりにソビエットからの送還船が、近く帰還者をのせて、帰国してくることを報じていた。私はそれに眼を走らせると、なにか不吉なものでも見たようにあわてて新聞をおき、冷えた味噌汁を飲みこ

（1）Francis L. Kunkel, *The Labyrinthine Ways of Graham Greene*, Paul P. Appel, 1973, p. 58.

（2）江戸川乱歩は、『宝石』の経営難を打開するために編集長として招聘されて、一九五七年八月号より一九六二年まで編集の仕事に携わった。有名な松本清張の『ゼロの焦点』が連載されたのもこの時期のことであった。

（3）「影なき男」についての記述は、拙著『沈黙への道・沈黙からの道――遠藤周作を読む』かんよう出版、二〇一八年、八五－八九頁からの転載によるものである。また、本書の中で遠藤の諸作品についての記述の多くは、同書から部分的に転載する場合がしばしばあることをここで明記しておく。

んだ」というところでますます高まっていく。
村松は、妻から生活費が足りないと文句を言われながらも、飲み代に逼迫した会社の同僚に金を貸してやるほど善良な、ある意味ではそれを拒むことのできない気の弱い男である。しかしながら、「善人だなあ、村松さんは」というお世辞を耳にする度に、何かが自分を刺すように感じざるを得ない。村松には、実はある暗い思い出が心の奥底に秘められていた。

俺が善人か。その俺がよくもまあ、あのシベリヤの収容所で七年の歳月を送ったものだ。そして多くの仲間たちが苛酷な労働や飢えや密告のなかで次々倒れていった時、俺は生き残り、そして日本に帰ってきたのだ。東京にあった家はすっかり焼けていたし、親たちは俺が出征している間に死んでしまったけれども、叔父の世話でどうにか職もみつけ、結婚し、ともかく、平凡な、つつましやかな生活を送ることができている。
〔中略〕
私は坂道を登りながら、真白に雪にうずまったシベリヤのH収容所のことを想いうかべた。鉄柵をめぐらし、監視台のサーチライトが青白い光を凍てついた地面に照らしている。警戒の兵士がその地面をふんで歩くかたい靴の音がきこえる。一日のノルマで疲れた人間が石のように眠っている。私はその一人だった。
（五八－五九頁）

そのような錯綜した思いに落ち込んでいる村松の目の前に、ある朝、ある男があらわれる。
十米も行かぬうちに、私はうしろにひびく靴音を耳にした。男は私を追いかけて走ってきたのだった。男は私の行手をふさぐように前にたって、例のうす嗤いをうかべた。

「誰です。あんたは」わたしは虚勢を張って叫んだ。「人を追いかけてきたりして」

「追いかける理由があるからですよ」男はゆっくりと言った。「長い間かかってやっと探したんだ。村松さん、見つけるまで随分、苦労しましたぜ」

「僕あ、君なぞは知らない」

「憶えがないと言うんですか。じゃ、チャンとした所に出ましょうか。訴えたっていいんですよ。君のために俺たちはどんなに苦しい思いをしたか、察しもつくでしょう」（六一頁）

そういわれると、何故か村松は素直にお金を渡した。「今日はこれだけしかないんだ。〔中略〕だが、金が欲しいんなら、もっと用意する」（六二頁）

それにはある事情があった。実は村松は、一〇年前に日本に戻るまで、シベリヤの収容所に七年間も抑留された体験がある。そこで村松は、収容所を管理するソビエトの軍人や日本人のリーダーから、同じ収容所にいる「反動の名、危険思想の持主の名を言え」と強要された。彼が躊躇すると、「君が黙っている以上……今度の帰還も再考慮になるかもしれないぞ」と脅かされた。最初は名前を明かすことを拒んだ村松だったが、どうしても日本に帰りたかった彼は、ついに彼らの要求に屈してしまう。

三日後、私は遂に仲間を裏切った。（六六頁、傍点引用者）

村松が無事に日本に送還されたのは、「仲間を裏切った」ためであった。長い間、誰にもそれを打ち明けることはできなかったものの、彼がそれを忘れたことは決してない。「あれから十年、私が名を言っただけのためにあのシベリヤに残っている人もいるかもしれないのだ。白い雪に覆われた曠野の中で石を切り、その石を積んでいる人々がいる」。忘れるどころか、彼は自分の過去のことでいつも怯えていた。

何時かはこのような事が起るかも知れぬとは思っていた。日本に帰国した当座、私は毎日、怯えながら日を過ごし、電車の中でも路でも何処かで見たような顔に出会うと、思わず、ギクリとしたものだった。名前を改名したり、応召前勤めていた会社をそっとやめたのもそのためだった。　（六二頁）

やがてその男に再度会うことになった日、「秘密は私一人で背負わねばならない」と、村松は悲壮な覚悟で出かけた。そして、男にまた金を渡した。足りないと言われれば、更に日延べを頼むつもりで。ところが、男は「結構」とすんなり金を受けとり、「こんなに早く払ってくれるとは思ってもいませんでしたぜ」と言いながら領収書まで渡すではないか。「なんですか、これは」と驚く村松に、「あなたが俺の店で飲んだ代金じゃないですか」、と男は苦笑し、村松の名前と家の住所まで書いてある借用書を目の前に出した。よく見ると、それは自分の字ではない。いつもお金を借りていく会社の同僚の日野のものだった。

「村松さん、スマん。この通りだ」と日野は謝ったが、村松は黙っていた。「私は、眼をしばたたきながら黙っていた。私が見つめているのは、日野の顔ではなかった。日野の顔のむこうに曇っている空だった。シベリヤの曠野のように鉛色にどこまでも拡がっておる空だった」。日本に戻るために「仲間を裏切り」、仲間の顔と名という「踏絵」を踏んだ彼の胸の中には、ずっとうしろめたさが残っていたのである。

二　探偵小説作家としての遠藤周作

江戸川は、一九五七年、自分が『宝石』の編集を担当することになった年の「一般文壇」の事情について、「松本清張、有馬頼義、加田怜太郎、菊村到などが先駆者で、最近では水上勉が最も目立っている」と言った後、次のように付け加えている。「大岡昇平、椎名麟三、梅崎春生、中村真一郎、遠藤周作、藤原審爾、安部公房、三浦朱門、曾野綾子、新田次郎、石原慎太郎、小沼丹、吉行淳之介、邱永漢、南条範夫の諸氏が、多かれ少なかれ推理小説を発表している」[(4)]。江戸川によって遠藤が「多かれ少なかれ推理小説を発表している」作家の中に連ねられたことは、遠藤の文学に対する既存の視座に新しい光をあてるに違いないだろう。

さて、江戸川は、自分が『宝石』の編集長を担当することになった経緯について、次のように述べている。

> 雑誌『宝石』は、われわれ推理小説家の本陣のようなものだが、その『宝石』が、それまでの数年、原稿料の支払いもおくれがちで、よい原稿が集まらず、ほとんど持ち込み原稿ばかりのせているようなことがつづいて、このままはほうっておくことはできない状態になっていた。日本探偵作家クラブ幹事会はこれを問題にし、同会の推薦で、私が編集長として名前を出してやってみることになった。それ以来、稿料は正確に

（4）『探偵小説の四十年（下）』（江戸川乱歩全集　第二九巻）光文社、二〇〇六年、六〇五頁（傍点は引用者）。

支払い、毎月小さい新聞広告も出し、また『宝石』にのせる収入広告も、私自身諸方へ出向いてもらってくるようにして、退勢ばん回を計り、一年ぐらいで大体収支つぐなうところまで持っていくことができた。(5)

要するに、江戸川が遠藤に原稿依頼をしたのも、有名な作家の力によって、経営難に陥っていた『宝石』を再度活発にしたいという狙いがあったが、遠藤は江戸川の期待に見事に応えたのである。「影なき男」の他も、遠藤は一連の「推理」や「恐怖譚」を次々発表した。一九五八年に「三つの幽霊」(『オール読物』)と「姉の秘密」(週刊新潮)を発表してからは、一九五九年には『週刊新潮』に「蜘蛛」「黒痣」「私は見た」「月光の男」「あなたの妻も」「時計は十二時にとまる」「針」「初年兵」「ジプシーの呪」を連載した。これらの短編を筆頭にして、遠藤は数多くの探偵小説・怪奇譚・恐怖譚を書くことになる。「遠藤周作怪奇・推理小説著書リスト」(6)を見ると、幾つかの短編は複数の作品集に重複して掲載されているものの、カトリック作家遠藤を探偵小説と関連づけて理解することが必要であることが明確になる。そのリストに記載している作品をここに写してみよう。

『蜘蛛——周作恐怖譚』(新潮社、一九五九年)
「三つの幽霊」「蜘蛛」「黒痣」「私は見た」「月光の男」「あなたの妻も」「時計は十二時にとまる」「針」「初年兵」「ジプシーの呪」「鉛色の朝」

『偽作』(東方社、一九六四年)
「偽作」「泣き上戸」「寮友たち」「小禽」「シラノ・ド・ベルジュラック」「集団就職」「八王子城」「お母さん」「花咲ける乙女のかげに」「恋人と呼ばせて」「軽井沢」

『遠藤周作怪奇小説集』（講談社、一九七〇年）
「三つの幽霊」「蜘蛛」「黒痣」「私は見た」「月光の男」「あなたの妻も」「時計は十二時にとまる」「針」「初年兵」「ジプシーの呪」「鉛色の朝」「霧の中の声」「生きていた死者」「甦ったドラキュラ」「ニセ学生」

『怪奇小説集Ⅰ』（講談社、一九七三年）
「三つの幽霊」「蜘蛛」「黒痣」「私は見た」「月光の男」「あなたの妻も」「時計は十二時にとまる」「針」「初年兵」「ジプシーの呪」「鉛色の朝」「生きていた死者」「爪のない男」「恐怖の窓」「枯れた枝」

『遠藤周作ミステリー小説集』（講談社、一九七五年）
「気の弱い男」「人食い虎」「シャニーヌ殺害事件」「姉の秘密」「口笛を吹く男」「娘はどこに」「八尺の音」「蟻の穴」「共犯者」「憑かれた人」

『怪奇小説集Ⅱ』（講談社、一九七七年）
「シャニーヌ殺害事件」「霧の中の声」「共犯者」「幻の女」「偽作」「憑かれた人」「ニセ学生」「甦ったドラキュラ」「蟻の穴」「人食い虎」「口笛を吹く男」「娘はどこに」

（5）同上、六〇七頁。
（6）遠藤周作『蜘蛛（ふしぎ文学館）』出版芸術社、一九九六年、二四六–二四八頁。

『第二怪奇小説集』（講談社、一九七七年）
「ジャニーヌ殺害事件」「共犯者」「幻の女」「偽作」「憑かれた人」「蟻の穴」「人食い虎」「口笛を吹く男」「娘はどこに」

『その夜のコニャック』（文藝春秋、一九八八年）
「その一言」「幽体離脱」「寝台」「あかるく、楽しい原宿」「色模様」「幼児プレイ」「１９７９年の作文より」「女優モニック」「麗子」「珍奇な決闘」「どこかで、見た、風景」「二条城の決闘」「その夜のコニャック」

『蜘蛛』（出版芸術社、一九九六年）
「三つの幽霊」「蜘蛛」「黒痣」「私は見た」「月光の男」「あなたの妻も」「時計は十二時にとまる」「針」「初年兵」「ジプシーの呪」「鉛色の朝」「幻の女」「ジャニーヌ殺害事件」「爪のない男」「姉の秘密」「娘はどこに」「憑かれた人」「気の弱い男」「恐怖の窓」「枯れた枝」「生きていた死者」

上記の「遠藤周作怪奇・推理小説著書リスト」は、これらの短編集に加え、長編小説の『闇のよぶ声』（一九六六年）、『真昼の悪魔』（一九八〇年）、『悪霊の午後』（一九八三年）、『スキャンダル』（一九八六年）、『妖女のごとく』（一九八七年）などを「怪奇・推理小説」として挙げている。その他に、『わが恋う人は』（一九八七年）も、奇怪・推理小説に入れることができる。この作品は、戦国時代における恋人たちの悲劇が雛人形を通して現代の人々に憑依されるということを描いたものである。

さらに、講談社版（一九七三年）の『怪奇小説集』に載っていた短編は、二〇〇〇年には同出版社によって『新撰版　怪奇小説集「恐」の巻』と『新撰版　怪奇小説集「怖」の巻』として出版された。

これらの作品は、今まであまりにも注目されていなかったが、それには、やはり遠藤の作品世界についての既存の「オーソドックスなアプローチ」（武田友寿）が働いていたに違いないだろう。

しかしながら、探偵小説と遠藤文学との関係は、もちろんこれらの作品のみに限るものではない。この点に対する考察は、次節で行うことにする。遠藤の推理小説や探偵小説についての評価は、『日本のミステリー事典』の中で「遠藤周作」の項目を述べた横井司の次の報告がよくまとめている。

推理小説とのかかわりは、「宝石」の編集に乗り出した江戸川乱歩の依頼を受けて書いた『影なき男』（五七発表）からで、短編は『蜘蛛』（五九発表）などの恐怖小説が多い。初期には、小説家志望の妻の奇計を描いた『偽作』（六〇発表）や、キリスト教の遺物発見に取りつかれた素人学者の執念を描く『憑かれた人』（六五発表）などの他、ある一族の世々の失踪にまつわる謎を神経科医が追う長編『闇のよぶ声』（六六）も書かれた。後期の、一連のミステリアスな長編では、結核患者が病院内の邪悪な存在を暴こうとする『真昼の悪魔』（八〇）が、推理小説としての完成度が高い。(7)

ただし、遠藤のミステリー作品が一九五七年（昭和四二年）に発表された「影なき男」にまでさかのぼるというには、まだ修正を要するであろう。最近になって発見された遠藤の未発表の手稿の『われら此処より遠きもの

(7) 横井司「遠藤周作」権田萬治・新保博久監修『日本ミステリー事典』新潮社、二〇〇〇年、六一頁。「アフリカの体臭——魔窟にいたコリンヌ・リュシェール」『遠藤周作　『沈黙』をめぐる短編集』慶應義塾大学出版会、二〇一六年、二九三—三〇四頁。

へ』（一九五三年九月末頃［推定］）[8]やペンネームで発表したとされる「アフリカの体臭――魔窟にいたコリンヌ・リュシェール」（一九五四年）をみても、遠藤が最初からミステリー作家として書き始めたということがわかる。

「アフリカの体臭――魔窟にいたコリンヌ・リュシェール」は、あるフランスの有名な女優がアフリカの街で娼婦として生きているとのうわさの真相を探る若者の物語であり、ある謎の真相を追う推理的な構造になっている。この作品は、遠藤が「『オール讀物』に伊達龍之介とかなんかという変名で、読みものを何回か載せてるんだ」（『狐狸庵vsマンボウPARTⅡ』（講談社、一九七五年）という発言がきっかけになって発掘され、『オール讀物』の一九五四年八月号に掲載されたものであった。当時の遠藤はフランス留学から戻ったばかりの三一歳の青年であり、まだ小説家としてデビューしていなかった時である。いままで遠藤の処女作と認められてきた「アデンまで」（一九五四年の『三田文学』11号）より早いものである。

加藤宗哉によれば、「文体から見ても、小説の内容・状況から言っても、これがフランス留学から帰ってまだ日の浅い遠藤周作によって書かれたことは間違いない。のちに人気作家となる要素を充分に感じさせる小説である」[9]。この加藤の「解説」の中で注目したい部分は、処女作と推定される「アフリカの体臭」が「フランス留学から帰ってまだ日の浅い」遠藤の作品であるという部分である。加藤のこうした指摘は、遠藤のいわゆる処女作がすでにミステリー風に書かれたことを改めて浮上させるものとして注目したい。このような事実を考えると、作家遠藤周作を推理小説作家として分類する十分な妥当性と同時に、彼の作品を推理小説という視座から読み解く可能性を与えてくれる。後に言及することになる「われら此処より遠きものへ」「アフリカの体臭」「影なき男」の三つの作品に共通する形式とテーマは「宗教的ミステリー」としてまとめることができる。これは、『作家の日記』から読み取られるもの、すなわち、遠藤がフランス留学の際に影響を受けた諸要素は、彼の内部に秘められていた問題意識と重ねあわさる形で表出されたのであろう。この時期は、病気によって帰国を強いられてからあまり歳月が経っていなかった時期でもあり、留学中に吸収した影響がまだ生々しく残っていたと言える。

また、評論家の権田萬治は、遠藤の『第二怪奇小説集』（講談社、一九七七年）につけた「解説」の中で、「純文学の作家が余技としてミステリーに手を染める例は決して少なくない」と言った上で、次のようにつづける。

わが国においても戦前の谷崎潤一郎、佐藤春夫、戦後の坂口安吾、大岡昇平、福永武彦など数多くの純文学作家がミステリーの分野に挑戦し、一定の成果を収めているのである。その意味で昭和三〇年に『白い人』によって芥川賞を受賞し、その後も『海と毒薬』『沈黙』などの問題作を次々発表している遠藤周作がまた優れて個性的なミステリーの書き手であっても一向にふしぎではない。ここでいうミステリーとは謎解きの本格ものから犯罪小説、ハードボイルドあるいは怪奇幻想小説を含めた広義の推理小説を指すのだが、遠藤周作のこの『第二怪奇小説集』に収められた作品を読むと、氏の推理小説への関心が決して本来の文学的本質と無縁でないこと、いやむしろ逆に大いにかかわっていることに改めて驚かされるのである。(10)

遠藤の推理小説が彼の「本来の文学的本質と無縁でない」との権田の見解は、遠藤の「罪を犯さざるを得ない罪深い存在としての人間を優しく、しかし、たじろぐことなく見すえる強靱な作家的精神」（同、二三六頁）が推理小説においても遺憾なく発揮されているという認識に基づいたものである。権田は、遠藤がかつて「宗教と文

（8）池田静香「翻刻にあたって」遠藤周作文学館編『遠藤周作文学館資料叢書「われら此処より遠きものへ」草稿翻刻』二〇一一年、五頁。
（9）加藤宗哉「解説　作家の〝最盛期〟を読む――『沈黙』からの十余年」遠藤周作著、加藤宗哉編『遠藤周作――「沈黙」をめぐる短編集』慶應義塾大学出版会、二〇一六年、三〇九頁。
（10）権田萬治「解説」遠藤周作『第二怪奇小説集』講談社、一九七七年、二三四頁。

学」で書いた文章――「真実の人間、生きた人間を書くためには、人間のもつ美しい部分だけでなく、その汚れた世界、罪の領域にまで眼を注ぎ、それに触れねばならぬ」――を引用しながら、「神を信仰する者が人間の罪深い闇の部分に強烈な関心を抱くということは一種の逆説だが、この逆説こそ、カトリック作家の大きな特徴である」（同、二三七頁）と述べ、遠藤のミステリー小説が彼のカトリック信仰に由来するものだと断定した上で、同類の例としてイギリスのG・K・チェスタトンやG・グリーンを挙げる。そして「いずれもカトリック教徒であり文学者でありながら、優れた推理小説の書き手である」と言い、「遠藤周作のミステリーへの強い関心と思い合せるとまことに興味深い」（同、二三七頁）と評価する。

さらに、権田は、遠藤のミステリー作品集の『蜘蛛』（出版芸術社、一九九六年）の帯にも次のような文章を載せた。

遠藤周作氏の怪奇小説やミステリーには、乾いた恐怖の中に明るい笑いを秘めた幽霊譚や、それとは対照的に人間の内部に潜む悪や、不気味で不可解なものを鋭く凝視したものがある。

カトリック作家のグレアム・グリーンが優れた文学と並行して見事なミステリーを書いたように、遠藤周作もまた、怪奇小説の分野でも見事な作家的力量を発揮している。本書に収録された、珠玉のような作品に触れた読者は、真摯なカトリック作家遠藤周作に秘められた、もう一つの楽しい素顔を発見して、ますます氏が好きになるに違いない。

上記の「真摯なカトリック作家遠藤周作に秘められた、もう一つの楽しい素顔」という権田の表現は、遠藤のミステリー作品がカトリック作家としての遠藤の文学世界に本質的に関わるものであるという意味にほかならない。

三　遠藤文学の横糸と縦糸

さて、以上のような「影なき男」の内容から、この作品に内蔵されている幾つかの主題が浮上する。それは、「痕跡と追跡」「裏切りとうしろめたさ」「人間心理への非情なる凝視」「ドンデン返しとユーモア」という四つの要素をさすもので、遠藤に寄稿を頼んだ江戸川乱歩が「影なき男」につけた解説文でまとめた内容と大差はない。江戸川は、「現代浮世物語」と題した解説文のなかで、「影なき男」を「なかなかあじわい深い物語」と評価しながら次のように述べている。

現代浮世物語――憂き世物語である。気の弱い善人にとって、この世がいかに住みにくいかが、ユーモラスに、しかし、しみじみと語られている。多くの善人が身につまされる物語である。

或る日、戦慄すべき事件が突発する。旧悪の暴露。永年びくびくしていたものが、ついにやって来た。忘れたころにやってきた。善人にとって、いのちの瀬戸際である。彼はいかに蒼白となり、いかに苦悶し、いかにこれと戦ったか。しかし、この物語は西鶴ふうの落ちがある。救いがある。善人はほっと安堵するけれども、だが、またしても、彼の前には、あの日常的憂き世が、果てしもなく続くのである。

「なかなかにあじわい深い物語」と好評した江戸川の上記の解説文からは、遠藤が「約束の期日」を厳守するほど、積極的にこの作品の執筆に取りかかった様子が窺われる。それと同時にこの解説には、遠藤の作品世界全体を一貫して流れる主題やその主題の表し方を理解するための鍵となる四つのテーマが見事にまとめられているとも思われるが、それは上述した痕跡への追跡、裏切り、人間の内面への非情な凝視、そしてドンデン返しとユーモアのことである。

　これらの四つの要素が、横糸と縦糸になって、遠藤文学全体を編み上げる。そして、これらの四つの要素は、遠藤の多様なジャンルの作品――「純文学」「中間文学」「歴史小説」「心理小説」「ユーモア小説」――の中に遍在する形で働きながら、遠藤の文学世界全体を築き上げているとも推測される。それゆえ、過言を恐れずに言うならば、これらの四つの要素が内蔵されている「影なき男」は、遠藤の作品世界全体を俯瞰できる一冊であるとも言えよう。

1　追跡する者・追跡される者

　まず形式的な面からみると、前で触れておいたように、この作品は遠藤がフランス留学中に耽読していた、ダーシャル・ハメットの長編探偵小説と同じタイトルをもっている。そして、遠藤がハメットの作品を経てグレアム・グリーンの作品を耽読したことについては、前節で論じた通りである。そうであれば、遠藤の作品における根本モチーフが、グリーンのそれと同様に、「スリラー・パターン」であるということは、容易に推論できるであろう。「スリラー・パターン」は、「影なき男」においては言うまでもなく、遠藤のほとんどの作品を司る根本的な構造になっているのである。こうした主張の妥当性とその根拠については、第四章において詳しく論究することにするので、ここで詳論は避けたい。

　ただ、一つだけ書いておきたいのは、「追跡する者」と「追跡される者」の間の関係は、マドールのグリーン論における核心的な部分でもあったということである。マドールは、『グレアム・グリーン』の第二章の「追跡される人間」(Les Hommes Traqués) を次のように締めくくっていたのである。

この物語(=『権力と栄光』)の卓越さ、独自は、まったくすばらしい。……この司祭もアンドルーズやコンラッドなどグリーンの小説のすべての主人公と同じように、「追いつめられた人間」である。では真の追手はだれか。それは神にほかならない。そのことは、すでに『ブライトン・ロック』でうすうすと示唆されてはいるが、この小説に来てはじめて、われわれははっきりとそれを知らされるのである。

グリーンが小説家としてスタートした頃、かれはまだそこまではっきりわかっていなかったに違いない。しかし、ジェノヴァの聖女カタリナを知りカトリックに改宗してからは、年を追ってそれがはっきりとしてきた。その成果が『権力と栄光』に実ったことはあらためて説くまでもない。しかし、それと同時にここで指摘しておかなければならない大切なことは、(一)、それにもかかわらず、グリーンの初期の作品と『ブライトン・ロック』や『権力と栄光』の間には真の断層がないということ、(二)、これらの小説はすべて神の不在――つまり神の沈黙――をわれわれに感じさせる、ということである。〔中略〕

このことは「追いつめられた人間」の群と並べて、われらの「媒介者」とでも呼んでいいような群像――それはたいていの場合、女性なのだが――を調べてみるといっそうはっきりすることであろう。「追いつめられた人間」といえども、もしもかれらと行動をともにし、かれらを慰め、かれらを破滅させ、あるいはかれらに救いをあたえるような女性がいなかったら、グリーンがすべての小説にあたえているような結末にはならなかったにちがいないからである。[11]

上論したように、遠藤は堀田より、グリーンの作品を追跡する者と追跡される者の間の緊張関係という視点、すなわち「スリラー・パターン」として読み取ることを学んだ。そして、フランス留学中に読んだマドールのグリーン論においても、この「スリラー・パターン」は、グリーンを理解するに当たって核心的な部分になっている。そうであれば、「スリラー・パターン」が遠藤文学全体に焼き付けられた形で浸透したという見解には、いかなる無理もないであろう。

2 追跡の動因としての痕跡

「影なき男」には、遠藤の切支丹物語の『沈黙』のテーマが、推理小説の技法を通して見事に描き出されている。すなわち、この作品は、「裏切った」者が抱いている「うしろめたさ」とそれに由来する人間の心理や行動というテーマが、読者の予想外の結論によって締めくくられるという推理小説の技法に包まれた。「影なき男」の村松を悩ませていたのは、彼の過去が彼に残していた「うしろめたさ」であった。村松は、シベリヤから日本に「帰るためには表面は共産党の支持者にならなければならなかった」し、自分の同僚を「裏切って」密告したのである。

ある日、私はソビエットの大尉と数人の日本人のリーダーの前に呼びだされたのだった。部屋の中はむきだしの壁しかなかった。その部屋の中で私は収容所にいる反動の名、危険思想の持主の名を言えと強要されたのだった。

「君が黙っている以上」日本人のリーダーは言った。

「今度の帰還も再考慮になるかもしれないぞ」それから彼はこびるように大尉にむかって笑った。

青い空やみどりの色の山々が私の頭を横ぎった。あたたかい白い御飯や自由にねころべる畳のことまでが浮かんだ。

「言えないのかね」

「知らないんです」私は床を見つめながら小さな声で答えた。

「ふうん……しらないのかねえ……」鉛筆で自分の長いアゴをなでながら日本人のリーダーは言った。

三日後、私は遂に仲間を裏切った。

（『宝石』六五－六六頁）


踏絵を踏んで信仰を棄てた切支丹が遠藤の一生のテーマであることについては再言の必要がないが、その切支丹の「裏切り」という主題がすでに「影なき男」という短編の中を流れる主旋律になっているのである。同僚への裏切りと密告は、村松に消すことのできぬうしろめたさを残した。『それで、そのためにまだ残っている人がいるの』と訊ねられた時、私はどのように返事をしよう」と躊躇い、村松は妻にもそれを打ち明けることができなかった。彼の「心をたえず怯やかしていたあの不安も良心の呵責」も、時間とともに少しずつ「うすらいでいった」が、それが完全に消えたわけではない。「僕あ、君なぞは知らない」という村松に対して、「その男」は念を押すように言いだした。「憶えがないと言うんですか。じゃ、チャンとした所に出ましょうか。訴えたっていいんですよ。君のために俺たちはどんなに苦しい思いをしたか、察しもつくでしょう」。

私は黙って眼をしばたいた。この男がどんな用件できたのか、私にはわかっていた。あのシベリヤの収容所の黒い建物やノルマに疲れた仲間たちの顔が幾つか、私の頭をかすめていった。この男の顔もその顔の一

（11）ジャック・マドール「裏切りと十字架」マドール［ほか］『グレアム・グリーン研究Ⅱ』（野口啓祐訳編）南窓社、一九七四年、一四八－一四九頁。

つにちがいなかった。

（『宝石』六一頁）

周知の通り、裏切った者が裏切られた者に対して抱くうしろめたさというテーマは、一人のキリスト者としての遠藤を文学に導いた原動力となっている。「影なき男」を読んでみると、「追跡する者・追跡される者」の間の緊張関係は、「裏切る者・裏切られる者」の間の緊張関係にその淵源を持つものである。

遠藤にとっては、「裏切る者」と「裏切られる者」の間の関係は、迫害を受けていた切支丹の信仰様態であった。彼らは、踏絵を踏むことでキリストを裏切ってからは、自分たちによって裏切られたキリストに追跡される生涯を過ごしたのである。彼らが「うしろめたさ」に追われる生涯を生きたというのは、彼らは依然としてキリストの眼差しによって追跡されたということを意味する。こうした切支丹の生き方は、遠藤によって、「追跡する・追跡される」という探偵小説的な書き方によって描かれることになったのである。切支丹物語としての『沈黙』は、探偵小説の様式によって書かれた。これについては、遠藤に及ぼしたグリーンの影響を論じるところで詳論することにするが、ここでは「裏切る」ことが遠藤にとってどのように位置づけられるかを浮き彫りにする箇所を引用しておくことで、今後の議論の土台にしたい。

私がかくれ切支丹に興味と関心を抱いたのは彼等が自分にたいしてうしろめたさを持ちつづけ、外部にたいしては先にものべたように二重生活者だったからである。

うしろめたさの感情については、忘れることのできない経験が私にある。戦争中、うしろめたさを感じなかった日本基督教徒はいなかったのではないだろうか。彼等はかくれ切支丹のように実際には踏絵を踏むことはなかったが、敵性宗教を信じているためにたえず圧迫をうけ、何らかの形で白い眼でみられたことも事実だった。時には警察によばれ、日本人としての忠誠心を問われたり、罵倒されることもあった。敬愛している人々が捕縛されてもそれに抵抗できない時、日本の基督教徒はうしろめたさを感じた筈である。〔中略〕うしろめたさを持つゆえに、彼らは二重生活を行った。心のなかで是認できないこと、疑っていることをそのまま表現することが戦争中の日本社会では危険だったから、彼等は本音とタテマエとを分けて、二重生活を行うことで身の安全を保たざるをえなかった。〔中略〕

そういう経験を過去に持った者がかくれ切支丹をかえりみる時、そこに自分の姿の投影をみるのは当然である。私はかくれ切支丹たちの教義の屈折の正否を言っているのではもちろんない。彼等の意識は特殊なものではなく、むしろ形を変えた戦争中の日本基督教徒にもあったと言いたいのである。

（「うしろめたき者の祈り」13・三四四頁）

「影なき男」の村松も、自分が二重生活者であると認識していた。「俺が善人か。その俺がよくもまあ、あのシベリヤの収容所で七年の歳月を送ったものだ。そして多くの仲間たちが苛酷な労働や飢えや密告のなかで次々倒れていった時、俺は生き残り、そして日本に帰ってきたのだ」。それゆえ、自分の過去を隠すために、村松は「名前を改名したり、応召前勤めていた会社をそっとやめた」こともある。

ここでもう一つ指摘しておきたいことがある。居酒屋の掛け代金を取り立てる男は、自分の意図とは全く関係ないまま村松の心の奥底に手を入れることになり、暗い過去の持ち主の村松を「追いかける」役割を果たすことになる。そうであれば、ある者によって追いかけられる者は、実は別の者によって追いかけられるのであり、その「あるもの」と「別のもの」の間には、何らかの比喩的関連性による結び付きがあるに違いない。

3　追跡の場としての人間の内面

「影なき男」には、人間の心の内部におけるいかなる動きも見逃さない繊細な視線が目立つ。外には表れないが人間の中に潜む暗黒についての関心とそれへの緻密な描写は、人間の善良な姿に隠されている犯罪心理や弱点に焦点を置く探偵小説において欠かせないものであるという点で、上記の「追跡」の要素につながるものであろう。人間の心の中の「暗闇」について遠藤の関心は、すでにフランス留学時代から芽生えたものであったといえる。遠藤は、「黒ミサ」についての自分の好奇心を隠さなかったが、これも同じ文脈で受け止めることができる。「ユイスマンの『彼方』を読み始める。期待していたリヨンの黒ミサの解釈はない」（一九五二年三月一二日、15・一八六頁）。しかし、その二年前の一九五〇年一一月二一日付の『作家の日記』で遠藤は自分の覚悟を次のように記している。

昼食をくいながら、フィガロをみると、殆ど、朝鮮事件も、終結に近づいたらしい。私は、政治に全く関心がなくなってきた。自分をその方向に強いても、私は政治や社会に如何なる興味ももちえない。その背後には、私の怠惰な無力感、アモラリスムがひそんでいるにちがいない。

私は今日、決心した。一切の外部的思潮に足をすくわれない事、私は、自分の裡で最も確実である、あの方法によって、人間内部の原初的なものに到達する事、それ以外に私は私を定める事が出来ないように思われる。（15・四九頁）

また、一九五一年一月三〇日付の日記には、遠藤は次のような自画像を描いていた。

自分のイメージを昨日路を歩きながらハッキリと思いだしたのだが、今日それを亦喪ってしまった。しかし、次の事だけは確かである。

ぼくの中には、モーリヤックを評して une délectation couchée（横になる悦び）といったものが、殆ど本質的なものにまで存在している。それを次のような——現在のぼくの諸兆候の中に——あらわれている。

1　非社会的、極端にまで押しすすめられた非社会性

2　汎神的傾向

この汎神的傾向はぼくの中にあっては、けっしてギリシャ的なものではない。それは寧ろ、光を嫌う。陰微、湿潤の泥地の中で腐った葉をはむ、乳白色の透いた虫の立場がぼくには愛される。

3　ぼくの中にあるブルジョアジイの嫌悪。しかし、革命までもっていかれない怠惰性。

4　暗黒小説、暗黒世界に対する身の傾向。

（15・七二－七三頁）

心の中に潜んでいる暗黒、その「世界原初の暗い沼」（一九五一年二月三日『作家の日記』）への鋭い凝視は、「救済以前の世界に到達したいという願望」（一九五一年四月五日）という表現でまとめられる。さらにこうした心の中の暗黒への関心は、男と女の間の愛と死、そして殺しの関係にまで深まっていく。一九五一年七月二六日付の日記をここで引用しておこう。

ローレンスが『アメリカ古典文学』の、ポー論の中で次のようにいう。（中略）

（男〈女〉は愛によって生きるが、あまりに愛しすぎれば死ぬ。／彼は、自分の神経が、他者の神経との強く激しい一致のなかで震えることを欲する。それによって彼は、ある恍惚に達し、この恍惚が彼を全世界に結びつけるのだ）

しかし事実この烈しい〈愛欲の〉一致は temporaire にすぎない。
この理由をローレンスが次のように敷衍《ふえん》する。
1．一つの生きた存在を知る事は、それを殺す事である。
〝一人の人間を知ろうとすることは、その人間から生命を奪うことだ。とりわけ、相手が愛する女である場合には〟。

（この言葉をどう解釈すべきか。つまり、男は愛する女を固定しようとする。しかし、固定する時、女は死ぬのだ。男は女を愛さなくなるだろう。女は常に未知のすみ家、ほの暗い神秘でなければならない。）

（15・一一九－一二〇頁）

男にとって「女は常に未知のすみ家、ほの暗い神秘」という認識は、同日の日記で、またもローレンスの『アメリカ古典文学』に従い、フォークナーにおける「女性の悪魔性」について触れるところにまで進むことになる。そして、フォークナーを生み出した「アメリカはすべての限界をこえて悪魔的な中にさえ陥ちこもうとする国なのだ」という。

遠藤文学に多くの影響を及ぼしたフォークナーについては章を変えて論じることにするが、ここでは人間の中の「暗黒」と関連して遠藤がフォークナーに言及する日記を引用しておきたい。

これは第一にフォークナーに対してであるが……無意識を探るのに狂人を使う事は、読者をしてこれは自分と関係のない世界だと思わせる。一体に無意識を使うのは、人間の内部を探り、読者をむき出しの世界の中に陥し入れる事である。ぼく自身としても無意識を求めているが、それは肉欲の世界に於てである。ぼくが肉欲をえらんだのは、一般に現代作家が無意識をえらぶ時、それは、解体のみに陥る危険がある。〔中略〕ぼく私が無意識を狙うのは、その中に人間の生命の復活を見たいからであって単に無意識を探るためではない。

（一九五〇年一二月一六日）（15・五八－五九頁）

人間の心の中の「暗黒」への凝視が欧米のキリスト教批判にまでつながるということに注目すべきであろう。なぜならば、そうした事実を明確にすることによって、「暗黒」への遠藤の関心が単なる作家的な好奇心によるものではなく、キリスト教という精神共同体をもたない日本で小説を書く自分の課題への自覚につながるからである。

このような日記の記録をみると、遠藤文学の原点には「暗い神秘」、すなわち、人間の内部の暗部に潜む「原初的世界」や「無秩序」や混沌への凝視が働いていたことがわかる。そこは、一切の救済の可能性が排除された悪の領域であると同時に、それゆえ救済の可能性を内蔵する深淵でもあろう。

こうした人間と実在への理解は、一九七一年一月一二日・一三日に『読売新聞』に発表した「現代にとって文学とは何か」（13・八一－八五頁）の中では、さらに発展した形で言及される。そこで遠藤は、イスラエルを訪れた時のことについて語る中で、「各時代の町や村が層をなして埋もれた丘」という意味の「テル」について触れる。それゆえ「テル」とは、すでに廃墟になったものをそのままにしておいて、その上にまた町を築くことによって生じたもので、遠藤はこうした考古学的概念を用いて、人間の意識の下に埋もれた無意識の問題、聖書において事実に埋もれた「真実」、そして自分のことを語るさいにも目に見えない形で働く「ウソ」を指している（この問題に関連して、遠藤は『おしゃべり』と『異物』という作品を繰り返して言及する）。「テル」について言及しながら、遠藤はそれを人間の内面の問題へつなげる。

だがテルを見る時、〔中略〕私はいつも人間の内側をのぞきこんでいるような錯覚を感じた。文学は人間の内面の幾重もの層を時代と共に次々に発掘していた。人間の表面の心理の裏側にエゴを見いだし、エゴの奥に無意識下の深層心理や社会心理をみつけ、現代の小説家はそれぞれ、その層を掘りさげていったことが確かである。そしてテルに埋っている幾重もの町の層はまるで『神曲』のなかでダンテが地獄でみたあまたの世界のように、近代文学が掘りさげた人間の内側の層を私に連想させるのである。だが、その層が最後にぶつかるものは何か。その最後にぶつかった原世界によって小説家の現代にたいする姿勢はきまるように私には思われる。（13・八四頁）

これらの自覚は、遠藤がすでに「カトリック作家の問題」で表明した「人間凝視の義務」に相通じるものである。そして、「人間凝視の義務」は、社会性の濃い事件を扱う場合においても、遠藤がその事件にかかわった人間の内面心理の奥底に突っ込むことに徹したことにもあらわれている。例えば、九州のある大学病院で米軍捕虜生体解剖事件を扱った『海と毒薬』においても、遠藤がフォーカスを当てるところはその事件に加担した医師の戸田と勝呂の内面への「凝視」であった。『悲しみの歌』にも勝呂が登場するが、彼の暗い過去を穿鑿し報道する新聞記者の折戸に対して、遠藤は彼が人間の苦しみに眼を閉じ、自分自身の出世街道を走る冷酷さを痛烈に告発している。「折戸の人生には何の迷いもなかった。それはハイウェイのように一直線に真直ぐにのびていた。彼には人間の悲しみなどは一向にわからなかった。うすよごれた人間の悲しみ。ごみ箱で野良猫が食べものをあさり、病室ではまた老人が痛みにたえかねて声をあげ、勝呂がそれを慰めながら、モルヒネしか打てぬ苦しさを噛みしめているような、人間の悲しみを彼は知らなかった」（『悲しみの歌』二三九―二四〇頁）。

また、『闇のよぶ声』（一九六三年）は、松本清張の社会派推理小説『ゼロの焦点』に似た作品であるが、しかし依然として遠藤は、事件の社会的背景よりも人間の魂の奥底の問題に焦点を当てている。『沈黙』は、遠藤が留学中に読んだ『真昼の暗黒』――アーサー・ケストラー（Arthur Koestler, 一九〇五―一九八三年）の『ゼロと無限』（原題は *Darkness at Noon*, 一九四〇年）――のように、国家権力が個人の信念に裏切りを強いる物語である。[12] しかし遠藤にとっては、ロドリゴにおける「キリスト像の変化」[13]という、信仰の内面的な事柄に傍点がおかれたのである。松本が事件の究明の場所を「密室」から「社会」へ移したとすれば、遠藤は「密室」から再び人間の「魂」に移動させたともいえる。

さらに、フランスのレジスタンスによるドイツ協力者への残酷な処刑（『青い小さな葡萄』）、敗戦後のシベリヤ抑留（「影なき男」）、国家権力による信仰への弾圧（『沈黙』）、米軍捕虜生体解剖事件（『海と毒薬』）、満州における日本植民地時代の出来事に起因する失踪と自殺（『闇のよぶ声』）など、これらのすべての作品において遠藤は、事件を作中人物の内面で起こる出来事として扱い、作中人物の内面に関心を注いだのである。こうした作品には、人間の心理や意識のより奥に読者の視線を移し、究極的には読者を神のところへ導こうとする遠藤の意図が読み取れる。

遠藤は、ドストエフスキーについて「『カラマーゾフの兄弟』や『悪霊』のように根源的な観念をまるで核の分裂のように吐きだせる人物を今の私の力倆ではとても、創作できるとは思えない。〔中略〕リヨンの夏休みに『スタヴローギンの告白』を読んで以来、あのような小説を書きたいという気持はやはり心の奥に燻っているよう」（「ドストエフスキーと私」『春は馬車に乗って』二三九頁）。これは、遠藤がドストエフスキーのように、作中人物の奥の奥まで入りこみ、そこで行われる心象を怖れずに表面に引き出すことを目指していることの証左である。

（12）フランス語訳は *Le Zéro et l'infini*, Paris, Calmann-Lévy, 1946. 日本語訳は『真昼の暗黒』中島賢二訳、岩波書店、二〇〇九年。『作家の日記』にも、『ゼロと無限』を読んだ形跡が残っている。「夜、ギイにケストラーの『0と無限』をかりる」（一九五〇年七月八日）「アーサー・ケストラーの『零と無限』を読み始める」（一九五一年一一月一九日）。

（13）笠井秋生『遠藤周作論』一五五頁以下。

4　メシア的反転――ドンデン返しとユーモア

「影なき男」が私たちの注目を引く、もう一つの点は、この作品が、後に遠藤の諸作品でよく使われることになる特有の仰天のユーモアで結末を迎えるという点であろう。[14] こうしたことは、この作品が『ブラック・ユーモア傑作選』（阿刀田高編、光文社、一九八九年）に収録されたという事実から明らかである。先ほどの遠藤の「推理小説」定義の中に、「ドンデン返し」という言葉があったが、その「ドンデン返し」こそ、ユーモアの核心であろう。そうであれば、ミステリー小説（＝探偵小説）もユーモアと通じ合い、「ドンデン返し」をもって大団円の幕を下ろす。それゆえ、神による「ドンデン返し」への希求には、神における万物の更新や新しい創造を待ち望むキリスト教的終末論が働いている。

また、「ドンデン返し」を本質とするユーモアが引き起こす笑いは、目の前の事物への執着を断つことによって、人びとを超越的な世界へ導くように働きかける。言い換えれば、「ドンデン返し」やユーモアは、人間のアイデンティティが閉鎖的なものではなく、根本的には他者にむけて開かれたものであることを教えてくれる。人間の中心は、自分の中にあるのではなく、自分を超えた他者の中にある。ヘルムート・プレスナーの用語でいうなれば、人間の心は「脱中心」（Exzentrität）である。[15] 笑いは基本的に突発的に起こるものであり、そこで人間は自分自身への統制（支配権）を失う。その時、人間は自分の中心が自分の外にあることに気づくのである。

このように、「ドンデン返し」とユーモアには、否定を通して新しく肯定されること、すなわち、神による新しい創造という終末論的観点が働いている。言い換えれば、「ユーモア」と「ドンデン返し」には、天と地、神と人間の「逆対応的」（西田幾多郎）一致への希望が現存するのである。遠藤にとっても、「ユーモア」は自分を遥かに超える他者と繋がることを願望するものである。

向こうから友人がくる。我々が彼を見て笑いかけるのは、その人とつながろうとする心の表現である。我々が誰かを笑わそうとするのは、それによってみなを楽しくさせようとするつながりの表現である。笑いというのは人間がもう一人の人間にたいする愛情のなんらかのあらわれとしても存在する。言いかえるならば、笑いは憎しみや怒りとは全く反対に他者を拒絶するのではなく、他者と結びつこうとする意志の最初のあらわれだとも言えるのだ。だから、私はユーモアのなかにもまたこの笑いの積極的な意味と同じものをみつけたいのである。

（「ブラック・ユーモアを排す」『春は馬車に乗って』三〇七頁）

こうしたユーモアがよく「ドンデン返し」として表現されることは、ユーモアの本質が他者への逆対応的な一致にあるということを明確にしてくれる。その際の「他者」とは、可視的な人間や事物であり、それと同時に不可視的な超越者でもある。ユーモアの本質は、自分をへりくだる（＝否定する）ことによって他者とつながることである。ユーモアは、自分を高ぶらせて他者を蔑視することからは生まれてこない。ユーモアの本質は、それとは正反対に、自分がへりくだるところにある。

もう一度、繰りかえせばユーモアとは自分を劣等者の位置におき、優越者の力や権威を嘲ることにほかならない。

（14）阿刀田高『短編小説のレシピ』集英社、二〇〇二年、二三一－二三三頁。

（15）Helmut Plessner, *Lachen und Weinen*, GeSch VII S. 276; Wolfhart Pannenberg, *Anthoropologie in theologischer Perspektive*, S. 79.

エスプリ批判はこれと全く反対である。仏蘭西語の辞書でエスプリという字を引くと、「才気、機智」などという日本語が出ているがこれは曖昧《あいまい》だ。エスプリとはユーモアが劣者の位置に身をおくのとは全くちがって、自分を、批判する対象より高い地点において上からスパッと相手を裁断することである。人を刺すような言葉、相手の弱点を貫く警句は既にそれを言う者が相手より高い場所にいてこそできるのである。ユーモアは全くこれとは反対だ。自分を劣等者におくのがユーモアなのである。

（「犬が笑うのを見た」『ぐうたら漫談集』八五頁）

遠藤は、以上のような四つの要素――「痕跡と追跡」「裏切りとうしろめたさ」「人間心理への非情なる凝視」「ドンデン返しとユーモア」――を絡み合わせながら、自分の文学世界を織り上げたのである。これらの要素は、「影なき男」以外の怪奇小説やミステリー小説からも抽出されうるものだろうか。さらには、遠藤文学全体に共通するものとして働いているのであろうか。

もちろん、「影なき男」におけるドンデン返しの要素は、ユーモアのみならず、探偵小説の特徴の一つとしても挙げられる。すなわち、探偵小説は、意外な結末によって読者に驚きを与え、それによって読者が自分と世界の不可解性に目覚めるような装置を設けるものが多い。そして、遠藤とグリーンの場合には特にこうした要素が目立つが、こうした反転も、重層的な次元において行われる。まず、追跡する者が追跡される者であることが判明したり、さらには、今まで追跡されてきた者が、実は自分が神によって追跡されたと自覚したりすることになる。またそこに、スリラーとしての探偵小説の特徴が見られる。「先にいる多くの者が後になり、後にいる多くの者が先になる」（マルコによる福音書一〇・三一）は、探偵小説における追跡する者と追跡される者の間についても語られるのである。

以上をふまえて、「影なき男」にあらわれた四つの要素が、遠藤の他の作品においても働いており、その意味で、「影なき男」は、遠藤文学における探偵小説的構造を示す原型であることを論じてゆきたい。

しかし、その前に、探偵小説とは何か、そして、遠藤はなにゆえ探偵小説的な書き方を自分の技法として取り入れたかについて考察したいと思う。

第三章　なぜ探偵小説なのか

一　痕跡の追跡としての探偵小説

1　探偵小説とは何か

遠藤が自分の作品を探偵小説の「技術」によって書き通したとすれば、それは逆に、彼の作品の「主題」が探偵小説の主題――究極的な意味においては神の「ミステリー」（＝神秘）――であることを証しするものでもある。なぜならば、ある作品に潜む「主題」とそれを著す手法との間には、切り離せない関係があるからである。では、探偵小説とは何か。

江戸川乱歩は、「探偵小説の定義と類別」というエッセイの中で、探偵小説に次のような定義をつけた。

主として犯罪に関する難解な秘密が、論理的に、徐々に解かれていく経路の面白さを主眼とする文学である。(1)

そして、乱歩は、「これは十五年以前に書いた定義に、『主として犯罪に関する』という十文字を加えたのみで、他は少しも変わっていない」と敷衍している。その上で乱歩は、探偵小説として何よりも重要なものとして、

「そこには小説全体を貫くような秘密がなければならない」と説き明かす。そして、「その秘密は出来るだけ難解であることが望ましい」と言ったうえで、「私は探偵小説の面白さの条件として、出発点における不可思議性、中道に於けるサスペンス、結末に意外性の三つを挙げる」[2]と付け加える。

乱歩によれば、探偵小説には「純探偵小説」「ハードボイルド派」「心理的スリル派」「倒叙探偵小説」（＝「最初から犯罪者を出し、犯罪者の側から描く探偵小説」）、「ユーモア探偵小説」「スパイ小説」「犯罪小説」などの種類があるという。これらの種類について詳論するのは、本書の目的から外れるためやめるが、ただし、乱歩が、上記したハメットを「ハードボイルド創始期の代表的選手」[3]の一人として挙げており、「心理スリル派」の作家に、乱歩がグレアム・グリーンを名指したことは明記しておきたい。

そして、さらに注目すべきことは、乱歩が探偵小説を「大衆文学」の範疇に入れることについて批判的であるということである。

> 「難解な秘密を論理的に徐々に解いて行く面白さ」という定義は、数学をはじめあらゆる科学研究の面白さに、そのまま当てはまる。〔中略〕そこで、最後に文学という重大な条件がつけ加えられなければならない。探偵小説は一つの文学である。秘密が如何に深く隠されていようとも、その解決が如何に巧みであろうとも、文学として劣っていては、その価値を半減することを注意しなければならない。同時にまた、如何に文学的

（1）『幻影城』（江戸川乱歩全集第26巻）二一一頁。
（2）同上、二二三頁。
（3）同上、七八頁。

手法に優れていても、上記の謎文学特有の条件が充たされない場合は、やはりその価値が半減されるであろうことは云うまでもない。その意味において、探偵小説は科学と芸術の混血児の如きものであり、そこに探偵小説の文学上の極めて特殊な地位がある。小説は純文学と大衆文学に二大別し、探偵小説はその後者に属すると極めてしまうことが出来ない。探偵小説というジャンルはそういう区別とは別個のものである。随って、探偵小説の内に純文学的なものもあり得るし、また大衆文学的なものもあり得ると考えるのが正しいのだと思う。(4)

すでに言及したことであるが、推理作家であり評論家であるP・D・ジェームズは、グリーンが小説と娯楽物の間の「当惑した二分法」(5)（puzzling dichotomy）から身を引いたことを高く評価しているが、探偵小説における純文学と大衆文学についての乱歩の右の引用文も、同じ文脈で読むことができる。と同時に、「カトリック小説と探偵小説の関係」という観点から、遠藤の――「純文学」と「中間小説」を含む――文学全体を理解するに当たっても、極めて有効な意味を持つと言えよう。

P・D・ジェームスは、ジャンルとしてのスリラーが単なる文学的技巧を指すのではなく、究極的には、人間の本性への凝視につながると言いながら、その好例としてチェスタトンをあげる。彼は、探偵のブラウン神父を通して、読者に「詩的なヴィジョン」（poetic vision）を伝えようとしたが、それは「日常的な現象の中から愛（romance）と聖性（numinousness）を見ること」を意味する。それゆえ、チェスタトンが唱えたように、探偵小説とは、「社会の条件を探求しまた暴露すると同時に、人間の本性の中にある何かについて語る媒介体」であって、探偵小説の駆動力としての「スリルのみが、普通のスリラーもそうであるが、人間の良心と意志に関心を示す」のである。(6)そうであれば、探偵小説は、遠藤の言う「人間の内部の一番深いところ」を探り出す文学、すなわち「純文学」に違いない。

また、乱歩が探偵小説についての定義の中で、「『主として犯罪に関する』という十文字を加えた」と言い、「主として」という断りをつけたことも、彼の定義を援用しながら遠藤における探偵小説の意義を論究する作業を加速させる。なぜならば、遠藤の作品には、たしかに「カトリック小説と探偵小説の関係」という自覚が流れてはいるが、彼が必ずしも「犯罪」を扱っているわけではないからである。もちろん、遠藤の作品の中にも「犯罪に関する」探偵小説はある。『おバカさん』『闇のよぶ声』『真昼の悪魔』『悪霊の午後』『妖女のごとく』『楽天大将』などは、実際に殺人事件や誘拐事件が登場する。しかしながら、遠藤の作品を「カトリック小説と探偵小説の関係」という観点から紐解くというのは、遠藤を探偵小説家として位置づけることに拘るためではなく、彼の作品世界を司る探偵小説的要素を引き出すためのものにつながるからである。そうすることによって、遠藤における「主題」と「技法」の統一性を理解することができると思うからである。

廣野は、ミステリー小説について論じるにあたって、イギリスの作家のE・M・フォースターが『小説の諸相』の中で「ストーリー」と「プロット」を区分する有名な箇所を引用する。

プロットの意味を明らかにしよう。ストーリーは、時間の順に配列された出来事の叙述であると定義した。プロットも出来事を語ったものではあるが、因果関係に重点が置かれる。「王が死に、それから女王が死んだ」というのは、ストーリーである。「王が死に、悲しみのあまり女王が死んだ」というのは、プロットで

(4) 同上、二五－二六頁。
(5) P. D. James, *Talking About Detective Fiction*, Vintage Books, 2011, p.8.
(6) *ibid*., p. 46.

ある。この場合、時間の連続性は保たれているが、因果の意味合いが影を投げかけている。さらに、「女王が死んだ。その理由を知る者は誰もいなかったが、やがてそれは王の死に対する悲しみのゆえであったとわかった」というのは、ミステリーを含んだプロットで、高度の発展の可能性を秘めた形態である。ここでは時間が一時停止し、限界の許すかぎりストーリーからかけ離れている。女王の死に関して言えば、私たちはストーリーならば「それから？」と尋ね、プロットならば「なぜ？」と問う。小説の二つの様相であるストーリーとプロットとの根本的な違いは、ここにあるのだ(7)。

ストーリーは読者に「それから？」という好奇心を誘発させるものであり、「プロット」は読者に「なぜ？」という知的な問いを起こさせる要因である。このように、ミステリー小説とは、「謎解きに対する読者の好奇心と理知的欲求を掻き立てる牽引力を秘めた要素(8)」をもつものである。言い換えれば、「なぜ？」という問いを引き起こす「プロット」は「それから？」という時間的な流れに没頭していた読者の意識を停止させる。この停止点が——次節に言及されるメルロー＝ポンティの言葉を借りて言うならば——「物のようにわれわれの眼前に」展開するストーリーが「哲学的観念」に飛躍するポイントである。

こうしたことは、ミステリー小説（＝探偵小説）とは何かという本質にもかかわってくる。廣野は、三つの考え方を紹介する。その一つは、探偵小説は単なる「純然たる謎解きゲーム」であり、文学とは切り離すべきであるという見解である。そして、二番目の立場として、「探偵小説は文学、芸術である」というチェスタトンの定義がある。そして、この二つの意見の中間に位置づけられる立場もあるが、それによると、探偵小説は高度に完成された芸術作品でありうるので、単なる逃避の文学ではない(9)。廣野は、こうした議論を踏まえながら、「ひとまず文学性という問題は脇に置く」ことにして、「探偵小説が小説の一形式であること、したがって、それは人間を描いたものである」という前提から議論を進めようとする(10)。

謎と奇怪とミステリーが、いわば神の奇跡といった、人知をもってして解きがたい謎という本来の意味を失って、似而非作家がこれを、猟奇的エロ・グロという仮面に故意にすりかえてしまったのである。探偵小説を誤解させたのは、一部の探偵小説作者と自称する売文業者の罪であって、決して探偵小説の責任ではない。探偵小説の敵は、純文学でも、頑迷な道徳家でもなく、ほんとうは探偵小説自身の中に巣くっていたのである。〔中略〕探偵小説は、人間が人知の謎に挑戦する推理的動物であり、そのよろこびをしっているかぎりは、いくら誤解と偏見に傷つけられても、いぜんとして不死鳥であるだろう。(11)

では、探偵小説とは人間のいかなる側面を描くのか。言い換えれば、探偵小説が理解する人間はどのようなものか。廣野は、探偵小説の起源ともいえる旧約聖書に触れてから、ナサニエル・ホーソーンの『緋文字』を具体的な例として挙げることで、「人間の弱点や人間性の暗部を探求する」ことを目的とする探偵小説の特長を明確にしようとする。『緋文字』は、村の教会の牧師と自分の妻の不倫を暴こうとしていたチリングワースが、他人の魂の恐ろしい奥底を覗くことによって、結局は自分も破滅を迎えるという内容である。すなわち、「他人の罪を暴く者は自らも破滅に陥る危険にさらされる」ということである。探偵小説は、「他人をとことん追いつめっ

(7) 廣野由美子『ミステリーの人間学――英国古典探偵小説を読む』岩波書店、二〇〇九年、三頁。
(8) 同上、五頁。
(9) 同上、六頁以下。
(10) 同上、一〇頁。
(11) 鈴木幸夫「序にかえて――探偵小説・傷だらけの不死鳥」三―四頁。

つ自らはまったく無傷であるということを可能たらしめる文学上の装置」であり、「秘密を暴くという役割を職として担う者」としての探偵を物語の主人公として設定するという。

探偵はあたかも不死身であるかのごとく、あらゆる危険を脱することができる。というよりも、そういう設定にしなければ、そもそも話が成り立たないのだ。探偵はそれが任務であるという理由から秘密を暴くのであって、彼（彼女）自身の精神上の問題はさして重要ではない。〔中略〕こうして、文学作品に探偵という存在を導入することによって、人間の悪の秘密を白日のもとに晒し、その罪を完膚無きまで、しかも理路整然と暴くことが可能となる。ここから、最初から揚げた問いに対する答えが引き出せそうだ。つまり、探偵小説とは、人間の弱点や人間性の暗部を探求するうえで、格好のジャンルのひとつだといえるのである。(12)

遠藤の作品が「人間の弱点や人間性の暗部を探求する」点においては、確かに探偵小説と類を共にする。だが、そのような「人間の弱点や人間性の暗部を探求する」者自身が自分の探求に伴う「危険を脱すること」はできないという点で、遠藤の作品は、少なくとも廣野のいう探偵小説の類に分類することができない。それゆえ遠藤は、「ホームズの時代は終わった」というエッセイのなかで、犯人捜しや謎解きとしての探偵小説の終焉を宣言し、自分が耽読したアメリカのハードボイルド作家のハメットなどの名前をあげたのである。ハードボイルドにおいては、犯人の跡を追う探偵みずからがその事件そのものに深くかかわることになり、時には探偵みずからが犯罪に手を染めることもあるからである。

2　痕跡とミステリー

すでに言及したように、探偵小説の本質的なモチーフは、いろいろな端緒、痕跡、罠などとともに行われる追跡であり、事件の真相を調べる者を追跡者として設定している。一言で言うなら、探偵小説は、探偵が容疑者・犯人の痕跡を追跡する物語である。ドイツの哲学者のエルンスト・ブロッホも語ったように、探偵小説の特徴は、「ひたすら特徴的な徴候のみをたずね、注意し、追跡するのであり、まさに十分な間接証拠をもとめる、ユニークな、文字でかかれた狩猟にほかならない」のである。そして、こうした狩猟は「あらゆる種類の徴証、足跡、不法なアリバイ、さらにこれらすべてのものの上に立脚した結論」を必要不可欠とするという点で、探偵小説は「啓蒙主義」以後の産物であるに違いない。[13]

痕跡を追跡する物語として探偵小説の起源は、すでに旧約聖書の時代にまでさかのぼる。旧約聖書の創世記に記された「カインとアベル」の物語（創世記四章）は、人類の最初の殺人事件であり、神自身が犯人を探しだす「探偵」として登場する物語として読み取られるであろう。[14] また、旧約聖書外典『ダニエル書補遺』にある「ベルと竜」「スザンナ」の物語にも、探偵小説の起源とも言える要素が働いている。[15] 特に、「ベルと竜」に登場するダニエルの行動には、「痕跡」によって犯人を捜し出す発想が入っている。ダニエルは、ペルシア人のキュロス

（12）廣野由美子、前掲書、一三頁。
（13）エルンスト・ブロッホ、前掲書、五一頁。
（14）Volker Ladenthin, "Am Anfang war der Mord: Detektivgeschichten und Religion" in: Wolfram Kinzig & Ulrich Volp (hrsg.), *God and Murder: Literay Representation of Religion in English Crime Fiction*（*Darstellung von Religion in englischsprachiger Kriminalliteratur*）Ergon Verlag, 2008, S. 73–93.
（15）William David Spencer, *Mysterium and Mystery: The Clerical Crime Novel*, Southern Illinois University Press, 1989, p.17–30.

王に仕える側近だったが、バビロニアの神ベルを偶像と批判し、それを崇拝しない。王は、毎日のようにベルに捧げられる供え物が全部食べられているのを指し、ベル神は生きている神であると主張する。しかし、ベルに捧げられたものはベル神の司祭たちが盗んでいることを知っていたダニエルは、神殿の中に灰をまかせる。翌日、ダニエルは王に訴える。

「その床を御覧ください。あの足跡(footprint)がだれのものかをお調べください」と言った。王は、「なるほど、これは男と女と子供との足跡だ」と言い、憤って、祭司たちをその妻や子供たちと共に捕らえさせた。ついに彼らは、供物台の上のものを平らげるために出入りした隠し扉を王に示した。王は彼らを処刑し、ベル神の処置をダニエルに任せた。ダニエルはベル神とその神殿を打ち壊した。（傍点引用者）

また、聖書以外にも、痕跡を追跡することによって犯人を探しだす作品の原型としては、自分を襲った悲劇の真相――父親殺し――を捜し出すオイディプースの物語や、ヴォルテール（一六九四－一七七八年）の『ザディーグ』(*Zadig ou la Destinée*、一七四七年）などがあげられている。[16] これらの作品が探偵小説の起源と言われる所以は、これらの物語が、痕跡の追跡という、探偵小説の基本的なモチーフを示すからである。

それでは、痕跡とはどのようなものなのか。この問いに答える形で、探偵小説とは何かについて論じることにしよう。数学者であり哲学者のパース（C. S. Peirce, 一八三九－一九一四年）は、「記号」(sign)を「アイコン」(icon)、「シンボル」(symbol)、そして「インデックス」(index)の三つの種類に分類した。「アイコン」とは「意味するものが意味されるものと『類似関係』にある記号」であり、「シンボル」とは「意味するものと意味されるものとが『社会的・文化的慣習の関係』にある記号」である。[17] ここで言う「インデックス」とは、「意味するものと意味されるものとが直接的な『原因・結果関係』にある記号」である。例えば、煙が上がることは、何処かで火災が起きていることを指し示す「インデックス」であり、犯行現場に残された指紋や足跡は、それらを残した何者かを指し示す格好の「インデックス」である。また、鼻水やくしゃみや微熱などは、風邪にかかったことを示す「インデックス」である。

このように、「インデックス」という記号（＝意味するもの）は、その記号が指し示すもの（＝意味されるもの）との間に物理的な関連性を持つのである。その「特権的代表」とも言えるものが「痕跡」である。「痕跡は、それが指し示すものと指し示されるものとを、物理的因果関係、物理的接触によってのみ結びつけ、しかも、それをはさんで〈かつてあった〉と〈今はもうない〉とを不可分に結合させることで二重の時制をまたぐ概念である[18]」。すなわち、犯行現場に残された指紋や足跡は、それを残した犯人を指し示すものであるが、その犯人とは、かつてはそこに居たが、今はもうそこにいない何者かである。たとえば、指がドアノブから離れた時初めて、指紋がドアノブに残ることになるし、足が地面を離れた時初めて、地面に足跡が残るのである。こうした意味で「痕跡」とは、「私たちに接触と喪失とを指し示す何か」であり、しかも、「私たちに喪失の接触と接触の喪失をも指

（16）探偵小説の略史や代表的な探偵小説を紹介する資料は膨大にあるが、ここでは主に以下のようなものを参照した。Willard Huntington Wright, *The Great Detective Stories*, A Chronological Anthology Chares Scriber's Son, 1927; Ellery Queen, *Queen's Quorum: A History of the Detective–Crime Short Story as Revealed by the 125 Most Important Books Published in the Field since 1845* Biblo–Moser, 1969; Dorothy L. Sayers ed, *Human and inhuman stories: from the omnibus of crime* Macfadden–Bartell, 1963.

（17）記号や痕跡をめぐる議論は、佐藤啓介『死者と苦しみの宗教哲学――宗教哲学の現代的可能性』晃洋書房、二〇一七年、七九頁以下を参照した。

（18）同上、七九頁。

し示す何か」（Georges Didi-Hubermann）であり、「原因であった何かがすでに失われ、何かがすでに分からない淵へと落ち込んでしまったという不可知性を常に伴うのである」[19]。

こうした痕跡についての理解は、人間が神に会う時、すなわち、有限が無限に遭遇した時は「傷痕」が残るという神秘主義の伝統にまでさかのぼる。それが「傷痕」である所以は、それが人間から離れた神に対する「恋の病」の源になるからである。無限としての神は、有限としての人間に自らの「痕跡」を残し、それが人間をして絶えず神に憧れをさそうのである。アウグスティヌスが『告白』で語った次の言葉は、神の被造物としての人間の本質を神の「痕跡」として理解する典型を示すものである。

あなたは、わたしたちをあなたに向けて造られ、わたしたちの心は、あなたのうちに安らうまで安んじないからである[20]。

上述したように、無限に触れた有限に傷（痕跡）が残され、それが痛みになり、有限をして無限に向かって進んでいくように働くという発想は、神秘主義においてよくある考え方である。例えば、十字架の聖ヨハネの神秘主義的な作品は、人間の魂が神へ上昇する段階を謳ったものである。

どこにお隠れになったのですか。愛する方よ、私を取り残して、嘆くにまかせて……私を傷つけて置いて、鹿のように、あなたは逃げてしまわれました。呼びながら私はあなたを追って出てゆきました。でも、あなたは、もう、いらっしゃらなかった。

（「魂と天の花むことの間にかわされる歌」『霊の賛歌』19[21]）

その「神の足跡」は「愛の傷手」（『霊の賛歌』B1、17・19）であり、それは、パースの痕跡論がそうだったように、「神の不在」の経験につながる（「霊」B1、21－22）。傷という「痕跡」をそこに残した神は、そこに「かつてあった」けれども「今はもうない」からである。しかしながら、その「神の不在」こそ、神への絶えることのない、神への「恋の病」をひきおこすのである。その典型は、旧約聖書の「雅歌」であり、神秘主義者の愛読書が「雅歌」であったことは、こうした意味で当たり前とも言えるだろう。

戸を開いたときには、恋しい人は去った後でした。恋しい人の言葉を追って／わたしの魂は出て行きます。求めても、あの人は見つかりません。呼び求めても、答えてくれません。……エルサレムのおとめたちよ、誓ってください／もしわたしの恋しい人を見かけたら／わたしが恋の病にかかっていることを／その人に伝えると。（雅歌五・六－八）

神秘主義における神の「痕跡」とその「痕跡」を読み解く行為（Spurenlesen）は、中世ドイツの神秘主義者マイスター・エックハルトの世界理解、すなわち、世界を神の痕跡が隠された一冊の本として受け取る場面に繋がる。

被造物以上のことについて何も知らないひとは、説教について何も考える必要がない。なぜならば、被造

（19）同上、八〇頁。
（20）聖アウグスティヌス『告白』（上）（服部英治郎訳）岩波書店、一九七六年、五頁。
（21）フランセスコ・トラデフロート・フレイセス「『法華経』と『神秘家・十字架のヨハネ』における愛」（賀佐見ドリス直子訳）『東洋学術研究』48（二〇〇九年）一三六頁。

物は、神に満ち溢れる、一冊の本だからである[22]。

そして、自然を神の足跡が残された本として捉える伝統は、自然が残した足跡を調べて自然の本質を究明しようとした一七世紀の「ヘルメス的自然哲学」によって継承され、さらには、一九世紀に現れた探偵小説――例えば、エミル・ガボリオの『ルコック探偵』――においては、犯人が残した足跡を追う探偵に変容されたのである[23]。

アブサントが灯りを手に持って、ルコックのあとに続く。二人はドアのほうに急いだ。それは建物の裏手に出られるもので、小さな庭に通じている。そのあたりは、雪がまだ解けていなかった。くまなく地面をおった白い雪の表面に、無数の足跡が残っている。ルコックはズボンが濡れるのもかまわず、ひざまずいて足跡を調べた。短い時間ですませ、すぐにルコックは立ち上がった。

「男の足跡ではない。女のだよ[24]」。

『ルコック探偵』は、最初の長編推理小説として評価される作品である。そのように評価される理由は、「あらゆる種類の徴証、足跡、不法なアリバイ、さらにこれらすべてのものの上に立脚した結論」を必要不可欠とする「啓蒙主義」以後の産物だったからであろう[25]。シモンズが語るように、ルコックは「犯行現場に残された足跡の型を採るテクニックを思いついた最初の探偵である[26]」。小倉孝誠も、推理小説史におけるガボリオの意義を論じるなかで、「死体や犯行の場に残されたさまざまな痕跡が、事件の謎を解読するために記号として配置されている[27]」と指摘する。そして、上記のブロッホの言葉にも触れた上で、『ルコック探偵』から次のような文章を引用する。

これで全部判った。全部というのは、シュパンの後家の酒場で起きた流血沙汰に関係することは全部という意味だ。雪に覆われたこの空き地は巨大な白いページのようなものさ。われわれが追跡している者たちはここに彼らの動きや歩き方だけでなく、彼らを動揺させているひそかな思い、希望、不安までも書き記していったのだ。親父さん、こうしたはかない痕跡はあんたには何も教えてくれまい。けれども僕にとっては、痕跡は残した人々と同じように生きているし、鼓動し、告発しているのだ。

さらに小倉は、「ルコックの身ぶりはまさしく猟犬のそれ」だと言い、また「雪の上に残された足跡を読み解くとはいかにも初歩的に見えるが、犯罪捜査の祖型であり、およそ痕跡にもとづいて推論するという作業全体の隠喩のようになっている(28)」と評価する。

しかしながら、小倉も指摘するように、「痕跡を読み解くこと」自体は「ガボリオの主人公たちが創出した行為ではない」。すでに一八世紀にヴォルテールの『ザディーグ』においても、砂の上に残されている足跡を根

---

(22) Meister Eckehart, *Deutsche Predigten und Traktate*, herausgegeben und übersetzt von Joseph Quint, Carl Hanser Verlag, 1963, S. 151.
(23) Hard, Gerhard, *Spuren und Spurenleser: Zur Theorie und Ästhetik des Spurenlesens in der Vegetation und anderswo*, Universitätsverlag Rasch Osnabrück, 1995, S. 36ff.
(24) エミル・ガボリオ『ルコック探偵』（松村喜雄訳）旺文社、一九七九年、一三頁。
(25) エルンスト・ブロッホ、前掲書、五一頁。
(26) ジュリアン・シモンズ、前掲書、八〇頁。
(27) 小倉孝誠『推理小説の源流――ガボリオからルパンへ』淡交社、二〇〇二年、一三一頁。
(28) 同上、一三一頁。

拠にし、そこを通った王妃の犬と国王の馬について、その特徴を詳細に述べた。その後、ザディークの方法は、「痕跡にもとづいて推論する帰納法パラダイムの代名詞」となった。ポーの『モルグ街の殺人』においても、死体の皮膚に残された痕跡（毛や指の跡）を根拠に、犯人がオランウータンであると断定する。

しかし小倉によると、痕跡にもとづいて犯人を追跡するという行為は、単に探偵の固有のものだけではない。小倉は、ギンズブルグの説を援用して、「些細な痕跡やちょっとした手がかりに依拠して、ものごとの本質にせまろうとする態度、つつましい細部から真実へといたること」は、「一九世紀末に人間科学の諸領域でそのような思考様式が確立するのであり、彼はそれを『推論的パラダイム』と名づけた」と言う。さらに次のように加える。

> この推論的パラダイムを例証するものとしてあげられているのが、イタリアの美術史家モレッリによる美術鑑定であり、フロイトによる精神分析であり、ガボリオやドイルの推理小説にほかならない。モレッリはそれまで見過ごされてきた人物像の耳たぶ、爪、指の形などに着目することによって、作者を同定できるとした。フロイトはわれわれの無意識的な身ぶり、何げないしぐさ、言い間違いなど、普通は副次的と考えられているものがじつは人間の真実を露呈させる、と主張した。観点は異なるが、推理小説のディスクールと精神分析の思考のあいだに相同性を看取している点で、イタリアの歴史家はエルンスト・ブロッホに同調している。

ギンズブルグはさらに、筆跡学、ラーヴァターの観相学やガルの骨相学、古生物学、犯罪人類学なども推論的パラダイムにもとづくとする。となれば、推理小説における探偵の行動はたんに職業的な習慣の問題などではなく、同時代の知の構築と深くきり結んでいることになる。タバレやルコックの捜査行動は、新たな知のパラダイムを犯罪という逸脱を取り締まるために適用したものなのだ。(29)

クラカウアー（Siegfried Kracauer）は、「探偵小説は独自の美学的な手段をもち、独自の世界を徹底して形成する固有のジャンル」と定義する。そして、「探偵小説の存在を証明する理念、探偵小説を創出する理念、それは隈なく合理化され文明化された社会という理念である」[30]と断言する。

この社会を探偵小説は徹底した一次元性で把握し、美学的な屈折を駆使して体現する。文明と称されるこの現実社会のリアルな再現が問題なのではない。このリアリティの知性的な性格を際立たせること、それこそ探偵小説がもともと目指すところなのだ。探偵小説は文明社会に歪んだ鏡像を対置する。文明社会の怪奇な戯画が、その鏡像に映し出されるのである。探偵小説が呈示する鏡像は恐ろしいものだ。それは束縛を解かれた知性が最終勝利を勝ちとった社会の状況である。[31]

そうであれば、「束縛を解かれた知性」の代弁者としての探偵の役割は、「探偵を神そのものの反映にまで高める」[32]と言えるだろう。

(29) 同上、一四〇－一四一頁参照。カルロ・ギンズブルグ『神話・寓話・徴候』（竹山博英訳）せりか書房、一九八八年、スラヴォイ・ジジェク『斜めから見る――大衆文化を通してラカン理論へ』（鈴木晶訳）青土社、一九九五年。
(30) ジークフリート・クラカウアー『探偵小説の哲学』（福本義憲訳）法政大学出版局、二〇〇五年、一－二頁。
(31) 同上、二頁。
(32) 同上、五九頁。

超越を拒む内在が、超越の後釜に座るのである。探偵に全知と遍在の仮像が付与され、そしてまた、摂理としての探偵が事件を阻止し、あるいは解決に導いて賞賛されるのは、そうした歪曲の美学的な表現である。だが、探偵は、その形象の完全さとか、その存在の不思議な力とかいった、擬古的な意味において神なのではない。探偵が人物像の謎を解き、知的な推論によってすべての本質的な特性を服従させることが、探偵を支配者にするのである。探偵小説は、目の眩んだ合理には見ることができないものを、容赦なく暴露する。つまり、合理の思いあがった神性が、現実ではいかに役に立たないかを明らかにするのだ。というのは、合理は探偵の扮装をして、既定の単位を使って計算するからだ。〔中略〕この探偵＝神は、神が見捨て、それゆえに本来的ではない世界における神である。彼は本質の欠如したものを支配し、担い手をもたない機能を監督する。現実においては、この神さまごっこには終焉がくるだろうし、合理は強奪でしかない仮象の権力を失うだろう。そして探偵は、ラプラス流の精神の零落した子孫であることがあきらかにされるだろうが、けっして神の子としてではあるまい(33)。

要するに、探偵小説は最も近代的産物であり、悟性の勝利を謳歌するものである。なぜならば、探偵小説は、痕跡への合理的な推理を通して、その痕跡の淵源にたどり着くからである。けれども、探偵小説の出発点が謎（神秘）にあると言うのは、探偵小説が究極的には謎（神秘）の中にとどまり、いわゆる終焉は存在しないということをも意味するものである。

探偵小説が存在するのは、何よりもまず、われわれがある一定のやり方で構成された思考する存在としてあるからである。ここに殺された男の死体があるとしよう。一匹の犬でも初手から犯人を発見することができる。この場合、議論の余地はない。臭跡があれば十分である。また一個の純粋な精神も同じように初手から犯人を発見することができる。このときもやはり議論はいらない。時間と空間の束縛を逃れた一個の知性、いわば神の知性とも言うべきものは直観的に真実を見抜くだろう。しかし人間とはまさしく直観という者を奪われた存在である。感覚によっても理性によっても、無謬性を得ることはできない。彼は非常な苦心を払い、抽象作用によって経験から真実を引き出すという形で、真実を作り上げなければならない。探偵小説のいわば形而上学的とも言える深い根がここにある。要するにわれわれが感じられる者から理解できるものを何とかして引き出すように運命づけられているのである。そのため、理解できないうちはわれわれは苦しむしかない。けれども、理解するとたちまち比類のない喜びを感じる。(34)

とすれば、探偵小説には、「未知のものを前にしたときの怖れ、そして謎の解決によってもたらされる喜び」が共存する。「この二つこそが探偵小説の根本的な特徴である。さまざまな事物の配列が不安な状況を作り出すときはつねに、一見それらがどれほどかけ離れていても、すでに探偵小説が予告されている。このような配列がわれわれの心理に密着したものであり、その意味では少なくともその潜在状態において考えるかぎり、人間と同じくらい古いものと言える(35)」。

しかも、その未知のものを前にしたときの怖れ、そして謎の解決によってもたらされる喜びが他人のものではなく、自身に襲いかかるものとして認識されるところで、探偵小説は、単なる知的好奇心を満たすものではなく、

(33) 同上、五九-六〇頁。
(34) ボワロ＝ナルスジャック『探偵小説』九-一〇頁。
(35) 同上、一〇-一一頁。

人間の実存的自己理解をあらわすものとして人間に迫ることになる。要するに、謎解きとしての古典的探偵物語は、人間の条件を暴露するスリラーに深まるのである。

オイディプースは、速やかに正確に推理しなければ死刑にされてしまう探偵の状況におかれている。〔中略〕こうしてオイディプースはひとつの探偵小説の世界を生きたのである。しかしそれは手探りをしながら、いわばだんまり芝居（mimodrame）を演じながらであった。見通しをよくするためにいったん退いて、機能している思考の多様な動きを区別し、命名してみるならば、われわれが知っているとおりの探偵小説が眼前に現われる。それはまさしく、世界と同じように古い無意識というものが諸要素に分解され、そのダイナミズムの内に再構成されたときから精神分析が生まれたのと同じである。フロイトが無意識を発明したのではない。彼はそのヴェールを剥いたのだ。ポオが探偵小説を完全に構想したのではない。彼はさまざまな状況に助けられ、それに陽の目を見せたのだった。(36)

3　ミステリーとしての神

すでに述べたように、聖書は探偵小説の重要な起源の一つである。というのは、聖書が語る神の理解が、探偵小説の本質と深くかかわるという意味でもある。探偵小説は、ミステリー小説とも呼ばれることからも推測されるように、究極な神秘（ミステリー）としての神との関連性をもつものと言われている。

神的な神秘という意味の「ミュステリオン」（μυστήριον）というギリシア語は、ラテン語の「ミステリウム」（*mysterium*）や英語の「ミステリー」（mystery）に受けつがれ、さらにそれは、中世の宗教劇の伝統などを経て現在の「ミステリー小説」というジャンルに至った。こうした経緯については、様々な研究が行われており、探偵小説（＝ミステリー小説）の起源を聖書の物語に求める試みもすでに多く行われている。「ミュステリオン」は、ギリシア語の『七十人訳聖書』（Septuaginta）を通して聖書の言葉として導入された。それは、とりわけ『トビト記』『ユディト記』『シラ書』などのような「外典」（apocrypha）の中に用いられ、王様や国の将来に関する「秘密」を意味する言葉として採用された。さらに旧約聖書の『ダニエル書』において、「ミュステリオン」の意味を探し求めることは、同じく旧約聖書の創世記に出るヨセフの夢解釈の物語のように、「死か生か」の問題にまで深まる。ネブカドネツァル王が見た夢を解釈するように命じられたダニエルは――もしできなければ、その夢を解釈できずに処刑されたバビロンの知者たちと同じ運命になってしまう――神に祈ることになる。「すると、夜の幻によってその秘密がダニエルに明かされた」（ダニエル書二・一九）。

　こうした伝統は新約聖書にも受け継がれた。「種を蒔く人」のたとえ話（ルカによる福音書八章、マタイによる福音書一三章、マルコによる福音書四章）のように、イエスは、自分の弟子たちすら理解できなかった喩えの隠された意味を、明らかにしてくれる。

　パウロの書簡においても、「ミュステリオン」という観念が幅広く用いられる。例えばエフェソの信徒への手紙一章九節で、神の「秘められた計画」について語るが、それ以外にも、以下のような箇所をあげることができる（傍点はすべて引用者によるものである）。

> 神はこの恵みをわたしたちの上にあふれさせ、すべての知恵と理解とを与えて、秘められた計画をわたしたちに知らせてくださいました。これは、前もってキリストにおいてお決めになった神の御心によるもので

（36）同上、一六頁。

す。こうして、時が満ちるに及んで、救いの業が完成され、あらゆるものが、頭であるキリストのもとに一つにまとめられます。天にあるものも地にあるものもキリストのもとに一つにまとめられるのです。

（エフェソの信徒への手紙一・八－一〇）

人はわたしたちをキリストに仕える者、神の秘められた計画をゆだねられた管理者と考えるべきです。

（コリントの信徒への手紙一、四・一）

たとえ、預言する賜物を持ち、あらゆる神秘とあらゆる知識に通じていようとも、たとえ、山を動かすほどの完全な信仰を持っていようとも、愛がなければ、無に等しい。

（コリントの信徒への手紙一、一三・二）

愛を追い求めなさい。霊的な賜物、特に預言するための賜物を熱心に求めなさい。異言を語る者は、人に向かってではなく、神に向かって語っています。それはだれにも分かりません。彼は霊によって神秘を語っているのです。

（コリントの信徒への手紙一、一四・一－二）

初めに手短に書いたように、秘められた計画が啓示によってわたしに知らされました。あなたがたは、それを読めば、キリストによって実現されるこの計画を、わたしがどのように理解しているかが分かると思います。

（エフェソの信徒への手紙三・三－四）

世の初めから代々にわたって隠されていた、秘められた計画が、今や、神の聖なる者たちに明らかにされたのです。この秘められた計画が異邦人にとってどれほど栄光に満ちたものであるかを、神は彼らに知らせようとされました。その計画とは、あなたがたの内におられるキリスト、栄光の希望です。
（コロサイの信徒への手紙一・二六－二七）[37]

カトリック神学において神秘（*mysterium*）は、「啓示の歴史と救済史における神の啓示と隠蔽性の間の弁証法」を現わす。また、神が啓示されるにもかかわらず依然として神は隠れていることを意味する[38]。すなわち、神秘は、神の絶対的な超越性と絶対的な内在性の同時性を意味するのである。

このような「ミュステリオン」という用語は――そこに「ミステリー」という言葉が由来した――古典的にはある種の秘密的な宗教的な儀式を指すものであって、その儀式に参加した人はその秘密を外にばらさないと誓約している[39]。こうした理解のもとで、ミステリー小説の根本モチーフが聖書およびキリスト教神学に通じると言うことができる。この事実を一目瞭然にまとめるものとして、以下の文章を引用しておきたい。

（37）William David Spencer, *Mysterium and Mystery: The Clerical Crime Novel*, Southern Illinois University Press, 1989, pp. 2–6. 言うまでもなく、推理小説とキリスト教との関係についてはすでに多くの先行研究がある。それらの文献については、巻末に収録した「参考文献」を参照のこと。Cf. Wolfram Kinzig und Ulrich Volp hg., *God and Murder. Literary Representation of Religion in English Crime Fiction*（*Darstellung von Religion in englischsprachiger Kriminalliteratur*）Ergon Verlag, 2008; J. Ellsworth Kalas, *Detective Stories from the Bible*, Abingdon Press, 2009; Anaya Morlan & Walter Raubichck ed., *Christianity and the Detective Story*, Cambridge Scholars Publishing, 2013.

（38）Cf. "Mysterium" in: *RGG*（*Religion in Geschichte und Gegenwart*）hg. Hans Dieter Betz et. al., Vierte, völlig neu bearbeite Auflage, Mohr Siebeck, 2002, S. 1646 ff.

（39）William David Spencer, *ibid.*, pp. 6–7.

極めて事実的な意味で、イエスの物語は殺人物語である。「なぜイエスは死なねばならなかったのですか」ある積極的で専門的なミステリー小説の読者がわたしに尋ねたことがある。イエスの殺人物語は、葡萄園の持主の物語という比喩の歴史のなかで再現される。葡萄園の持主は、かれが遣わしたメッセンジャーが次々殺されると、今度は自分の息子を遣わした。いくら無法的な労働者であっても、自分の息子は尊敬して服従するだろうと信じたからである。この葡萄園の持主の息子が殺されたのは、良い知らせ（good news）を見つけるための場面を作る悪い知らせである。すなわち、イエスは犠牲者であり、人間は殺人者、そして神は審判者である。キリストの真理に対する神学者の問いは、探偵が悪のミステリーを探すことのように始まる。……こうした探しの結末として、それぞれの正直な探偵は、殺人者の血に汚れた手の中で、実は自分自身の手を見つけることになる。無実に殺された者の血は、まるでアベルが暴力によって染められたエデンの園のような地から叫んだように、人間性に対して今も叫びの声をあげている。人びとは起訴された者として、有罪判決を受けた者として、神の正義の審判の前に立つことになる。最後の赦しがくだされるとしても、それは決して人間によって行われた、贖罪の賠償行為によるものではない。いくら善行を積み重ねても、アベルが地から再び立ち上がることはあるまいし、死んだ者の骨を甦らせたり、彼らに命の息を取り戻したりすることはできない。キリストの神秘（mysterium）は、死んだ者の列から、犠牲者がいきなり殺人者になり、犠牲者が死の宣告を受ける、というところにある。そうなると、犠牲者が弁護人になるのである！　神の啓示された恩寵の神秘は、人間の手によるキリストの死が、人間のために、神の勅令を直ちに成就するというところにある。このように犯人の代わりに有罪宣告を受けて処刑された者が蘇ったというところに、その神秘の不可解さがある。不真実な人間、神の地を自分のものにし神のメッセンジャーを殺した人間は、これ以上その罪によって有罪宣告を受けることもなく、人間が神的な社会と世俗的な社会の法律に対して背負っている負債を、キリストがすべて返済することによって、完全な赦しがあたえられた。

葡萄畑でその持主の息子が殺されたのは、良い消息を見つけるための場面をもうける悪い消息である。ここでイエスは犠牲に、人間は殺人者に、そして神は審判者になる。キリストの真理への神学者の問いは、悪の神秘に対する探偵の探しのように始まる。[40]

とすれば、「聖書は多くの神秘を扱っているので、たまたまミステリーを書くことになった思慮深きキリスト者が、神学についても書くことになるのは、何の不思議もない」。なぜならば、「人間に対する神の愛より、もっと神秘的なものは」ないからであろう。[41] それゆえ、「教区司祭としての探偵」（The detective as secular priest）という考え方が成り立つのであれば、[42] 探偵小説（＝ミステリー小説）とは世俗における神学という定義も妥当性をもつに違いないであろう。それゆえ、「もしあるキリスト者がミステリー小説もキリスト教的な物語になりうるのかと訊くならば、その人は自分自身の信仰について十分知っているとはいえない。すべてのミステリー小説の意味を完全に含んでいるすべての探偵はこの偉大なる根源から起因する神秘で終わる」。[43] それゆえＰ・Ｄ・ジェームスは、「彼が読者に願ったのは、日常的なもの（commonplace things）の中にあるロマンスと聖性（numinousness）であった」というチェスタトンの言葉こそ、探偵小説の真髄であると言ったのである。[44]

グライシュは、カトリック神学者のロマーノ・グアルディーニ（Romano Guardini, 一八八五－一九六八年）が著書

（40）*ibid.*, p. 1（傍点引用者）.
（41）J. Ellsworth Kalas, *Detective Stories from the Bible*, Abingdon Press, 2009, p. 9.
（42）*ibid.*, p. 10.
（43）*ibid.*, p. 1.
（44）P. D. James, *Talking About Detective Fiction*, p. 46.

『主』（*Der Herr*）のなかで、自分のことをほぼ「本来の言葉の意味における」「探偵」として理解していたと指摘するが、これは的を射た評価だと思われる。つまり、彼は「神の意志」（Willen des Vaters）について論じる中で、自らを「可能性を探る探偵」（*Detektive der Möglichkeiten*）と理解した。その探偵は「新しい現存在の玄妙な神秘」を探し求める者である。「可能性を探る探偵」とは、現実の中で与えられたものの背景に、何かの超自然的な必然性を再構成したり、自然法則を破る形で神の出来事があらわれたりすることを根拠づけようとする態度ではなく、「すでに実現されたもの、あるいは隠れているものとしての可能性について問うもの」である[45]。たとえば、イエスが行われたとされる奇蹟についても、「そのようなことがありうるか、そして、それは果たしてどういうことであるべきか」、とグアルディーニは問う。そして、一番目の問いについて、グアルディーニは――ベルクソンと共に――こう答える。「物質の動き方は生の下に従属する。そして単純な存在の立場からなら『奇蹟的』と見られる形式があらわれる」。さらに大事なのは、二番目の問いである。そこでは、「そのようなことが可能なのか否かということより、そこでは何が重要なのか、ということである」。そこで重要なのは、ほかならぬ「新しい現存在の、根拠づけられない神秘」である。南米の解放神学者クロドヴィス・ボフの主張も、こういった文脈で読み取ることができる。

藁のなかには穀物が隠されている。冷たくて荒地のような土地には、宝石が埋もれている。それゆえ、私たちは、生の中で何があるのかを見る目を常にもっていなければならない。神学者は、実存の地盤の中で神的なものの痕跡（Zeichen）を見つけるために、実存の根拠を問うダウザー（Wünschelrutengänger）である。
神学者は神秘を追跡する探偵である。世界の真中で神の国への斥候兵である[46]。

こうしたことは、P・D・ジェームズが語ることとほぼ一致する。「私が興味を感じるのは、コナン・ドイルから始まった主人公の探偵が生き残ったという事実である。探偵は、依然として物語の中心部に存在し、まるで司祭が専ら告解を取り出すように真実を見つけ出し、真実の暴露によって、犯人を除くすべての人びとに免罪符を与える」[47]。

ジェームズ・フレイザーによれば、犯罪小説の勃興は、一九世紀のヴィクトリア時代末期における宗教の衰退と関係がある。宗教の衰退によって、人間の心の奥にある罪の意識の解消の場がなくなったため、昔贖罪の山羊が担っていた役割を殺人者に代行させる必要があったという。すなわち、「そこでわが二一世紀の人類学者は主張するだろう。二〇世紀の人間にこの心理的捌《は》け口を与えたのが、犯罪小説の役目だったのだ、と。この学者は、探偵小説構成の方式が宗教儀式の方式と同じくらい高度に定型化している点に注目を喚起するであろう。まず免れがたい最初の罪（原罪）であると同時にそれを償うことによってのみ人間は救われるのだから救いの前提としてどうしても演ぜられねばならぬ必要な罪（殺人）があり、その犠牲者（被害者）があり、その罪を代行する司祭即ち高僧（犯人）があり、その報いとしてその罪人を打ち滅ぼすところのさらに高い力、即ち神（探偵）がある。学者はさらに、探偵小説信者が、探偵と犯罪者の双方を読者自身の本性の明暗両面を代表してくれる者とし

（45）Jean Greisch, “Unterwegs zum Lebendig-Konkreten: Romano Guardini und die zeitgenössische Phänomenologie” *Trigon: Kunst, Wissenschaft und Glaube im Dialog*（Band 9), Hrsg. von Guardini Stifutung, Berliner Wissenschafts-Verlag, 2011, S. 15.

（46）Clodovis Boff, *Mit den Füssen am Boden. Theologie aus dem Leben des Volkes*, Patmos Verlag, 1986, S. 12.

（47）P. D. James, *Talking About Detective Fiction*, p.180; Cf. Simon Sten “Detecting Doctrines: The Case Method and the Detective Story” *Yale Journal of Law & the Humanities*, vol. 23, issue 2, 2011, pp. 339-387.

て、どちらにも共感しつつ心の歩みを共にしたのだ[48]」。

ミステリー小説（＝探偵小説）が宗教の衰退期に出発したという現象は、むしろミステリー文学の宗教性を浮き彫りにするに違いない。すなわち、ミステリー小説は、宗教の代用物としての機能を担っていたのである。それゆえ、「宗教の影響力が近代的な法意識や科学的な思考を阻害するような方向に使われていたことも事実であり、そうした役割を演じている宗教からの解放は、ミステリーが成立するための最低限の前提であった[49]」と言える。こうした主張は、ミステリー小説の誕生の背景に宗教があるということを再度強調するものである。したがって、『名探偵』は宗教から独立した『科学という、あたらしい神を代弁する司祭』に見立てられる存在になったのである」と言えるし、探偵小説は、宗教の代用物としての「あたらしい」宗教の代弁者であるとも考えられるのである。

そうであれば、探偵による事件の結末は、キリスト教的終末における最後の審判、すなわち、人びとが自分の行為によって「羊と山羊を分ける」（マタイによる福音書二五・三二）に当たるものであろう。イギリスの詩人オーデンが「罪の牧師館――探偵小説についてのノート」というエッセイのなかで述べるとおり、その解決は「エデンの園に戻る夢想」、すなわち、「無実の状態を回復する夢」を再現するものでもある[50]。

〔犯罪が行われる背景としての〕その社会は、一見、神の恩寵を受けている状態にある、潔白な社会に見えるのでなくてはならない。つまり法律の必要のない社会、審美的存在としての個人と倫理的全体としての間に矛盾対立のない社会、従って、殺人などということが人々を一挙に危機にほうりこむ（なぜならそのことはメンバーの誰かが脱落してもはや恩寵を受けている状態に止まることができなくなったことを暴露するのだから）、聞いたこともない行為であるような社会に見えるのでなくてはならない。法律が目の前に浮かび上がり、脱落者が確認されるまで、しばらくはグループの全員が法律の影の中で暮らさなければならない。そしてその者の逮捕と

同時に潔白が回復され、法律が永久に姿を消すのである。(51)

このように「潔白が回復され、法律が永久に姿を消す」ために活躍するのが探偵であるが、探偵の役目とはなんであろうか。「探偵の仕事は審美的なものが倫理的なものと一つになっている、恩寵をうけている状態を取り戻すことである。その両者を引離した殺人者は、審美的に挑戦的な個人なのであるから、その敵手である探偵は、倫理的なものの公けの代表者であるか、それとも自身が恩寵を受けている状態にある、例外的な個人でなくてはならない。〔中略〕その犯罪についてまちがっても嫌疑のかかることのない、全くの局外者でなくてはならない(52)」。

しかし、このような「無実の状態を回復する夢」は、決して「全くの局外者」としての探偵によって到達されうるものではないという立場もある。ハードボイルドが描くように、探偵みずからが犯罪に深く巻き込まれることもあり、さらに探偵は、いわば犯罪者に憐憫をもつものにもなる。ここに、遠藤の「探偵小説」(ミステリー)を読み解く重要な鍵がみえてくる。こうした意味で、イギリスの探偵小説家のG・K・チェスタトンについての次のようなコメントは、遠藤の場合にも当てはまるものとみてもよいであろう。

彼の探偵としての活動は、人々の魂の面倒を見る神父としての活動の附随的な一部分にすぎない。彼の根

---

(48) C・D・ルイス「探偵小説——その存在意義」『殺人芸術——推理小説研究』一一九－一二〇頁。
(49) 高橋哲雄『ミステリーの社会史——近代的「気晴らし」の条件』一九八九年、一三四頁。
(50) W・H・オーデン「罪の牧師館——探偵小説についてのノート」『殺人芸術——推理小説研究』一一四頁。
(51) 同上、一〇一－一〇四頁。
(52) 同上、一〇七頁。

本的な動機は憐れみであって、無実の人間よりも罪人の方がそれを必要としているのである。彼が殺人事件を調べるのは、彼自身のためでもなく、無実の人間のためでもなく、殺人者のためなのである。殺人者が罪を告白し悔い改めれば、その魂は救われる。彼は事件の解明に当たって、科学者や警官のように第三者の立場から調べるのでなく、本人の立場になって、自分が犯人だったらどうするだろうかと想像することによって調べてゆこうとする。その仕事は殺人者のためばかりでなく、ブラウン神父自身のためにもなることである。なぜなら、彼も言うように、「それによって、事を起す前に悔いることになる」のである。(53)

遠藤の作品が「人間の弱点や人間性の暗部を探求する」点においては、確かに探偵小説と類を共にする。が、そのような「人間の弱点や人間性の暗部を探求する」者自身が自分の探求に伴う「危険を脱すること」はできないという点で、遠藤の作品は、単なる謎解きとしての推理小説の枠を遥かに超えると言わざるを得ない。

典型的な探偵小説愛読者は、僕と同じように、罪の意識に悩む人なのではないだろうか。倫理的見地からすると、欲望や行為は善いか悪いかどちらかである。それで、僕は善いものをえらんで悪いものを拒まなくてはならないが、この選択をする僕は倫理的に中立である。その僕はその選択においてのみ、善いか悪いかどちらかになる。罪の意識を抱くということは、なすべき倫理的選択があることに罪意識を覚えるということにほかならない。なすべき倫理的選択があることは、僕がどんなに「善人」になっても変ることのない罪悪である。聖パウロが言ったように、「律法を知らなかったら、わたしは罪を知らなかったであろう(54)」。

罪意識が私たちを探偵小説に引き寄せるとするならば、それはその罪からの赦しを希求するともいえる。これこそ、探偵小説がもたらす「魔術的な満足感」であり、ミステリーが含む終末論的構造であろう。探偵小説は、読者が知りえない始原のところですでに起きた事件から始めるという点で創造論的であり、その事件が不気味な違反であり堕落である点において、人間論を内蔵する。また、それらの事件の真相に光が照射され、違反したものに罰が――また許しが――与えられるという意味で、探偵小説は最後の審判（*extremo judicio*）と世界の完成（*consumatio mundi*）という終末論を自分の中に抱いている。

無実の者が何か罪を犯していることが発見される。犯人ではないかと疑いが起る。そして最後に別の罪は追い払われ、真の無実が証明される。この救済をなすものは僕でも隣人でもなく、罪を解明することによって罪を取除いてくれる天才の奇蹟的な介入である。〔中略〕だから、探偵小説狂がふける夢想は、エデンの園に戻る夢想、愛は律法ではなく、あくまでも愛であると認めてもよい、無実の状態を回復する夢である。この白日夢のかげに働く力は、夢みる人自身に原因のわからない有罪感である。罪の解明をキリスト教にゆだねようと、フロイトにまかせようと、また誰にまかせようと、逃避の夢想には変りがない。一方、現実に直面しようとする試み方は、言うまでもなく、大いに各人の信条に左右される。(55)

このように、探偵小説は、神の神秘（ミステリー）への合理的な理解を求めるものであるが、先ほど述べたように、その神秘の神秘性を完全に解消することはできない。探偵小説は、その神秘を覗かせるところまで読者を案

(53) 同上、一一〇-一一一頁。
(54) 同上、一一二頁。
(55) 同上、一一四頁。

内するが、神秘は一瞬の啓示のようにしか顕れない。チェスタトンが語る通りである。

知的な探偵小説の目標は、読者を当惑させるのではなく、悟らせるのである。ただし、その悟りというのは、真実の毎瞬間において驚くことでなければならない。それゆえ、より高尚なミステリー小説においてと同様に、真の神秘主義の目標は単に神秘を神秘化するのではなく、照明を当てるのである。目標は暗闇ではなく、光である。しかし、その光は、閃光のような光でなければならない。(56)

二　技法を問う作家――小説家と批評家としての遠藤周作

遠藤文学の主題は、先行研究が詳細に究めてきたとおり、西欧のキリスト教と日本の精神的風土との関係である。そうであるならば、作家としての遠藤は、その主題をどのように小説として現わしたのであろうか。こうした問いは、なぜ遠藤は探偵小説を読み続けていたのか、という問いに直結するものである。

遠藤は、批評家として出発したという経歴もあり、自分の小説の技法について問い続ける作家であった。高山鉄男が報告するように、フランス留学中の記録としての『作家の日記』も、「さまざまな小説を読みながら技法について考え」た記録である。(57)そうであれば、遠藤が「探偵小説の手法」に多大な興味を示したのは、たまたまマドールの本を手にとったからではない。実に遠藤は、自分が書こうとする主題を著わすのに最も適する手法を見つけるために腐心していたのである。こうしたことには、遠藤が評論家として出発したという、彼の経歴が働いているに違いない。いずれにせよ、作品の主題とその主題をあらわす「手法」もしくは「様式《スタイル》」への徹底的な追究は、遠藤文学を理解する上で重要な点になっている。

また、一九五六年に書いた「小説家と批評家との間」（12・二二〇－二二一頁）というエッセイの中で、遠藤はこう語っていた。

> 小説を書きだしてから、作家のぼくは批評家のぼくについて色々と反省しはじめたが、その一つは批評家としてのぼくが小説作法をどれだけ勉強していたかと言うことである。
> 作家が批評家の忠告から最も学ぶものの一つは彼の作品の技法についての批判である。
> （同上、二二〇頁、傍点引用者）

もちろん遠藤は、小説の技法が小説の主題に由来するものであり、小説の外部から付け加えられるものではないということをよく知っていた。

> 一つの作品の文体や構成や技法はその作家の脈のようなものであることは言うまでもない。それは外部から与えられるものではなく、作品それ自身の内部から生まれねばならないことも勿論である。（同上）

それゆえに、遠藤が自分の小説の技法について関心を持っていたのは、自分の主題をあらわにしてくれる技法

（56）G. K. Chesterton, "Errors about Detective Stories" *The Illustrated London News*, August 28, 1920.
（57）高山鉄男、前掲書、四二四頁（傍点引用者）。

である、それは自分の小説の主題への問いとなるという、循環的な構造をなしていた。
結論を先取りして言うならば、遠藤が「痕跡の追跡」という探偵小説の技法に関心を示したのは、彼の主題が「痕跡の追跡」という探偵小説の主題であったことを指し示す。というのは、今まで標榜されてきた遠藤の主題、すなわち、日本におけるキリスト教の土着化という主題は、遠藤にとって「痕跡の追跡」という探偵小説の主題として受け取られていたということを意味する。それゆえ、遠藤は、探偵小説の技法を通してその主題を書き出した、というテーゼが成り立つのである。そして、探偵小説の技法は、遠藤の創作活動にとって継続的な影響を与えていたのである。
それではまず、小説の主題と様式との関係一般について論じ、それが遠藤の場合にはどのように適用されたのかについて考察したい。

1　哲学と小説

友よ、すべての理論は灰色だけれど、
金色に輝く木の生命は緑なのだ。
（ゲーテ『ファウスト』）

かつてフランスの哲学者M・メルロー＝ポンティ（Maurice Merleau-Ponty）は、「小説と形而上学」（La Roman et la Métaphysique）というエッセイのなかで、近代以後の小説と哲学の関係について次のように述べたことがある。

偉大な小説家の作品は、いつも二、三の哲学的観念によって支えられている。〔中略〕小説家の職務はそれらの観念を主題化する（thématiser）ことではなく、それらをちょうど物のようにわれわれの眼前に存在させる（faire exister）ことである。[58]

小説家が自分の作品を通して「哲学的観念」をあらわすという点において、小説家と哲学者の間に根本的な差異があるわけではない。しかしながら、その「哲学的観念」を「主題化」して論じるかわりに、それを読者の目の前にある「物のように」「存在させる」という点において、小説家の「職務」は哲学者のそれとは異なるものである。小説家の「職務」は、「哲学的観念」を「物」を通して滲み出させるところにあるのである。

メルロー＝ポンティの言う「哲学的観念」、すなわち、西欧の哲学やキリスト教神学における形而上学的な観念ないし信仰的な観念としては、神という「観念」をはじめとして、神の被造物としての世界と人間の存在、自由、救済、愛、罪などがあげられるであろう。また、西欧の哲学や宗教哲学がキリスト教神学に対してもつ関係を考えてみれば、伝統的なキリスト教神学における「ロチ・テオロジチ」（*loci theologici*）――啓示、聖書、神、創造、人間、堕罪、キリスト、救済、聖霊、教会、終末、最後の審判など――こそ、メルロー＝ポンティの言う「哲学的観念」に当たるものであろう。それらの哲学的・神学的「観念」を「主題化」して論究するのが伝統的な意味での哲学者や神学者の「職務」であるとすれば、小説家の「職務」は、それらの「観念」が人の魂や世の中に現前し、また働くことによって起こる微細な波紋を「物のようにわれわれの眼前に存在させ」、また読者を

（58）M・メルロー＝ポンティ『意味と無意味』滝浦静雄・粟津則雄・木田元・海老坂武訳、みすず書房、一九八三年、三七頁（傍点引用者）（Maurice Merleau-Ponty, "Le roman et la metaphysique" *Sens et Non-sens* Les Éditions Nagel, 1966, pp. 45–71）。

それに共鳴させるところにある。たとえば、中世の神秘主義神学者の聖ベルナール（Bernardus Claraevallensis, 一〇九〇－一一五三年）が、人間の神への愛を「主題化」して『神の愛について』（*De diligendo Dei*）を著したとすれば、小説家は――グレアム・グリーンの『情事の終わり』（*The End of the Affair*）をあげることができるであろう――現実における男と女の愛を描くことによって「神の愛」を読者の眼前に現前化させるのである。メルロー＝ポンティが端的に言う通り、「愛している人は誰かを愛するのであって、〔＝愛の〕性質を愛するのではない[59]」からである。

メルロー＝ポンティは、自分の主張を裏付ける具体的な例として、スタンダールやバルザック、そしてプルーストという三人のフランス人作家について言及する。それによると、三人の作家がそれぞれ追求した「哲学的観念」は、「スタンダールには『自我』と『自由』という観念、バルザックには、雑多な出来事の偶然の中に或る意味の出現するものが歴史だというその不思議さの観念、そしてプルーストには、過去が現在のうちに包みこまれたり、失われた時間が現前するという観念[60]」である。

一九世紀末以来、哲学と文学の間の関係がより緊密になりつつあるというのは、メルロー＝ポンティの言うとおりであろう。彼がフランスの詩人で思想家のシャルル・ペギー（Charles Péguy）の『われらの青春』（*Notre Jeuness*）の言葉を引用するように、「公然たるものであれ隠れたものであれ、ひとは誰しも形而上学をもっている。さもなければ、ひとは生存してはいない[61]」という自覚が近代において徹底化されたからである。否、文学と哲学の場合は言うまでもなく、神学者のカール・ラーナー（Karl Rahner）が言う通り、諸々の学問は、自然科学をも含め、究極的には人間の自己理解に収斂される[62]。とすれば、文学と哲学は、人びとの「世界に対する態度の違った表現」、すなわち「形而上学」に対する異なる表現にすぎない。ただし、伝統的に形而上学的な主題として扱われてきた領域のことが、近代に入ってからは「私的な日記にも近いが哲学の論文とも言えるし対話にも通ずるような混血的表現様式」によっても表される傾向になったのである。

このように、文学と哲学ないし神学の間の距離は、近代に入ってから徐々に縮まってきた。それは形而上学及び哲学や神学において行われた「パラダイムの転換」(paradigm shift)と深くかかわるものであろう。近代における「人間学的転換[63]」(anthropologische Wende)と称される枠組みの転換によって、真理や真理への認識はあくまでも人間の経験によって認識され検証されうる範囲においてのみその妥当性を認められるようになったのである。デカルトの「我思う、ゆえに我あり」という自覚やカントによる「認識のコペルニクス的転換」が示すように、時間と空間の中で生きている人間に経験と隔絶した形而上学的真理は、人間にとって疑問の対象になりつつあったのである。こうした「人間学的転換」は、キリスト教の神理解においても著しく行われた。

近代の神学史において、神学の基礎づけがますます人間理解に依拠する方向へと移行してきたことはしばしば指摘されている通りである。〔中略〕神学的基礎づけの問題がこのように人間学に集中している事態は哲学的神概念の近代における発展に対応している。すなわち近代の哲学は……ますます確信をもって神を人間の主体性の前提と考えるようになった。そしてそのかぎりで近代の哲学は神をもはや世界からではなく人間

(59) 同上、五一頁。
(60) 同上、三七頁。
(61) 同上、三八頁。
(62) Karl Rahner, "Zum Verhältnis von Naturwissenschaft und Theologie." In ders, *Schriften zur Theologie*. Bd. XIV Zürich/Einsiedeln/Köln: Benzinger Verlag, 1980, S. 63.
(63) Wolfhart Pannenberg, *Theologie und Philosophie: Ihr Verhältnis im Lichte ihrer gemeinsamen Geschichte*, Vandenhoek & Ruprecht, 1996, S. 298.

から考えるようになった。繰り返し神の現実に対する問いの出発点になったのは、もはや自然的世界それ自体ではなく、たしかに世界の人間的経験とその中にある自分の現存在の人間的経験であった。[64]

神理解が「人間的経験」に基づいて行われることになったというのは、神への信仰も、神への否定も、人間の自己理解の上でその正当性を主張したことを意味する。

しかしながら、パネンベルクが強調するように、近代において「神学の基礎づけ」や「神の現実に対する問い」が「世界の人間的経験とその中にある自分の現存在の人間的経験」に基づくことになったのは、単に哲学的思考の方向転換に因るものではなく、そもそも「キリスト教神学が人間の救いの問題に関係づけられている」のである。すなわち、キリスト教神学や信仰は、人間と世界を救い出すために「神が人間となった」（ヨハネによる福音書第一章）という告白から出発するのである。「人間にたいする神学的集中の基礎はすでに神の受肉に対する古代教会の信仰のうちに備えられていた[65]」。

メルロー＝ポンティによれば、古典的形而上学――これから論じようとする遠藤周作と直結させて言うならばキリスト教神学――は、文学とはいかなる関係もない専門領域として考えられ、「はっきりした合理主義の地の上で作動し、世界と人生を概念の配列によって理解させられると確信していた」。形而上学においては、「人生の明確化（explicitation）よりも、その説明（explication）や反省が問題であった」かのように考えられてきたのである。その例としてメルロー＝ポンティは、プラトン、デカルト、カントの場合をあげている[66]。

しかし、「現象学的ないし実存的哲学が、世界を説明したり『可能性の条件』を発見することではなく、世界経験を定式化し、世界についての一切の思考に先行する世界との触れ合いを定式化するという課題をみずからに課したとき、すべてが変わった」。その結果、以後、人間のうちなる形而上学的なものは、もはや人間の経験的存在を越えた何ものか——神や意識一般——に帰せられるようなものではありえない。人間が形而上学的であるのは、その存在そのものにおいて、愛や憎しみにおいて、人間の個人的ないし集団的歴史のただなかにおいてであった、形而上学はもはや、デカルトが言っていたような、一月に数時間の割合で起る出来事ではなく、それはパスカルが考えていたように、心臓のどんな動きの中にも現前しているのだ。

そうなると、文学の仕事と哲学の仕事とはもはや分けられないものとなる。〔中略〕小説や演劇が、たとえ哲学の語彙に属する語を一つも使わないとしても、終始形而上学なものとなるのだ。[67]

メルロー＝ポンティのこうした一連の議論は、「小説はヘーゲル以後の時代の典型的な産物である」といいながら、J・P・サルトルについて論じたアイリス・マードック（Iris Murdoch）の見解に相通じるところがある。イギリスの哲学者で小説家のマードックは、サルトルにおける哲学と小説の関係について次のように分析した。

このような思想家が表現方法の一つとして小説を用いるのは別に驚くべきことではない。要するに小説は、それ自体、ヘーゲル以後の時代の典型的な産物である。わたしがそういう場合、もちろん本来の小説（ジェ

（64）Wolfhart Pannenberg, *Anthropologie in theologischer Perspektive*, Vandenhoek & Ruprecht, 1983, S. 11.『人間学——神学的考察』（佐々木勝彦訳）教文館、二〇〇八年、一一頁。
（65）M・メルロー＝ポンティ、前掲書、一二頁。
（66）同上、三九頁。
（67）同上、四〇頁。

ーン・オースティン、ジョージ・エリオット、トルストイ、ドストイェフスキー、コンラッド、プルーストなどの作品）と、思想小説（『カンディド』）や平板な物語（『モル・フランダース』）や現代の形而上学的な物語（『城』）とを区別しているつもりである。

本来の小説家はそれなりに一種の現象学者である。そのような小説家は、哲学者がそれほど明確には把握していないこと、すなわち、人間の理性は、一度だけその本性を発見しうる単独単一の仕掛けではないということ、を常に暗黙のうちに理解していたのである。小説家はわれわれのおこなうべきこと、もしくはおこなうと考えられるにちがいないことに対してではなく、われわれが実際におこなうことに対してじっと眼をそそいできたのである。小説家は、生得の才能として、アカデミックな思想家が、もし到達するとすれば、心許ない訓練によって到達するところのあの合理主義にはとらわれぬ幸福をもっている。小説家は常に、説明者というよりむしろ記述者であり、この記述者はごく最近の哲学者たちがみずからそれであると主張しうるものである。その結果、小説家は哲学者たちの発見にしばしば先鞭をつけたのである。[68]

マードックのいう「われわれが実際におこなうことに対してじっと眼をそそいできた」というフレーズは、メルロー＝ポンティが小説家の「職務」として挙げた「物のようにわれわれの眼前に存在させる」ことに対応するものであろう。また、こうした意味において、サルトルの一連の文学的作品は「ナラティヴ的な哲学」（narrative philosophy）として読み取ることが出来る。そして、小説家が「説明者というよりむしろ記述者」であるという点で、彼の態度は本質論的より現象学的であり、また実在論的より唯名論的であるともいえよう。それゆえ、小説はやはり近代以後の現象、すなわち「ヘーゲル以後の時代の典型的な産物」であろう。マードックが処女作の長編小説『網の中』（*Under the Net*）で書いた次のようなフレーズも、上記の文脈からのものであるに違いない。

ヘーゲルは、「真理」（Truth）とは偉大な言葉だけれど、物（the thing）はさらに偉大であるといった。[69]

それゆえ、マードックがサルトルの「最初の小説であり、政治的関心を除いて、彼のすべての主要な関心をふくんでいる」『嘔吐』について論じる第一章のタイトルを「物の発見」（The Discovery of Things, 傍点引用者）とつけたのも、小説家は基本的に現象学者であるという彼女の見解をあらわすといえよう。[70] 後に詳論することになるが、『物』への集中」とも言える事柄こそ、小説家遠藤周作の作品世界をつらぬく「赤い糸」になっている。その際の「物」とは、「哲学的観念」を私たちの眼の前に可視的に「存在させる」ものであることは言うまでもない。

さて、哲学と小説の関係をめぐるメルロー＝ポンティやマードックの上記の議論は、ある小説家の作品世界を解き明かすに当たって二つの問いを投げかけている。一般論的にいうならば、この二つの問いは次のようにまとめられる。

一、小説家の作品世界を一貫して支配する「哲学的観念」とは何か。

二、小説家は、自分の作品世界において、その「哲学的観念」をいかにして「物のようにわれわれの眼前に存在させる」のか。

（68）Iris Murdoch, *Sartre: Romantic Realist*, The Harvester Press Limited, 1980, p. 8.（アイリス・マードック『サルトル――ロマン的合理主義者』田中清太郎・中岡洋訳、国文社、一九六八年、一二一－一三頁、傍点引用者）。

（69）Iris Murdoch, *Under the Net*, Chatto & Windus, 1969, p. 25.

（70）アイリス・マードック『サルトル――ロマン的合理主義者』一五頁。

こうした問いを念頭に置きながら、遠藤周作における「哲学と文学」の関係について論じ、それによって、彼の文学世界を探偵小説という観点から理解することを試みたい。

2 「哲学的観念」と「物」

冒頭で哲学と小説の関係をめぐるメルロー＝ポンティやマードックの見解を簡単ながら紹介したのは、それが日本のカトリック小説家の遠藤周作の作品世界を究明するにあたって、極めて啓発的な視座を提供すると判断したからである。

周知のように、小説家としての遠藤の創作活動は、彼の文芸評論家としてのキャリアの延長線上で行われた。遠藤は、すでに慶應義塾大学在学中に「カトリック作家の問題」「シャルル・ペギーの場合」などのカトリック文学研究の論文を『三田文学』に発表し、大学卒業後には「改宗者の苦悩」や評論「堀辰雄論覚書」を上梓したのである。

さらに、『作家の日記』からもうかがえるように、遠藤はエマニュエル・ムーニエによって創刊された雑誌『エスプリ』に掲載されたカミュやサルトルの実存主義文学の影響を強く受けていた。高山鉄男が『作家の日記』につけた「解説」で指摘するように、遠藤はサルトルの『汚れた手』やカミュの『正義の人々』のように「政治と個人の問題」を扱った作品を熟読していた。これらの作品は、政治と実存の間の矛盾の中で悩む人間を描いたものであり、それゆえ、「政治の危機的状況において露呈される個人の内面を描いている」遠藤の初期作品――『白い人』『黄色い人』『海と毒薬』など――を理解するに当たって、「サルトルやカミュの影響を無視することはできない」[71]。

さて、留学中における遠藤のサルトル研究が主に小説の技法への関心という観点から行われた点は、とりわけ注目に値するものである。小説の技法という観点から遠藤がサルトルに抱いた関心は、「夜、サルトルの『文学とは何か』を続読する。とにかく、これは面白い」（一九五〇年一二月五日）、「その後サルトルの小説といい、フォークナーの小説といい、これは作中人物の自由より作家の技巧（作中人物の自由を抑圧する）の方がめだつのではあるまいか」（一九五〇年一二月一六日）という記録からも読み取れる。

後に詳論することになるが、遠藤はフォークナーの二重小説（double novel）や英米の――グレアム・グリーンやダーシャル・ハメットなどの――探偵小説を耽読したが、これも遠藤に小説の新しい技法に目覚めるきっかけを提供してくれた。遠藤は一九五一年一月九日の日記で、「（サルトルの）『シチュアシオン』の中のフォークナーについての小さなエッセイをよむ」と書いており、そこに「目を通した痕跡がある」のは久松健一の調査の通りである[72]。そのサルトルは、『シチュアシオンⅠ』の「フォークナー論」で、「小説手法はつねに小説家のいだく形而上学に関連する。批評家の任務は、小説技法を手法を批判する前に、この形而上学を抽出することである[73]」と明記していたのである。

留学時代の遠藤氏は、こうしたさまざまな小説を読みながら技法について考え、『群像』や『三田文学』

（71）高山鉄男「解説」『作家の日記』四二三頁。
（72）久松健一「遠藤周作がフランス語の書物群から受けた影響――旧蔵書の調査を通じて」『明治大学人文科学研究所紀要』69（二〇一一年）四六頁。
（73）J・P・サルトル「フォークナーにおける時間性――『響きと怒り』について」『シチュアシオンⅠ　評論集』（渡辺明正訳、『サルトル全集』第一一巻）人文書院、一九八〇年（改訂重版）六一頁。

に送られた「手記」のなかでは、作品の構成や人物について、小説家としての最初の実験を試みていたのだ(74)。

高山は、『黄色い人』や『海と毒薬』のような遠藤の初期の作品について、これらは「日本人とヨーロッパ人という文明論的な主題を表現したものではなく」「作者の告白」すなわち「作者の心底にわだかまる日本的心情を拡大して罪のドラマと化し、それに文学的表現を与えたもの」と評価した。これは、メルロー＝ポンティの言葉を借りていうならば、遠藤の関心が「哲学的観念」を「主題化する」ことからそれらの観念を「物のようにわれわれの眼前に存在させる」ことへ移行したことを意味するに違いない。すなわち、汎神論的な日本とキリスト教的西欧という「図式的な問題」として「主題化」して論じる試み（＝評論）から離脱して、その主題を「自身の心の問題」や「運命の問題」として引き受けたことを意味する。高山は、こうした移行の形跡を、遠藤がモーリアックの『テレーズ・デスケルーウ』の舞台を訪れた一九五一年八月の旅のなかで見つけることができると述べる。

〔前略〕五一年八月には、モーリアックの作品の舞台をさぐるため、遠藤氏はわざわざボルドー地方に旅行し、一か月近くにわたってそこに滞在している。のみならず、リヨン大学の博士過程に籍を置いていた氏は、バディ教授の指導の元に「モーリアックにおける愛」についての論文を書こうとした気配さえうかがわれる（五一年一一月九日の日記）。しかし、氏の関心は、結局、モーリアックを研究者として分析することにはなく、一人の小説家として、すくなくともこれから小説を書こうとする一人の日本人として、この作家の内的世界と対決することにあった。そしてそれは、モーリアックが作品において愛欲の苦悩や人間の罪を描いたように、遠藤氏自身も、人間の魂を、その最も深いところにおいて凝視しなければならないということにつきた(75)。

小説を「分析する」ことから「書くこと」への移行は、遠藤の関心が「哲学的観念」を「物のようにわれわれの眼前に存在させる」ことに移り変わったことを意味する。当然ながら、これは批評家から小説家への転身によって行われたのである。

こうした遠藤の経歴を念頭に入れるならば、彼が「文学と哲学」をめぐる問題について鋭敏な立場の持ち主であったことは、むしろ当たり前のことだとも考えられる。その好例として、小説家の仕事について直截に言及した「宗教と文学」という講演文（一九六三年）を考察してみよう。[76] 遠藤によれば、「近代的意味での文学」として「小説」を書く小説家は、「自分で世界観やモラルや人間観を創る必要」もなく「神への信仰によって既に与えられ、秩序づけられていた」中世の芸術家とは異なり、「人間を創る営み」を自分の課題として引き受けなければならない。しかも、小説家が創る人間とは、「ぼく等と同じように、それ以上に『生きた人間』」であることを強調する。

> 人間を創る……これは中世の芸術家たちの頭には、神のみがよく成しえ給うたことだったのです。そして近代の文学者は、この神の力を我がものにしようとしたのです。なぜなら、中世のような精神共同体は亡び、かつてすべての中心だった神の代わりに人間がその中心となった。必然的にかつて神への信仰に基づいていた人間観もモラルも消え失せた以上、作家は自分自身の人間観やモラルによって作中人物を創らねばならな

（74）高山鉄男、前掲論文、四二四頁（傍点引用者）。
（75）同上、四二四 - 四二五頁。
（76）山根道公によると、この講演文の初出は不詳であるが、『宗教と文学』（南北社、一九六三年七月）に収録されている。山根道公「解題」『遠藤周作文学全集』12・四二八頁。

くなったのです。
話しが大変、むずかしくなりましたが、ここの所は大事な点です。つまり神を中心とする精神共同体が崩れおちた所に、近代的な文学が生じたということが一つ、そして、そういう関係をもつ以上、宗教と文学とはそれ以後、決して調和することのできぬ対立した関係に追いこまれたということをわかって頂きたい。つまり今日の宗教者が書く文学はどうしても中世のようにゆったりと調和できない悲劇的な相貌をもってきたのです。

（「宗教と文学」12・三一三）

さらに遠藤によれば、いわゆる「存在の秩序」（*ordo entis*）を自明なものとして認めていた中世人の信仰観・世界観と異なり、「神は死んだ」というニーチェの宣言以後の時代を生きる近代の文学者には、「存在の秩序」を模倣することはもう不可能になっている。それゆえ、彼は「自分の意志、〈*fiat*〉によって言語によって新しい創造的宇宙をつくりださなければならない」という自己認識によって充ちている。神学者の高柳が遠藤の創作活動について論じる際に語るように、

ある意味で彼は神と同じく創造主、〈第二の神〉になり、想像的次元で〈第二の自然〉を創造しなければならない。彼は神と同じくその世界のなかに主人公を置き、初めから終わりまで主人公の一挙一動を操り、その心理の細かい点まで知り尽くしているようであるが、主人公の自由な歩みを抑えることができないという悲哀をなめなければならなかったのである。[77]

遠藤の言う「生きた人間」とは、「形而上学をもっている」（シャルル・ペギー）人間としてその「形而上学」――メルロー＝ポンティの言う「哲学的観念」――を自分の人生において具現化している人間であって、小説家

はその人間を「われわれの眼前に物のように存在させる」のである。遠藤は、短編「シラノ・ド・ベルジュラック」(『月光のドミナ』所収)の語り手として「私」――フランス留学中の学生――の口を借りて自分の文学論を披歴したとき、この「生きた人間」の意味を垣間見ることができる。遠藤と等身大の人物とされる「私」は、毎日、一定の時間に同じレストランで食事をする老教授に「ムッシュウ、文学とは結局、修辞学《レトリック》ですぞ」と言われたことに反感を抱く。

文学とは私にとって修辞学や言葉の美だけのものではなかった。それはまず、人間の真実であり、生きた人間と、その心の闘《たたか》いを描くものの筈《はず》だ。私に仏蘭西語を教え、「ベル・ニッション」軒で食事をする先生ではなく、妻に裏切られ、嫉妬にくるしむ先生でなければならなかった。〔中略〕私は先生は学者であり、一方、自分は日本に帰れば小説を書く男なんだなと思うことにした。おなじ文学を扱うにしても、修辞学や文法は先生のような学者がやることなんだ。学者というのはこの黒い古ぼけた服を着た老人のように九時に起き、十二時に昼飯を食い、書斎にとじこもり、十一時に部屋の灯を消すヒカラびた人間であればイイのである。……だが文士とはそんなものではない。文士にとって文学とは生きた人間の心の葛藤であり、暗い孤独の追求なのだ。私は結局、この学者と文士と違う点でも先生とは無縁な存在であると考えようとした。

(『月光のドミナ』一三―一四頁)

(77) 高柳俊一「『カトリック作家の問題』『宗教と文学』『石の声』――遠藤周作の評論とキリスト教文学論」山形和美編『遠藤周作――その文学世界』国研出版、一九九七年、三五一頁。

それゆえ、小説家が不可視的な「哲学的観念」を「われわれの眼前に存在させ」てくれる具体的な「物」のように「われわれの眼前に」「生きた人間」を重視することは、逆に言えば、その小説家が「哲学的観念」を徹底的に突き詰めたということの証左でもある。

さて、遠藤は自然描写を好む作家として知られているが、こうしたことも、彼の作品において「物」が占める意味を示すものに違いない。しかも、遠藤の自然描写には、文学批評家の中野記偉がやや冷たい論調で語ったように、比喩的な表現が多い。それは、「物」を単なる物として捉えるのではなく、「神の被造物として眼に映ずる」からである。「被造物を写し取ろうとしたとき、そこには神意のあとを感じ、またその感じ方に自ずから伝統のあるのを知り、伝統の共通理解を前提として自然描写のできる西欧の作家を遠藤がうらやむのはまことにもっともな次第である」[78]。

すなわち、遠藤において「物」とは、二重の意味において重要である。「哲学的観念」は時間と空間の中にある「物」を通して現前化されるし、その「物」は「哲学的観念」を指し示しまたそれに「参与する」(participate)「象徴」として位置づけられるのである。そこから浮かんでくる質問は以下のようなものとなるであろう。カトリック小説家としての遠藤にとって「物」とは何を意味するのか、そして、遠藤はその「物」を書くためにどのような書き方を選んだのか。

「哲学的観念」を「物のように……存在させる」小説家の「職務」は、遠藤においては「置き換えという手法」によって実現される。その手法には、神と世界の関係、聖と俗の関係についての近代キリスト教文学の立場、すなわち、「俗っぽいものにこそ、神の働きが潜在しているという考え」が働いており、遠藤はこれこそ「現代基督《キリスト》教文学にとって非常に大切な考えであり、同時に非常に大切な小説手法となっている」と受け取る（『私の愛した小説』六四頁以下）。遠藤は、その例として、「愛慾の心理と宗教心理」の間の「相似形を利用して神が我々に働きかけてくるのだ」という点を強調してモーリアックの場合をあげ、神はその両者の間の「重なりあうことを利用して〔中略〕自分の存在を啓示する」と述べる。そして、こうした考え方および手法は、「水を葡萄酒に変えるという奇蹟」という「基督教の根底」から、すなわち「秘蹟」の論理ともいえるところに由来するものだと確信する。

水を葡萄酒に変えること、それは水を捨てるのではなく、水を葡萄酒に止揚することである。〔中略〕水を拒まず、それを高めること、おなじように人間のどんな低いものも拒まず、むしろそれらを神を志向する何かをふくんでいるのだという考えがカトリシズムのなかにある。（同上・六五頁）

遠藤は、こうした「基督教の根底」に由来する「小説手法」――トマス・アクィナスの言葉を借りて「存在の類比」（*analogia entis*）とも言えるもの――を、『「置き換え」の手法』として受け取る。それは、「たとえば箱のなかの犬がいつの間にか別のものに変っているという手法」（同上・六六頁）であり、遠藤はその好例として、グレアム・グリーンの『情事の終わり』とジュリアン・グリーンの『他者』という作品をあげる。『情事の終わり』の女主人公のサラは、彼女の不倫相手の小説家が死の危機にさらされた瞬間、もし彼の命を助けてくれるならば自分は彼と別れる、と神に祈る。これについて遠藤はこう解釈する。

これは先に行った「置き換え」の手法の一変形である。小説家の存在が彼女の心を占めていた場所に次第に神がはいりこみ、いつのまにかすりかわっていくからである。もちろん、この「置き換え」の過程は簡単

（78）中野記偉「G・グリーンと日本の作家たち（二）――遠藤周作の場合」『世紀』241（一九七〇年）七四頁。

に運ぶのではない。しかしこの「置き換え」にたいして主人公の男はどうすることもできない自分を感じている。なぜなら一度「永遠に渇かざる水」を飲んだ者はもう、「また渇く水」を飲めなくなっているからだ。

（同上・六六－六七頁）

遠藤が『情事の終わり』から学んだ小説創作の手法については、『作家の日記』の中での以下の記録にも十分現れている。

『情事の終り』を読了。

カトリック作家はその作中人物を如何にみちびくか。

第一期、その作中人物Aは神に無関心である。第二期、神に奪われた（この場合はサアラという）女とAとが関係する。第三期、AのBに対する感情が人間的感情を保ちながら、それが無意識の内にAの（Bを通して）神に対する感情になる事。つまり、これによってAは第一期の無関心を捨てはじめている事。

この小説の場合、Aは、BがAよりも神を愛した事をしり、神に嫉妬を感じはじめている。次に、Bが死にAは日常の中にBをも（同時に神をも）忘れようとする。しかし、Bは様々の形でAを動かしてやまない。

（一九五二年二月二三日）

（15・一八〇－一八一頁）

また、グリーン『権力と栄光』を読了した日（一九五一年一一月七日）にも、「置き換え」の手法のことが次のように記録として残されている。

グリーン『権力と栄光』を読了。

構成と技法の上で、この本は非常にためになった。たとえば神父の処刑をグリーンは直接に描かない。彼は、母親が、子供たちに一人の少年殉教者の話をよむ場面で、それを、置きかえしている。まさしく映画的手法である。

この映画的手法をグリーンは、彼が、映画評論家の頃学んだものと思われる。（15・一五〇頁、傍点引用者）

さらに遠藤は、自分の『侍』も、こうした「置き換え」の手法によって書かれたものだと語る。自分の使命を成し遂げるために「王の王」といわれるローマ法王にまで謁見した侍長谷倉だったが、にもかかわらず彼の任務は失敗に終わってしまう。しかしこの「失敗」は二重の意味をもつもの、すなわち何かと「置き換え」られる「失敗」だったのである、と遠藤は言う。

その失敗の旅は知らぬ間に彼に別の存在にふれさせていた。地上の華やかな王ではなく、別次元のみじめな王である基督に彼は次第に心ひかれていったのだ。彼は現実では挫折した自分の運命とやはりこの地上では失敗したイエスとを重ねあわせはじめたのである。「侍」をはじめ「王に会った男」という題にしようかとわたしは考えたことがある。地上の王から拒まれた男が心の王を見いだすという意味だった。その過程が小説で成功したかどうかは別として、私の意図はやはり王の「置き換え」にあったのだ。

（『私の愛した小説』六八頁）

神学者の高柳俊一も、上記のような意味での近代小説の典型的な例を示す作品としてグレアム・グリーンの『情事の終わり』を挙げ、またその作品が遠藤にとって『私の愛した小説』の一つであったと指摘する。高柳によれば、『情事の終わり』は「近代の文学論が創造論を出発点にしているかぎり、それに忠実に従いながら、作家の生みの悲哀を語り、なおかつそれに信仰的視点を導入することに成功した作品」であると同時に、「近代文学の世俗性の限界を示しながら、同時に近代文学でありえた作品」である。さらに高柳によれば、この作品は「自然・本性と恩寵のテーマから消去されて久しかった恩寵がふたたび奇跡的に取り戻された物語でもある」という(79)。こうしたグリーン理解に基づきながら、高柳は遠藤の作品世界全般について次のように述べる。

> 遠藤の小説は悪と罪のはっきりとした理念から出発する。初期の評論はそれが彼が自分の受けた洗礼の意味を意識させてくれた二〇世紀のフランスのカトリック作家にできるものであることを示している、評論を書くことによって、理念とそれによって日本的風土のなかにもたらされる問題を遠藤ははっきりと捉えるようになっていったのであろう。そしてついに『沈黙』を書くときにいたって、自然・本性である無意識の世界がモーリヤックの小説では罪一色に結びつけられているが、その罪と欲望と苦しみの現場が神が混沌から愛の恩寵によって新しいものを創造しようとして葛藤し、苦しむアゴニアの修羅場であるという認識に到達したのである(80)。

周知のとおり、遠藤は慶應義塾大学文学部予科に在学したとき「白鳩寮(81)」に寄宿したことがあり、その学生寮の舎監であったカトリック哲学者の吉満義彦から少なからず影響を受けた(82)。遠藤が「学生時代に私が影響や刺激を受けた先生の一人に哲学者の吉満義彦先生がいる。……私にはとても先生の難解な論文を理解できたとは思えない。しかし先生の著作のなかで、『詩と愛と実存』という文学的なエッセイは私の愛読書のひとつだった」と述懐しているとおりである（「吉満先生のこと」13・二〇七－二〇九頁）。

その吉満は、『詩と愛と実存』のなかで、「近代の固有の神学は文学者たちであり、哲学者はその注釈者にすぎなかった」とまで言ったことがある。近代批判と中世への復帰とを自分の考えの軸とした吉満の嘲笑的な眼が向

（79）高柳俊一、前掲書、三五二頁。

（80）同上、三五三頁（傍点引用者）。

（81）「白鳩寮」は、カトリック司祭の岩下壮一（一八八九－一九四〇年）によって創設された「聖フキリッポ寮」が前身であり、現在は「真生会館」として改築されている。遠藤は、「白鳩寮」に寄宿した際に、岩下が院長を務めた「復生病院」に訪れたことがある。遠藤自らが語るように、「寮の創設者は岩下壮一師であったが、この中世哲学研究で有名な神父は既に他界され」ていた。しかしながら、ハンセン病患者の収容施設としての「復生病院」を訪れた経験が遠藤の『わたしが・棄てた・女』を生み出したことを考えると、岩下と遠藤の関係は――少なくとも思想的な意味において――さらなる研究が必要であるといえる。また、その岩下から影響を受けたのが吉満であったこと、岩下と吉満がイギリスの神学者ジョン・ヘンリー・ニューマン（一八〇一－一八九〇年）から強い影響を受けたこと、そして、遠藤に至大な影響を与えたグレアム・グリーンにもこのニューマンからの影響があったということを考えてみると、「ニューマン―岩下―吉満―グリーンと遠藤」というテーマへの研究は、遠藤の文学を理解するために大きく貢献するに間違いない。巽豊彦「ニューマン・岩下・吉満――復興への軌跡」『ソフィア――西洋文化ならびに東西文化交流の研究』43（一九九四年）八六－八八頁、Mark Bosco, "From *The Power And The Glory* to *The Honorary Consul*: The Development of Graham Greene's Catholic Imagination" *Religion & Literature* vol. 36, no. 2 (2004) p. 57 参照。しかしながら、吉満義彦に対する遠藤の立場は、簡単ではない。「信仰的にも人間的にも脱帽し尊敬してやまなかった師ではあったが、しかし私がそのお考えに隔たりを感じたのは、先生のなかに西欧的な基督教があまりにやすやすと受け入れられている点だった」（「二重生活者として」13・三五九頁）と遠藤は述懐する。「吉満先生の『神なき近代』の批判は西洋の精神史には当てはまっても、もともと基督教的な神の伝統も地盤もない日本には次元が違う面があるのではないかという不満をぬぐい去ることができなかった」（13・三五九－三六〇頁）。

（82）山根道公「遠藤周作における吉満義彦体験――霊性文学の原点」『キリスト教文化研究所年報』二〇〇九年、六三－八二頁、山根道公「吉満義彦体験――その影響と超克」柘植光彦編『遠藤周作――挑発する作家』至文堂、二〇〇八年、三六－四六頁参照。

かったのは、近代に入って「人間の尺度に合わせて仕立てられた神学」であり、それゆえ吉満は「近代の課題は神学の人間化であるとフォイエルバッハが言うときに、それは他面に哲学が神学化されたことを意味するものである」と断定した。その吉満についての評伝を書いた若松英輔は、「このとき彼はリルケを想起していたかもしれない」と言った上で、「吉満にとってリルケは、詩人の姿をした『形而上学者』だった」と敷衍する。[83]

3 「メタフィジック批評」と主題小説

評論家の武田友寿によれば、遠藤は上述した哲学的観念と文学の関係を徹底的に自覚していた。その意味で、武田は遠藤の小説を「主題小説」と位置付ける。

> 遠藤氏の長編小説は一種の主題小説の傾向がつよい。たとえば、『白い人』『黄色い人』『青い小さな葡萄』『海と毒薬』『留学』『沈黙』などの世評高い作品を想いうかべてみてもわかるが、これらの作品には一神論（西欧）と汎神論（日本）の違和感に発する氏の鮮烈な主題が展開されている。これにくらべて短編小説の場合には主題の鮮烈さは姿を消し、前者の設定している劇的な存在状況にたいし、平凡な日常生活現実が素材として選ばれ、ある主題をしめすよりも生活者の感覚が多面的に照射されるのである。これらは氏の長編小説と短編小説のもついちじるしい差異である。[84]

「主題小説」としての遠藤の長編小説に宿るその「主題」は、日常生活を描く彼の短編小説によって準備されるに伴い、より明確に抽出される。そして、その主題が次に長編小説という形として書き込まれることによって、さらにその主題が日常性の中に溶解される。こうしたサイクルを通して、「哲学的観念」を「物のように……存在させる」営みが行われるのである。武田の上記の評価は、「遠藤文学は作家遠藤周作の明確な作品主題を担って書き続けられた文学世界である」[85]という意見と軌を一にするものである。「日本の小説はどう変るか」というテーマをめぐって行われた座談会で、司会者の荒正人が「遠藤さんは、小説をお書きになるとき、評論の注釈として小説を書く、というようなことをおっしゃったことがあると思いますが、あれはどういうことですか」と問われた際に、遠藤は次のように答えたが、この遠藤の答えは、上記のような一連の議論を遠藤自身に適用させることの妥当性を物語るものである。

あれはね、小説と評論を平行してやっていくという意味なんです。僕は評論家としては、現代文学の運命や歪みというものを当然考えてしまうでしょう。だからといって、かくあるべき文学のありがたい小説ですぐに実現できるというわけにはいきませんけれども、できるだけそれに合わせていきたい[86]。

(83) 若松英輔『吉満義彦——詩と天使の形而上学』岩波書店、二〇一四年、vii頁。若松が引用する箇所は、吉満の「日常性への誕生」と題したエッセイの中にあるもので、その中で吉満は近代の文学について次のように述べる。「より正直なのは文学である。誰が言ったか、文藝復興とは『神々の復興』であったと。近代の固有の神学は文学者であり、哲学者たちはその注釈者にすぎなかった。〔中略〕中世の神学者が神学として意識的に営んだことが、近代の夜の劇場では『文学』の名の下に『人間性』の名の下に無意識的に演出され、中世において神と兄弟たちとの『遊び』であった大きな共同体芸術の代わりに、至るところ人間性の神学的実験が行われた」『吉満義彦全集　第五巻』講談社、一九八五年、三一二頁。

(84) 武田友寿『遠藤周作の文学』一七一頁（傍点引用者）。

(85) 槌賀七代「『女の一生』論——「現代日本」への挑戦」笠井秋生・玉置邦雄編『作品論　遠藤周作』双文社出版、二〇〇〇年、二四一－二四二頁。

(86)「特集・日本の小説はどう変るか」『文學界』8（一九五七年）一〇頁。

また、北杜夫とのある対談の中では、自分における評論と小説の関係について、次のように述べている。

遠藤　僕の場合は大学三年の時にエッセイを書いたのが始まりで、もともと小説家となろうと思っていたんだけれども。

北　小説家になろうという場合、たとえばエッセイを書いて自分の小説論なり方法論なりをみつけたいという気持ちはありました？

遠藤　ありましたね。僕は大学でやろうとしていたのが、やはりカトリック文学みたいなものだったから、そういうものを外国の作家なんかどういうふうに書いたり読んだりしているかということを勉強しようという気持ちは多分にありましたから、実際的に小説家になって、確かに役に立ったと思います。[87]

遠藤が『サド伝』を書いたことや、サド研究書の『わが隣人サド』を著したクロソウスキーに並々ならぬ関心を示したことも、サドやクロソウスキーにとって哲学と文学が判然としない形で融合されていたからであろう。遠藤は、若林真との共訳で、P・クロソウスキーの『ロベルトは今夜』(*Roberte ce soir*)と『ナントの勅令破棄』(*La Revocation de l'Edit de Nantes*)を日本語に翻訳し、そこに「クロソウスキー氏会見記」という解説文をつけた。その中で遠藤は、「彼(＝クロソウスキー)の次の作品も事情がゆるせば今後翻訳していきたいと思う」[88]と抱負を披瀝するほど、クロソウスキーの作品に関心を表明したのである。

評論家の松本鶴雄は、遠藤が評論からキャリアをはじめたという経歴こそ遠藤文学の特質だと語るが、それも遠藤における「哲学的観念」と「物のように……存在させる」ことの関係を明確にするに違いない。

確かに遠藤周作は当初文芸批評家として出発した。今日読書界の寵児として、あるいは流行作家として活躍しているが、今でもそのかたわら秀れたエッセーを書き、洞察に富んだ評論や小品をものしている。いわば評論家的小説家といってもいい。そしてこの作家のように小説と評論との資質が均質に同居している作家も今日の日本では珍しくなった(89)。

文芸評論家として出発した遠藤は、「哲学的観念」とそれを「物のように……存在させる」(90)ことの関係について、人並みはずれて鋭い問題意識を露わにした。こうした意味で、「三角帽子というペンネーム」の下で服部達、村松剛、そして遠藤周作の三人が共同執筆した「メタフィジック批評の旗の下に」という連続批評に、改めて注目すべきであろう。たとえこの「三人の間でも、問題を細部にわたって追究して行く場合には、多少の意見の食い違いが、つねに存在した(91)」としても、評論家として出発した遠藤の小説作品が持つ特徴は、この共同執筆とい

(87) 遠藤周作・北杜夫「対談・われらの文学放浪のころ――文壇に出るまで」『三田文学』10(一九七二年)六頁。
(88) 遠藤周作「クロソウスキー氏会見記」遠藤周作・若林真『ロベルトは今夜』河出書房新社、一九六〇年、二二五頁。
(89) 松本鶴雄「批評家としての遠藤周作――メタフィジック批評について」『国文学――解釈と鑑賞』6(一九七五年)一一八頁。
(90) 三角帽子「メタフィジック批評の旗の下に1――われらの風土を超えて」『文學界』9(4)(一九五五年)一六〇-一六七頁、「メタフィジック批評の旗の下に2――批評と創作との間」『文學界』9(5)(一九五五年)一二八-一三五頁、「メタフィジック批評の旗の下に3――現代日本語との闘い」『文學界』9(6)(一九五五年)一〇四-一一〇頁、「メタフィジック批評の旗の下に4――戦後派の栄光と悲惨」『文學界』9(7)(一九五五年)一五四-一六一頁、「メタフィジック批評の旗の下に5――未来への突破口」『文學界』9(8)(一九五五年)一五八-一六五頁、「メタフィジック批評の旗の下に6――われらはかく主張する」『文學界』9(9)(一九五五年)一〇九-一一五頁。

う試みから充分読み取ることができる。しかも、そもそも「メタフィジック批評」という言葉を発明したのは遠藤周作だったということを念頭におくならば、「メタフィジック批評の旗の下に」という文書は、小説家としての遠藤の生い立ちを理解するにあたって欠かせないものである。(92)

この連続評論の最終回で、遠藤は『現代評論』の友人たちへ」という小論を書き、そこで「メタフィジックという言葉はぼくにとってはカトリックを意味します」と明らかにする。その上で、自分が——服部と村松と共に——「なぜクリティク・メタフィジックをやらねばならなかったか」について説き明かそうとする。ここで遠藤がその理由としてあげる「非常に重大な二点」とは、「凡ての日本の作家の作品の作品に浸潤している」傾向としての「日本的自然主義」と、その「日本的自然主義」は、それを「長い間、攻撃しつづけて来た批評家の方法自體にもひそかに喰いこんでいる」という二点である。

ぼく等は日本の自然主義を創った形而上学的条件を、今日まで考察してきました。たとえば日本の湿潤的風土、伝統的な汎神性、基督教の伝統のなさ、日本語の考察、想像力の問題、そういうものにまで手を拡げたのは、従来の批評方法のように「自然主義は日常的自我をこえない、ロマネスク精神がない」と天くだり式に断定したくなかったからです。「なぜ自然主義は……でないのか」このなぜを本質的素因まで追求しようとしなければ一切は無効化であります。

更にまた、われわれは、伝統と地盤の異った西欧の作品を楯にとって憐れな日本の作品を裁断する批評的方法を拒絶しました。少なくともぼくはヨーロッパの文学の中には基督教とその対立精神とがいかに影響したかを学びましたし、その宗教のない我々の文学が、彼等のようにありえない理由も、ぼく等なりに考えてます。東洋と西洋との混同の上にたった無責任なやり方は繰りかえしたくない。クリティク・メタフィジックは生まれたばかりですが、我々はよし、それが未熟であっても、方向においては狂っていないと思ってい

ます。(93)

「メタフィジック批評の旗の下に」は、A、B、Cという三人の発言者によって構成されているが、「A、B、Cという発言者名は、われわれ三人の誰々に、そのまま対応するものではない。これらは、議論を進める都合上、われわれが架空に設定した人格である」と言われているように、この共同執筆の中で遠藤の発言を特定することが容易でないのみか、あるいはそもそも遠藤一人の発言はないかもしれない。だが、やはり遠藤自らの、あるいは、遠藤によって主導されたと推測しうる発言を特定することが不可能ではない。こうした前提の下で「メタフィジック批評の旗の下に」を読むことで、私たちは遠藤における小説創作の原点を探ることができる。

まず、「哲学的観念」を「物のように……存在させる」(メルロー＝ポンティ)こととしての小説家の「職務」は、遠藤にとっては「眼前」の「物」を比喩的な存在として把握しまた表現することを意味する。こうした観点から、遠藤によって発せられたとみられる次のような発言は極めて重要であろう。

B　非音楽的、非論理的かつ抒情的であるのみならず、とりわけ現代日本語では、自然主義的な性格が強く出ている。一つ一つの言葉は、現実の存在にのみ漠然と対応し、それ以外の次元を暗示する広がりを持たない。(94)

(91)「メタフィジック批評の旗の下に6――われらの風土を超えて」一〇九頁。
(92) 服部達『われらにとって美は存在するか』講談社、二〇一〇年、七九頁。
(93)「メタフィジック批評の旗の下に6――われらの風土を超えて」一一五頁。
(94)「メタフィジック批評の旗の下に3――現代日本語との闘い」一〇五頁。

ここで遠藤は、モーリアックの『テレーズ・デケールウ』に出てくる“Le front de Thérèse était vaste”という句が日本語では「テレーズの額は広かった」と訳されたことに触れた上で、この翻訳では「広い」(vaste)というフランス語がもつ多重さを伝えることができないと指摘する。なぜならば、「フランス語では、単に広いという意味ならほかに、haut でも large でも、言葉がある。モーリアックがとくに vaste という言葉を選んだのは、これが人々に dévaster (荒廃させる、孤独にさせる) という言葉への連想をもたらすことを知っていたからだ。もっと別な次元を暗示する広がりを、それが持っていたからだ[95]」。

このように「別の次元の世界」へと導く働きが欠けている「日本語はこの点でも自然主義的であり、ノン・メタフィジックなのだ」と批判する。「つまり、自然主義作家たちが目標としたところは、現実をいかに忠実に文章のなかに反映させるかであり、文章としての独自の美とか、そのような文体がつくりだす虚構の世界、現実の秩序とは異なりながら、かえって、より長い生命を持つ真実を築く詩の世界の美的価値といったものはできるかぎり無視したのだな[96]」。

このように「別の次元の世界」への憧憬は、「日本的風土に対する福田(恆存)の深刻な認識」について論じる際にもあらわれる。福田の戯曲の「龍を撫でた男」に「狂人」が登場することに注目しながら、Cはこう語る。「主人公ははじめ、日本的合理主義者だった。日本的ニヒリストというか、何でもどうでもいいことだ。というふうに、日常的次元のなかできれいに処理したつもりでいた。ところが、それがうまく行かなくなる。何か、別の解決法を作らなければならなくなる」(「何でも、どうでもいい」と自己放棄する「日本的合理主義者」や「日本的ニヒリスト」のイメージは、後に遠藤の『黄色い人』の千葉や『海と毒薬』の戸田と勝呂の中で描写されることになる)。

この発言を受けて、遠藤と目されるBはこのように応答する。「そうだ。カトリック作家なら危機神学を考えるだろうし、サルトルの『悪魔と神』の主人公なら、サイコロを振って行動を決定し、もう一つの形而上学に殉ずるだろう」。

西洋の社会と日本の社会とでは、骨格が根本的に異なっている。西洋の社会の底にあるものは、神と悪魔の対立だ。ところが日本の社会の底にあるものは、神の不在だ。そういう相違を根本的につかんだ上で、たとえば文学でなら、フィクションが設立されねばならない。これがぼくらに課せられた問題だ。(97)

日本における私小説と西洋のそれが異なる所以は何だろうか。「私小説の告白は、ただの白状だ」というCの発言をうけ、遠藤と推測されるBはこう応える。「その点だよ。ありのままに自分を白状するだけだ。神や社会と対決せずに、文壇や文壇的読者を通すことで自分を許してしまう。ところがキリスト教徒の告解は、決して自分を許すためにあるのじゃない。告解するということは、教会の告解室をみればわかるが、彼が神という極限者の前にひとりだけで立つという、実存的な意味を持っている。つまり、許す、許さないは、自分や社会で決してきめられないという意識がある。告白がメタフィジックとの対決を含み得るのは、つまり自分の思想の主張となり得るのは、このような契機においてだ。そのコンフェッソンと私小説流の自己暴露を同一視していたのでは、メタフィジックへの途は見出せない(98)」。

---

(95) しかしながら、実際に『テレーズ・デケールウ』には、"Le front de Thérèse était vaste" という文は見当たらなく、「広い額」(front vaste) という表現があるだけである。遠藤の記憶違いである可能性が高いと推測される。『テレーズ・デケールウ』、『モーリヤック著作集2』(遠藤周作訳) 春秋社、一九八三年、一七頁参照。

(96) 「メタフィジック批評の旗の下に6――われらの風土を超えて」一〇六－一〇八頁。

(97) 「メタフィジック批評の旗の下に2――批評と創作との間」一三五頁。

確かに遠藤は、「告解」することが至難であることを徹底して認識していた。なぜならば、「告解」には、自分を語る際にはいつも自己欺瞞が働くからである。遠藤が高橋たか子との対談で語ったように、「人間の内面には、無意識のうちで告白したいという欲望」があって、小説を書くというのは、その「自分の無意識なものに言葉を与えて外に出したらば、どんなに楽だろう、という本能的気持」(『人間の中のX』一五八頁)を満たそうとする行為である。しかし遠藤は、「自分を語る」ことが孕んでいる先験的な不可能さをすでに自覚していたのである。

このように、自分を語ることに含まれている先験的な不可能さという問題に取り組もうとするとき、遠藤の「ウソつきとおしゃべり」(『毎日新聞』一九七〇年三月二日付、後に『春は馬車に乗って』三〇一-三〇四頁に再収録)というエッセイは注目に値する。これは、ジャン・ケロール(Jean Cayrol, 一九一〇-二〇〇五年)の『異物』(*Les Corps étrangers*)とルイ=ルネ・デ・フォレ(Louis-René des Forêts, 一九一六-二〇〇〇年)の『おしゃべり男』(*Le Bavard*)についての小論であるが、遠藤がジャン・ケロールの作品を読んだのは、彼のフランス留学時代であった。「ジャン・ケロールの『私は他者への愛を生きるだろう』を読み始める」(一九五二年三月二四日、15・一九一-一九二頁)。[99]

遠藤は自己を語ることとしての「告白」そのものが不可能であることを痛感していたが、右の二作品こそその問題意識に徹したものだと高く評価する。

私はこの二作品を現代文学の佳作だと感じたことはそこにテルがあるからである。日本の正直な告白私小説にはテルがないからである。今日、小説を書きながら一体、どのような小説家が自分の小説に「嘘」と「おしゃべり」とをかんじないものがあろうか。なぜなら現代の小説が作品であるためには、そして外部の世界に耐えるためには「嘘」と「おしゃべり」をどうしても必要とするからだ。にもかかわらずわれわれが小説を書くのは、それがテルであり、テルの底には厳として動くことのない原世界があると思っているからではないのだろうか。[100]

(「現代にとって文学とは何か」13・八五頁)

遠藤は「人生の敗残者で卑怯者で出鱈目でこれっぽちも立派なところのない男」(『春は馬車に乗って』三〇一頁)を主人公とした「くどくどしたこの二つの告白小説はしかし私に感動を与えた」(同上)と所感を披瀝する。しかし、なぜウソつき男とおしゃべり男を主人公にしたのか、そして、この作品の意義はどこにあるだろうか。遠藤はこう語る。

(98)「メタフィジック批評の旗の下に1――われらの風土を超えて」一六二頁。注目すべきところは、これに続けてBが「何でも肯定し、何でも白状して安心するのは、煩悩具足、浄土真宗だろう。丹羽文雄がいみじくも言っているよ。私小説は浄土真宗だ、とね」(1・一六二 - 一六三)。しかし、遠藤――もしBを遠藤と同一視することができるなら――の浄土真宗への態度は変わることになる。たとえば、「父の宗教・母の宗教」「小さな町で」などがある。この変容のプロセスは、父の宗教から母の宗教への変容と軌を一つにする。しかしながら、忘れてはいけないのは、遠藤におけるこうした変容が、キリスト教的神を日本の風土の中で受け入れようとするプロセスの中で行われたものであり、単に浄土真宗の実在観をそのまま受け取ったものではないということであろう。この点については、後に詳論することにする。

(99)『エスプリ』三月号のロラン・バルトの『ジャン・ケロールとその小説』を読了。ケロールは独逸の詩人(リルケ、カロッサ)に似ている。彼はまず過去のない人間である。つまり彼はJe(私)であり、感覚によって、分裂的に本物を眺めるだけだから、過去はない。この人間を如何にしてヒューマニズムに導くか。まず、事物の親密さ。これはまさしく、リルケの初期の世界を思わせる。次に他人の愛の観察が行われる。主人公は初めて嫉妬心を感ずる。その時彼は自己が人間と関った事(嫉妬心は愛故)を歓喜する」(一九五二年三月二二日)(15・一九一頁)。

(100)「テル」とは、「丘」あるいは「各時代の町や村が層をなして埋もれた丘」を意味するヘブライ語で、それは、戦争等によって廃墟になった場所の上に新たに村を作ることを繰り返すことによってできた現象である。遠藤はこの言葉を、人間や作品の中に潜んでいる重層性を指す言葉として用いている。

それはこの二人の作家は『自分を語る』ということが不可能だと知ったからである。本当の自分とは確実に捉えられるのか。本当の自分を表現することはできるのか。本当の自分はどこまで語れるのか。自己告白とは必ず嘘の伴うものである。たとえ本人が正確に確実に、ありのままに自分を語ろうとしても、どこかに嘘がまじるものである。あるいは本当の自分だと錯覚しているものの背後に別の自分がいるのである。自分を語るためには自分を整理せねばならぬ。しかしその整理の手つきによって嘘は影のように音もなく忍びこんでくるのだ。

だから、ウソつき男は結果的には嘘をついていなかったのかもしれぬ。自分を告白するということが土台、嘘だからである。おしゃべり男はなぜ饒舌なのか。自分を洗いざらい、しゃべりたいためである。にもかかわらず、やがてこのおしゃべり男は洗いざらい自分を語ることは不可能だという気持になってしまう。いくら、しゃべっても表現できぬ自分の内側にぶつかってしまったのである。彼はラッキョの皮をとめどなくむく猿に似た自分をそこに発見したわけだ。

（同上・三〇二―三〇三頁）

こうしたことを踏まえて、遠藤は自分の書き方についてメスを入れる。

私自身も今日までたびたび、自己告白の形式を使って小説を書いてきた。「私は」「私が」と書き出すことは、まず自分の内面をうつし出すのに便利だったからであり、また読者にある現実感を持たせるに有利だったからでもある。もちろん私の場合は私小説を書くというのではなく、私小説の方法を使うことによって創作をするという意味もあった。

（同上・三〇三頁）

遠藤は、こうしたことには、自己を告白することは可能だという前提なしには成り立たないと言いながら、次のように語る。「書き手のほうに自己のありのままを告白できるという気持がなければ私小説は成立しない。読み手のほうに、告白された話は真実だという無意識の信頼感がなければ私小説に自己誠実というレッテルは貼られはしない。私小説を書かぬ作家でも「私」という語り手を使う時、同じような罠にいつか足を入れているのである」（同上・三〇三頁）。

自分について書くことを遠藤は告解にたとえる。しかし彼は、神父が自分の告白する罪を本当に理解してくれるのかという「不安感」に捉えられる。「罪は平凡であればあるほど複雑で混沌としていて、言葉では言いつくせぬもの」だからである。それゆえ、「告解のむつかしさは自己告白の小説のむつかしさにつながる」（同上・三〇四頁）。本当に自分を告白するためには、単に作家の「心理」や「意識下の部分」について語るだけではなく、「心理や意識下のもっと奥にある内面の魂にふれ」（同上・三〇四頁）ることが大事である。「デ・フォレの『おしゃべり男』の主人公は最初、自分の心理について正確にうちあけようとしている。意識下のものも出来るだけ読者にわからせようと努力してくれる。しかし結局、彼が自分の内面の魂にふれる時、彼はそれはもう『しゃべれない』と悟るのである。この場面は美しい」（同上・三〇四頁）。

このように、どのように「告解」をするか、すなわち、自分をどのように書くか、という問題は、遠藤が自分の創作活動において常に認識していた問題であった。「メタフィジック批評の旗の下に」において、その問題意識は「様式」をめぐる議論として現れている。Cの「如何なる天才といえども、詩型《フォーム》を編み出すことができても、様式《スタイル》を創り出すことができない」という言葉を受けて、Bは「様式《スタイル》とは何だね」と問う。その質問に、Cは答える。「ちょっと説明しにくいが、いわば人間の精神共同体の表現と言ってもいいだろう。彼（＝山本健吉）が引用しているウェイトレーの説明によると、『或る深いひとつの共同性、もろもろの魂の或る永続的なひとつの同胞性の外面的な現われ』だ。たとえばダンテについていえば、その『神曲』と『新生』をつくりあげた基礎、つまり、キリスト教を中心とする中世の精神共同体が、様式《スタイル》を与えるのだ」。

この議論においてBは、自分たちの時代を「様式を喪失した時代」と理解した共通の理解の上で、それを日本の「きわめて閉鎖的」な「風土」におけるメタフィジックの喪失につなげて理解する。そうであれば、Bによれば、日本の作家に与えられた課題とは「ぼくらにないものに向う方向性をもつこと」である。「このこと自体がじつは、ぼくらを支えるメタフィジックなものの基礎」である、と「B」は結論づける(101)。

では、これからどうすべきかという課題が当然遠藤に浮上するであろう。この評論を書いた一九五五年は、遠藤が『白い人』と『黄色い人』の差異が「基督教とその対立精神」とそこに由来する神と人間の間に「劇」が存在するか否かについて克明にあらわそうとした時期であった。そして、その次の作品の『海と毒薬』は、「基督教とその対立精神」を知らない日本人の救いと信仰の可能性を探した作品を書いたのも、こういう路線で見ると当然と思われる。『海と毒薬』の主人公の戸田こそ「日本的ニヒリスト」の典型であり、彼にとって生体解剖実験に参加するかしないかは「何でもどうでもいいこと」だったのである。

また、メタフィジック批評をめぐる上記の議論からは、精神共同体から生まれる様式をめぐる遠藤の苦悩が浮かんでくる。欧米の小説家は、キリスト教を基にして築かれた精神共同体の中で「哲学的観念」を「物のようにわれわれの眼前に存在させる」。しかし、日本的「精神共同体」の中でキリスト教的観念を「物」のように「眼前に存在させる」遠藤は、果たしてどのように書くべきかが深刻な課題として解決を迫ってきたのである。この問いは次章で論じることにする。

遠藤文学における「哲学的観念」と小説の関係について論じる際に、もう一つ浮き彫りになる点がある。それを再確認するために、評論家の武田友寿の見解についてもう少し考察したい。武田は、遠藤周作の作品群において短編小説と長編小説がもつ意味合いについて、「遠藤氏の短編小説はやがて書かれる長編のデッサン、あるいはすでに書かれた長編の部分の補足という関係をもって」おり、「短編小説はその結果として長編小説が生まれてくる背景をあきらかにしてくれている」と指摘した。武田のこうした見解は、遠藤自身の言葉によっても裏付けられるという点で、一層その的確性が目立つと言えるだろう。「私は長編を書くまえにはウォーミングアップのように短編を書くのが癖になっている。野球で言えば、肩ならしをしてから登板するといった感じで、要するにウォーミングアップのあいだに問題を整理し、それから登板して決め球を投げ込む方法をとっている」(『沈黙の声』九四頁)。

遠藤の諸作品についての武田の右のような評価は、遠藤周作の短編と長編の間の関係のみならず、遠藤の全作品――評論やエッセイを含め――にわたって妥当性をもつと言えよう。さらに、遠藤の作品世界を理解する試みの急所を的確に指し示すものと思われる。こうした武田の評価は、遠藤自らの述懐によっても裏付けられる。「最近になって長編を書く前に――絵かきが大作を前にする場合に、それに関連する人物のスケッチとか、デッサンやりますね、あれと同じことをやるわけです。それが私の場合、短編になるのです。『哀歌』というのは、『沈黙』をかくためのデッサンです」[102](「対談　文学――弱者の論理」二四二頁)。

ある時期から、私は一つの純文学長編小説を三年か、四年かの間隔をおいて発表することにしていた。そして、その三年か、四年の間が私にとっていわゆる長編のための準備と蓄電の期間であると同時にそれを模索する短編を幾つか書くという方法をとった。はじめてこのような方法を自分に課したのは長い病院生活がすんで、いよいよ病中で考えていた素材を長編にしようとした時である。

病中、切支丹時代の勉強もしてきたから、まだ、どのような材料を使うかはまったく考えもしなかったが、

(101)「メタフィジック批評の旗の下に1――われらの風土を超えて」一六四－一六七頁。
(102)遠藤周作・三好行雄「対談　文学――弱者の論理」二四二頁。

退院後、早速長崎に行き、踏絵をみることで、後に『沈黙』のテーマのひとつとなるものを心のなかに獲得した。この長編を心のなかで固めていくために、太陽をまわる惑星のような短編を幾つか書くことにした。それらの短編を集めたのがこの『哀歌』である。『哀歌』を私の『沈黙』の前奏曲、と考えてくださってよい。(103)

すでに言及したように、評論家の武田の、遠藤周作の創作活動全体は彼の「魂の至聖所」へ至るための働きであるというテーゼは、十分成り立つのである。言い換えれば、遠藤の創作活動は、自分の魂に残された痕跡を追跡することによって「魂の至聖所」にたどり着こうとしたものである。その「魂の至聖所」に秘められている「メタフィジックの世界」を「日常生活」のなかに「物のように……存在させる」作業。それこそ、遠藤周作の文学世界全体を貫くメカニズムと言ってよいはずであろう。しかしながら、私たちはここで二つの点に注意しなければならない。まず、上記のように、武田が言う遠藤の「告白」は、日本の私小説の「白状」とはことなり、告解である。それゆえにこそ、遠藤の「告白」は彼の「魂の至聖所」に導くものなのであり、彼の創作活動は、司祭を通して神の前に立つ告解室の中で行われたものである。

さて、前にも提起した二つの問いだが、そこで浮かんでくる問いは、遠藤はその「メタフィジックの世界」(＝「主題」)を「どのように」(＝「様式」)「物のように……存在させ」たのか、ということであろう。

これらの問いに答えるために、遠藤の代表作ともいわれる『沈黙』であまり注目されてこなかった「切支丹屋敷役人日記」を改めてとりあげてみたい。それによって、遠藤における「主題」と「様式《スタイル》」がどういうものだったかが浮かんでくると思われるからである。

評論家のヌスバウムは、「愛をどう書くか」という問いに取りかかる際に、「様式」の問題について言及する。「愛という、慣れていない、またコントロールできない、生の現象あるいは形式」(104)を理解し、また書くためには、どのような方法を選ぶべきか、とヌスバウムは問う。「簡単に言って、愛の知識は何であり、それを心の中で指すためには、どのような書き方が要るだろうか」。ここでヌスバウムは「様式」（style）の問題を取り出す。

様式そのものが自分の主張をもっており、何が大事なのかについての自分の感覚を表現する。文学形式は哲学的中身から分離することができず、自らが中身の一部であり、真理を探りそれを著すための核心的部分である。(105)

ヌスバウムは自分の考えを裏付けるために、ヘンリー・ジェイムズ（Henry James）が『黄金の盃』（*The Golden Bowl*）の中で用いた二つの比喩を援用する。ジェイムズは、作家が自分が語ろうとする内容を適切に表すために使う様式とその内容の関係について、二つの比喩を用いていた。一つは種から植物が芽生え生長していくものの比喩——「表現する植物」（espressive plants）——であり、もう一つは鳥や天使のように、空を飛んでいくもの——「認識する天使」（perceiving angels）——の比喩である。

一番目の比喩は、「中身と形式の間の有機的な関連性」を巧みに示す。特定の考え方や生き方は、それを表すに相応しい「特定の書き方」を要求し、また自然にそのような書き方を生み出す。「植物が、地に植えられた種より、種と土壌の混合した特性から形を取りながら、出現するように、小説と小説の用語は、著者が関心をもっ

---

(103) 同上。
(104) Martha Nussbaum, *Love's Knowledge: Essays in Philosophy and Literature*, Oxford University Press, 1990, p. 4.
(105) *ibid.*, p. 3.

ている感覚と、著者の概念から流れ出し、またそれを表現する」[106]。要するに、「表現すること」(expressing) としての様式は、中身から生まれる、ということである。

二番目の比喩は、「人間の生についてのある特殊の真理は、小説家に特徴的な形式や言語によって適切かつ正確に表現されうる」ことを意味する。その際、小説家の作品の用語は「羽根をもつ機敏な被造物」であり、そこでは「日常的な言説の鈍感な用語や抽象的な理論的言説が思慮を欠いたものであるときに知覚的な (perceiving) ものになり、それらの言説が鈍い時には鋭いものであり、それらの言説が愚かで重いときには羽根をもつものになる」[107]。すなわち、小説家の作品は、暗い地上から滋養分を吸い取りながら人間を明るい天上につなぐ「天使」のような役目である。地上の具体的な経験にそれのみがもちうる意味を、生の意味を知覚するようにしてくれる「天使」——想像によるものとして——のような役目をするために小説家は「様式」に頼るのである。

そうであれば、「様式」とは決して人為的に創り出されるものではない。それは、遠藤が「メタフィジック批評」について述べる際に使った用語を借りるならば、「精神共同体」によって宿命的に与えられるものである。

形式 (form) や様式 (style) とは偶然に生まれるものではない。人生についての見解が語られる。語ることそのもの——すなわち、ジャンルや形式的構成や文章や単語の選び、要するに読者の生についての感覚を語るすべての方法は、生や価値についての感覚、何が大事であり何が大事ではないかということについての感覚、学びやコミュニケーションについての感覚、生の関係性と関連性についての感覚、これらの全てを表現するのである。生は、単なるテキストによっては決して表現されない。生はいつも何かのもの「として」(as) 再現される[108]。

繰り返しになるが、小説家が自分の語ろうとするものを読者に伝えるために用いる様式とは、その小説家が生まれ育った「精神共同体」によって決められるものであって、決して小説家が恣意的に創り出せるものではない。それゆえ、遠藤の場合、なぜミステリー小説の形式を選んだのかという問いは、彼が扱おうとする「哲学的観念」が神と人生の「ミステリー」であったということだけでは答えられない。なぜならば、遠藤が書こうとするテーマはキリスト教によって育まれた欧米の「精神共同体」より派生したものであり、遠藤はそのような「精神共同体」を自動的に引きうけているのではないからである。それゆえ、どう書くべきかという「様式」の問題は、日本人としてキリスト教的テーマについて書く遠藤にとっては死活にかかわる問題である。

遠藤は、「自分は生まれながら洗礼を受けさせられた人間で改宗者ではない」というモーリアックの言葉に「自分と同じように前記の改宗者たちに羨望とコンプレックスを感じる」ことと受け取り、そのモーリアックに同感した。しかし「彼を読めば読むほど、私は西欧人である彼、特にフランスの伝統を背負っている彼を感じるようになっていた」と吐露する。そして「あたりまえのことだと言われるかもしれないが結局、私は外国の基督教作家からは部分的な影響をうけても本質的な影響はうけなかったということになる」と言う（「人間をみつめる基督の眼」『春は馬車に乗って』二二〇－二二四頁）。

たとえば、モーリアックが『黄昏の葡萄畠に夕陽があたっていた』とその小説の第一頁で書く時、西欧の彼の読者は『黄昏』『葡萄』から聖書のイメージを連想し、それだけでモーリアックの世界、基督教的雰囲

（106）*ibid.*, p. 4–5.
（107）*ibid.*, p. 5.
（108）*ibid.*, p. 5.

気のなかにひきこまれる。しかし、日本の彼の読者はその一行を単なる風景描写の一つとしか考えないだろう。〔中略〕私は日本人であり日本人に読まれる小説家である以上、モーリアックのような書き方をすることができない。

（『春は馬車に乗って』二二三頁）

キリスト教の伝統を持つ外国の作家は、日本の一般読者と共感できる共通領域をもっていない。そこに遠藤の苦悩があったのである。しかし遠藤も、「失敗を重ねるうちに私は色々、学んだし、また自分だけの方向を把えだしたことも確かであった」と述べるが、その「自分だけの方向」こそ、上記の「置き換え」の手法であり、痕跡を追いかける探偵小説だったのである。

三　探偵小説という技法

1　否定神学としての探偵小説

なぜ遠藤は探偵小説に関心を抱き、また探偵小説的な手法を自分のものにしたのか。遠藤自らは、このような問題について何も具体的に述べたことはない。それゆえ、その問題に答えるのは、私たちに課せられた課題であり、その課題は、あくまでも推論の域を超えることができない。だが、なぜ遠藤は探偵小説的な書き方を続けていたかという問い自体は、遠藤文学を俯瞰するにあたって決して看過しうるものではない。前にも論究したように、遠藤は、小説家として執筆しつつも、常に自分が批評家であることを意識していたからである。遠藤にとっては、何を書くかという問題は、それをいかに書くべきかという問題と切り離すことができない。

この問いに答えるに際しては、すでに引用した、遠藤の次のような発言は極めて啓発的である。

一つの作品の文体や構成や技法はその作家の脈のようなものであることは言うまでもない。それは外部から与えられるものではなく、作品それ自身の内部から生まれねばならないことも勿論である。

（「小説家と批評家の間」12・二二〇頁）

周知のように、遠藤文学の主題は、西欧のキリスト教と日本の精神的風土の間の距離感を解消することである。次の遠藤の発言が語る通りである。

大学時代、『神々と神と』という小エッセイを書き、それが神西清氏の推挙で「四季」に掲載されたのがものを書いた最初であったが、その題でもわかる通り、私のテーマはその時から既にはじまったのである。つづく『堀辰雄論覚書』でも私は西欧と日本との距離という点からスポットライトを堀氏にあてたばかりだ。それが私のテーマだったからである。

小説の場合も私にはほとんどこの一つの主題が縦糸となっている。今、読むとその不器用さに顔を赤らめる『白い人』『黄色い人』もこの縦糸が真中を走っている。『海と毒薬』もそうであり、『留学』またしかりである。それらのほとんどから読者は基督教と日本人、あるいは西欧と日本人というテーマをひきだすことができる。たしかにそれらの中で私は自分の洋服に感じてきた距離感を語りたかったからである。母が与えてくれたにかかわらず背丈にあわぬものとの闘いを語りたかったからである。

（「私の文学――自分の場合」12・三七八頁、傍点引用者）

しかしながら、遠藤の言う「一つの主題」とは、西欧のキリスト教と日本の汎神論的風土との比較によって達成されるものではなかった。なぜならば、その「一つの主題」、つまり「西欧と日本との距離」とは、「自分の洋服に感じてきた距離感」として受け取られ、それが「自分」の「距離感」である以上、その「自分」は決して傍観者たりえないからである。こうしたことは、彼の第一作ともいうべき「神々と神と」（一九四七年）においてすでに表明されている。

貴方がそれに身を委せようとなさった「全能者の秩序」は、「神々の秩序」でなく「神の秩序」である時、「神々の秩序」と「神の秩序」はどこが違うかを何時かまたお互いに話し合いましょう。僕は今マリタンの ***Quarte essais sur l'Esprit dans la condition charnelle*** や ***Les Degrés du savoir*** を拾い読みしていますが、マリタンは汎神論は自然的ミスティクであり、その中では人間は魂が神的そのものとして、地上の一切のものが神的なるものを悉く吸収しようとするのに対し、カトリシズムはかかる自然的ミスティクの上の超自然的ミスティクを考えるのだと申しております。実際、トミスムのあの「存在の類比《アナロギア・エンティス》」から考えますと、僕たちの裡のミスティクなものも神のミスティクすべてを把握出来ないのです。そこがやはりリルケの人間中心的秩序、ゲーテの世界観と区別するべき所でしょう。僕たちはミスティクを通してさえ、神にふれるためには、神の超自然的汎神論的恩寵《グラース》に依らねばならぬのです。（12・一七頁、傍点引用者）

「神々と神と」について遠藤は、「出世作のころ」（一九六八年）というエッセイの中で、「後に私の小説でも中心のテーマとなったものの最初の石であった」（12・四〇七）と述懐する。そうであれば、「西欧と日本との距離」を乗り越える道は、「神のミスティク」（神の神秘）に直面する道でもある。その道を避けて、「西欧と日本との距離」を埋める方法はありえない。両者は、遠藤にとって不可分離のものであると言わなければならない。それゆ

ティック」に近づこうとする道に似ているのである。そこに、探偵小説の「固有な主題と論理」がある。すなわち、探偵小説においては、「如何なる要素も信頼できないし、時間の流れは攪乱されている。また、同一の事件に対する見解は多様であり、語り手自身さえ、読者を混乱に落とすのである[110]」。

近代とは、表面的には事実のように眼に映る現実を突き破って、それの裏にある真実を見出すことが要求される時代である。遠藤が『イエスの生涯』を通して求めたのも、「事実のイエス」を超える「真実のイエス」であり、そのために彼は、歴史批判による新約聖書研究に――その代表的なものはルドルフ・ブルトマンの非神話化である――依拠したのである。一九六九年一月六日の日記（15・二六九頁）は、ジャン・ケロールの『異物』（*Les Corps étrangers*）について書きながら、「事実」と「真実」をめぐる事情を語っている。

机の上にバークレーの『イエスの弟子たち』があって、その表紙だけを見ただけで、昨年、それを読んだ時の不快感（それは何もバークレーの本だけではなくこの種の干からびた宗教書を開く時いつも感ずる感じなのだが）が甦ってきて、それを消すために、ジャン・ケイロルの『異物』を書棚から出して再読しはじめる。これは嘘つきの手記だ。だが彼が次々と語る嘘の割れ目から、ちょうど氷の割れ目の奥に真実の水が見えるように、この陋劣な男の魂の叫びが聞こえる作品なのである。

卑怯者、嘘つき、意識的か無意識的かによる裏切者、弱虫、それは私が自分の、今、考えている基督の弟子たちにすべて与えたい特性だ。実際新約聖書を読む時、基督の弟子たちはバークレーが筆を歪めて讃えるような崇高な人間たちではなく、ケイロルの『異物』の主人公のように箸にも棒にもかからぬ人間たちだったのである。そこへ異物が入りこんだのである。そのような使徒伝を（もし書けるものなら）書きたいと思う。

（15・二六九頁）

『異物』の主人公のガスパールは、休まずにかたりつづけるが、彼は自分の話がウソであることを自覚している。否、彼は、自分が嘘をつくという形でしか、自分を語ることができない、ということを徹底的に自覚している。さらに、自分の人生について話す際に、そこにはすでに他人の人生が混じっているし、それらの全体を俯瞰することは、最初から不可能だからである。

> 自分を語ることがいかに困難かをこの小説は証明しようとする。自分をそのまま語ることがほとんど不可能である。「だからガスパールがその出生や幼年時代について三度にわたって聴き手〔従って読者〕にちがった話を語るのは必ずしも嘘ではないからだ。むしろそれは真実であるとさえ言える。なぜなら我々の人生は一つの形式でまとめることも、語りつくすこともできないからであり、嘘というのはむしろそれが『語りえる』と信じた者の自己告白のほうだからだ。だからガスパールは告白のなかでこう言う。「ぼくは何もかも洗いざらい話してはいない。いや何も話していない。話しはじめてもいない。ただみんなが寄ってたかって混ぜっかえしたぼくの人生を整理したいだけだ。〔中略〕それゆえ自己告白は自分が何者か、結局、捉えられぬということに尽きる。ケイロルはまさにそれを言おうとしているのだ。それゆえにこそ、この作家はカトリック作家なのである。この『異物』の余白に私はカスパールの全体を語ろうとする存在を感ずる」。
>
> （15・二六九－二七〇頁）

自分について語ろうとしても語りつくせないという自覚は、神について語ろうとしても語りつくせないという、

（110）*ibid.*, p. 106–107.

否定神学（*theologia negativa*）の根本的な立場と相通じるものである。こうしたことは、遠藤が悪と罪について語ろうとした動機にもつながるものであろう。遠藤は、サドに関心を抱き、人間に巣食う「暗黒」としての悪や罪を描こうとした。それは、悪と罪の極限で現れる神、あるいは、悪と罪の背面としての神を描こうとする試みにほかならない。第四章で述べるように、『サド伝』はいうまでもなく、『白い人』『黄色い人』『海と毒薬』などは、こうした方向での試みであった。フランス留学中の遠藤は、殺人事件の裁判を傍聴したり、黒ミサに関心をもったりしていたが、このような遠藤の勉強は、これらの作品の背景になっている。短編「月光のドミナ」には、悪の極限で神を見出そうとする姿が、登場人物の千曲――彼は異常な性欲の持ち主である――のノートの中の記録として、次のように描かれている。

（十月二十五日）ホテルには何時に戻ってきたのか憶えてはおらぬ。それから何時間、眠り続けたのかも知らぬ。眼をさますと部屋は真暗だ。舌も咽喉も海綿のように乾ききっている。

だが始めから思い出そう。正確に書くんだ。昨夜、僕は十時にホテルを出た。その十時になるまで、僕は椅子に腰をかけたまま彼の哀願を冷やかに聞いていた。彼とは例の影の声のことだ。彼は僕を時には脅かし、時には理屈をこね、そして最後は泣くように訴えはじめた。（行くんじゃない。他の所なら何処にでも行っていい。たとえそれが裏町の娼家だとしても、その方がはるかに良いのだから。あの女の家でお前が救われることは、ただの情欲じゃない。一度、沈んでしまえばもう浮び上ることの出来ない泥沼なんだ。私でさえその沼からお前を救うために手を掴むこともできぬかもしれないのに）僕は黙っていた。何時間も彼は囁き続けたが僕の心はもう定《きま》っていていたのだ。ベッドの横においた時計が十時を指した時僕はたち上って外套を着た。戸口の所で彼はもう一度、たちふさがった。（どうしても行くのか）そして最後に悲しそうに呟いた。（では行きなさい。私には辛いことだけれどもその情欲がいつかお前に私を求めさせるだろう。情欲の底の底まで沈んだ時、お前は私に手を差しのべるかも知れぬ。たとえ誰がお

前を見捨てようとも、私だけはお前を忘れはしない）　（6・二〇六－二〇七頁）

悪への追究は、その悪の彼方から現れてくる神への追究につながるものである。神は直接には近づくことはできないゆえに、神への道は、悪を通すしかないのである。遠藤は、留学中、ベルナノスの『ウィーヌ氏』（*Monsieur Ouine*）を読み、その難解さに戸惑いながらも、詳細なメモを書き残した。


マニーの「ベルナノスの『ウイヌ氏』論」をよむ。

エチュード・カルメティアンの「悪魔」特輯号の一論文である。（一九五一年三月八日）　（15・八二頁）

ベルナノスの『ウイヌ氏』と、フォークナーの『音と怒り』はどんなに頑張ってもよみ上げ、三月中の収穫にしたいと思うと言いながら、『ウイヌ氏』の難解さは想像以上であって、これは他の小説の様に二、三日でよみ上げえないものと初めから覚悟しておく。（同年三月九日）　（同上）

しかるに『ウイヌ氏』の難しさは、俗語の濫用（その二、三語はフランス人だって知らない）にあるのではない。関係代名詞につづく描写の一種不明瞭な暗示、饒舌には、全くやりきれない。もしマニーの解説をよんでおかなかったら、ぼくはフィリップという青年の顔も年も性絡もわからぬであろう。

それに比べれば、フォークナーの『音と怒り』は、まだまだ明瞭といえるものだ。（同年三月一〇日）　（同上）

片山はるひも述べるように、ベルナノスの『ウィーヌ氏』は——この作品についてのもっとも優れた批評家と言われるマニーの指摘するように——、「このような世界において神の存在は通常の表現方法、すなわち浮き彫りではなく、その不在、『凹面』（en creux）によって描かれている」。そして、「神の存在は、それぞれの登場人物の内面に感じられる恐るべき空虚感、あるいは狂気に至るまでの強迫観念によって暗示される」と語る。(111)『田舎司祭の日記』とほぼ同時期に執筆されたという『ウィーヌ氏』は、不可解な殺人事件と関連する司祭を登場させて、遠藤の言う「黒ミサ的な逆さまの神秘主義」（「冬―霧の夜」12・一八七頁）を描いたものである。『田舎司祭の日記』が日常性の中で働いている神の神秘を描いたものであれば、『ウィーヌ氏』は、神の背面としての悪の陰湿な影を描写することによって、その描写では描き尽くせない盲点を一層際立たせるのである。

そうであれば、神秘（ミステリー）の解明を目指す探偵小説とは、「合理的なものの低いレベルと宗教的なものの高いレベルの間での思考領域(112)」に位置づけられると言える。なぜならば、探偵小説は、究極的には神秘と合理的な捜査の間の融合を目指すことを試みるからである。それゆえ、探偵小説とは、「神なき時代」としての近代という「世俗の中の神学」と名付けることも十分可能であろうし、「近代における否定された神学(113)」とも言えるであろう。そういった意味で、クラカウアーについての次のような解釈は、世俗化された近代において探偵小説が担う神学的な役目を解明するに十分であろう。

探偵小説は、近代にたいする徴候的表現であり、哲学的かつ社会学的分析を求めるジャンルである。探偵は理性の神格されたもの（apotheosis）であり、合理主義が物事の絶対的な基準になっている社会を反映する。さらに、このジャンルの格式化は一種の美学的歪曲を生み出した。それは、理性が捉えることのできない実在の部分を不明瞭なものにしてしまった。こうした歪曲の領域を調査することによって、私たちは近代の合理主義者的な仮定に問いを投げかけることができる。彼にとって、ミステリージャンルは世俗的な神学になっている。つまり、注釈の否定的な形態を要求する暗号のようなものになっているのである。探偵と安定の捜査は理性（ratio）の延長になっている。しかし、私たちがこのジャンルに典型的な美学的歪曲の暗号を解くならば、その時私たちは著しく近代的な暗号化と暗号解読の権力を暴露することができるし、それによって、より高尚なレベルの痕跡（trace）が可視的になる。なぜなら、もし宗教的共同体が神聖なテクストの上に築かれ、そのテクストは読者を神の真理へ導くとするならば、堕落した世界はこうした関係を逆転させ、その代わりに、世俗な共同体は、安価なパルプ・フィクション（pulp fiction）を創り出し、また消費することによって、彼ら自身の霊的な失墜の真理を自覚することになる。このように、探偵の世界は「翻訳できるようなカウンター・イメージ」の世界になっており、その世界は逆転された摂理によって支配されている。さらに、クラカウアーが『探偵小説の哲学』で提案するイメージの戦略の情報は、現代の否定神学の流れによって、そして哲学や美学における否定性の概念についてのより一般的な関心によって、はっきりした形で与えられる(114)。

片山は、先ほどの引用文の中で、『ウィーヌ氏』においては「神の存在は通常の表現方法、すなわち浮き彫りではなく、その不在、『凹面』（en creux）によって描かれている」と言っているが、これは、探偵小説の構造と

（111）片山はるひ「『夜の果て』の曙——G・ベルナノスの文学世界——『ウィーヌ氏』と『田舎司祭の日記』をめぐって」『キリスト教文学研究』第一九号（二〇〇二年）一一一－一一二頁、野村知佐子「ウィーヌ氏、マイナスの司祭」『Stella』（九州大学フランス語フランス文学研究会）30（二〇一一年）二五五－二六三頁参照。
（112）Babara Thums, "Kracauer und die Detektive: Denk-Räume einer 'Theologie im Profanen'," *DVjs* (*Deutsche Vierteljahres Schrift für Literaturwissenschaft und Geistesgeschichte*) 84. Jg., 3 (2010) S. 390.
（113）*ibid.*, S. 390.
（114）Harry T. Craver, *Reluctant Skeptic: Siegfried Karcauer and the Crisis of Weimar Culture*, Berghahn Books, 2017, p. 110.

一致するものがある。探偵小説においては、事件の真相が未だに不明であるもの、その未知のものこそが物語の進展を促すからである。こうした観点からみると、探偵小説は「一つの実験室に譬えられる」。なぜなら、探偵小説は、「一つの中心的な空白——小説の中で起った殺人事件についての意味と説明の不在——と、それが明確になる瞬間を先延ばししながら、その空白を埋める形で構成されている」からである。(115)

神学者のハンス・ウルス・フォン・バルタサルは、『生きた教会——ベルナノス』の中で、「罪は愛の受苦の形式」であると言いながら、ベルナノスの『ウィーヌ氏』からの言葉を引用する。それは、罪は「神秘的な傷跡」であり、「その開いた傷口から、人間の魂は無に向けて流れ出る」という箇所であった。(116)悪と罪は、人間に残された傷痕であるが、その傷痕の背面は神の愛である。それゆえ、人間はその傷痕を通して無に向かっていくが、それと同時に、無の彼方に至る動きも芽生えてくるのである。

2 「太初に犯罪あり」

ドイツのマルキスト哲学者のエルンスト・ブロッホは、彼の主著ともいえる『希望の原理』のなかで、マルキストこそ「すべての矛盾を理論的・実践的に解決する」ことを目指す「探偵であり、解放者である」と述べる。マルキストはユートピアへの期待の中で「白昼夢」(Tagtraum) を見る者で「もっとも冷静な探偵 (der kälteste Detektiv)」としてのマルクス主義は童話を大事に受け取り、黄金時代への夢を実践的に受け取る」のである。(117)

このブロッホに、「探偵小説の哲学的研究」という論文がある。この論文でブロッホは、探偵小説は「なにかしら不気味なものがある」というところから始まると述べ、探偵小説においては、「不気味なもの」が存在論的に優位を占めることを明確にする。そして、その「不気味なもの」への捜査が行われる。その捜査は「先の方にあるもの」への捜査であるが、「この先の方にあるものというのが、ここでは身近にあるもの」への捜査であり、

「隠されている何者」かについての捜査である。[118] 探偵小説は、この「不気味なもの」に「オイヂーポス的——始原的に雲の割れ目から光をすかし通す形式[119]」である。

小説の冒頭の句以前、最初の章以前に、なにごとかが起り、このなにごとかを知っているものはだれ一人いない、おそらく作者自身でさえも。ひとつの暗部がなお知られざるものとして存在し、そこから、そこをめがけて、つづく一連の事件という車の積み荷全体が運動を起す。ある犯行、がいして殺人の惨劇が発端以前におこなわれている[120]。

探偵小説は「不気味なもの」を暴露しようとするが、これは、フロイトの心理分析の作業に類似したものである。なぜならば、「不気味なもの」の暴露は、仮面を剥がせば剥がすほどその仮面の中に隠れていたものが更に深く隠蔽されるように、「不気味なもの」の不気味さをさらに倍増させるからである。

フロイトを、もはや静的であるどころではなくて探偵のらんらんたる眼の配りにともなわれた解剖手術と

(115) Yves Reuter, *ibid.*, p. 109.
(116) Hans Urs von Balthasar, *Gelebte Kirche: Bernanos*, Johannes Verlag, 3. Auflage, 1988, S. 461.
(117) Ernst Bloch, *Das Prinzip Hoffnung. Dritter Band Kapitel 43–55*, Suhrkamp Verlag, 1959, S. 1621.
(118) エルンスト・ブロッホ『異化』四八頁。
(119) 同上、五六頁。
(120) 同上、五六—五七頁。

しての彼の分析的研究を、指す。それは、仮面が幻影的に隠蔽すればするほど、仮面の背後ではことがうまく運ばず、美しすぎもしくは快適すぎて真実ではない、表面のあらゆる理想的なもしくは誠実なものに逆らって、カーテンのひだの猜疑、幻影の猜疑が蔓延することを確信させてくれる。(121)

探偵小説は、ある「不気味な」事件の解決を目指す。しかしながらそれは、単なる謎解きの次元を遥かに超えて、「世界そのもののはじまり以前におこなわれた隠された兇行を前提とした暴力行為(122)」の解決を試みる行為に由来する。ブロッホは、このようなグノーシス主義的な世界理解に基づきながら、探偵小説が秘める哲学的——神学的な——意味を次のように述べる。

かくて戦闘開始以前《アンテ・ルム》、はじめの光以前《アンテ・ルシエーム》(*ante lucem*)、歴史以前《アンテ・ヒストリアム》(*ante historiam*)という呪われた秘密、世界以前《アンテ・ムンドゥム》(*ante mundum*)というひとつの原因に疑惑の念をいだくことが、哲学においても、とりわけ奇矯にまた先鋭なかたちでたちあらわれたのであった。いわんとする意味は、例の学派に、しかもフランツ・バーダーや晩年のシェリングが構想したすでに世界の開闢において名乗りをあげた暴動という、いうまでもなく偏頗というほかない表象においてあらわれた、ということである。われわれはここで、原初に起った悪しき出来事、深淵としての「無底」を思い起こさなくてはならない。生産原価こそ反動的な思想だが、これまた一種の形而上学的な性質の、奇妙なオイディーポス—関連をもっている。そもそものはじまり(*ab ovo*)というこのまぎれもなく探偵的なテーマは、かくのごとく世界のはじまり以前の「いつとはない大昔」である。そしてこののちにいたるまで影響を及ぼしつづけているいつとはない大昔は、バーダーにおいても、シェリングにおいても、けっして善なるものではないのである。バーダーは、因果関係や有限性をわれわれの世界の主要な確定性として記してから、つぎのように述べる。すなわち、有限性は壁を意味し、因果関係は鎖を意味する。壁や鎖は牢獄を意味し、さらに牢獄は世界がこの世界となる前におこなわれた犯罪を意味する。世界は以来たえず原罪に関係づけられており、そして原罪は天使の堕落に暗示されているが、暗示されているだけではっきりと論じつくされているわけではなく、その悪運を以後いたるところに送りとどける。[123]

探偵小説を支える哲学的・神学的思想は、世界が創造される前に、「転落というよりはむしろ謀叛というべきあるおそろしい犯罪」が行われたという認識である。世界は、そのような「転落」や「謀叛」によって絶えず危機に直面している。言い換えれば、現実において犯されている犯罪と闘う探偵の仕事とは――フランツ・バーダー（Franz Baader）や晩年のシェリングが言う――「世界の開闢において名乗りをあげた暴動」「原初に起った悪しき出来事」への回帰を阻止するための行為を繰り返す。ここでブロッホは、ドイツの神秘主義者ヤコブ・ベーメ（Jakob Böhme, 一五七五－一六二四年）の思想に触れながら、次のように述べる。

注目すべきことに、反動的な関わり合いなど一切なしに、「無底」というもともとベーメのものである用語や天地創成におけるその役割も一切ふくめて、のちにバーダーにとって重大な意味をもつにいたったヤーコプ・ベーメにおいてすでに、あの原初の闘いという説が認められるのである。前歴を暗示している牢獄としての世界というバーダーの説は、ベーメその人に影響を及ぼしていたカバラ秘教のなかに、とりわけ

（121）同上、六六六頁。
（122）同上、七三頁。
（123）同上、七四－七五頁。

十六世紀のカバラ哲学者イザーク・ルリヤの著者に歴然と認められる。ルリヤのいうところにしたがえば、*bereschith*、すなわちはじまり（聖書はこの言葉ではじまる）は、天地創成のはじまりを意味しているのではなく、神自身が監禁されたこと（*tsimsum*＝収縮）を告示している。いうまでもなくこれは神を監禁するものの側が犯した犯罪の結果であって「無底」、すなわちこの異種の犯罪——神話学兼形而上学の神のうちなる「深淵」の側の罪によるものではない。この犯罪——神話学にとって、はじまりは、はじまりの勃発として、またははじまりの解決として、エクソダスを誘発せしめるべき流謫の世界に余韻をとどめつつ、一種暗黒の原エジプトのごときものに似るのである。最後に、それなしには有限の事物に逢着することもないはじまりにおける神の「つまづき」というあの至高点にふれる問題に関して、シェリングのことばに耳傾けるがいい。悪しき戦闘開始以前《アンテ・レム》、まさしくここにおいて探偵形式は、あらゆる点で、疑いもなくもっとも驚くべき形而上学の世界に流れこんでいくのだ。シェリングの『宗教哲学』（一八〇四年）は次のような見解を述べる。「悪しき原理なくして善き原理を認識しようとする者は、あらゆる誤謬中最大の誤謬にとらわれている。なんとなれば、ダンテの詩にあるように、哲学においても地獄を通ってこそ天国にいたる道がひらけるからである。

（シェリング、著作集VI、四三頁）[124]

こうした世界理解によれば、先在するものは「闇」であって、シェリングが考えたように、「あらゆる規則、秩序、形態は、自己開示という永遠の犯行直後に、今日われわれが見るような世界に到来した」にすぎない。はじめには無秩序があって、それが後に秩序へともたらされたと言うべきである。ここでブロッホは、またシェリングを引用する。「この先在する闇なくしてはいかなる被造物の実在性も存在しない。暗黒こそは被造物の必要欠くべからざる遺産なのである」（『人間の自由の本質についての哲学的研究』一八〇九年、著作集VII、三五九頁）。また、こうした世界理解には、「まぎれもなく、にもかかわらず、はじまりにおける犯罪的なものという点に関していえば、あの光を盗んだ、というか下界に光をなじませた、マニ教のアーリマンの影響もあるにちがいない[125]」。

このように、「善き人びとの世界の只中に突凸としてギャングの巣窟がせり上ってくる」とするならば、確かに「これを消去し、無害なものたらしめることが必要である」。まさにここで、探偵の役目が求められる。「オイディーポス風の探索から根底への思考にいたるまで、きわめて多様な狩猟方式の全体を通じて、独特の、一貫したひとつの原型がつらぬいている。光ははばからなくてはならない、あるいはすくなくとも光を当てるという打倒さるべき方途を必要とするような戦闘開始以前の闇を探求することこそがこれである。探偵行為のこの主要な指標が、叙事詩の世界にあっても形而上学の世界にあってもあまたの変転を重ねてきたのであった[126]」。

探偵の仕事とは、光と闇の間の「戦闘開始以前の闇」にさかのぼり、そこに光を当てる行為である。そうであれば、探偵の役割は、そして探偵小説は、原初に犯された犯罪との闘いを反復するという点で、神による創造行為を真似るに違いない。シモンズは、探偵小説の意義について次のように述べているが、ここにもブロッホ的な探偵小説への視点があらわれている。

いわば「太初に犯罪ありき」で、犯罪小説を読むことには基本的な動機がある。それは個人もしくはグループの罪業を儀式的、象徴的な生贄を捧げることで浄化しようとするのだ。しかし、このような宗教的な試みは決して成功しない。根っからの犯罪小説愛好者は、言うならばマニ教の信者たちと同様に善と悪との

(124) 同上、七五-七六頁(傍点引用者)。
(125) 同上、七六-七七頁。
(126) 同上、七九頁。

二元論を信奉し、その心のなかでは光明と闇――探偵と犯罪者とが永遠にせめぎあい、ついに融和の状態の生じることがないからである。社会のために生ける人間の犠牲を捧げるのは、聖なる行為とみなされるので、生贄はその死に際して、追放すべき悪魔の仮面をかぶせられる。探偵小説にあってはこの順序が逆になり、犯罪者が始めのうち社会に容認された人物、ときには尊敬されている存在として登場する。そして物語の終局場面にいたって、この仮面が剥がされ、法の破壊者である本来の素顔があらわれる。探偵もまた聖なる呪術師である。社会を腐敗させる邪悪のにおいを嗅ぎとる力を持ち、犯罪者がどのような仮面をかぶっていようと、これを追究して真実を発見する。探偵すなわち犯人とするプロットが一般に否定されるゆえんは、それが法の存在をないがしろにするものなのが理由の一半（社会的見方）であり、あとの一半は闇の力と光明の力が一つに融和してはならぬという宗教的な考え方である。[127]

同じ意味で、チェスタトンも「探偵小説の最大の長所は、現代生活の詩情ともいうべきものを表現した最初にして唯一の大衆文学だという点である」と述べ、「探偵小説はまさに一大叙事詩『イリアス』である」と言う。[128]すなわち、犯人を捜す警察や探偵にとって、大都会は、「意識の力に満ちたカオス」であるがゆえに、「街路の石、塀の煉瓦はその一つひとつすべてが周到に用意された意味を持つ――人々のメッセージを伝える電報や葉書と同様」であるからである。警察と探偵は、「個々の煉瓦がバビロンの煉瓦に刻み込まれた象形文字のごとく意味を持ち、屋根瓦の一枚一枚がまるで計算式に埋め尽くされた文書のような役割を果たす」大都会を徘徊するロマンチストである。それゆえ、大都会を背景とする探偵小説は、「我々の住む世界はつねに無秩序と戦う野営地であり、その無秩序の寵児たる犯罪者は、わが陣営の裏切り者以外の何者でもないことを思い出させてくれる」。[129]

探偵小説の前提となる事件は、その小説の物語の前提にもなっている。事件は、探偵小説という「本」が始まる前にすでに起こったものとして前提されている。脱構築主義の神学（Theology of deconstruction）を主唱するマーク・テイラーが語るように、西欧における「本」(book)の典型は聖書であり、聖書(Bible)は「ぐるぐる巻いたもの」(*biblos*)という言葉に由来する。また、「ぐるぐる巻いたもの」としての聖書は、始まりとしての創造と終わりとしての終末があるという意味で、西欧の歴史理解が投影されている。テイラーは――デリダとともに――、こうした「本」と「歴史」についての考え方を「ロゴス中心主義」(logocentrism)と呼び、このロゴス中心主義の脱構築を試みている。(130)

このような観点からみると、歴史が始まる以前の戦いへの回帰を目指す探偵小説は、始まりと終わりの間に閉鎖された「本」や「歴史」を脱構築するものであろう。先ほど、ベルナノスの『ウィーヌ氏』について言及する際に、探偵小説の物語は現実の中の「凹面」を中心としながら展開されると述べた。探偵小説が「原初の闇」へ遡ろうとするというのも、現実の中の「凹面」を直視することと同様に、否定神学的な試み、すなわち、神の背面を透視しようとする試みとして受け取ることができると思われる。

評論家の権田万治は、遠藤の『第二怪奇小説集』につけた「解説」の中で、遠藤が「優れた推理小説の書き手である」と評価した上で、遠藤がミステリーへ関心を持っていた哲学的・神学的理由を語る際に、ブロッホの「探偵小説の哲学的考察」の一文を引用する。すなわち権田は、「悪しき原理なくて善き原理を認識しようとする者は、あらゆる誤謬中最大の誤謬にとらわれている」というシェリングの文章を引用した上で、「遠藤周作の文

(127)ジュリアン・シモンズ『ブラッディ・マーダー――探偵小説から犯罪小説への歴史』二二三頁。
(128)G・K・チェスタトン「探偵小説を弁護する」ハワード・ヘイクラフト編『ミステリの美学』(仁賀克雄編訳)成甲書房、二〇〇三年、一二一頁。
(129)同上、一二三頁。
(130)Mark C. Taylor, *Erring: A Postmodern A/theology* The University of Chicago Press, 1984.

学も、また基本的には、善き原理を認識するためにはまず悪しき原理を認識しなければならぬという立場に立っている[131]」と述べる。権田が的確に指摘したように、神の世界を描き出そうとした遠藤の文学は、その神の背面としての悪の問題を掘り出すところから始まる。

遠藤は、自分の書き方として、「光を描かずに影をひそかに描く」（『沈黙の声』六七頁）と語ったことがある。この発言は、ただ単に彼の書き方を示すもののみならず、実に遠藤文学全体の秘密とも言えるものが隠されていると言わざるを得ない。

（131）権田萬治「解説」前掲書、二三七頁。

第四章　遠藤文学における「痕跡の追跡」の諸相

一　リヨンの犯罪学者E・ロカール――遠藤の痕跡理解の淵源

前章までは、「カトリック小説と探偵小説との関係」という視点を中心に据えながら、遠藤周作の作品世界を俯瞰しようとした。そして、「カトリック小説と探偵小説との関係」を象徴的に示す作品として、「影なき男」をあげ、そこで働いている要素こそ遠藤文学の横糸と縦糸であると主張した。その横糸と縦糸をさらに縮約して言うならば、それは「痕跡の追跡」という、探偵小説の基本的なモチーフに還元されるものになる。そして、遠藤の「痕跡の追跡」というモチーフには、英米の探偵小説やグレアム・グリーンの小説技法としての「スリラー・パターン」からの影響が強く働いている。

そうであれば、遠藤にとって「痕跡」とは具体的に何を意味するのであろうか。遠藤の作品は、いかなる「痕跡」を「追跡」するものなのか。

以下では、まず彼の作品の中で「痕跡」がどのように理解されているのかについて検討する。次いで、その「痕跡」の「追跡」がどのように描かれているのかについて論究し、それによって遠藤文学を「痕跡の追跡」という観点から読み解くことの意義について述べたい。

しかしながら、こうした作業に入るまえに、まず一つの疑問に答えなければならない。それは、遠藤における

「痕跡」の理解は果たしてどこに由来したものなのか、という疑問である。

1　ある「講演会」

『作家の日記』（一九五一年五月一二日）によると、遠藤はその日、ある講演会に出席したと書き記した。

　ロカール博士という人の〈リヨンにおける黒ミサ〉の講演を夜ききにいった。ぼくが知りたい以上に、彼は知っていなかった。かれの〈犯罪学〉という本を二百五十フランでかってきた。人間は死から逃れられない。それは、ぼくの心を執拗にしめつけてならない[1]。
（傍点引用者）

「ロカール博士」についての言及は、他の箇所でも見られる。『近代文学』一九五三年七月号に発表された「滞仏日記（I）」の中でも、「ロカール博士」のことが言及されている。

　講演会は十一時に終わった。日本でも探偵小説の愛読者なら恐らく知っているロカール博士の「リヨンにおける犯罪」という講演だった。しかし聴衆はまばらだった。ぼくは会場で買った博士の著書『犯罪医学』をかかえて外にでた。
（「冬――霧の夜」12・一八四頁、傍点引用者）

遠藤が「二百五十フランでかってきた」という「かれの〈犯罪学〉という本」は、エドモン・ロカール（Edmond Locard, 一八七七－一九六六年）の『犯罪学――世界の人々と探偵小説作家の利用のために』（*La Criminalistique à l'usage des gens du monde et des auteurs de romans policiers*, Lyon, 1937）のことである。現在、町田市民文学館に保存されているこの本には、遠藤が読んだあとが下線として残されている。ロカールは、いわゆる「ロカールの交換法則」――「すべての接触は痕跡を残す」――と呼ばれる原理で有名な犯罪学者である。

ロカールの犯罪学の内容については次節で論じることにし、ロカールの講演会のことに戻りたい。遠藤は、ロカールの講演について書き記した同じエッセイ（「冬――霧の夜」）の中で、リヨンが「悪魔的な都」と呼ばれていると紹介した上で、リヨンで起こった犯罪について触れる。

同じ殺人でも、これ等の家の内部で行われるものは、頭の痛くなるような事が多いのだ。最近起った、その例の一つは次のようなものである。ある一人のタイピスト娘が、ここにある彼女の許婚者の青年の家で死んだ。警官が、しらせをうけて赴くと屍体《したい》は台所の椅子に横たえられ、許婚者の話によると、階段をおりそこない、地下室に落ちて死んだという。しかし、調べてみるとその娘の手脚には、鎖で縛られた痕跡《こんせき》があり、更に体の各所には残酷な焼傷《やけど》をおっている。しかも、その体は、ひどくやせ細り、あきらかに幾日も食事をとらされなかった事を示している。警官はこの娘の死をもう、過失死ではなく、あきらかに他殺であると考えた。事実、この娘は、許婚者の男と、その母親と叔母であるオールド・ミスとに、鎖がらめにされ、火であぶられ食事もあたえられず、遂に拷問死させられたのである。

（12・一八五－一八六頁）

遠藤は、リヨンでの殺人事件を「黒ミサ」と関連付けながら、現代人における「黒ミサ的な逆さまの神秘主

（1）『光の序曲――町田市民文学館蔵　遠藤周蔵書目録（欧文編）』町田市民文学館編集（久松健一監修）、二〇〇七年、五一頁。

義」を分析したレミ・ド・グウルモンの『悪魔の影響』を挙げ、「その頃からぼくは、サド侯爵の研究を思いたった」と述懐する。要するに、遠藤の『サド伝』は、リヨンにおける殺人事件で見出される「黒ミサ的な逆さまの神秘主義」への関心から触発されたのである。

ロカール博士の講演が終わってからも、遠藤はリヨンの街を徘徊しながら、「黒ミサ」が決して過去のものではなく、人間の内面の奥にあると書いた。

講演会のあと、ぼくは下宿にはそのまま帰らなかった。その辻この辻から湧きでる黄濁色の霧のなかをぼくは一人、夢遊病者のように歩きつづけた。道は誰も歩いていなかったし、歩いていた所で、それは、みつけることが出来なかった。〔中略〕どの家もどの窓も固く閉じて、霧ににじむ灯一つなかった。しかし、彼等が、まだ眠っていない事、何か、し始めている事を、ぼくははっきり感じた。ぼくはこの中世紀さながらのキャルチェや「黒ミサ」を自分の時代から遠いものと隔てたくなかった。ナチの虐殺、拷問、また、我々日本人自身がフィリピンや南京で犯したものの心理の裡には、黒ミサ的な肉慾がかくれているのだ。そうした一種のフェチシズムは時として現代の文学や思惟の中にものぞかれさえするのである。レミ・ド・グウルモンは、『悪魔の影響《ラ・パール・ド・ディアブル》』と言う本の中で、現代人における、そうした黒ミサ的な逆さまの神秘主義を詳しく分析している。その頃からぼくは、サド侯爵の研究を思いたったのだった。（12・一八七頁）

右に引用した『作家の日記』の箇所以外には、「ロカール博士」や「ロカールの法則」についての直接的な言及は見当たらない。しかし、「日本でも探偵小説の愛読者なら恐らく知っているロカール博士」というフレーズを見る以上、遠藤がロカールに関してある程度の知識をもっていた蓋然性は否定しにくいであろう。しかも、ロカールの講演を聴いたころの遠藤は、人間の内面に潜んでいる「黒ミサ的な逆しまの神秘主義」に関心をもっていた。こうした脈絡で遠藤は、犯罪者の異常心理などに関心をもち、殺人事件の裁判を傍聴したりしたのである。たとえば、後に「ジャニーヌ殺害事件」（『第二怪奇小説集』講談社、一九七七年）の素材となる事件――「イボンヌという三五歳になる女が昨年、一四歳になる娘、アンリエットを、朝の六時に、台所で、ガスで殺した」事件――の裁判を、遠藤が傍聴したのもこの時期であった（一九五二年一月三〇日『作家の日記』）。他にも、一九五二年三月二八日の日記には、「四人の家族を連続的に毒殺したというマリー・ベルナール」の裁判の傍聴記録があり、同日には、『ル・モンド』紙に報道された殺人事件の記録――「ソランジュ・ブローという女（現在四十二歳）がその先夫ウドゥーをヒソ（これもテレーズと同じだ。マリー某も同じ毒薬を使っている）毒殺した疑いの下で裁判されている」――も残っている。

当然ながら、裁判においては、犯行の証拠として、犯罪を立証する様々な物的証拠や犯行の動機などが述べられるはずである。そして、「すべての接触は痕跡を残す」という「ロカールの交換法則」こそ、原告と被告が裁判で争う際に大きな争点になるのは言うまでもない。さらに推定してみれば、遠藤がロカールの犯罪学的な理論にまったく関心がなかったと考えるのは、かえって不自然であろう。それどころか、遠藤の作品に「痕跡」という言葉が頻繁に登場し、また「痕跡」が遠藤の作品において核心的な位置を占めている。ということは、遠藤が何らかの形でロカールから何らかの形で影響を受けた傍証であろう。

興味深いのは、遠藤の作品には、この「ロカールの法則」を連想させる表現がしばしば登場する。幾つかの例をあげてみたい。短編「もし……」（一九六七年）には、小説家の「私」の極めて平凡な生活が描かれている。「私」は、そういう生活を送る理由を次のように語る。

私のこういう生活態度は、出来るだけ他人の人生に痕跡を与えまいとする気持ちから出ている。Aという人間がBという人間の人生を横切ったため、Bの人生が別の方向に向くことがある。私がいるために、他人の人生が向きを変えることがある。それを考えると、なぜかしらぬが怖ろしくなる。基督教信者の私はかつてそれを「罪」とよび、それを避けようとした。私がともかくも、他人の人生に痕跡を与えねばならぬとしたら、それは家族だけで充分だ。その気持ちが、私に今日まで破滅型の私小説作家たちの生活を真似させないのかもしれぬ。（7・二七八）

また、『わたしが・棄てた・女』には、ミツという女性を裏切った吉岡の口から出たセリフとして、同じ形式の表現がより明確な形で書かれている。

もし、ミツがぼくに何か教えたとするならば、それは、ぼくらの人生をたった一度でも横切るものは、そこに消すことのできぬ痕跡を残すということなのか。（5・三三四、傍点引用者）

「ぼくらの人生をたった一度でも横切るものは、そこに消すことのできぬ痕跡を残す」という遠藤の表現は、ロカールの『警察の技術マニュアル』に出てくる次の表現と酷似している。

犯罪者が犯行を行う時に、自分がそこにいったという痕跡を残さないことは不可能である。

遠藤がロカールの「犯罪学」に関心をもっていたこと、また、これも次節で詳論することになるが、ロカールが警察の科学的捜査を探偵小説と連携する形で勧めていたこと、そして遠藤自身が探偵小説を耽読したこと、などを総合的に考慮すれば、遠藤がロカールの考え方から影響を受けた蓋然性は十分ありうるであろう。

こうした推論の妥当性は、ロカールがコナン・ドイルの探偵小説を積極的に取り扱ったということと、探偵の仕事を考古学者の作業に比べたことによって一層高まると思われる。ロカールによれば、「探偵は、犯罪者が残した痕跡によって、犯罪者の正体を再構成する。これは、まるで考古学者が化石の破片から化石を再構成することと同じである」(2)。すでに言及したことであるが、遠藤は、「各時代の町や村が層をなして埋もれた丘」という意味の「テル」というヘブライ語について触れる際に、それを人間の内面の問題に繋げながらこう語ったことがある。ここで再度、引用してみたい。

> だがテルを見る時、〔中略〕私はいつも人間の内側をのぞきこんでいるような錯覚を感じた。文学は人間の内面の幾重もの層を時代と共に次々に発掘していった。人間の表面の心理の裏側にエゴを見いだし、エゴの奥に無意識下の深層心理や社会心理をみつけ、現代の小説家はそれぞれ、その層を掘りさげていったことは確かである。そしてテルに埋まっている幾重もの町の層はまるで『神曲』のなかでダンテが地獄でみたあまたの世界のように、近代文学が掘りさげた人間の内側の層を私に連想させるのである。だが、その層が最後にぶつかるものは何か。その最後にぶつかった原世界によって小説家の現代にたいする姿勢はきまるように私には思われる。
>
> （13・八四頁）

この引用文に登場する「テル」を「痕跡」に読み換えることが許されるならば、「文学は人間の内面の幾重も

（2）Edmond Locard, *L'enquête criminelle et les methodes scientifiques* E. Flammarion, 1920, p. 258; "Our Environment in Miniature: Dust and the Early Twentieth-Century Forensic Imagination" *Representations* (*Berkley*) 121 (1) (2013), p. 8.

の層を時代と共に次々に発掘していった」という遠藤の記述は、文学は人間の内面の幾重もの痕跡を時代と共に次々に発掘していった、と読み換えることができるだろう。そうであれば、遠藤文学の志向点は、人間の暗い内面に光を当てて、そこに残されている「幾重もの痕跡」を発掘することであり、そういった意味で、遠藤の創作活動とは、探偵や考古学者の仕事に匹敵するものであると言えるだろう。一つの例として、『闇のよぶ声』をあげてみたい。

神経科医の会沢のもとに、松葉杖をついた男が訪れる。心理テストの結果、彼が「年寄りの女の眼」に敏感に反応することがわかった。その真相を究めた結果、彼は戦争中、自分の犯罪を隠すために、無実の人々に罪を着せ無惨に殺したことが分かった。

> 神経科医は自分を見あげたこの中年男の小さな哀しそうな眼に顔を伏せた。男の言うとおり、これ以上、萎えた足はどうにもなるまい。それは本人が昔、犯した行為が完全に償われぬかぎりは立ちなおらぬ足なのだ。人間の良心の呵責が肉体的な欠陥や不具となってあらわれるセネストパチーの完全なモデル・ケースが、この男の場合だった。心理療法は人間の心に手をさしのべられても、魂まではいやすことができぬ。そこに神経科医の限界と無力があった。
>
> （『闇のよぶ声』二八五頁）

2　「ロカールの交換法則」

それでは、エドモン・ロカールとはどういう人物だったのか。ロカールは、リヨン大学で医学と法学を学び、後に同大学で犯罪学の教授となった。ロカールは、犯行現場に残された指紋によって犯人を捜し出す方法を開発し、科学的捜査の先駆けとして高く評価され、「フランスのホームズ」とも呼ばれる人物である。

『科學警察』(*La Police Scientifique*) の著者のレオン・ルリッシュは、この本に序文をつけたロカールの弟子である。ルリッシュは、刑事訴訟でいう証拠として、「自白・証言・犯跡または書類」をあげる中、「自白」が「久しいあいだ証拠の王座をしめていた」と批判する。それとは異なり、「犯跡は語らざる証人でウソはいわないとされてきた。ロカールはそれは真相をことごとく話してくれないまでも、そのいうところは真相以外の何物でもないといっていい(3)」と言う。

ロカールは、オーストリアの法律家ハンス・グロース(Hans Gross, 一八四七－一九一五年)と共に、犯罪捜査の科学化に大きく貢献した人物である。彼の『犯罪捜査と科学的方法』(*L'enquête criminelle et les methodes scientifiques*, 一九二〇年)がドイツ語に翻訳された際に、当時のザクセン州警察局長は序文を載せ、その中で「エドモン・ロカール博士は、フランスの指導的な犯罪学者の一人であり、その著作についてはドイツの犯罪学者たちも大きな関心をもっている(4)」とロカールのことを褒めていた。この書物でロカールは、指紋をはじめ多様な種類の痕跡(traces)――足跡、ちり、斑点など――について述べながら、「ほんの僅かな接触も痕跡を残す(5)」という、いわゆる「ロカールの法則」と呼ばれるものを語っている。「ロカールの法則」、あるいは、「ロカールの交換原理」というのは、「すべての接触は痕跡を残す」(Every contact leaves a trace) という趣旨のもので、ロカールの名前を冠して呼ばれるものである。

---

(3) レオン・ルリッシュ『科學警察』(浅田一訳) 白水社、一九五二年、一〇頁 (傍点引用者)。
(4) Edmond Locard, *Die Kriminaluntersuchung und ihre wissenschaftlichen Methoden* Kameradschaft Verlagsges.m.b.H., Berlin W35, 1930, S. 3.
(5) Edmond Locard, *L'enquête criminelle et les methodes scientifiques* p.102. このロカールの言葉は、犯人が残した痕跡を調査する際には、それに勝手に触れないようにと注意を喚起するためのものであった。

しかし、実際にロカールの著作の中では、この表現そのものは見当たらない。(6) それゆえ、いわゆる「ロカールの交換原理」というものは、彼が『警察の技術マニュアル』(*Manuel de Technique Policière*, Payot, 1923) の中で述べた、次の表現に基づいたものと見なすのが妥当であろう。

犯罪者が犯行を行う時に、自分がそこにいったという痕跡 (trace) をのこさないことは不可能である。特に、犯行が過激な場合は、なおさらである。(7)

こういうロカールの表現に基づいて、次のように変形した形で彼の趣旨をまとめたものもあった。

二つの物体が互いに接触するとき、それらは一方から他方に物質を移す。(8)

さらにロカールは、人びとに犯罪捜査の科学化の必要性を認識させるために、当時の探偵小説を素材にしながら広く科学的捜査の意義を伝えようとした。彼は、『小説の中の探偵と実験室の中の探偵』(*Policiers de roman et de laboratoire*, 一九二四年) という本の中で、エドガー・アラン・ポーのデュパン、エミール・ガボリオのルコック、そしてアーサー・コナン・ドイルのホームズの捜査活動について述べることによって、「犯罪者は、意図したことではないが、いつも自分の行動の印を残す。この印の証言こそ、嘘をつかない唯一のものである」と主張した。また、ガボリオの『ルコック探偵』は、「痕跡を調べる技術の研究において、また、犯罪を犯罪の現場で捜査することによって」、ポーに大きく貢献した、とロカールは高く評価した。(9) また、ロカールは、犯罪捜査の科学化の定礎を置くために——例えば死体に付着している微細な痕跡を検査する方法など——『緋色の研究』(*A Study in Scarlet*) や『四つの署名』(*The Sign of Four*) などを読むように、同僚や生徒たちに勧めたこともある。(10)

ロカールは、「ダストの痕跡の分析」という論文で、犯罪学的な証拠として痕跡の重要性を述べるが、この分野に大きく貢献した「大家」としてハンス・グロースのことについて触れた上で、「この大家の次に、皆さんが人気小説家の名前を見つけても、それほど驚くべきことではない筈だ」と述べはじめる。ロカールの言う「人気小説家」とは、他ならぬコナン・ドイルであった。

コナン・ドイルは、著名な作家になる前は、真面目な医学部の学生であった。彼は、エディンバラで、軍医で外科医師のジョセフ・ベル（Joseph Bell）の弟子だったが、ベルはドイルに、正式な医学の厳格な原理以外にも、分析的な推理について教えた。ドイルは、この分野で抜群であった。私は、警察の専門家や司法当局の分析官であれば、ドイルの小説を読むことが決して無駄な時間ではないと思う。なぜならば、シャーロック・ホームズの冒険の中で、探偵はいつも、ほんのわずかのぬかるみがどこから来たものかを調べるように求められるからである。しかし、このぬかるみは、ただ濡れた土埃（dust）にすぎないように見えるの

（6）この概念の影響史については、Robert C. Shaler, *Crime Scene Forensics: A Scientific Method Approach*, CRC Press, 2012, pp. 63ff; Andy Williams, *Forensic Criminology* Routledge, 2015, p. 97ff.

（7）Robert C. Shaler, *ibid*. p. 64.

（8）*ibid*.

（9）Edmond Locard, *Policiers de roman et de laboratoire* Payot, 1924, p. 15; Ian Burney, "Our Environment in Miniature: Dust and the Early Twentieth-Century Forensic Imagination" *Representations*（*Berkley*）121（1）（2013）, pp. 31–59.

（10）Ronald R. Thomas, *Detective Fiction and the Rise of Forensic Science*, Cambridge University Press, 1999, p. 4–5; Sita A. Schütt, "French crime fiction" in: *The Cambridge Companion to Crime Fiction*, ed. by Martin Priestman Cambridge University Press, 2003, p. 68.

だ。靴やズボンにくっついている斑点（spot）を見ると、ホームズはすぐさま、この訪問者がロンドンのどの地域から来たのか、あるいは、彼が郊外の何処に行っていたのかが分かる。それは、たとえば、ホルシャムで着いてきたぬかるみや石灰岩の斑点である可能性がある。あるいは、独特な赤い色のぬかるみは、ウィグモーア街の郵便局の入り口でしかないのだ。にもかかわらず、いくらホームズが天才であっても、そのような斑点をただ遠くから見るだけでも何の判断誤謬を犯す危険性がないと主張すれば、そのような主張には納得できないはずであろう。しかし、そのような捜査も何か大事なことを展開させることができるし、こうした視点から皆さんは、ドイルの『緋色の研究』（*A Study in Scarlet*）、『オレンジの種五つ』（*The Five Orange Pips*）、『四つの署名』（*The Sign of Four*）を再読してみてもよいであろう。他のところでホームズは、煙草の灰から見つかるものに注目すべきであると主張した。ホームズは、「一四〇種類の煙草の灰ということついて本を書いた」（『ボスコム渓谷の惨劇』（*The Boscombe Valley Mystery*）。このことについて、皆さんは『四つの署名』と『入院患者』（*The Resident Patient*）を再読してみる必要がある筈だ。[11]

このように、ロカールの痕跡論と遠藤における痕跡の意義の間には、偶然とは言えないほどの、かなりの類似性がある。しかも、遠藤は、ロカールの講演を聞きに行ったり、彼の著作を熟読したりするほど、彼に関心を示していた。そうであれば、遠藤がロカールの発想から影響を受けたと判断するのは、極めて自然であろう。

以下では、「痕跡」という用語を中心としながら、遠藤の作品世界に足を踏み入れたいと思う。そうすることによって、「痕跡の追跡」という探偵小説の基本的なモチーフが、遠藤文学のバックボーンであることを明らかにしたい。[12]

二　神を追跡する人・人を追跡する神

「わたしはイエスの痕跡（σστιγματα του ιησου）を身に受けております」
（ガラテヤの信徒への手紙六・一七）

1　神の陰画としての悪

遠藤が追求していた「一つの主題」は、彼が「神々と神と」で述べたように、「神のミスティック」であった。初期の遠藤は、この「神のミスティック」に接近するために、神の陰画としての悪の問題に集中することになる。悪は、人間の接近を許さない不可解な現実であるという点において、神のミスティックの裏側として位置づけられる。暗黒としての悪という問題は、初期の遠藤の作品を捉えていたテーマであって、彼の未発表作の『われら此処より遠きものへ』を始め、以降の一連の作品――『白い人』『黄色い人』『海と毒薬』――で扱われていた。

---

(11) Edmond Locard, "The Analysis of Dust Traces Part I" *The American Journal of Police Science* vol. 1, no.3 (1930), p. 277; Stanton O. Berg, "Sherlock Holmes: Father of Scientific Crime and Detection", *The Journal of Criminal Law and Criminology* vol 61, no. 3, p. 448.

(12) 次節以降の遠藤の各作品についての論究には、拙著『沈黙への道・沈黙からの道――遠藤周作を読む』（かんよう出版、二〇一八年）から転載した部分が含まれている。

こういった一連の作品を司る主題は、いわば「悪の神秘主義」であった。

遠藤周作文学館が翻刻した『われら此処より遠きものへ』の初稿は、一九五三年九月末ころに書かれたと推定され、遠藤の処女作とも言われてきた『アデンまで』（『三田文学』一九五四年一一月号）より以前のものである。この未発表の初稿のタイトル「われら此処より遠きものへ」は、新約聖書のヨハネによる黙示録九章五－六節に基づいたものであった。これに関連する遠藤の日記には、次のように書かれていた。

マルキ・ド・サドは、悪がさらに創造の権利を有する事を主張した男だ。あゝ、いつかぼくがこの一八世紀の悪の神秘主義者について論文が書ける事ができるだろうか。しかし、その論文の題辞はたしかに次の句にすべきなのだ。（就寝前、聖書をよみなから、ぼくはさらに旋律をもってこの句を読みかへした。）「この日、人々は死を求めて、死を見出しえず。死なんと欲せど、死は彼等より遠くに去れり[13]」。

また、遠藤は『われら此処より遠きものへ』について、慶應大学の先輩の堀田善衛宛ての手紙（一九五三年一二月二一日）のなかで、次のように書いている。

小説、一二〇枚、書きました。つまり主題はこうです。現代の二人の人間の姿勢「主人と奴隷」「相手を物にする faire l' objet 者と、物にされる者」この典型的な姿勢を肉欲の上に還元するとサディズムの問題になります。又、拷問、虐殺の今日、肉欲と暴力の関係をフロイトのような考え方からではなく、もっとツッコンでやりたかった、そこで、この小説をかきました。〔中略〕来年こそは、もう、そろそろ本格的に書くため家を飛び出て背水の陣をしいてやろうとさえ考えています[14]。

この初稿は、三つの物語が重畳する形で構成されている。リヨンのカトリック大学の留学生福田の物語、サド研究のためにフランスに来た小杉が語る、人間の肉欲に関する物語、そして第二次大戦当時レジスタンス隊員だったバシカの物語であって、バシカの話には拷問と殺害をめぐる人間の心理分析が含まれている。

この習作原稿からは、それ以後の遠藤の作品に現れる基本的な構図を窺うことができる。福田は、西欧のキリスト教に対して違和感を抱く。また、小杉は、自分の婚約者を拷問して死に至らせた法学部学生の裁判を傍聴する。抗独運動員だったバシカが逮捕され、地下室で拷問を受ける場面など、いわゆるサディズムと連関する場面は、遠藤の『白い人』や『海と毒薬』などのモチーフに直結する内容である。これらのことは、遠藤が「悪の神秘主義者」と呼んだサドへの関心と等根源的であろう。

このように、フランスに留学した時の若き遠藤を捉えていたのは、悪と罪の遍在という問題意識であった。留学中に残した日記（『作家の日記』）を読んでみると、遠藤が殺人事件の裁判を傍聴したり、黒ミサなどのような人間の暗い異常心理現象に関心をもっていたことなどがわかる。

こうした遠藤の関心は、彼がフランス留学中書いた「フランスにおける異国の学生たち」（『フランスの大学生』後に「フォンスの井戸」に改題される）においても存分にあらわれている。遠藤が「自分の小説の原型になったものがかくされていることも確かである」と自評したように、「「フォンスの井戸」は「白い人」の下敷きになっていると言っていいほどだ」（「背後をふりかえる時」『昭和文学全集』第21巻、小学館、一九八七年、九八四頁）。

（13）遠藤周作文学館編『遠藤周作文学館資料叢書「われら此処より遠きものへ」草稿翻刻』二〇一一年、一四三頁。『作家の日記』（一九五一年四月二五日）にも同じ内容のことが書かれている。「黙示録九章五－六節の次の言葉は、世界の内で最も恐ろしい言葉であろう。この日、人は死を求めて、死を見いだしえず、死なんと欲せど死は、彼等より遠くに去れり」。

（14）『三田文学』105（二〇一一年）一九七頁。

『青い小さな葡萄』は、「フォンスの井戸」のように、第二次世界大戦中抗独運動をしたレジスタンス隊員が同族のフランス人を集団殺害した事件を素材とした作品で、やはり悪の問題に対する遠藤の非情なる凝視がうかがえる。『青い小さな葡萄』は、スザンヌの行方を追いかける伊原と元ドイツ兵のハンツを描くという点で推理小説の形式になっており、その推理の中身として、暴力と悪の無限の連鎖が描かれている。二人は、落伍したハンツに僅かの医薬品と『青い小さな葡萄』をくれたスザンヌというフランス人女性を探しているが、彼女は、ドイツ軍兵士のハンツにみせた憐憫のゆえに、抗独運動組織のマキ団に殺されたようである。遠藤が『青い小さな葡萄』で覗いたものは、彼が「フォンスの井戸」について述べたように、「人間の心の奥にある言いようのない暗黒なもの、混沌とした無意識の領域」（「背後をふりかえる時」九八五頁）であった。

興味深いことに、事件の真相は、「モンドンの封筒」という文書によって判明する。この文書は、スザンヌの痕跡を追跡してきた伊原とハンツに、彼女の死のみならず、事件の真相そのものについて教えてくれた。それを手にした伊原の心境を、遠藤は次のように描く。

封筒は彼の掌にずっしりと重く感ぜられた。新聞の記事だけではないらしい。ひょっとすると事件の裁判記録かもしれぬなと伊原は考えた。だが、それは兎も角、これはスザンヌのふしぎな死が持っている重みであった。ハンツがヴァランスでめぐり合い、青いヴァルツの葡萄を地上に残したまま消えてしまった女の、謎をふくんだ重みであった。雪に埋もれたロワイヤス墓地の片隅に死体もなく埋葬された理由を解きあかす重みであった。そして、謎の背後にブロンベルジェが言葉を濁し、モンドンが暴露した事件がかくれているに違いなかった。（１・六七頁）

なお、『作家の日記』によると、遠藤は、フランス人作家のピエール・アンリ・シモンの『青い葡萄』を読もうとしていた（一九五一年二月五日）。シモンの『青い葡萄』（*Les raisins verts*）は、世代を通して繰り返される罪と葛藤を扱った作品であるが、そのタイトルは、旧約聖書のエゼキエル書一八章からの引用されたようである。「先祖が酸いぶどうを食べれば／子孫の歯が浮く」。

このように、遠藤にとって、小説を書くための推進力を与えたのは、彼が留学中習得した「探偵小説の手法」であった。そして、探偵小説の内的原理としての「痕跡の追跡」は、彼の初期の作品にも著しい形跡を残している。すでに言及したように、未発表の習作原稿の『われら此処より遠きものへ』はもちろん、他人の名前で発表した「アフリカの体臭」も、何らかの不気味なものへの好奇心と、その不気味なものの真相を探っていく物語である。

遠藤に芥川賞をもたらした『白い人』も、ナチの手先になって同族を陵辱した犯罪者の手記である。『黄色い人』には、「黄色い人」の千葉の手紙と「白い人」のデュランの日記が二重小説のような形で混じり合っている。作品は、千葉が教会の神父に送る手紙と、デュランの日記が交差しながら展開する。千葉は自分の従妹で友人の許嫁でもある糸子を犯しながらも「ふかい疲労」しか感じないし、デュランは、自分を助けてくれた司祭のブロウを裏切る。デュランは、自分が所持している拳銃が刑事に発覚するのを恐れ、ブロウ神父の書斎の書棚のなかにその拳銃を隠しておく。その結果、ブロウは逮捕されてしまう。拳銃という一つの物に裏切りの行動を集約させる技法は、本書の冒頭で言及したように、遠藤が留学中読んだマドールのグリーン論を連想させる。そこで遠藤は、「さりげなく、使用された『物』が、主人公の運命に関係する事」をグリーンから学び、その例として、『内なる私』におけるナイフ。『それは戦場』におけるピストル」とかいていたのである。そのように、拳銃は、ユダがイエスを裏切って受け取った「銀貨三〇枚」（マタイによる福音書二六・一五）のように、裏切りを象徴する物である。

『海と毒薬』はどうだろうか。米軍捕虜生体解剖事件を素材とするこの小説は、「私」がその事件の真相を調べるために九州に行くところから始まる。「私」は、医師勝呂をめぐる噂が気にかかり、たまたま、九州を訪れた際に彼の過去をしらべる。そして、戦争中F大学で行われた生体解剖事件のために、勝呂が裁判にかけられた記録を見ることになる。事件が起こった現場——病院——まで調べた「私」は、九州から戻ってから再び勝呂のもとに行く。

「F市まで旅行してきましたよ」

一瞬、勝呂医師は私の顔を眺めたが、その表情は相変わらず物憂げだった。それから彼の指が私の肋骨を探りはじめた。医師の着ている診療着の小さい血痕がついている。

「麻酔をかけてください」

普通、私のように一年も針を入れられた者には麻酔をかけない。私は彼の冷たい指先の感触と診療着についた赤い血の染めた恐怖を感じて思わず叫んだのだが、叫んでからそれがあの生体解剖の日に米人捕虜がベッドで哀願した言葉と同じだったことに気がついた。

（1・一〇二頁）

これら三作には、ある共通点がある。それは、三作で語られる事件はすでに起こっているということである。『白い人』では、「私」の拷問によって神学生ジャックは自害してしまった。『黄色い人』の核心は、デュランがブロウ神父を裏切ったことであるが、それはすでに起こった過去のことである。この裏切りは、デュランの日記によって暴露される。そして、『海と毒薬』においても、生体解剖事件はすでに過去に行われたことであり、その事件の内容が語られるだけである。『白い人』と『黄色い人』の始まりの部分を比べてみると、両作品の共通点が明らかになる。

一九四二年、一月二八日、この記録をしたためておく。連合軍はすでにヴァランスに迫っているから、早くて明日か明後日にはリヨン市に到着するだろう。敗北がもう決定的であることは、ナチ自身が一番よく知っている。

今も、このペンをはしらせている私の部屋の窓硝子が烈しく震えている。

抗戦の砲声のためではない。ナチがみずから爆破したローヌ河橋梁の炸裂音である。けれども橋梁を崩し、ウィエンヌからリヨンに至るK2道路を寸断したところで津浪のような連合軍は防ぎとめられる筈はない。

（『白い人』6・三七頁）

黄昏、B29は紀伊半島をぬけて海に去りました。おそろしいほど静かです。二時間前のあの爆撃がもたらした阿鼻叫喚の地獄絵もまるでうそのように静かです。〔中略〕

神父さん、ちびた蝋燭の下でかいているこの手紙が高槻の収容所にいる貴方の手に渡るかどうかわからない。わからないが一応しらせておきます。デュランさんは死にました。死ぬまえ、あの人はぼくに、同封でお送りする彼の日記を貴方に届けてくれるように頼みました。

（『黄色い人』6・九五頁）

これらのことは、遠藤の初期三部作とも言える『白い人』『黄色い人』そして『海と毒薬』が、探偵小説的な構造をもつということを示している。シモンズが言ったような「太初に犯罪ありき」という探偵小説の基本構造が、遠藤の右の三作において用いられているのである。読者は、作品を読むにつれ、その事件の真相を確認することになる。

2　「受けさせられた」洗礼

遠藤は、佐藤泰正との対談の中で、自分の大連での生活を振り返り、そこでの体験を次のようにまとめている。

あとでいろいろ整理をしてみますと、ひとつは外国人との接触。それから当時満州事変がはじまっていますから、兵隊を見たこと。三番目に、変かもしれませんが、これは私にとって大事だとおもうんですが、犬を非常に愛していたこと。四番目が、父親と母親が離婚をしたこと。この四つが、自分の心のなかで痕跡を残している。〔中略〕やっぱり大連時代のことは、自分が小説家にならないでいたら考えませんでしたね。小説家というのは自分の無意識の奥をほじくったり、無意識の奥に隠れていたものを探したりする。いわゆる源泉というものがあるとするならば、いま先生がおっしゃったように、幼年時代の異郷体験というものが、私の小説家への最初の小さな種になっている、ということが言えるようです[15]。

遠藤における大連の体験は、遠藤文学の出発点といわれており、すでに多くの研究者がその内容について報告をしている。両親の不和に悩む時、名も知らない犬が自分にとって「ただひとりの話し相手」になってくれたこと、そして、その犬のイメージが「イエスの眼差しの原点」となった、と遠藤自らが語っている通りである[16]。

ここで注目したいのは、遠藤がこういった大連体験を「痕跡」として認識しているという点である。そして、大連体験とともに「私の人生にとって第二の出発点になった」と振り返る洗礼体験についても、遠藤はそれを「痕跡」と認識している[17]。たとえば、『死海のほとり』の語り手の「私」は——「私」が作者の遠藤と等身大の人物であることは明らかであるが——、イスラエルを訪れ「イエスの足跡」を追跡するが、「私」がそうしたのは、自分に残されている洗礼の「痕跡」のためであった。

ちょうどこの少年と同じくらいの年の復活祭の日、私はほかの子供たちとまじって洗礼を受けたのだ。信ずるということが何かわからずに、この洗礼が後にどういう痕跡を自分に残すかも考えず、ただ教会での遊び仲間の子供たちが皆そうしたから、私も彼等と肩をならべて神父さんに蝋燭をもたされ、水をかけられながら、信じますと答えたのだった。

（3・三七頁、傍点引用者）

遠藤自らも語ったように、大連体験と洗礼体験は、彼の小説家としての「源泉」である。そして、その「源泉」を、遠藤は「痕跡」として受け取っていたのである。

遠藤は、自分の幼児洗礼について語る時は、洗礼を「受けさせられた」と表現している。たとえば、『沈黙』が谷崎潤一郎賞を受賞したときも、彼は受賞の所感として次のように述べている。

私は子どもの時、キリスト教洗礼を受けさせられた。気がつくと、いつのまにか身体に合わぬ洋服を着させられていたのである。青年時代から、自分が選んだのでもないこのダブダブの洋服を、私はいくどぬぎ捨てようとしたか分からない。しかしまったくぬぎ捨てることのできなかったのは、たとえ洋服であっても私

（15）聞き手佐藤泰正『人生の同伴者　遠藤周作』春秋社、一九九一年、一三―一六頁（傍点引用者）。
（16）同上、一四―一五頁。
（17）同上、五九頁。

がそれを無視できなかったからである。しだいに私は、その洋服を自分の身に合うよう作りかえはじめた。身に合った和服に仕立て直さねばならなかったのである。

（山根道公「解題」2・三四一頁）

また、「合わない洋服――何のために小説を書くか」というエッセイのなかでも「この教会で私は、ほかの子供たちと一緒に復活祭の日、洗礼を受けた。いや、正確に語るならば『受けた』というより『受けさせられた』と言ったほうがいい。なぜならそれは私のやむにやまれぬ意志から出た行為ではなかった。伯母や母の言いつけだったから」（12・三九四－三九五頁）と述べている。

遠藤は、自分の「身体に合わぬ洋服」としてのキリスト教の信仰について、「ぬぎ捨てようと」しても脱ぐことができなかったと言うが、そこには、その「洋服」が「母親から着せられた洋服」（「私の文学・自分の場合」12・三七七頁）だという背景がある。「母にたいする愛情」ゆえに、遠藤の文学は、「他人から着せられたダブダブの洋服を自分の体にあうよう生涯、努力する」（12・三九五頁）ことに徹したのである。

また、洗礼の痕跡は、体についている傷痕のようなものとしても描かれる。短編集『哀歌』は、『沈黙』に至る前奏曲として評価されるが、その中の「四十歳の男」（一九六四年）には、主人公の能勢が外国人神父に告解をする場面がある。手術を受けるために入院していた能勢は、自分の幼児洗礼による苦悩を打ち明けようとしたが、結局はできなかった。以上の文脈から見る限りにおいて、これは遠藤の胸中からなされた告白に間違いないであろう。

「私は……」

能勢はそこまで言いかけて口を噤んだ。彼は長い間、この告解室に入ることも、あのことを打ちあけるのもためらっていたので。しかし、今、やっと勇気をだして、傷口に肉と一緒にくっついたガーゼを剥ぎとろうと思ってここに来たのである。

「私は……」私は……子供の時、自分の意志ではなく親の意志で洗礼を受け、だから長い間、形式と習慣とで教会に通ったまでです。しかしあの日から、私は自分の背丈にあわせず親がきめて着させた服を捨てられぬことをはっきり知ったのです。ながい歳月の間にその服そのものが彼自身の一部となり、それを棄ててしまえば、ほかに体も心もまもる何も持っていないのを知ったのです。〔中略〕

しかし、そんなことではなかった。能勢がこの酒くさい老司祭のむこう側にいるものにむかって、告げねばならぬのは、こんなやくざな軽薄なことではなかった。

「それだけ?」

能勢は今、自分がもっとも不誠実な行為をやりつつあるのを感じた。

「ええ、それだけです」


（7・一八六－一八七頁、傍点引用者）


洗礼の痕跡は、「傷口に肉と一緒にくっついたガーゼ」のように、あるいは、「着せられて」脱ぎ捨てることの出来ない洋服のように、すでに体の一部になっている。それゆえ、それを今更剝がそうとすれば、体には再び傷痕という痕跡が残るだけである。痕跡を取り除く行為そのものが、もう一つの傷痕を作り出すのであれば、その傷痕を抱きながら生きるしかない。

しかも、能勢に残っている痕跡は、自分の意志でなく受けさせられた洗礼の「痕跡」のみならず、妻が入院中に妻の友人康子との肉体関係から残されたものもあった。康子は妊娠し、能勢は彼女を連れて産婦人科を訪れ、医師に中絶してもらう。その康子の結婚式に招かれた能勢の脳裏には「影絵のようにあの世田谷の産院の壁のしみや医師の診察着についていた彼女の血痕がかすめた」（7・一九一頁）。

しかし人間が別の人間の横を通りすぎる時、それはただ通りすぎるだけではなく必ずある痕跡を残していくことだけはわかってきた。もし、俺がその横を通りすぎなかったらその人たちは別の人生を送られたかもしれぬ。それはたとえば妻の人生であり、康子の人生なのだ。

（7・一九三頁、傍点引用者）

「受けさせられた」洗礼の「痕跡」は、遠藤が長崎で見た——踏絵に残されていた——「黒い足指の痕跡」という「芸術体験」を通して、「うしろめたさ」という「痕跡」になり、それによってその傷はさらに深まっていくことになる。

3　洗礼の痕跡とイエスの痕跡

①巡礼としての追跡

『死海のほとり』は、遠藤がフォークナーから影響を受けて書いた「二重小説」的な作品の一つである。そこには、エルサレムを訪れイエスの痕跡を追う「私」の物語（「巡礼」の章）と、二〇〇〇年前にイエスに会った人々の物語（「群像の一人」の章）が二重螺旋のように交互に入れかわって、ついに一つのポイントで合一する。

小説家の「私」は、何の決断もなしに受けた幼少時の洗礼が自分に残した「痕跡」のことで悩む。「この洗礼が後にどういう痕跡《こんせき》を自分に残すかも考えず、ただ教会での遊び仲間の子供たちが皆そうしたから、私も彼等と肩をならべて神父さんに蠟燭をもたされ、水をかけられながら、信じますと答えたのだった」（3・三七頁）。「私」が「イエスの足跡を巡礼しようと」（3・一三頁）思ったのは、その悩みに何らかの終止符を打つためであった。それと同時に、「私のイエス」を見いだすための旅でもあった。

「あんただって、なぜこの国に来た」
「おたがい、もう二十代や三十代じゃないもの。人生をやりなおすには年もとったし、それに人間はたくさんの情熱で生きられぬこともわかったし。だから、もう一度……見失ったあの男の足跡を歩きなおして、けりをつけたいんだ」
私はイエスという名を呼ぶのに恥ずかしさを憶えて、あの男という言い方をしたが、
「どんなイエスだね」彼の頬に例の皮肉な笑いが浮かび、
「教会のイエスか、君のイエスか」
「俺のイエスだろうよ」

（3・二二頁）

「私」が「イエスとその弟子の一人の、小狡い嘘つきの、ぐうたら男のこと」を題材とする『十三番目の弟子』という作品を書こうとしたのも、また、エルサレムで大学時代の友人と共にイエスの足跡を追う「巡礼」を始めたのも、その「痕跡」のためであった。

一方、「群像の一人」の章には、それぞれのきっかけでイエスに付きまとった者たちが登場する。イエスの弟子のアンドレア、アルパヨ、大祭司アナス、ピラト、百卒長など。彼らにとってイエスは、奇跡を求めた群衆に何一つ応えることのできなかった男、それゆえ「わずかに残った弟子たちのすべてから、遂に見棄てられている」男に過ぎなかった。

さて、この「巡礼」の中で「私」は、偶然コバルスキのことを耳にする。それは、イエスの跡は何処にも残っていないことに失望した時、偶々耳にしたコバルスキのことを調べることになる。戸田が語ったように、「イエスの足跡のかわりに、ねずみの足跡を調べたい」（3・四八頁）ということになったのかもしれない。

コバルスキとは、以前大学の寮で一緒に暮らしたポーランド出身の修道士で、彼は戦争中本国に戻り、収容所

で亡くなった。「気の弱い」彼は、「ねずみ」という軽蔑的な綽名で呼ばれていた。「私」は、実はあの「ねずみ」に無力な自分を重ね合わせる時もあった。

ねずみか。私の人生にだって二度か三度、邂《あ》っただけなのに、生涯、忘れ難い痕跡《こんせき》を残した人が何人かいたし、また毎日のように顔をあわせながらも何の意味もなかった沢山の人間もいたのだ。考えてみると今日まで、ねずみは私にとって、学生時代の思い出のなかの霧のなかの木の影のような、どうでもいい存在にすぎなかった。それが今、急に気になりはじめている。（3・六七頁）

「私」は、収容所での彼の最期について証言を聞く。何と、あの弱虫が、「彼の最後の日の食糧になる筈だったコッペ・パン」を同僚に譲った後、処刑場に連れられて行ったということであった。証言はつづく。「その時、私は一瞬——一瞬ですが、彼の右側にもう一人の誰かが、彼と同じようによろめき、足を曳きずっているのをこの眼でみたのです」。

その「もう一人の誰」かとは、「人のために泣くこと、ひと夜、死にゆく者の手を握ること、おのれの惨めさを噛みしめること、それさえも……ダビデの神殿よりも過越の祭りよりも高い」と言った、イエスのことではないだろうか。そこで「私」は、自分こそ「ねずみ」のように「小狡い嘘つきの、ぐうたら男」、イエスの「十三番目の弟子」であることに気づく。イエスは、その「私」に、また「ねずみ」にも、「そばにいる。あなたは一人ではない」と言ってくれた同伴者だったのである。アルパヨの呟きは、そこで「私」の告白になる。「一度あの人を知った者は、あの人を棄てても忘れることはできぬのだ」。

自分に残された洗礼の「痕跡」を追跡する「私」は、イエスの足跡を追跡することになるが、それは同時に、ネズミの足跡を追跡することと等しい道であったのである。三つの追跡が重なり合う中で、「俺のイエス」は形成されていくのである。『死海のほとり』は、フォークナーの『野生の棕櫚』が互いに無関係な二つの話が交錯しているのとは違って、「巡礼」と「群像の一人」という二つの物語が互いに関連する形で交錯する。東京の繁華街とイスラエルのエルサレムという空間が交錯しており、語り手の「私」が戦時下の日本でのキリスト者としての経験が、二〇〇〇年前のエルサレムで苦難の道を歩んだイエスの周りの者たちの境遇と交錯する。そして、このような空間と時間の交差は、「私」と共に寮に住んでいたポーランド人修道士コバルスキ――弱虫で卑怯だということで「ねずみ修道士」と軽蔑された男――が、十字架を荷った無力なイエスのイメージと重なる。こうした交錯の中、「私」はだんだん「ねずみ修道士」と似ていることに気づいたのである。それゆえ『死海のほとり』は、「巡礼」を終え自分が「群像の一人」であることに目覚めた「私」の独白で締めくくられる。

この旅で私に付きまとってきたのは、イエスだったか、ねずみだったのか。もうよくわからない。だが、そのねずみの蔭にあなたは隠れていたのは確かだし、ひょっとすると、あなたは私の人生にもねずみやそのほかの人間と一緒に従いてこられたかもしれぬ。〔中略〕私の書いたほかの弱虫たち。私が創りだした人間たちのそのなかに、あなたはおられ、私の人生を掴まえようとされている。私があなたを棄てようとした時でさえ、あなたは私を生涯、棄てようとされぬ。

なお、『死海のほとり』最終章は、熊本牧師の翻訳書『少年のためのエルサレム物語』――イエスの最後――からの引用によって締めくくられる。その翻訳書の内容は、テル・デデッシュのキブツの医者が語るねずみの最期とオーバーラップする。こういった手法は、グリーンの『権力と栄光』が女の読む「聖人伝」をもって神父の死を暗示する場面と酷似するといえる。

②「芸術体験」その三——ウィリアム・フォークナーと二重小説

先ほど述べたように、フランス留学中の遠藤は、アメリカの作家W・フォークナーに魅了されていた。彼は、フォークナーの『野生の棕櫚』を読み、「小説の新しい形式」をもたらす「圧倒的」作品だと高く評価した。『野生の棕櫚』は、純粋な愛を求める男女の物語と、ミシシッピ河の洪水に流された妊婦を救う黒人囚人の物語が、それぞれ独立した章になって交差する二重小説である。

『死海のほとり』に示されるように、遠藤も、二つの別々の物語が経と緯として作品を織る二重小説という書き方をよく用いた。欧米のキリスト教と日本人である自分との「距離」を埋め、「日本人につかめるイエス像」を造形しようとした遠藤にとって、二重小説は恰好の書き方だったであろう。

『作家の日記』には、フォークナーに対する遠藤の関心と研究がそのまま記されているが、その中で特に注目したいのは、フォークナーの『野生の棕櫚』への遠藤の関心である。そのわけは、『野生の棕櫚』は、二重小説という形式で書かれており、グリーンの「スリラー・パターン」とともに、遠藤文学に著しい影響を与えたと思われるからである。三つの物語が交互に絡み合う『われら此処より遠きものへ』についても、遠藤は日記で「小説を **Faulkner**（フォークナー）の『野生のしゅろ』の如く二つの話を交錯させて書いてはどうかと考へた。この方法から成功するらしく思はれる」と書き残した。[18]

西欧のキリスト教との「距離感」で悩んでいた遠藤にとって、「日本人が理解できるイエス像を具体的に描写する課題」を成し遂げるためには、「二重小説」(double novel) という形式が効果的であったであろうことは容易に推測される。「日本人が理解できるイエス像」を描き出すために、遠藤は自分の解釈学的地平としての日本という空間と時間を、イエスが生きたエルサレムという空間と時間を交錯させる書き方で作品を書いたのである。これは、エルサレムと新宿の繁華街の間の交差（『悲しみの歌』）が、「メビウスの輪」のように、内と外が不可分な方式で一つの有機的全体性をなす状況である。メビウスの輪には、内は内であり、外はどこまでも外なのである。しかしながら、内と外は両者を分ける境界線を持たない形態の連続性を持っているようなものである。『黄色い人』も、『悲しみの歌』も、そして、すでに考察した『死海のほとり』も、二つの物語や場所がメビウスの輪のような形式で書かれており、しかも、痕跡の追跡という探偵小説的な書き方で執筆されたのである。

実際、遠藤は、『死海のほとり』を上梓した翌年の小潟昭夫とのインタビューで、こうした二重小説的な書き方がじつは自分の初期小説からあったということを明かしている。

小潟　ただこの『死海のほとり』で、いわゆるＡＢＡＢＡＢという形をとられましたね。これは何か昔から考えていたものなんですか、こういう形式というのは。つまり『白い人』なんかで、いわゆる私的場面、つまり作中人物とのドラマと、それから戦争の問題が交互に出てきますね。

遠藤　ぼくは、しかし『母なるもの』とかね、そういう短編なんかで、いまの話と、それからキリシタン時代の話とを交互にしながら短編で書いたり、その章は、比較的使ってみて、いまになって新しい形とは思ってないんですよ。だから丸谷さんなんか、フォークナーまねたんだろうと、フォークナーは『野生の城《ママ》』だろうと思います。だけど、ぼくとしては、いや、そこまで、フォークナーさまには、およびもつかんからね。ただ前からキリシタンの物語と、それから現在の話とまぜ合った手法というのは、自分としてはきらいじゃなく思っていたから、それを長編で、今度使ってみようという気と、それからぼくは構成が好きだからさ。小説家として、あなたイメージの作家じゃないとおっしゃったけれども、ぼく構成力の作家だと思うんですよ。

（18）『われら此処より遠きものへ』一六一頁。

小潟　そうですね。『死海のほとり』がその典型ですね。
遠藤　だから、今度の小説というのは、非常にむつかしかったけれど、構成としては自信があるんです。
小潟　非常におもしろい。構成がおもしろいと思いました。それで、最後集中しているわけですよね、一番最後の……
遠藤　だからまあフォークナーの『野生の城』と、そこが違うわけです。フォークナーの『野生の城』は、いつまでたっても平行線たどってきたけれども、ぼくのは、イメージが累層的にかさなるわけだ。イエス、ネズミ、群像、そこをどういうふうにして重ねて、そして重ね合わせてあれするかという意味でね。(19)

フォークナーの二重小説が遠藤に対してもつ意義について考える上では、単なるテクニックとしての二重小説ではなく、それが遠藤の作品の「観念」(idea)ともつ意味という側面からアプローチしなければならない。『野生の棕櫚』は、よく音楽の対位法(counterpoint)との比喩として受け取られている。そして、対位法がそれぞれの独立したメロディーの調和によって生まれるように、「対位法的な二重小説」も、それぞれの物語が独立したまま高い完成度をもつものとして読める。以下の評価は、フォークナーの『野生の棕櫚』についての一般的な理解のまとめとして受けとることができる。

フォークナーの対位法的な二重小説において、それぞれの独立した物語のそれぞれの完全性が優先的に考慮されるべきであり、それぞれの物語がそれなりに成功したこと、それゆえ二つの物語は一般的に出版され、別々の物語として読まれる、ということは明確である。しかしながら、フォークナーが試みようとしたと推測されるものを考えてみると、二つの物語の中には、交互に読む時、読んでわかるような調和的な一致が何らかの形で存在しなければならない。これらのことは、全体的な対位法的な（多声の）(polyphonic)効果を生み出すように考案されたのである。[20]

たとえば、『野生の棕櫚』の男主人公のハリーと「老人」の男主人公の「囚人」は、別々の世界の代弁者であり、彼らの間には「弁証法的な、あるいは劇的な対立に均衡[21]」が設定されており、こうした「均衡」(balance)は単なる静的な対立ではなく、物語全体を、結末に向けて弁証法的に進ませる「相補性」をもつものとして理解すべきである。たとえば、ハリーがシャーロットと不倫の愛に落ちることを恐れず純愛を求めることは、社会の通念に挑戦することである。ハリーは叫ぶ。「悔恨と無の間にあって、俺は悔恨のほうを選ぼう[22]」。それとは違って、「囚人」は、与えられた運命に従う方を選ぶ。また、修練医のハリーが「都市」と「文明」の側に置かれているとすれば、「囚人」は洪水で氾濫したミシシッピ河という「自然」のなかに立つ人物である。しかし、ハリーの愛がシャーロットの死と彼女が身ごもっていた子供の死で終わったのとは対照的に、「囚人」は妊娠した見知らぬ女を助けて新しいいのちの誕生に導く。だが、最後のところ、二人は同じ刑務所に閉じこめられる身上になる。こうした「二つの愛」の間の矛盾と不条理をもって、フォークナーが読者を導こうとしたのは「救済の可能性」であったのだろう。

(19) 遠藤周作・小潟昭夫「わが思索のあと(対談)」『三田文学』2(一九七四年)二二-二三頁。
(20) Jewkes, W. T., "Counterpoint in Faulkner's *The Wild Palms*" *Wisconsin Studies in Contemporary Literature*, vol. 2, no. 1 (1961) p. 40.
(21) *ibid*., p. 41.
(22) ウィリアム・フォークナー『野生の棕櫚』(大久保康雄訳)新潮社、一九五四年、三七八頁。

人間本来の自由と純粋な愛から現実の壁によってどうしようもなく隔てられているという人間一般の状況をアレゴリカルに描いたと思われるこの作品において、フォークナーは、主物語の知的な男性主人公ハリーに、これまでの作品にみられたような、ややロマンティックな彩色された死や破滅に代えて、無様な生とぎりぎりの自由をえらびとらせている。この選択によって明らかになるのは、あくまで現実の世界に踏みとどまって、しかも、自己をその中に埋没してしまうことなく、存在の証を求めて、挫折と失敗をも突き抜けて苦闘してゆくところにこそ生の意味があり、救済の可能性があるという認識である。(23)

それでは、フォークナーの作品世界がもつ本質的な特徴上、こうした「小説の二重構造が孕む意味」はどこにあるのだろうか。遠藤周作の『死海のほとり』をフォークナー流の二重小説として読み解こうとする意図も、実はこの点を解明することによって明らかになるはずである。こうした意味で『野生の棕櫚』と「老人」という二つの物語の間の「関係は両物語の間に綿密にして丹念な幾何学的対応が計られているといった種類のものではなく、二重小説というこの実験的方法が、恐らくフォークナーの作家的本能よりするところの大まかな戦略であった(24)」という評価は、私たちの注目を引くのに十分である。すなわち、『野生の棕櫚』で試みられた二重小説という書き方を理解するには、「フォークナーの小説が基本的に二重（二重の上にさらに重ねて行って多重）になって」おり、「対置法もしくは対位法的発想法が、小説作法の根本に横たわっている(25)」という、フォークナーの全小説についての理解から接近しなければならない。原口は、こうした「対置・対位法といった発想」がもつ効用について、三つの点から考察するが、遠藤の作品世界をフォークナー流の二重小説的発想から接近しようとする私たちにとっては、極めて啓発的であると言うべきであろう。もちろん、これは遠藤とフォークナーの差異を看過してもよいということではない。

一つは、「二重小説では前述の対位法的発想法を梃子にすることによって、両物語にはお互いに反対方向に反撥し合うような力が加えられながら最終的には相手側によって引き付けられてもいるので、両物語には遠心・求心の両ベクトルが働き、対蹠的にして極端な形での物語を展開させるような、いわば『誇張法』的な impetus があたえられると考えられる[26]」。

たとえば、『野生の棕櫚』においては、ハリーと「囚人」が示す「二つの形の愛」が対蹠的に描かれている。「一人は女を愛するために自分のすべてを諦めており、もう一人は愛から逃げるためにありとあらゆる道を選んだ」。山形和美は、『死海のほとり』について語る際に、「例えばウィリアム・フォークナーの『野生の棕櫚』のように、二つの独立した系列の物語の各章が交互に入れ替わって展開している」とした上で、次のように評価する。

作者には『死海のほとり』の二つの独立した系列の物語の相互的複合的構造の重要性がはっきり見えているはずである。〔中略〕二つの物語を個別に読んでもそれぞれに秘められた文学的な力は十分に伝わってくるが、この小説の真の意味作用は、イエスの時代の話と、それからほぼ二千年近くあとの、しかもユダヤの土地から遠く離れた異国である今日の日本人のキリスト教徒たちを巡る物語が内的に重ね合わされて読まれて

---

(23) 奥村三和子「『二重小説』の意味――『野生の棕櫚』について」『英語学英米文学論集』11(一九八五年)三九頁、石川和代「『野生の棕櫚』における二つの愛の型」『名古屋女子大学紀要』34(一九八八年)三〇七‐三一五頁参照。
(24) 原口遼「FAULKNER 小説の二重性をめぐって――THE WILD PALMS を中心に」『英文学研究』59(1)(一九八二年)八七頁。
(25) 同上、八九頁。
(26) 同上、八九頁。

初めて、つまり時間と空間の差違が消去されて初めてその力を充分に発揮してくるのである。〔中略〕『死海のほとり』の場合のように、独立した二つの物語の各章が互いに牽引力を秘めているように書かれている場合は、とくにこのことは言えるのである[27]。

二番目として、「二重小説では一方の物語が極端に走り、余りに現実離れして行こうとするとき、次の章ですばやく、逆方向に現実離れしたもう一つの物語を提出することによって、物語と現実との素朴な照合をやり始めた読者に対して、その照合作業を一時保留の形にさせながら、読者の注意を物語同士の関係の方に移らせることによって、別種のより複雑な小説空間を作り出すといった機能を持っているのである[28]」。

そして三番目の特徴として、「創作者の立場からいうと、二重小説には一方の（もしくは登場人物）に十分コミットしながら、しかも続いて同じく充分にコミットした対蹠的物語を提出することによって、双方のコミットメントを相殺させ、いわば他人事化――客体化――できるという利点がある[29]」。つまり、「二重小説では作者は三人称を用いながらも、一人称の如く作中の人物の行動・思想・感情に十分に身を乗り入れて、それらを極端へ進めつつ、しかも各章の終わりに至るや、するりと身を入れ換える」ことが可能になるのである。すなわち、「小説構造の二重性は、作者の小説世界への強烈な commitment と detachment とを同時に可能にするところのフォークナーの独得の小説作法上の方法論[30]」である。

さらに、『野生の棕櫚』は、フォークナーにとって「私小説的な小説」であったという点も、『死海のほとり』を、『野生の棕櫚』を読む視座から読み解く試みに正当性を与える。『野生の棕櫚』のシャーロットの姿には、フォークナーが付き合っていた二人の女性の影が反映されているのである。

The Wild Palms は……むしろ実生活における女性たちとの交渉を下敷にして、フォークナーの彼女たちへ

の思い入れを相当に生《なま》の形で吐露した私小説的な小説であることが窺えるのであるが、それだけに虚構世界へのコミットメントを保証しつつ、なおかつそれらと実生活におけるプライヴァシーとを峻別するためにも、お互いの作品世界の内容を相殺し、作者の identity を不明確にさせる機能を持つ二重小説という形態が便利なものとされたのだ、と考えることはゆるされるであろう。(31)

もう一点注目すべきことは、「フォークナーの場合、同一作品の世界内だけではなく、作品対作品同士の間にも対位法的関係が働く」という見解である。遠藤についても、ほぼ同様のことが言えるだろう。『白い人』と『黄色い人』は、それぞれの作品を合わせてみれば、それらの二つの作品を二重小説的な構造に置きながら読み取ることができる。すなわち、「白い人」のデュランの話と「黄色い人」の千葉の話は、一方が他方の尾をかむ形で書かれている。『死海のほとり』も、それぞれ別々に発表されたものを後に有機的に合わせたものである。遠藤はこの作品のあとがきで次のように書いている。

(1) この小説は「巡礼」と「群像の人」という二つの物語の構成からなっているが、後者の「群像の一

(27) 山形和美『「死海のほとり」――イエスに向けてのキリストの非神話化」山形和美編『遠藤周作――その文学世界』国研出版、一九九七年、一九〇‐一九一頁。
(28) 原口遼、同上、九一頁。
(29) 同上、九二頁。
(30) 同上、九二頁。
(31) 同上、九五頁。

人」は既に雑誌に発表し、そのうち「知事」と「蓬売りの男」は新潮社発行『母なるもの』に収録されている。しかしこの二つの物語は、この長編の構成のために相互に欠くべからざるものなので、本作品に織りこむことにさせて頂いた。

（2）ゲルゼン収容所の記述にあたっては、さまざまな文献を参照したが、本文四〇一頁の囚人の「世界はどうして、こう……美しいんだろう」という言葉は、フランクルの『夜と霧』に報告されているものである。

（3）なお、今秋刊行される『イエスの生涯』は本小説と表裏をなすものであることを付記しておく。

こうした意味で、『死海のほとり』についての中野記偉の評価は、注目に値する。

それぞれの五章が結局、陰陽二元の対立世界を現出しているので、仮にそれを「共時的偶数型対称性二重小説」と名付けることにしたい。これに対して、遠藤周作の『死海のほとり』は、「通時的奇数型非対称性二重小説」とでも呼ばれるべきものになっている。『死海のほとり』は、極めて日本的性格をもった二重小説であり、フォークナーから遠藤周作に至る道程には短絡できない様々な曲折があった。(32)

中野は、「『沈黙』における有名な『踏むがいい』が技法として強引であり、機械仕掛けの神（*deus ex machina*）と呼ばれても効果的な反論ができにくかった」と評価してから、さらに次のように語る。これをみると、『沈黙』のそうした「問題点」を克服する線上に『死海のほとり』が位置づけられるということがわかる。

遠藤周作は自分にわかる神を描こうとして神をあまりにも人間の側に引きよせすぎたきらいがある。幻聴だ、と評される瑕瑾を残す書きぶりだった。作者は人間の側に、技術上でもヴィジョンの上でも偏していたのである。もともと小説は人間のドラマであるから、人間の側に偏していってさしつかえないわけだが、もし神の存在とその介入を示唆するとなると別のヴィジョンが必要となるのではないか。『沈黙』の世界が高くとも、遠藤周作はそれに安んずることはできなかったろう。〔中略〕『沈黙』は確かにタブーを破ることができた。しかし、それが芸術的に至高の境地のものなのかどうかは別なのである[33]。

中野は、「二重小説を自己のものにして想像力の危機を切り抜けたのは遠藤周作である[34]」と評価した上で、上記のような『沈黙』の問題を乗り越えるために執筆されたのが『死海のほとり』であると述べる。

遠藤周作は『沈黙』的ヴィジョンになにが欠けているのかに気づいた。そして強化の必要を認めたと推理したとき『死海のほとり』がなぜ「二重小説」の構造をとったのかが了解される。日本の側の作家にも想像力の危機があった。それを切り抜けるために造形性の強化が試みられたのである。それが内奥からのうながしであったという意味から、この小説はフォークナーの模倣作とはいえないのである。と同時に、方法的には『野生の棕櫚』からヒントをえている事実も否定できない。彼は先行作の「共時的偶数型対称性二重小説」を下敷きにしつつ「通時的奇数型非対称性二重小説」を創作した。遠藤周作は、ヘンリー・ミラー流にいえば〈影響〉を創造したのである[35]。

(32) 中野記偉「二重小説の運命――フォークナー・堀田善衛・遠藤周作」高柳俊一編『受容の軌跡』南窓社、一九七九年、二四四頁。
(33) 同上、二五三―二五四頁。
(34) 同上、二三八頁。

4　神への魂の旅程

遠藤の『侍』は、慶長遣欧使節団を率いた支倉常長をモデルにして、長谷倉六右衛門という侍の一生を物語る。仙台藩の武士だった支倉常長は、慶長一八年（一六一三年）九月、伊達政宗の令により、月ノ浦（現在の石巻市）を出港する。ノベスパニヤ（現・メキシコ）との通商交易の道を開くためであったが、任務は失敗に終わり、常長は失意のうちに日本に帰ってくることになる。

太平洋を横断しノベスパニヤを経てヨーロッパまで行くという、思いもよらなかったこの旅は、長谷倉の人生に消すことのできぬ痕跡を残すことになる。旅行中、長谷倉はたびたび「両手を十字架に釘づけにさられた痩せこけた男」を見上げることになるが、「こんな男が……なにゆえに拝まれるのであろう」と、疑問と不快感を抱くだけであった。

ノベスパニヤでの取引は壁にぶつかり、ローマまで行ったが、任務が達成される様子は見えず、諦めのまじった最後の希望の中で、侍も「お役目のため」洗礼を受けることになる。しかし、「祭壇の背後の大きな十字架を直視してそこに釘づけにされたあの痩せこけた男と向きあった」侍は、「俺はなあ……お前を拝む気にはなれぬ」と、依然として「その男」との結びつきを拒む。

侍の仕事は全て失敗に終わり、彼は日本に戻る。日本ではすでにキリシタン禁止令が出ており、侍が受けた洗礼が問題となる。すべてを失った侍は、旅中手にしたある古い紙束をたまたま目にする。そこには、例の「痩せこけた男」のことが書いてあった。

その人、我等のかたわらにまします／その人、我等が苦患の歎きに耳かたむけ／その人、我等と共に泪ぐまれ／その人、我等に申さるるには／現世に泣く者こそ倖なれ、その者、天の国《パライソ》にて微笑まん。
その人とは針金のように痩せ、力なく両手を拡げて釘づけにされ、首垂れたあの男だった。侍はまたも眼をとじ、あのノベスパニヤやエスパニヤの宿所で、毎夜、壁の上から自分を見おろしていたあの男の姿を思いうかべた。今はなぜか昔ほど蔑みも隔たりも感じない。むしろあわれなこの男が囲炉裏のそばでつくねんと坐った自分のそれに似ているような気さえする。
（3・四一五頁）

笠井秋生が遠藤の『侍』を彼の「半生の魂の軌跡」[36]と呼んだことや、広石謙二が「内的自伝の試み」[37]と名付けたことからもわかるように、「お役目のために」という「不純な動機」によって洗礼を受けた「侍」に、遠藤は何の決断もないまま洗礼を受けた自分の姿を映し出したに違いない。それゆえ、「洗礼という秘蹟は人間の意志を超えて神の恩寵を与える」という司祭の言葉は、実は遠藤自身の信仰告白として受け取られる。

すでに述べたように、遠藤は最初『侍』に「王に会った男」というタイトルを付けようとした。それは、「その失敗の旅は知らぬ間に彼に別の存在にふれさせていた」ということを意味する。すなわち、「地上の華やかな王ではなく、別次元のみじめな王である基督に彼は次第に心ひかれていった」（『私の愛した小説』六八頁）というのが、『侍』の主題であったのである。

それと同時に、侍が知らないうちに追跡していたキリストこそ、ずっと侍を追跡していたのである。地上にお

（35）同上、二五四頁。
（36）笠井秋生『遠藤周作論』一九九頁以下。
（37）広石廉二『遠藤周作の縦糸』朝文社、一九九一年、一一二頁以下。

ける侍の「同伴者」であった与蔵は、侍が今度も「まだ知らぬ別の国」に旅立とうするとき、「ここからは……あの方がお供なされます」と嗚咽する。

突然、背後で与蔵の引きしぼるような声が聞こえた。
「ここからは……あの方が、お仕えなされます」
侍はたちどまり、ふりかえって大きくうなずいた。そして黒光りするつめたい廊下を、彼の旅の終りに向って進んでいった。（3・四三一－四三三頁）

侍の一生は、ずっと「あの方」によって追跡されたものである。地上の王を追跡していた侍だったが、彼は、自分も知らないうちに、天上の王を追跡していたし、その天上の王自身によって追跡されていたのである。『深い河』も、『侍』と同様に、まるで聖地に行く巡礼者たちの如き物語である。それぞれの人生に残されている痕跡を重荷のように背負って、遠くガンジス河にまで行く人びとがいる。侍が日本、太平洋、ノベスパニア、ヨーロッパに至る壮絶な旅をしたように、『深い河』の大津も、日本、ヨーロッパ、インドへという地を回りながら、魂の巡礼に出る。

旅をするのは大津だけではない。亡き妻の言葉を忘れることができず、インドに転生したと言われる彼女を探しにいく磯辺。息を引きとる直前に、「人生の同伴者」であった妻は声を振り絞りながら磯辺に言った。「わたくし……必ず……生まれかわるから、この世界の何処かに。探して……わたくしを見つけて……約束よ、約束よ」妻の痕跡を「見つける」ためにインドに行く磯辺の姿は、本人の痕跡を追う探偵のそれに酷似する。

木口は、戦争中密林で死んでいった戦友や敵軍の冥福を祈る法要をいとなむために行く。

沼田は、インドの野鳥保護地区に行く。長年肺を患い入院せざるを得なかった彼のために、妻はどこかで九官鳥を買って病室においてくれた。執刀医さえためらう大手術を受けた彼は、その当日、九官鳥が死んだことに心を痛める。まるで自分の代りに死んだような気がしてならないのだ。誰もいない病室で、沼田はその鳥だけには自分の苦しみと悩みを打ち明けることができたのである。

そして、成瀬美津子は、意に染まぬまま結婚した夫と別れて、大津を探していく。彼女は、大学時代に自分が愚弄してから棄てた大津という男に会いに行く。彼は今司祭となってインドにいるというのだ。単に行きずりの一人にすぎないと思っていたその男が、なぜか心に残っている。『深い河』は、それぞれの人生に残された痕跡を追いかける人びとの物語である。そして、この物語の中心をなすのは、イエスの痕跡を追う大津と、その大津の痕跡を追いかける成瀬美津子である。

「モイラ」――ジュリアン・グリーンの同名小説の女主人公――という渾名で呼ばれていた美津子は、その渾名通り、「女の子が苛めたくなる衝動を起こさせる」「野暮な恰好」の大津にわざと近づいて誘惑し、自分の思惑通り操った後、彼を棄てる。

しかしながら、美津子はその大津に会うためにインドに行く。かつて彼女は、一人で大津の修道院を訪れたこともある。その時の二人の会話を美津子は今も憶えている。

「成瀬さんに棄てられて、ぼろぼろになって……行くところもなくて、どうして良いか、わからなくて、仕方なくまたあのクルトル・ハイムに入って跪いた間、ぼくは聞いたんです」

「聞いた?……何を?」

「おいで、という声を、おいで、私はお前と同じように捨てられた。だから私だけは決してお前を棄てない、という声を」〔中略〕

自分は手品師のような神の働きによって変わったという大津に対して、「その神という言葉をやめてくれない」と美津子は面と向かってひどく叱った。すると大津は言うのだ。

「その言葉が嫌なら、他の名に変えてもいいんです。トマトでもいい、玉ねぎでもいい。〔中略〕神は存在というより、働きです。玉ねぎは愛の働く塊りなんです」

大津と再会した場所は、ガンジス河のほとりにある火葬場だった。彼はヒンズー教徒の服装をして、死体を運ぶ仕事をしている。「あなたはヒンズー教のバラモンじゃないのに」と訝る美津子に、「そんな違いは重大でしょうか」と反問する大津。そして彼は言い続ける。「玉ねぎがこの町に寄られたら、彼こそ行き倒れを背中に背負って火葬場に行かれたと思うんです。ちょうど生きている時、彼が十字架を背にのせて運んだように」。

大津は倒れる。ヒンズー教徒の死体をカメラに撮るのは禁止されていたのに、一行の一人がそれを無視したからである。怒った遺族たちが彼を攻撃しようとしたとき、「遺体を運んでき、休息していた男たちから、一人が飛び出して、遺族たちの前の立ちはだかり、なだめにかかった」。大津だった。しかし激昂した遺族は、大津を撲ったり蹴ったりしたのである。

担架に乗せられ、「これで……いい。ぼくの人生は……これでいい」と呟く大津を見て、美津子はしゃがみこんで拳で石段をむなしく叩きながら叫んだ。

「馬鹿ね、本当に馬鹿ね、あなたは。〔中略〕あんな玉ねぎのために一生を棒にふって。あなたが玉ねぎの真似をしたからって、この憎しみとエゴイズムしかない世のなかが変わる筈はないじゃない。あなたはあっちこっちで追い出され、揚句の果て、首を折って、死人の担架で運ばれて。あなたは結局は無力だったじゃないの」

大津と同じ仕事をする修道女たちを見て、まるで大津にそうするように美津子は彼女たちに訊いた。「何のために、そんなことを、なさっているのですか」

すると修道女の眼に驚きがうかび、ゆっくり答えた。

「それしか……この世界で信じられるものがありませんもの。わたしたちは」

それしか、と言ったのか、その人しかと言ったのか、美津子にはよく聞きとれなかった。その人と言ったのならば、それは大津の『玉ねぎ』のことなのだ。玉ねぎは、昔々亡くなったが、彼は他の人間のなかに転生した。二千年ちかい歳月の後も、今の修道女たちのなかに転生し、大津のなかに転生した。担架で病院に運ばれていった彼のように修道女たちも人間の河のなかに消えていった。

美津子は、大津が自分に残した痕跡を追跡してきたが、結局、彼女が追跡していたのは、大津の中に残されていた、キリストの痕跡である。

5　裏切りとうしろめたさ

大連での体験を背景とするような短編『童話』（一九六三年）には、カラスというあだ名をもつツトムが母に嘘をつく場面が出てくる。母との間が疎くなった父は、カラスの歓心を買うために、母に内緒でツトムにカメラを買い与える。この事実は、妹を通して母に知られるが、カラスは借りたものだと嘘を言う。のみならず、結局両親が別れることになった時、「父さんは寂しいんだ。寒いんだよ。そばにいてもらいたいんだ」という父の言葉を断ることができず、カラスは父のところに残ってもいいと答える。その後カラスは、自分の決定を後悔する。

父親がさきに家のなかに入ったあと、カラスは玄関の前でじっと立っていました。まもなく彼は父に約束したことは母の耳に入るでしょう。今晩でもあの応接室に灯が消えず、夜ふけまでカラスの裏切りを知った母親のすすり泣きがきこえるでしょう。カラスは母を裏切ったのです。（7・一〇三頁）

武田友寿によると、短編「童話」は、短編「私のもの」と共に、遠藤の「魂の至聖所」を開く代表的な私小説である。「そこに氏の体験の原質的なものを探りあてることができる」と武田は主張する。[38] 武田の指摘通り、父に棄てられた母を私も裏切ってしまったという主題こそ、遠藤文学の原体験となっている。母を「裏切った」という罪意識は、後日、『沈黙』の重要なモチーフのひとつとしての「踏絵」体験――「芸術体験」――に繋がり、さらには、全ての存在者のために自らを棄ててくれたキリストを裏切ったという悔い改めにまで深まることになる。

裏切りと、裏切りによるうしろめたさというのは、遠藤の「歴史小説」における主なモチーフとなる。遠藤は、特にキリシタン時代の記録――イエズス会宣教師ルイス・フロイス（Luis Frois, 一五三二－一五九七年）の『日本史』(***Historia de Japan***) と『武功夜話』など――を基にして、自分の想像力を発揮して歴史的人物を描き出した。歴史小説は、博覧強記の遠藤の手腕が遺憾なく発揮されたもので、小西行長、高山右近、大友宗麟などの人物が主人公として登場する。[39]

遠藤の歴史小説には、キリシタン時代の人々の生き方と背景、そして彼らの内面的な苦悩が描写されている。その中でも、切支丹大名を主人公にした作品が多数を占める。それは、戦国時代を生きていた切支丹大名こそ、宗教と政治の間の葛藤を身をもって体験したからである。遠藤は、キリスト者としての信仰と現実の政治的争いの狭間で「二重生活」を強いられたものに、深い関心を示していたのである。それは、切支丹大名の姿に自分の分身を見つけたからである。

私は彼の二重生活を調べているうち、その生き方に自らの似姿を発見し、時として自らの分身をみる思いにさせられたからである。〔中略〕戦争中、私たち基督教信者は行長と同じように二重生活者たらざるをえなかった。基督教信者は敵性宗教を信奉する怪しげな人間たちと思われ、それが次第に周りの圧迫に変わっていった。〔中略〕つまり秀吉政権下における行長と同じように、私もまわりに胸をはって信者であることを表明する勇気がなく、その勇気なさに自己嫌悪を持っていたのだ。私は必然的に二重生活者たらざるをえなかった。

（「二重生活者として――日本人におけるイエス像の変化III」13・三五八頁）

すなわち、戦国時代の切支丹大名の「面従腹背」の生き方に、遠藤は、第二次世界大戦中における自分の生き方の分身を見つけた。戦争中、キリスト教は敵性宗教として危険視され、キリスト者たちは周りからの有形無形

（38）武田友寿『遠藤周作の文学』一八一頁。

（39）歴史小説の目録やその書誌情報については、長濵拓磨「遠藤周作の『歴史小説』の一側面――松田毅一との関係をめぐって」『遠藤周作研究』4（二〇一一年）一四－二八頁。遠藤は、松田を自分の「キリシタン勉学の師匠」と呼んでおり、松田もフロイスの『日本史』を翻訳し、出版（松田毅一、川崎桃太共訳、中央出版社、一九七七年）する際に、その序文に「遠藤周作氏は早くからフロイスが書いた『日本史』に格別な関心を持っており、この訳註の刊行をいつも激励してくれた」と感謝の意を表していた。

の圧力を経験した。たとえば、『死海のほとり』にも、登場人物たちが刑事にキリスト教の信仰について追及される場面が出てくる。

　私たちの番が来たが、彼等はおそらく無意識的に、しばらくの間だまっていた。一人の刑事のうす汚れたワイシャツの襟がだらしなくめくれ、もう一人の刑事は耳の穴をほじくっている。

「信者かね」

「信者というほどの……」

　私はかすれた声を出した。

「信者じゃありませんけれど……」

「あんたはだね、靖国神社と教会とのどっちを大事にしますか」

　四、五年前、私たちの大学で靖国神社の参拝を拒否した信者学生たちがいて世間の問題を引き起こしたことがあり、それを憶えていた刑事がわざとこの質問をしたにちがいなかった。暗記していた答えをのべるように私は返事した。

「ぼくはどちらも大事にします」

「と、あんたはやがて戦場に出るだろうがね……同じ宗教を信じている敵を殺せるかい」

　癩病院でベースとベースの間にはさまれたあの時と同じような、歪んだ顔をして私は答えた。そしてこの

「殺せます、もちろん」

卑怯な自分を、嫌な奴だと思った。

（3・七四）

　こうした「私」の「卑怯な」答えとは異なり、「私」と同じ質問を受けた戸田の態度は堂々たるものであった。

「あんたも」

刑事は戸田のほうに向きなおって、うす笑いを浮かべながら同じ質問をくりかえした。

「殺せるかね」

「わかりません」

戸田は不動の姿勢をとったまま、はっきりと、

「迷うと思うんです」

「迷う?」

ワイシャツの襟のめくれた刑事が、急に顔をあげて、

「敵を殺せんのか」

「まだわかりません。ぼくは人間としても信者としても人を殺すことに悩むと思います。戦争に行けば、別の感情になるかもしれません。今は何とも言えません」

二十数年たった現在でも、わたしはあの時のむきになった戸田の顔と声とを憶えている。私たちが質問をうけた食堂は暗く、爆風よけの紙をはりつけた窓は冬の闇い塗りつぶされていた。卑怯でだらしなかった私はやがて自分の弱さに苦い諦めを持ち、次第に教会から遠のいたが、あの時むきになった戸田は聖書にもむきになったのだ。むきになった挙句、みじめなイエス像しか手のなかに握れなかった。（3・七四－七五頁）

『死海のほとり』における「私」と戸田の対照的な態度は、『鉄の首枷』における小西行長と高山右近の対比と重なる。秀吉は、伴天連追放令とともに、家臣たちを責めた。「切支丹宗門の儀、不都合の段、多かるべきにより、爾後、余が家臣にして是を奉ずることをかたく禁じ、違背するものは知行地没収すべきこと」。その時、行

長と右近が示した反応には雲泥の差があった。

「小西弥九郎は」

虎之助は弥九郎と名をよびすてにして、その顔を凝視した。弥九郎は眼をつむり、

「仰せに従い、今後は切支丹の儀……信心いたしませぬ」

と答えたが声は震えていた。

残ったのは高山右近一人だけである。彼も正座したまま瞑目《めいもく》していたが、額には汗がにじんでいた。瞑目しているのではなく、必死に祈っているのだった。

「高山殿は」

「知行地、家臣、ともに殿下に御返し申しあげる。殿下より賜りたる御恩は海より深いが、デウスの恵みはそれよりこの右近に大切にございます」

（『宿敵』上、一三六‐一三七頁）

『鉄の首枷』は、「小西行長伝」というサブタイトルが付されているように、秀吉の下で波乱万丈の人生を送った小西行長（一五五八‐一六六〇年）の評伝である。さらに、行長については小説『宿敵』（一九八五年）で加藤清正との比較においても書くほど、遠藤は行長に深い関心を抱いていた。

堺の薬種商の家で生まれた行長は、幼いとき家族と共にキリスト教の洗礼を受けた。それは、南蛮貿易を通して富と名誉を手に入れようとした、父の隆佐の意図による便宜上のものだった。しかし、洗礼の秘跡はそう安易なものではなかった。

行長が父と共に受けた便宜的な洗礼の水はこの日から彼の人生の土壌に少しずつしみこんでいくのだ。彼

はそれを知らないしそれに気づいていない。人生の出来事の意味はその死の日まで誰にもわからない。その死の日まで――そう、行長もその死の日までこの洗礼の意味が何だったか、一度神を知った者を決して離れぬことを知らなかった。（10・五七頁）

洗礼は、行長に「しみこんでいく」うちに、消すことのできない痕跡を残す。その洗礼の痕跡は、行長に「軍人であることと切支丹であることとの矛盾」をもたらすことになる。遠藤は、「小西弥九郎行長の場合――この矛盾はどう彼の人生に痕跡を与えたか」（10・八〇－八一頁）と問い続ける。そして、先ほども引用したように、行長は「余をとるか、デウスをとるか」と関白に問い詰められる。右近は、「領地も家臣も殿下にお返し致します。殿下が下されたご恩は海より深くは有りますが、デウスのご恩はこの右近にはもっと大切です」と言いながら、「おのれの主義に殉じ」「デウスの恵み」の方を選んだ。それとは違って、行長は「仰せに従い、今後は切支丹の儀……信心いたしませぬ」と自分の主義を曲げるしかなかった。それから行長は、キリストに対して、また右近に対して、うしろめたさを背負う二重生活者として、また秀吉に対しては面従腹背の生を生きることになる。

行長に残されていたキリストの「痕跡」は、「傷痕」のような可視的なものにかぎらず、「負い目」や「うしろめたさ」という心理的なものとして残って人々に働きかける。たとえば、その「負い目」とは、「信仰を棄てて余に仕えるか、否かという二者選択」を強いた秀吉に屈した小西行長に残された「痕跡」であった。

キリシタン武将を見渡すと、敢然として信仰を守った高山右近を強虫とすると、弱虫は行長ということがわかってきた。天正十年に秀吉が最初の禁教令を出すと、途端に行長はオタオタしてしまう。それが一生の負い目になり、あとは負い目を持った人間として生きるほかなくなるんです。(40)

遠藤は、「うしろめたき者の祈り」というエッセイで、かくれ切支丹の信仰自体が「うしろめたさ」という「痕跡」によって生まれ、また支えられていたと述べる。なぜなら、「彼等が生きのびえたのは、禁教令のなかで自分の信仰を否認したからである。踏絵を踏んだからである」（13・三四一頁）。遠藤がこうした「うしろめたさ」に惹かれたのは、いうまでもなく、彼自身が戦争中キリスト者として「二重生活者」の生き方を強いられたからであって、「そういう経験を過去に持った者がかくれ切支丹をかえりみる時、そこに自分の姿の投影をみるのは当然である」（13・三四四頁）。

以後行長は、「自己嫌悪と屈辱」の日々を送るようになる。特に「右近を裏切ったような屈辱感と不面目をかみしめな」ければならなくなった。遠藤は、「軍人であることと切支丹であることの矛盾」が「どう彼〔＝行長〕の人生に痕跡を与えたか」（『鉄の首枷』六一頁）と問うが、その「痕跡」は、彼が洗礼を受けたことによって刻み込まれたものであるのは言うまでもない。

「痕跡」を抱えながら、行長は「辛酸、屈辱、自己嫌悪」の日々を過ごさねばならなかったが、彼に人生の最期が来る。戦に負け負傷した身で山中を徘徊する中、彼はふっと「喘ぎながら十字架を背負って処刑場のゴルゴダの丘に歩かされたイエスのこと」を思い出すことになる。一生、うしろめたさを背負いながら生きてきた行長の中に、十字架を背負ったキリストが生きておられたのである。

一晩中、雨にぬれた行長は熱を出していた。
その熱のある体力で山越えは無理だった。しばらく山を登っては体を横たえ、やがて起きあがって、また雲に覆う山頂をめざした。
彼は喘《あえ》ぎながら十字架を背負って処刑場のゴルゴダの丘を歩かされたイエスのことを思った。そしてそのイエスの苦しみにくれべれば自分のそれなど何でもないとわが心に言いきかせた。（『宿敵』下、二一五頁）

ついに行長は捕えられ、「裸馬に乗せられ、首には鉄枷をはめられ、顔には蔽いがかけられ」た姿で、処刑場に連行されることになる。人生の最期の時に、彼は再びイエスのことを思い出す。

裸馬の背で行長はただひたすら、彼が信仰をしているイエスのことを思った。イエスもまた今の彼とおなじように、いや今の彼よりももっとみじめに、エルサレムの街を十字架を背負わされながら処刑場まで連れていかれたのである。

イエスとおなじ運命を自分も与えられているのだと、行長は眼をつむって思った。彼の耳には見物人たちのざわめきや驚きの声が聞こえていたが、その声はもう彼の心を乱しはしなかった。

（長い、長い間）

と彼は心のなかでイエスに向かって話しかけた。

（この行長はおのれの弱さのためあなたさまと離れておりました。しかし今、なにやら、あなたさまと合体いたした気持ちがいたします）

（『宿敵』下、二三三頁）

行長が残した遺言には、「恒常するものは何一つ、見当たらぬ」というものだった。これは、「神のみが彼の頼るただ一つの存在であった」という信仰告白であって、「浪速のことも夢のまた夢」と呟いた秀吉の辞世の句と全く背馳するものだった。遠藤は『鉄の首枷』を次のような言葉で結んでいる。

---

(40)「徳岡孝夫の著者と60分」『文芸春秋』四（一九八六年）三八三頁。

四十数年間の彼の生涯はこうして幕を閉じた。彼はおそらく幼児洗礼によって神と関係を持ったが、その過半生ではその信仰はまだ右近のように本物と言えなかった。戦国時代に生まれた行長は他の英雄たちと同じように野心がありすぎた。野心は彼にとって神よりも大事だった。だが、彼が神を問題にしない時でも、神は彼を問題にしたのである。「神は我々の人生のすべてを、我々の人生の善きことも悪も、悦びも挫折をも利用して、最後には救いの道に至らせたもう」。この聞き慣れた言葉を行長の生涯のなかで我々も見つけることができる。神は野望という行長の首枷を使って、最後には「彼を捕らえたもうた」からである。一度、神とまじわった者は、神から逃げることはできぬ。行長もまた、そうだったのである。（10・二〇二頁）

神は、まるで探偵のように、行長の人生に残された「痕跡」を追跡して、結局は「彼を捕えたもうた」のである。

ところで、切支丹大名の行長の生涯にくっついていた「うしろめたさ」という痕跡は、遠藤によればじつは、日本人のキリスト者にも刻み込まれている。そのうしろめたさは、秀吉のまえでデウスを棄てた行長が痛感した感情であり、踏絵を踏まざるを得なかった「弱虫」切支丹のものでもある。

遠藤は、このようなうしろめたさの原型を、切支丹時代の文書『天地始之事』より読み取る。西欧の宣教者たちは、この文書を「随分と奇怪な伝説をまじえた、取るに足りぬものであった」と一蹴したが、遠藤は「そこには彼等の願いや望みや歎かいもおりこまれねばならなかった」と評価し、さらに詳しく調べる（13・三四一）。

遠藤が『天地始之事』の中で特に注目する部分は、イエスの死についての説明である。伝統的な理解では、イエスは人の罪を贖うために十字架上の死を受け入れたとあるが、「そんな教理のイロハのイの字さえ」知らなかった日本のかくれ切支丹の『天地始之事』には、そのようなことが書かれてはいない。むしろ、『天地始之事』

に描かれているイエスの死についての理解には、「彼等のせつなる願いや歎かいが根底になっている」。イエスは、自分が生まれたとき、「よろうてつ」によってベツレヘムの多くの赤ん坊たちが殺害されたと聞き、「自分のために数万の命がなくなったゆえ、後世のたすけのため、ぜゝ丸やの森であらゆる苦行をした」。

すると神でうすはイエスに御告げをくだされた。「数万の幼子の命を失ったのも皆、お前のせいである。だからお前が天国に行けるかどうか不安である。よって死んだ子供の後世のために責め虐げられ、命を苦しめ、身を捨てねばならない」いえすははっと平伏して血の汗を流した。

（13・三四一頁）

これを受けて遠藤はこう付け加える。

イエスのために無実のたくさんの子が死んだ。だからイエスは苦しみを受けねばならなかった。私は「天地始之事」のその箇所を読むと、かくれ切支丹の女たちが生まれてくる子を間引きせねばならなかった哀しみを感じる。かくれの大部分は貧しい山の百姓であり、平戸、生月のような島の漁師たちからなっていた。彼等は貧しさゆえに子をおろし、生まれたばかりの赤子を殺さねばならぬことも多かった。その時の母親の悲しみや後悔の気持がこのイエスと幼児との関係にはっきりにじみ出ているのである。物語のなかでイエスと子を殺さねばならなかった母たちとは一体となっている。重なりあっている。両者には同じ罪業を背負わねばならなかったという連帯感がある。イエスは彼女たちの同伴者になっているのだ。

私はこの箇所をみるたびに、暗い農家のなかで男たちに「天地始之事」を読んでもらい、この部分にくると泪をながす母親たちの日やけした顔を思いうかべずにはいられない。生まれてくる子を陽の目にあわせなかったという哀しみとうしろめたさとが彼女たちの胸をしめつける。彼女たちは思う。イエスさまもまた同じこの哀しみとうしろめたさを味わったのだ、と。それは日本的な、あまりにも日本的なイエスのイメージだが、ポーロ神学などが作りあげたイエスの生贄神学よりはもっとこちらのむねにひびいてくる。（同上）

6 手術の傷跡と踏絵の足跡

『満潮の時刻』は、『潮』（一九六五年一月号－一二月号）に連載された作品で、『沈黙』の執筆時期とほぼかさなる。『満潮の時刻』は、遠藤の作品としては珍しく、単行本としては刊行されなかったが、死後単行本としても新潮社（一九九八年）から出版され、『遠藤周作文学全集』（一四巻）に収録された。

ほぼ同じ時期に書かれた『満潮の時刻』と『沈黙』は、内容から見ても、互いにつながっている。両作品が、まるで「二重小説」的な関係をなしているのである。『満潮の時刻』では、長い入院生活を終えた明石が長崎に行き、そこで踏絵を見るところで終わる。そして、この踏絵の体験が、『沈黙』を執筆する動機になったのである。


『沈黙』を発表したのは昭和四一年だったが、その前の二年間ほど私は入院生活を送っていた。〔中略〕病気が回復した私は、まず
「明るいところへ行ってみたい」

と思った。

そして長崎へ出かけたのだが、その時は気軽な観光旅行のつもりであった。

初夏の夕暮、大浦天主堂の右の坂道をのぼっていくと、やがて「十六番館」と書かれた建物のまえに私は出た。観光客で賑わう天主堂のほうへは戻る気がしなかったから、時間をつぶすつもりでその木造西洋館に

入ったのだが、そこで私は一枚の銅板の踏絵に出会ったのである。〔中略〕
踏絵を見たのはそのときが初めてではなかったが、銅板を囲む木枠の部分には、それを踏んだ人間の足指の痕らしいものが残っていた。私はしばらく立ち止って、黒い痕を見つめていた。(『沈黙の声』一四 - 一六頁)

『満潮の時刻』が『沈黙』と「二重小説」的な関係にあることは、『沈黙』のもともとのタイトルが「日向の匂い」であったという事実からも推定できる。[41]「日向の匂い」とは、『満潮の時刻』を包む「病室の匂い」と対照をなすものであり、「病室の匂い」からの救いの象徴としての考えられるのであろう。


彼は階段の上から紙飛行機を飛ばしていた少年を考えてみた。その少年は人工肛門を体に付けている少年なので、いつかは死ぬことになる運命に身を置いていた。

窓の中に見えた夫婦……

ゴムで作った植木鉢敷きが窓際にあった。夕焼け(夕陽が)がそこを照らした。彼らは手をつないで立っていた。

病室の匂い
明石は退院後に数え切れないほどこんな考えを繰り返すのだった。そしてこのように、生き返るどんな方法も分からない人々の生をずっと眺めている眼を、その中に予想した。その眼は一体何を語ろうとしているのか、明石には知る事ができなかった。(14・四二六頁、傍点引用者)

(41) 山根道公『遠藤周作——その人生と「沈黙」の真実』一五頁以下。

「病室の匂い」(『満潮の時刻』)と「日向の匂い」(『沈黙』)が二重小説的な構造をなしているという主張は、次のような広石廉二の回想によっても裏付けられる。

〔前略〕『沈黙』には最初、「日向の匂い」という題名がつけられていた。私が遠藤氏にこの題名の意味を尋ねると、ロドリゴが光線のささぬ牢獄のなかに長い間閉じ込められていて、突然、外に引きずり出された時の感情に擬したもの、という意味の答えをして下さったのを覚えている。〔中略〕

この「日向の匂い」というのは、心ならずも踏絵に足かけてしまったロドリゴが、かつては陽が当たる所で生きていた時の自分を心の中に甦らせながら、切支丹屋敷という陽の当たらない場所で、嗅ぎまわりたいと思っている匂いなのである。[42]

しかも、すでに痕跡について論じたように、痕跡としての「匂い」とは、「〈かつてあった〉と〈今はもうない〉とを不可分に結合させることで二重の時制をまたぐ概念である」。このような意味で、「匂い」はすでにそこにあった何物かを今は喪失してしまったことを含意するものである。そうであれば、「病室の匂い」と「日向の匂い」、否、『満潮の時刻』と『沈黙』は、「〈かつてあった〉と〈今はもうない〉とを不可分に結合させることで二重の時制をまたぐ」作品として読み取ることができるであろう。

遠藤は、一九六〇年に結核が再発し、それから二年半にわたる入院生活と三度の手術を強いられたが、『満潮の時刻』には、こうした闘病体験が反映されている。長年の辛い闘病体験は、遠藤の人生や信仰に新しい視座を与えてくれた。こうした意味で、『満潮の時刻』は、トーマス・マン(Thomas Mann)の『魔の山』(*Der Zauberberg*)に匹敵する。実際遠藤は、フランスに留学したとき、健康を害して療養所に送られたことがあったが、そこで彼は『魔の山』を熟読していた。『作家の日記』（一九五二年六月二九日）によると、遠藤は、次のように書き残した。

　この村から二里ある、山の頂きに午後のぼった。そこには「アルプス館」という、宿屋がぽつんとたっている。昼飯をくって出かけたので頂きにのぼるまでは、途中で何度も休んだけれども、やっと午後三時頃ついた。紅茶とトーストとをたのんで、まだ客の殆どいないテラスで、ずっと向うのモンブランやその他の山の頂きをじっと眺めた。その時、この療養生活でぼくが書けそうな主題がぽっくりうかんで来た。
　それは、トーマス・マンの『魔の山』に似たように、しかし一九五二年のサナトリウムを背景にしたものである。

（15・二一五頁、傍点引用者）

また、一九五二年八月一七日付の日記にも、『魔の山』への感想が詳細に記されている。

　朝、熱三六度七分（十時）、正午三六度七分、午後二時三六度七分、午前六時三七度。
　トーマス・マンの『魔の山』（ぼくが読んでいるのは、モーリス・ベッツの仏訳本である）を読むのは苦しい。一人一人肺病の作中人物は死の種をもっているからだ。ハンス・カストルプが訪れた。そのサナトリウムはスイスだけれどもぼくにはこのコンブルウの療養所、アシイの山にみえる、あれらのサナトリウムと何時か一緒になってしまっている。

（42）広石廉二『遠藤周作のすべて』朝文社、一九九一年、二四七–二四八頁。

さてこの二十世紀文学の傑作の一つが、まず、ぼくに果した問題は、『魔の山』には、時間が存在しない。カストルプの従兄ヨーアヒムは彼に向ってこう言う。「彼らにとって三ヶ月は一日みたいなものだ。君もそのうちにわかる。ここに来ると考え方が変るからね」。

又、伊太利作家のゼテム・プリーニも同じ事を言う。『魔の山』に住む者は、下界の人間と違った時間と空間の中に生きねばならぬ。何故ならば、此処は絶えず死を凝視する世界、下界は死を凝視しないでも良い世界であるから……。下界の時間空間に生きた人々はこの『魔の山』の空間と時間になじむ事はくるしい（森で自殺した青年、ピストルをもてあそぶ青年）。然し『魔の山』の時間、空間をうけ入れた者はそこに新しい人生の形、生の本質的なものを見出し始める。時間の外に生きること、この主題は、この小説が書かれた時代（第一次大戦）には許された。しかし、今日では勿論それは許されぬ。ここにブルーストとサルトルの時間観念の区別があるのだ。すると今日『魔の山』に住む者のくるしみは更に倍加していると言わねばならぬ。彼は〈生を取り戻すため〉には時間の外に生きねばならぬ。しかしそれは〈生〉であるか?

（15・二二〇頁、傍点引用者）

さらに、遠藤は「帰国まで——我が青春のリヨン」の中でも、同じ療養所で過ごし勉強が出来なくなったことについて憂慮しながらも、「真面目なものといえば、トーマス・マンの『魔の山』の仏訳を読了しただけ。リヨンの生活とはちがって、この夏休みは完全に読書はしなかった。ただ『魔の山』だけはひどく感動したのを憶えている」と書いている（14・二九四頁）。

『魔の山』——このタイトルは、ニーチェの『悲劇の誕生』からとったものである——の主人公のカストルプは、病気で療養中の親族を慰問したが、自分も病気であることがわかり、七年間を療養所ですごすことになる。そして、死と隣合わせの時間をすごす中で、生と死に対する彼の理解は大きく変わることになる。『魔の山』は、

A・ショーペンハウアーやF・ニーチェの哲学的観念から大きな影響を受け、「生の哲学」（Lebensphilosophie）――「市民性」「中心」「人間性」「生」「イロニー」「真理」――のような概念群が彼の作品における「哲学的観念」を形成していたが、マンは「理論についての嫌悪や抽象的な説明についての反発感[43]」を持っていたと言われている。それゆえ、『魔の山』は、メルロ・ポンティの言葉を借りて言うと、「生の哲学」的な「観念」を「物のように眼前に存在させる」「哲学的小説[44]」（philosophischer Roman）である。『魔の山』は、「第一次世界大戦によるヨーロッパの崩壊」、すなわち、伝統的な神や人間性の観念の崩壊を、死と病気への問いに結晶化させたもので、単にカストロプの成長を描いた「成長小説」（Bildungsroman）ではなく、病気に直面して人生観・世界観が生まれかわることをもって、新しい世界観の到来を告げる小説として評価されている。ハイデッガーは、「死と死への恐怖」という原初的経験を通して生や存在の解明を目指したが、その哲学的モチーフがマンの作品からも覗くことができるのである[45]。中でも、主人公のカストロプが雪山で見る夢は、死が人間にとって「限界状況」であり、決してロマン主義的な憧れの対象ではないが、しかしながらそういった「限界状況」に直面することによって、人は、逆説的に、新しい始原を経験することを象徴する。こうした意味で、『魔の山』は、主人公の「偉大なる霊的な方向転換[46]」を示す作品である。それは、人間の根本条件（*conditio humana*）としての病が抑圧されてい

（43）Helmut Koopmann, "Philosophischer Roman oder romanhafte Philosophie? Zu Thomas Manns lebensphilosophischer Orientierung in den zwanziger Jahren " Rudolf Wolff hrsg., *Thomas Mann. Aufsätze zum Zauberberg*, Bouvier Verlag, 1988, S. 61.

（44）*ibid*., S. 64.

（45）*ibid*., S. 74.

（46）*ibid*., S. 78.

る「平地」(Flatland) から、自分のことを含めて人間そのものにとっての真理、すなわち、「人間であることは病者であることである」という真理に目覚める「ベルクホーフ」への移動によって行われた「方向転換」である。マンは、同じ時期に書いたあるエッセイの中で、次のように語っていた。

死と病気についての関心、病理的なものや破滅についての関心は、生と人間性についての関心にほかならない。これは、人文主義的な医学部が私たちに示してくれるように、有機的なものや生に関心をもつ人なら、その人は同じく死にも関心をもつのである。そして、それは成長小説 (Bildungsroman) の主題になり得る。すなわち、死の経験は、最終的な分析によると、結局生の経験であり、それが私たちを人間性 (humanity) へ導くのである。(47)

『魔の山』は、第六章の「精神錬成」(*operationes spirituales*) という題が暗示するように、「ドイツの青年ハンス・カストルプの精神が錬金術的な変容を経てゆく過程(48)」である。そして、『満潮の時刻』は、日本人作家の遠藤周作が、病気との闘いを通して、魂の聖体論的変化を経験した足跡である。『満潮の時刻』の明石が受けた手術は、決して体に受けた手術だけではなく、彼の人生観と世界観を大きく変えた「精神の手術」だったと言える。そのような「精神錬成」は、雪山での夢と病室での夢によって、カストルプと明石に、それぞれ新しい現実を示すことになったのである。

カストルプが登った雪山は、「この底なしの沈黙につつまれた世界」であり、「霧ぶかい無」に包まれた世界であった。(49)「そして、彼の背後でも、世界は、ひとの住む谷は、またたく間に閉ざされ見失われ、そこからはもはや物音ひとつ届かなかったので、彼の孤独、いや失踪《しっそう》は、それと知らぬ間に、望みうるかぎりの深さとなり、恐怖を覚えるまでに深まったが、この恐怖こそは勇気の源《みなもと》なのである」。一言でいうなら、それは「白一色の超越世界」であった。

カストロプは、本格的な降雪と嵐に巻き込まれる。そして「強いて見ようとしても、見えるものといえば、それは無、白く渦巻く無であった。そしてただときおり、その中に現象界の妖怪じみた影が浮かびあがった」。疲れた彼の意識は、だんだん朦朧としていくなか、「それでもハンス・カストルプは実直に持ちこたえ、倒れてしまいたい誘惑に抵抗した。彼は何も見えなかった。しかし戦って移動した」。辛うじてたどり着いた小屋には入れなかったが、壁に肩をもたせかけて休むなか、夢をみることになる。それは、「実に魅力のある、だが恐ろしい夢」であった。しかしその夢は、カストルプ一人でみる夢ではなく、彼が全人類を代表してみる夢であり、人類を更に超える「大きな魂」カストルプを通してみる夢でもあった。「夢は、自分の魂からだけでなく、それぞれに違ったものであっても、無名で共同でみる、と己はいいたい。己はその一部分にすぎない、大きな魂が、たぶん己を通して夢みるのだろう」。その夢は、実に死の経験から生の経験への反転が行われるものとして、一つの啓示のようなものであった。

己は人間のことならみんな知っている。己は人間の肉と血を知った。己は病気のクラウディアにプジビスラフ・ヒッペの鉛筆を返してやった。しかしながら、声明を知る者は、死を知る者だ。ただそれがすべてではない。〔中略〕

(47) Rodney Symington, *Thomas Mann's The Magic Mountain: A Reader's Guide*, Cambridge Scholars Publishing, 2011, p. 7–8.
(48) 守口三郎『病と文学』英宝社、二〇〇〇年、二二七頁。
(49) マンからのすべての引用は、トーマス・マン『魔の山』(下巻)(高橋義孝訳、新潮社、一九六五年)からのものである。

> なぜなら、死と病気に寄せるいっさいの関心は、生に寄せる関心の一種の表現にほかならないからだ。
>
> 〔中略〕
>
> 己は善良でありたい。己は己の思考に対する支配権を死に譲るまい。そこにこそ善意と人間愛があり、そのほかのどこかにあるといったものでもないのだから。死は大きな力だ。死の近くでは人は脱帽して、爪先《つまさき》立ち身をゆすって前進する。死はかつてありしものの尊厳を示す襟飾《えりかざ》りをつけ、人も死に敬意を表していかめしく黒を装う。理性は死を前にすると愚かしい存在になる。なぜなら、理性は美徳以外の何ものでもないが、死は自由、放逸、奇形、そして逸楽だからである。死は逸楽であって、と己の夢はいう、愛ではない。死と愛、——これはまずい押韻だ、無趣味な、誤った組合せだ。愛は死に対立する。理性ではなく、愛のみが死よりも強いのである。理性ではなく、愛のみが善意ある思想を与えるのだ。〔中略〕
>
> 人間は善意と愛のために、その思考に対する支配権を死に譲り渡すべきではない。さあ、己は目をさまそう。……なぜなら、これをもって己は夢を最後まで見終わって、たしかに終点に達したのだから。

カストルプが夢から目覚めたとき、彼の「時計は動いていた。止まってはいなかった。彼が晩に巻くのを忘れたときは、いつも止まっていたものだが」。生は依然として続いていたのである。マンが雪山での夢を通して唱えたものは、守山三郎によれば、次のようにまとめられる。

> 結局、魂は人間愛の意識によって、生と死を超越し、永遠を垣間見ることができる。愛は、愛の一致する究極の実在を魂に教え、その愛の至高のヴィジョンへ魂を導く。この愛の結合と一致は、自然の存在の生と死を超える永遠の実在である、現世の魂は、この永遠の叡智界を恋い慕い、待ち望むのである。ハンス・カストルプが雪の山中で遭難しかけて、生死の境で悟る場面、死に限りなく接近して、人間存在の高貴を自覚

し、魂の愛の秘密を知る場面は、この作品のクライマックスをなす重要な場面である。後日、ハンス・カストルプは、ショーシャ夫人にいう、『死への愛は、生と人間への愛に導くのです』と。この思想は、死への共感から生への意志、善意と愛への信念へ重点を移してゆく作者マンの主題の発展史において重要な到達段階を示す思想である。(50)

『満潮の時刻』の主人公の明石も、三度目の手術の後、ある夢を見る。そして、夢の中で、彼は長崎に行き、切支丹関連の遺品を集めている建物のなかに入る。

「ここはどこですか」

と彼は女学生に訊《たず》ねた。(なぜ女学生がその時、突然、出現したのだろう)

女学生はここは記念館だと言った。明治の長崎にいた外人たちの遺品などを集めている家だと教えてくれた。

「そうですか。有難う」

彼はソフト帽子を一寸あげて、その女学生に礼を言うと、その洋館の中に入ることにした。

「ここは記念館でしょう」

「いえいえ」

切符を売っている男が首をふった。

---

(50) 守口三郎、前掲書、二五五頁。

「そうじゃない。切支丹関係のものをあつめたところです」

「たしかに記念館ときいたのだが」

しかし彼は切符を買って中に入った。硝子のケースがセメントの臭いのする大きな部屋の両側に並んでいて、見物人といえば、彼のほかに誰もいなかった。

彼はふるい切支丹時代の祈祷書《きとうしょ》や十字架や十字架をかたどった刃の鍔《つば》をひとつひとつゆっくりと見て歩いた。切支丹禁制の表札もあれば、バテレンたちがかぶっていた大きな帽子もあった。しかしこの時代に何の智識もなく、この宗教にほとんど関心のない明石にはそれらの品物も特に心に食いこんでくることはなかった。ここがただ長崎の一つの名所だから一応は見物しておこうという気持だけで、彼はあくびを嚙《か》みころしながらケースを一つ一つ覗いて歩いた。

「ごらんなさい」

いつの間にか、彼の横にはあの女学生がつきそっていた。（女学生は、むかし彼を泳ぎにつれていき、貝から耳に当てることを教えた姉に変っていた）

「これは何だか知っている?」

「踏絵でしょう」

「そう、切支丹であれば、これを踏めなかったし、切支丹でなければ平気で踏める——その目的で作られたものなのよ」

木目の走る木の中に真黒は金属の基督《キリスト》の顔がはめこまれているその踏絵を明石は姉に教えられるままにじっと見つめた。幾百人の人間に踏まれたその基督の顔は凹《へこ》んでいた。凹んだ顔のなかにじっとこちらを見上げている哀《かな》しげな眼があった。そしてその顔をはめこんだ木の右端に、べったり、足指の痕がついていた。

（14・四〇一–四〇二頁）

そして手術が何とか成功し退院できた明石は、長崎を訪れる。入院中、彼の夢の中になぜか踏絵が現れたからである。そこで明石は、「切支丹の牢獄」を読み、今度は自分と切支丹の「結びつき」に気づく。

病院が牢獄だとは言わない。しかし牢獄のなかにとじこめられ、日夜、自分の死、他人の死のことだけを考えていたこうした信徒たちの眼に外界の事物はどう、うつったか、明石はそこに心ひかれるのだった。自分もあの時、さまざまな物を見た。生活の中では無意味な価値のない事物があそこでは一つ一つ、大きな重さを持っていた。

『魔の山』が生き方の転換を意味するように、『満潮の時刻』も、作家としての遠藤に転換点に当たる作品であった。それは、神の不在の痕跡であり、神の背面としての悪や罪などの本質を追求してきた初期の書き方に終止符を打つと同時に、鳥や犬の眼の中でキリストの眼を見出す視点の転換を意味する。それは、「海」の水がキリストの血に、パンがキリストの体に変わる（トランス・サブスタンス）、聖体論的な転換という信仰の神秘を意味する。マンの『魔の山』の病棟における「精神錬成」に匹敵する変化が、『満潮の時刻』においても行われたのである。

そのような変化は、「病室の匂い」から「日向の匂い」への転換である。その転換が可能になったのは、手術後明石の体に残された傷跡と、自分が使っていた「マットの真中のそこだけ長湯のあとの指のように白くふやけて凹んだ部分」、そして「踏絵の中にある凹んだ部分」が一致することについて覚醒したからである。

自分の体の傷痕とベッドの凹んだ痕跡は、自分の弱さや死への恐怖の痕跡であった。そして、それが、切支丹が踏絵に残した「足跡」とオーバーラップするのである。また、彼の眼は、九官鳥の眼や犬の眼と重なり、さらにはそれらのすべてを見つめる踏絵のあの眼と重畳されることになる。「それらをじっと見ている眼がある。屋上の手すりに靠れて暮れていく街とあの窓を見ていた自分の眼、九官鳥の眼、犬の眼、それらの眼は今やっとあの踏絵のなかの凹んだ磨滅した顔の眼に重なり、とけあい、一つになっていた。そしてその眼がまさに言わんとすることは何であるか」。

また、踏絵に残された痕跡は、自分の「身がわりに」死んだ「九官鳥の糞のあと」とその匂いという痕跡とオーバーラップする。その匂いは「何を語ろうとするのか」という問いをもって、明石は長崎に行き踏絵を見たのである。

痕跡は中立的なものではない。そこには、痛み、後悔、赦しへの懇願などが含まれている。

7 他者の痕跡

遠藤は、「悪の神秘主義」という抽象的な主題から脱皮し、日常における神秘を探すことになり、その結果生まれたのが『おバカさん』という新聞小説であった。『おバカさん』の誕生には、『海と毒薬』以後の遠藤の「作風の転換」[51]がかかわっている。笠井の言う「作風の転換」とは、遠藤が座談会「神の沈黙と人間の証言」で述べたもの――「『海と毒薬』以後私の気持の中に大分変化があった」――を根拠としたもので、「罪意識が不在であるとかないとかいう形では、自分はすまされないのだ、だからこれから自分はどういうふうにそこからして行くべきかというテーマを小説で書いて行きたい」という遠藤の覚悟から推論できるものである。これは、遠藤に「ほんとうに自分が実感のあるイエス」を描き出す道に導くことになる。こうした方向転換は、『おバカさん』についての彼の自評から読み取ることができる。

私はこの村でベルナノスの『田舎司祭の日記』を再読した。〔中略〕その凡庸な、そして、私たちと同じ弱さをもった男がこの小説の終りの頁をめくり終わった時、いつか私たちの及ばぬ地点に、人生の崇高な部分を歩いていることに気がつく。それはなにか彼が特定の素晴らしい行為や死をえらんだためではない。（彼の死は私たちと同じように凡庸でみじめな外観をとっているのだから）

なにが彼をそうさせたか。なにが彼をそこまでいかせたか。

これと同じような小説がある。モウリヤックの『仔羊』だ。この主人公も頭も才能もない神学生だ。そして彼が善意で行ったことはいつも失敗に終ってしまう。彼の死は自動車にひかれるという最も詰らぬ死にかただ。それなのにこの小説の最後の頁にもやはり秋の黄昏の光のような一条の光線が私たちの眼をうつのはなぜか。

私は『おバカさん』という作品でこのベルナノスの『田舎司祭の日記』やモウリヤックの『仔羊』に描かれた主人公ともっと一般的な形で書こうとした。しかし私がそこで失敗したものがあったとしたらそれは主人公の性格や副人物の配置がまちがっていたためではない。

私は主人公の日常のありきたりの行為でないようないわゆる小説的な行為をさせすぎたからだ。

（「秋の日記」『聖書のなかの女性たち』一三六－一三八頁）

『わたしが・棄てた・女』は、日常のなかで「凡庸な、そして、私たちと同じ弱さをもった」人々を描こうとした遠藤の胸中を反映した作品である。遠藤は、この作品の執筆の意図について、次のように述べていた。

（51）笠井秋生『遠藤周作論』一三五頁。

私たち多くの人生というものは私たち小説家が時として描くような冒険や事件や英雄的行為などはない。若い人々が恋愛や結婚がどんなに素晴しいかを憬れるが、本当の結婚の動機とは〔中略〕一人の男と一人の女がデパートの食堂でお好みランチを共にたべあったことで決るような平凡さと凡庸さに充ちているのである。そして、顔を洗う。食事をする。満員電車にのる。風邪を引く。そうした凡庸な日常性を私たちは避けて通れない。『田舎司祭の日記』の主人公の生活ははじめの頁から最後の頁までこの顔を洗い、満員電車にのる私たちの生活と同じつまらぬ出来ごとに埋もれている。彼の毎日は私たちのそれと同じように、意味のない日常性にかこまれている。ところが少しずつ、眼だたず、この詰らぬ日常性の出来ごとから彼は生きはじめる。我々と同じ石ころの上、同じデコボコのわずらわしい路を歩きながら彼は聖人となる。

（同上、一三八頁）

このように、「悪の神秘主義」から「日常の聖化」への転換をもたらした「作風の転換」は、痕跡を追跡する場の「転換」を意味するものではあるが、痕跡の追跡という、探偵小説的な技法の変化ではなかった。すなわち、「凡庸な日常性」の中で遠藤が探そうとしたのは、同じ「神のミスティック」であり、それゆえ、痕跡の追跡という態度は、「凡庸な日常性」を描くにあたっても変わることではなかったのである。『おバカさん』は、たとえ遠藤が「小説的な行為をさせすぎた」と自評したが、こうした痕跡の追跡というモチーフによって物語が展開される。

『おバカさん』のテーマは、「ガストンさん、いったい何のために日本にいらっしゃったの」という、巴絵の問いと、それに対する隆盛の答えに凝縮されている。

ガストンは生きている。彼はまた青い遠い国から、この人間の悲しみを背おうためにのこのこやってくるだろう。

『おバカさん』は、「私に実感できるイエス像」を描こうとした遠藤の試みの一環であった。そうであれば、ガストンが日本に来た理由を問う巴絵の問いは、『神はなぜ人間になられたのか』(*Cur Deus Homo*) の著者のカンタベリーのアンセルムス(一〇三三‐一一〇九年)が語る、キリスト教の伝統的なテーマに他ならない。

さて、こうした神学的テーマが内蔵されている『おバカさん』も、探偵小説的な技法によって書かれた。この作品は、兄の復讐を誓って、兄の仇の跡を追跡する殺し屋遠藤と、その殺し屋を追跡するガストン、そしてそのガストンを追跡する隆盛と巴絵の物語である。しかも、ガストンを追跡するのは兄弟探偵であるという点で、これはハメットの『影なき男』に登場する夫婦探偵に似ている。

しかし、殺し屋の遠藤を追跡したガストンは、皆の友だちになる道を選ぶことによって、実は神を追跡しており、そうであれば、隆盛と巴絵が追跡したのは、そのガストンが追跡していた神なのである。

また、「ガストンさん、いったい何のために日本にいらっしゃったの」という問いは——ガストンは果たして何者なのかという問いも含めて——、ガストンが何時ももっていたサックの中にあった「物」によって答えられる。

隆盛と巴絵の見ている前で、肩はばの広いこの刑事は剣道できたえたらしい手を動かしながら、不器用にサックのひもをといた。

ツギの当ってシャツや下着、赤くさびたカミソリ、大きな首まであるジャケツやタオル——それから表紙のやぶれた歌の本と……それからシミのついた一冊のノート。

「横文字だが」刑事は困ったように言った。「あんた読めますかね」

隆盛も横文字にはあまり強い方ではない、だがこのシミのついたノートに書かれた言葉はたった二行だった。気をきかせた巴絵がフランス語の字引を持ってくる。文字はガスさんらしい下手くそなミミズのはったような字である。

「布教神学校に三度も落第した頭のわるいぼくだが……やはり日本に行きたい気持に変わりがない……」

兄弟はだまって顔を見あわせた。（5・一九〇頁）

これらのことをみるかぎり、やはり『おバカさん』が探偵小説的な技法によって書かれたものであることがわかる。それゆえ、『おバカさん』は遠藤の「イエス伝」――「ほんとうに自分が実感のあるイエス」を描いたものとして――であり、しかも探偵小説的な書き方で書かれたイエス伝である。イエスが偉大なる神の子としてこられると預言されたように、ガストンはナポレオンの後裔ではないかと期待される。しかし、イエスが生まれたのは馬小屋であり、ガストンも船の四等室に乗って日本にきた。遠藤はイエスのことを「無力なる男」（『イエスの生涯』）と呼んだが、ガストンも失敗するばかりの間抜けである。そして、イエスが自分の身をもって人々に平和を与えようとしたように、ガストンも自分の身を棄てて人の命を守った。「ガストンはどこに消えたのだろう」と呟く隆盛は、「青い空にむかって、一羽のシラサギが真白な羽をひろげながら、飛び去っていくのがうつろ目にうつった」。ガストンは「あの馬面に、間の抜けた臆病な笑いを浮かべながら」まるで直ぐ傍で言っているような気がした。

「タカモリさん、わたし行きます」

「どこへ……」

「どこでも……人間のおりますとこ、どこでも……」（5・一八六頁）

先ほど述べたように、日常における神の神秘への追跡は、『わたしが・棄てた・女』でより徹底的におこなわれる。この作品も、森田ミツに痕跡を残した吉岡の手記――「ぼくの手記」――と、ミツのことを語る「手の首のアザ」という章が交差しながら編み上げられる(52)。ミツにあらわれた「アザ」は、彼女をハンセン病患者との連帯へ導き、結果的には吉岡に痕跡を残すことになる。そして、その痕跡が吉岡をして、「神というものが本当

(52) ミツをモデルとした『わたしが・棄てた・女』にも、遠藤の「人生体験」が反映していると思われる。遠藤は大学生時代、岩下壮一師が設立した「白鳩寮」で生活したが、その岩下が院長をしたことのあるハンセン病患者施設に行ったことがある。そこで、井深八重（一八九七－一九八九年）のことについて知ることになった。後日遠藤は、自作について語るとき、井深のことを次のように述べていた。「まだ学生だった頃、御殿場の復生病院に二度ほど見舞いに行きました。〔中略〕この病院には、ご自分も同じ病気にかかられて入院されましたが、誤診とわかり、大悦びで御殿場の駅まで戻られた一人の女性がいました。彼女は、汽車に乗ろうとした瞬間、突然、頭の中を横切る声を聞きました。その声を聞いたあと、その女性は鞄をもって、再びもと来た道を病院に戻り、生涯を患者達の看護に当たられたのです。この実話を知った時、私は感動し、やがて小説家になった時も、彼女の人生を変形して小説を書きたいと思っていました。こうして生まれたのは、森田ミツという私の愛してやまない女主人公です」（5・山根道公「解題」三四五頁）。
さらに、『わたしが・棄てた・女』のミツは、フランソワーズ・パストルというこの女性をモデルにしたとの主張もある。フランソワーズは、遠藤がフランス留学中付き合い結婚まで考えていた女性であり、その後日本に来て大学で教鞭をとったこともあったが、不幸にも病に倒れ帰らぬ人となった。ジュヌヴィエーヴ・パストル「妹フランソワーズと遠藤周作」（高山鉄男訳）『三田文学』59（一九九九年）一三六－一五六頁、高山鉄男「フランソワーズのこと」『新潮』97（二〇〇〇年）一九九－二〇七頁、Sumie Okada, *Japanese Writers and the West*, Palgrave MacMillan, 2003 参照。

にあるならば、神はそうした痕跡を通して、ぼくらに話しかけるのか」（5・三三四－三三五頁）と呟くように導く。ミツは、吉岡に自分の「ツミ」（罪）を映してくれる鏡のような存在だったのである。

8　無意識に垂れた影

「痕跡の追跡」という探偵小説の構造は、遠藤の心理スリラーにも変わらず適用されている。ここでは、『悪霊の午後』『妖婦のごとく』『闇のよぶ声』について考察してみよう。

『悪霊の午後』に登場する文壇の重鎮藤綱は、「大の男をひきずる」「魔力」を発揮する南条英子を自分の秘書として採用する。しかし、藤綱は彼女の謎の多い私生活に恐れをなして解雇してしまう。それは、ひょっとすると英子に対する彼の妬みのせいだったかもしれない。その英子について、怪しい噂が聞こえてくる。彼女には秘密の部屋があり、そこに多くの男たちが出入りするという。そして、ある老画伯は彼女の前で赤ん坊のようにオムツを当てた姿になり、またある男は女装をして思い切って女のような身振りをするそうである。

作家的好奇心に動かされて、藤綱は英子の過去を探り始める。そして、彼女の仮面を一つずつ剝ぎ取るなかで、藤綱は恐ろしい事実を知ることになる。英子と付き合っていた男子生徒の中には、ある日突然自殺をした者もいたし、彼女に褒められたい一心で、本屋で本を盗み続けた者もいた。さらに、交通事故で亡くなったと言われた英子の夫も、実は車を用いて自殺したのではないか、という疑いまで浮上した。これらの男たちの中に秘かに宿っていた自殺衝動や反社会的行動への衝動に、英子は火をつけたようである。彼女の前では、世間の眼を怖れて抑圧されていたそれぞれの欲望が、はなれごまのように放出されたのである。

しかしもっと不思議なのは、英子の過去を追いかける藤綱自身も、彼女を解雇したことを後悔することだった。

日が経つにつれ英子を馘《くび》にした後悔が消えるどころか、かえって深くなっていった。彼女の姿がますますまぶたに浮かび、時々その声もきこえてくるような気がする。部屋の電話が鳴るたびに、英子からではないかといそいで受話器をあげる事がある。

遂に藤綱は英子の部屋で彼女と再会し、事の真相は英子自らの説明によって明らかになる。

わたくしたちは、ここでみんなほんとうの自分になるのですわ。社会の眼や世間への思わくをおそれてそっと抑えつけている欲望こそ、ほんとうの自分のものじゃありません？　その慾望が何かということをはっきり教えてさしあげるのがわたくしの役目。だからわたくしはこのパーティーのホステス。ここへいらした方たちはみんな自分で知らなかった心の秘密をここではのびのびと実現できるのですもの。こんな倖せなことはないと思います。

（『悪霊の午後』下、一二〇頁）

後日、文学賞の選考委員を務めていた藤綱は、ある作品を当選作として推した。橋田冬子という作家によるその作品は、どうみても自分と英子のことを書いたようだったが、「偶然の一致だろうか」と彼は平静を装った。しかし、その作家と連絡を取るのが全くできないということがわかったとき、藤綱は彼女を探す必要はないと言い切った。

おかしいかも知れませんが、私には橋田冬子という女性が我々の心のなかに存在している気がしているんです。彼女がその作品で書いたように、我々の心のなかは想像しているよりもっと深い層がある。精神分析学はそれを既に教えてくれていますがこの奥深い、暗い心の内部こそ、無意識というものでして――その無意識こそ橋田冬子なのです。だから彼女を外に追い求める必要はないでしょう。彼女は我々、一人一人の心のなかにかくれているのですから。

（同上・一九七頁）

『悪霊の午後』が文庫本として出版される際に、遠藤は小説作品としては珍しくこの作品について敷衍説明をする「まえがき」をつけた。そこで遠藤は、この作品が心理学者の「ユングの影の問題から刺激をうけて書いた」ことを明らかにした後、「この小説はある意味で私の『ジキル博士とハイド氏』である」と締めくくった。その全文をここに引用してみよう。

この小説は今まで私が書いたエンターテインメントとは非常に趣《おもむき》を異《こと》にしていると思う。新聞連載中も読者からその疑問を手紙にもらったことさえあった。

私はこの小説をユングの影の問題から刺激をうけて書いたことを率直に告白したい。我々の心の奥には世間でみせる我々の顔とは別の秘密の顔がある。それを当人さえ気づかぬこともある。その秘密の顔は無意識に抑圧《よくあつ》され、ある意味で本当の顔だが、しかしそれを表面に出すと我々は社会的に生きていけない場合もある。ユングはそれを影といった。

『ジキル博士とハイド氏』の話は有名だが、しかしそれは人間誰にも存在する命題なのだ。この小説はある意味で私の『ジキル博士とハイド氏』である。

遠藤が述べるように、『悪霊の午後』はユングの影理解から影響を受けた作品であった。実際遠藤は、心理学者の河合隼雄を通してユングの思想に触れるようになった。彼がユングの思想にどの程度関心を示したかは、遠藤が河合の『影の現象学』（一九八七年）に長文の解説を書いたことからも十分推測できる。

遠藤は、河合の『影の現象学』に付けたあとがきの中で、なぜ自分が心理学に関心を持っているかについて述べている。かなり長い引用だが、遠藤の心理小説を理解する上での一助になると思い、引用してみる。

私のように少年時のころから古い基督教の教育をうけた者には人には言えぬ悩みがつきまとっていた。その悩みは大まかに言うと、自分は二重人格者ではないかということだった。いや、二重人格者どころか、三重人格者ではあるまいかという気持がたえず、つきまとっていたのである。当時のことながら私がうけた基督教教育では、表と裏とを使いわける若者をおぞましい者と見なしていたし、当時の日本社会でも裏のある人間は陰険で、男らしくない、卑怯な男子と考えられていたのである。

私は比較的にスナオでなかったから、戦争中の日本社会の教える道徳を馬鹿にしていた。しかし、馬鹿にしていることを決して外に出してはならぬ時代だった。一方、教会で要求される「きよらかな魂」にどう努力しても至りつけぬことに本気で絶望していた。

おそらくそのころの青年は誰でもそうでだろうが、私は「生活」のために仮面をかぶっていた。周りを悲しがらせぬため教会には熱心に通い、周りの者のイメージにあわせたり、ときには自己錯覚までして神父になろうと考えたり、そのくせそういう皆から愛される自分が仮面をかぶっている偽善者だという痛烈な自己嫌悪を持ちつづけていたものだった。

仮面である以上、本面があるはずである。外づらがある以上、内づらがあるはずである。内づらとは世で言われるように家庭においてのみ見せる顔ではない。人は家庭でも妻や子にたいして仮面をかぶるのがふつうだから。ほんとうの内づらとは正宗白鳥の言った「どんな人にも、それを他人に知られるくらいなら死んだほうがマシだという顔がある」というその顔である。

それをユング学者の河合先生は影（シャドオ）という言葉で表現されている(53)。

これへの答礼として、河合は『影の現象学』が講談社学術文庫として再刊行された際に——この本はもともと一九七六年に思索社から出版された——、次のように述べている。

本書の出版にあたって、日ごろより尊敬している遠藤周作先生から解説を書いていただき、心より感謝している。先生の著作にはよく「もう一人の私」の主題が見られ、最新作の『スキャンダル』における影の問題の追究の深さには、深く感動させられた。(54)

『妖女のごとく』にも、しとやかで実力ある女医、大河内が登場する。彼女は、平素はしとやかで誠心誠意患者を世話する医者だが、不思議にも彼女の周辺には、謎のような死が続けて起こる。製薬会社で勤務する辰野は、自分の同級生で有名な食品会社の子息である柳沢から、その女医と結婚したいので身辺調査をして欲しいと頼まれる。

調査を通して辰野は、大河内がホストバーに通っており、人気ホストのモルヒネ中毒や、幼女の殺害事件に関わっているのを知ることになる。そして彼女は次第に豹変し、完全に他の人間に入れ替わるという話を偶然耳にする。彼は大河内を治療した精神科医宮沢から、彼女が多重人格という事実を知るにいたる。大河内は、中世ハンガリーの貴族エリザベー・バートレー（Elisabeth Bathory, 一五六〇－一六一四年）の化身だという。バートレーは、自分の若さと美しさを維持するために、若い少女たちの血で沐浴をしなければならないと信じ、六〇〇名以上の少女を惨殺した（バートレーは歴史上悪名高い連続殺人者として吸血鬼伝説のモデルになった人物である）。そのような殺人魔の人格が、ある瞬間に天使のような女医に急変するのである。辰野が大河内の正体に接近して、宮沢は家で落ちて死に、辰野の女友達は誘拐され命もおぼつかない立場になる。

『闇のよぶ声』の場合はどうなのか。この作品は、松本清張の『ゼロの焦点』を連想させる。『ゼロの焦点』では、連続失踪と殺人事件が起こる。事の発端は、戦後間もない米軍占領期の社会、生き残ること自体が厳しかった時代にさかのぼる。事件の「焦点」には、その時の自分の痕跡を世間の目から隠さねばならなかった不運な女たちがいる。清張は、密室で行われた謎の殺人事件の解明にフォーカスを当てた従来の推理小説から脱却して、事件の場を密室から社会という場に移した。いわば「社会派推理小説」の登場である。

しかし、失踪と殺人が行われる場は、「密室」と「社会」より深いところ、「人間の心の奥底」にある「闇」にその淵源をもつものでもある。「心の奥の魂」とは、「ふかい海の底のように」「名前もつけられぬ暗い謎のような領域」であり、「既成の常識や知識では理解することのできぬ秘密が、どんな人の心の底にも、当人さえ知らぬままかくれている」。

『闇のよぶ声』は、このような人間の心という闇の世界にメスを入れた作品である。一九六三年一二月から約六か月の間『週刊新潮』に『海の沈黙』というタイトルで連載されたものである。『海の沈黙』というと、これはヴェルコール（Vercors）という筆名で出版された『海の沈黙』（*Le Silence de la Mer*）を連想させる。ヴェルコールの本名はジャン・ブリュレル（Jean Bruller, 一九〇二－一九九一年）であり、『海の沈黙』（一九四二年）は、ドイツがフランスを占領した時代を背景とする。絶対悪と思われるドイツ軍将校は、占領軍としての暴力性と共に、教養と平和への思想の持ち主でもある。こうした二重性は、絶対的な被害者と思われるフランス人についても適用される。

（53）河合隼雄『影の現象学』講談社、一九八七年、三一一－三一二頁。
（54）同上、四頁。

ヴェルコールは、善と悪が同居する人間の二重性を告発したのである。渡辺一夫が述べているように、この作品には、「ナチ・ドイツ人に対するフランス人の深い憎悪」も描かれているが、「それより以上に、またそれよりも深く、もっと別なものに対する憎悪」も感じられる。ドイツ軍将校を愛しながらも、それを口にすることができない「私」と「私」の姪との「地獄のような沈黙」は、ついに破れてしまう時を迎える。それは、絶望の果てに死地に赴く将校に対して、姪が「さよなら」と言った瞬間のことである。この挨拶は、「彼を死地に赴かせる非人間的なもの」に対する強い憎悪であり、「非人間的なものや野蛮なものや欺瞞に対する氷りついたような憎悪」である。「沈黙の海原は、大きなうねりをはらんでいる」[55]と、渡辺はつけ加える。

精神科医の会沢のもとに、ある女性が訪れる。彼女の婚約者の樹生が神経衰弱の状態であり、その原因は、相次ぐ彼の従兄の原田と小山の失踪と関連があるのではないか、という相談をするためであった。

会沢は「探偵作家が考え出す」ような「表面的な絡繰ではなく、失踪そのものの奥にひそんでいる」「盲点」に焦点を当てる。樹生に夢の日記を書かせたり、催眠術を使ったりして、事件の解明に奔走する。そうする中で、もう一人の従兄の熊谷も家を出て行方がわからなくなり、ついに樹生までも蒸発してしまう。

闇がさらなる闇に包まれる中、会沢に一通の手紙が届く。差出人は久世豊吉、本名を羅承元《らしょうげん》と名乗る男だった。遠藤は、犯人からの手紙によって事件の真相を明らかにする手法をこの作品でも使う。

手紙によると、戦争中満州の金州というところに駐屯していた関東軍中尉の原田順吉は、部隊の糧秣をくすねて儲けて妾までかこっていた。彼は、それが発覚するのを恐れ、部隊の労働者だった久世の父に罪を被らせて殺し、母と兄まで扼殺した。

終戦後、日本に戻った久世は、手腕を発揮して事業を興すことに成功してから原田に接近した。金銭を使って原田を破産状態に陥れ自殺するよう求めたが、原田は姿を消した。

そして、次は小山に接近し、まだ生きている原田に会うつもりなら真夜中に海岸にまで来るように誘った。小山は、原田を装った久世をみて驚きのあまり岬の下に落ちてしまった。

事の真相は、久世に連れ去られた樹生が無事婚約者のもとに戻ることで解明されたかにみえた。熊谷の行方もわかったのである。「人生にたいする疲労」に悩み、黙っている海を毎日見続けていたこの男は、「遠くに消えてしまいたい衝動に駆られた」のである。

ところが、ある日原田が会沢の前に現れる。原田は、山崎という名で会沢に診察をうけたことのある、松葉杖の男その人だった。この男の足の痺れが「心の奥の苦しみ」によるものだと考えた会沢は、山崎が「監視されているような気になる」ので「年寄りの女の眼」を嫌がることを知り、さらに突っ込んだ。「あの人のことを話してください。誰にも言いません。その点は大丈夫です。安心して、山崎さん、打ち明けてください」。

精神科医に、山崎はまるで神父の前で告解をするように呟く。


「俺はやったんです。だが命令だったんです」山崎の小さな眼から泪《なみだ》がこぼれ出した。

「戦争のときだね」

「そうです。だが……」

「相手は誰?」

「満州関東州の小さな部落でした。金州というところです」

「羅……」会沢は息をのんだ。「羅という家の老婆ですな」

(55) 渡辺一夫『寛容について』筑摩書房、一九七二年、一五六–一五九頁参照。

萎えた足を引きずりながら去っていく原田。「重い荷物を背負ったように曲がっていた」彼の背中を凝視しながら、会沢は自分に言い聞かせた。

あの足は一生、治らぬだろう。自分のような精神科医ができるのはせいぜい、松葉杖を使わずにどうやら足を引きずって歩ける程度までだった。しかし、それ以上は原田の魂の問題だ。そう……熊谷が言ったように、彼は人間の心に手を入れることができても、海底のようにふかい魂の部分には無力なのだった。

9　糞尿譚とユーモアの世界

遠藤周作には、「ユーモア小説」と名付けられるジャンルの作品が多数存在する。これらの作品は、「純文学」を中心として編纂された『遠藤周作文学全集』（新潮社、二〇〇〇年）には載っていないが、講談社版の『遠藤周作文庫』には多数含まれている。『遠藤周作文庫』とは、その名の通り、遠藤という一人の作家の作品だけをシリーズとして刊行した特異な場合と言える。全五一巻からなるこのシリーズは、「純文学作品」（一二巻）、「評論、翻訳、戯曲」（六巻）、「中間小説」（二四巻）、「エッセイ・紀行」（九巻）に分類され、遠藤の色々なジャンルの作品を網羅している。載せられた作品の数でも分かるように、「中間小説」に当たる作品が最も多く、「ユーモア小説」と分類される作品も「中間小説」に含まれている。

遠藤がユーモア小説に関心を持ち始めたのは、『海と毒薬』（一九五七年）以後、彼に起こったと言われる「作風の転換」（笠井秋生）と無関係ではないであろう。この「作風の変化」とは、西欧的キリスト教と日本的霊性の間の対立という二分法的な図式を、もう一度内面から突き破ることを意味する。評論「神々と神と」以来、遠藤の文学的使命は、西欧キリスト教と日本的霊性の二項を鋭く対立させることであった。「わたしは今カトリック文学を読むとき、最も重要なことの一つは、これら異質的な作品が我々に当然にもたらす『距離感』を決して敬遠視しないこと、むしろそれとは反対に、それを意識し、それに抵抗するということから始めなければならないと書くのである」と遠藤が言った通りであろう。

ところが、このような態度は、『海と毒薬』を経て変わり始めた。遠藤は、超越的な神を知らない日本人の罪意識を、「他者の苦痛に対する無関心」から読み取った。そして、それが罪として認識されることこそ、そこに神の恵みが働いている証拠であると確認した。以後遠藤は、神の恵みの働きを人間の日常性のなかで見つけ出す方向に転換したのである。こうした「作風の転換」以後の初めての作品が『おバカさん』である。『おバカさん』は、遠藤の「中間小説」の嚆矢となる作品であると同時に、ユーモア小説にも分類できる作品である。

では「ユーモア」とは何だろうか。遠藤は「ブラック・ユーモアを排す」というエッセイの中で、ユーモアについて次のように語っている。

私は最初、人に笑われる人間になるなという言葉を書いた。しかし人を笑わせることはむつかしいものであり、それはかなりの努力と技巧がいるとも書いた。なぜなら、人間を憎しみや怒りで拒絶するのはバカでもできるが、人間を受け入れることは、やはり努力がいるからである。

ユーモアはこのような意味でフランス人モーロワが考えたように、他人を批評し諷刺する面だけあるのではない。ユーモアが本当にユーモアであるのは、それがこの人間世界のなかに愛情を導き入れる技術だからである。人間を軽蔑するところには本当のユーモアはない。ブラック・ユーモアの考え方はあまりに近代的すぎる。私はユーモアという言葉に黒いとか灰色という形容詞をつけたくない。ユーモアの根底には愛情がなければならぬと思うのだ。

（『春は馬車に乗って』三〇七頁）

また遠藤は、「笑いの文学よ、起これ」というエッセイの中で、「私は疎外された人間と人間、人間と対象世界の関係を、もう一度回復するために、文学に笑いが使われる（作用される）ことを夢見る」と主張しつつ、ユーモアの属性としての笑いが人間と人間を繋いでいることを繰り返し強調する。ユーモアは人と人を繋ぐ愛情の表れということである。

ところで遠藤の次のような言葉から、我々は他者との連帯性を追求するユーモア小説が、実はキリスト論的な根拠を持っていることを確認するようになる。「犬が笑うのをみた」というエッセイの中で、遠藤は次のように述べる。

もう一度、繰りかえすがユーモアとは自分を劣者の位置におき、優越者の力や権威を嘲ることにほかならない。

エスプリ批判はこれとは正反対である。仏蘭西語の辞書でエスプリという字を引くと「才気、機智」などという日本語が出てくるがこれは曖昧だ。エスプリはユーモアが劣等者の位置に身をおくこととは全くちがって、自分を、批判する対象より高い地点において上からスパッと相手を裁断することである。人を刺すような言葉、相手の弱点を貫く警句はすでにそれを言う者が相手より高い場所にいてこそできるのである。ユーモアは全くこれとは正反対だ。自分を劣者におくのがユーモアなのである。（『ぐうたら漫談集』八五頁）

人と人を繋ぐ愛情の表現としてのユーモアは、自分を相手方より低くし、自らを明けわたすことによって可能である。ここで、自分を「へりくだる」という意味のケノシス（kenosis, フィリピの信徒への手紙二・七）が連想されるなら、他人との連帯の可能性をもたらすユーモアは、神自身が自らを人間の位置にまでへりくだったキリストのあり方として受け取ることもできるのである。

それと同時に、自分を相手方より低いところに位置づけることの極限は、自らをすべてのものから棄てられた場に置くことである。遠藤にとって、すべてのものから棄てられながらもすべてのものを生かすものへの関心は、糞尿譚（scatology）として現れるのである。糞尿譚は、遠藤にとっては痕跡としてしか存在できないものへの讃歌である。

「初春夢の宝船」（『ユーモア小説集』）を見よう。気の弱い若手医師の山里凡太郎には、片想いをしている小百合がいる。美貌で才気煥発の彼女だが、体の中に腫瘍があることがわかり、それを切り取るために、魔法のような光線に照らされ矮小化された医師たちがカプセル化された潜水艇に乗って、彼女の体内に入ることになる。手術が成功した後、潜水艇の操作ミスで出口を間違えたため、彼女の腸に溜まっている糞と戦い、また彼女の屁に乗せられて肛門を通して外に出ることになる。彼女の屁は、医師たちが生還するために欠かせないものであった。

『ユーモア小説集』には、家の塀にあまりにも頻繁に路上放尿をされることで困っている人の話もある。「私の家の板塀がなぜ、立小便の対象になるのか」。主人公が思案の末に見つけ出した答えはこうだった。「立小便をよくかけられる家」には、「抜けたような一点」があり、「その抜けた一点があればこそ、通行人も気をゆるし、ズボンのボタンをゆるめたのだ」（「するべからず」）。立ち小便をなくすために、板塀を壊してブロック塀を作ることになるが、「私」は寂しい気持ちを抱くことになる。


大工がきて、非情な腕をふりあげ、わが板塀をバリバリとぶちこわすのを、私な二階の窓からみていました。多くの通行人がそこでさまざまな心と性格とを思わせるような音をたてた板塀はみるみるうちになくなりました。そしてその代わり、味も素っ気もないブロック塀がきずかれました。

夜なんか、妻とこたつに入りながら話すんです。

「なんとなく寂しいね、あの音のきこえなくなったのは」
本当にそうです。あれから、私たちは我が家の前で立ちどまる靴音、エヘンという咳ばらい。そしてややあって伝わってくる嫋々たる音をもう、ほとんど聞きません。先生の言われた通りです。
「ほんとに……寂しいですわ」
妻もそう、うなずくんです。

（『ユーモア小説集』一一七－一一八頁）

ここに出る「先生」は「心理学者の馬口先生」で、「私」は以前、その人の「生理的欲求と人生」を読んだことがあった。そこで馬口は、「従来の人間学は、物質欲、征服欲、愛欲、性欲についてはイヤというほど研究はしているが、生理的欲望についてはさながら『恥ずかしいもののように眼をつぶっている』しかしこれは人間を観察する上で片手落《ママ》ちではないか」と述べていたが、その話に「私」は共感したのである。さらに馬口は、自分が「生理的欲求」について関心をもつことになった理由を、「私」に説明してくれる。

その話によると、三〇年前、馬口には、密かに恋慕していた女性がおり、何回かの出会いの後、彼女にプロポーズしようとした。そして、「小生は……」と言いだしたところ、突然の尿意に襲われ、便所に駆けだしてしまい、彼女は「幻滅の表情をうかべ」帰ってしまったのである。

その愛の破れし理由はわが愛情の軽薄によるものに非ず、人格の拙劣なために非ず、勉強の未熟なるために非ず、ただ尿意さし迫るという生理的な事情のためである。

ボクにはその後、カントの『純粋理性批判』を読もうが、ヘーゲルの現象学をひもとこうが心みたなかった。人間はたった尿意というツマらぬもので、一生の伴侶を失うこともあるのである。その時、理性なんぞや。歴史なんぞや。ボクは自分が今後、勉強すべき問題はかかる抽象的な人間観ではなく、生きた、具体的なものでなければならぬと思ったのである。たった一度の尿意、しかしてそれはボクの人生と学問とを変えたのである。

（『ユーモア小説集』一一四頁）

人間によって排泄され棄てられるものが、逆に人間の生を決める。それが「具体的な人間」の現実であり、それゆえ、「抽象的な人間」ではなく「具体的な人間」を理解するためには、糞と尿についての考察は欠かせないのである。糞についての理解は、こうした転換のために必要なものである。

遠藤周作は、「狐狸庵」という名で、ユーモア溢れる「糞尿譚」を多く書いた。そして、このようなユーモアは「自分を劣者の位置におく」ことによって可能になる。言い換えれば、自分の「抜けたところ」を隠さず表に出すユーモアによって、エゴという固い鎧の中で窒息していた人々も「気をゆるし」、息を抜くことができるのである。

そうであれば、「自分を劣者の位置におく」ことで人を笑わせるユーモアには、糞と尿の類が欠かせないであろう。糞と尿ほど、人々に貶められる「劣者」に置かれるものはないからである。一例として「社会有機体説」をみても、社会は人の体に喩えられ、その社会から無用なものとして棄てられるものは、糞と尿のようなものとして忌避の対象となる。

しかし、糞と尿のような「棄てられたもの」があるからこそ、有機体はそもそも存続することができる。棄てられたものが棄てたものにいのちを与えることを、改めて糞尿譚は示してくれる。

遠藤の糞尿譚を読みながら、私たちはパウロの言葉を思い出す。パウロは「わたしたちはキリストのために愚か者となっている」し、「世の屑、すべてのものの滓とされる」と語った（コリントの信徒への手紙一、四章）。東方正教会の「聖愚者」（ユロディビー）の伝統は、「すべてを捨ててイエスに従った」（ルカによる福音書五・一一）キリスト者の生き方として、こうしたパウロの思想に由来する。[56] 遠藤の「ユーモア小説」も、「世の屑」や「すべてのものの滓」のような存在への優しい凝視として、このような信仰の伝統に通じるものであろう。

同様な内容は、『小説　身上相談』においても描かれている。この作品に登場する「狐狸庵山」は、何一つも人々の悩みを拒むことなく、相談に応じる老人である。彼は「人間の悩みに上品や下品がある」とは考えず、「人間の生活は、そういうくだらぬ悩みの集積でできている」とのことを、山人は知っているからだ。山人は、「人のため世のため無益であるもの」を自分の理想とした男であった。彼は、「チンチンのゴミ」のようになること、「来世はワラジ虫と生まれかわる」ことを夢みていた。「おチンチンについたゴミほど世にも無益であり人類にも役だたぬものはない」と思い、「チンチンゴミの会」まで結成したこともある。

社会思想家ホッブスやコント、スペンサーなどによる社会有機体説（Organismic Theory of Society）によれば、社会は一つの有機的な生命体であり、社会構成員は生命体全体を作る個々の細胞に例えられる。そうなると、犯罪、非行および貧困などは社会の病理現象として理解され、社会から棄てられるべきものとして扱われる。こうした考え方は、社会を「正常と異常」「健康と疾病」「清潔と不潔」「浄と不浄」に分ける二元論なのである。同じ論理によって、社会から排除されるべきものは身体から排泄されたものとして考えられる。それらは、糞と尿のような汚物と見なされ、忌避や嫌悪の対象となる。

遠藤が糞尿譚をユーモアの中心に位置づけたのは、このような二分法の脱構築を目指したからである。『おバカさん』のガストンや『わたしが・棄てた・女』のミツは、社会からは無用なものとして棄てられるが、社会から棄てられた存在こそ社会を生かす存在である。こうした逆説的な真理を、遠藤はユーモア小説という大衆的な方式で提示したと言える。


我はチンチンゴミを憬れるるものなり。我思うに、世界ひろしと言えど、チンチンにつきたるゴミほど、世のため、人のために無用無益なるものはなし。いかにケチなる男といえどチンチンのゴミまで惜しくみて保存する者はなからん。しかるにチンチンのゴミはチンチンにしおらしく、けなげに存在するなり。そのけなげさを思う時、我はかくあらんと思うなり。チンチンのゴミは威張ることなし、チンチンのゴミは大説をのべることなし。チンチンのゴミは他を裁かず。チンチンのゴミはおのれのみを正しと考えることなし。ああ、チンチンのゴミよ。汝に偽善なし。優越感なし。世のため、人のため一向も役にたつこともなし。我は汝のごとき生きかたをなさんと欲するなり。

（『小説　身上相談』一一一頁）

（56）Cf. John Saward, *Perfect Fools. Folly for Christ's Sake in Catholic and Orthodox Spirituality* Oxford University Press, 1980; Walter Nigg, *Der Christliche Narr* Artemis-Verlag, 1956.

第五章　探偵小説として読む『沈黙』

以上の論述から、この「痕跡の追跡」という主題こそ、遠藤文学全体の秘密だと考えることができる。そして、その主題を著わすに相応しい「技法」として、遠藤は「探偵小説の技術」を自分のものにしたのである。そうした事実を究明するために、前章までは、「痕跡の追跡」という探偵小説の基本構造が遠藤の諸作品にいかに現れているかを考察した。

本章では、遠藤の代表作と称される『沈黙』を「痕跡の追跡」という視座から読み、それによって、まさに遠藤の文学世界が「カトリック小説と探偵小説との関係」という視点に立っているという本書の主張を再度裏付けたいと思う。

歴史小説としての『沈黙』は、「歴史犯罪小説」(Historical Crime Fiction) あるいは「歴史探偵小説」というジャンルに分類することができる（本書の「はじめに」で断っておいたように、「歴史犯罪小説」という用語は、「歴史探偵小説」と置き換えても問題ないはずである）。そこには、ある歴史的な犯罪事件を素材とし、その事件の真相を解明する探偵を登場させる手法が用いられているからである。スキャッグスによると、「歴史犯罪小説」は「歴史を単に再利用したり、歴史を独占したりするのではなく、探偵小説のジャンルそのものである」(1)。そういった定義には、「探偵と歴史家の間の類似性」(2)、すなわち歴史家が歴史の史実・事実を理解することと、探偵が事件の真相を解明することの間の類似性が前提とされているのは言うまでもない。こうした「探偵と歴史家の間の類似性」という解釈学的な根本立場に従い、以後、『沈黙』を探偵小説として読み解くことにし、さらにまた『沈黙』が「切支丹屋敷役人日記」によって締めくくられる所以について論じたい。
『沈黙』を探偵小説として読もうとする際、三章で言及した江戸川乱歩の「探偵小説の面白さの条件」を参照したい。乱歩は、探偵小説が——面白い作品として——成り立つ条件として、「出発点における不可思議性、中道に於けるサスペンス、結末に意外性」をあげたが、それに照合する形で、『沈黙』を読んでみる。

一　フェレイラの棄教——「出発点における不可思議性」

『沈黙』は、「ローマの教会に一つの報告がもたらされた」（2・一八三頁）という書き出しで始まる。その「報告」の内容は、「ポルトガルのイエズス会が日本に派遣していたクリストヴァン・フェレイラ教父が長崎で『穴吊り』の拷問をうけ、棄教を誓った」というものである。

稀にみる神学的才能に恵まれ、迫害下にも上方地方に潜伏しながら宣教を続けてきた教父の手紙には、いつも不屈の信念が溢れていた。その人がいかなる事情にせよ教会を裏切るなどとは信じられないことである。教会やイエズス会の中でも、この報告は異教徒のオランダ人や日本人の作ったものか、誤報であろうと考え

（1）John Scaggs, *Crime Fiction*, Routledge, 2005, p. 4.
（2）*ibid.*, p. 122.

る者が多かった。

（同上）

フェレイラの棄教は、作品の中で発生した事件ではなく、作品が書かれる以前にすでに起こっていた事件である。こうした意味で、フェレイラの棄教は、乱歩の言う「出発点における不可思議性」（傍点引用者）である。「出発点」とは、作品によって様々な形で想定されるであろうが、少なくとも『沈黙』においては、作者と読者にとって既定事実として前提とされている。そして、すでに発生していたフェレイラの棄教は、ローマ教会の側にとって、信じ難いものとして受けとられ、波紋を起こした。なぜならば、それが、他ならぬフェレイラの棄教だからである。再び乱歩の言葉を引用するなら、そこに「出発点における不可思議性」（傍点引用者）があるのである。その「不可思議性」とは、探偵小説における「死体」が与える「衝撃」にたとえられる。探偵小説は、ある不可解な殺人事件から始まる。しかし、死体がショッキングになるのは、W・H・オーデンが「罪の牧師館――探偵小説についてのノート」で語るように、「それが死体だからというだけではなく、死体自身にとってさえショッキングなほど、場所柄にふさわしくないところで発見されたからショッキングだ、というのでなくてはならない。たとえば、犬が応接間の絨毯の上に不始末をした時のように(3)」。すなわち、フェレイラの棄教は、それが棄教だからショッキングで「不可思議性」をもつのではなく、ほかならぬ「フェレイラ」の棄教だからショッキングだったのである。「稀にみる神学的才能に恵まれ、迫害下にも上方地方に潜伏しながら宣教を続けてきた教父の手紙には、いつも不屈の信念が溢れていた」、そのフェレイラの棄教だったのである。

こうした意味で、探偵小説が伝える「衝撃」（shock）は、「極めて解釈学的」である。すなわち、「探偵が犯行の現場に着いたとき、私たちが直面するのは、死体や汚れた絨毯ではなく、熟していく不可解なもの（a ripening enigma）である。そして、「その不可解なものは嘔吐を誘発するより、解釈を促す。すなわち、意味の追跡（pursuit of meaning）が熱くなっていくのに伴い、私たちが最初に受けた衝撃はすぐ蒸発する」。要するに、探偵小説に登場する「不可解性」の塊としての「死体」は、「解釈学的態度の豊かな展示」を提供し、私たちが住んでいる世界や、その世界の中に存在する私たちの意味を問うように促すのである。[4] こうした意味で、フェレイラの棄教は、人生や信仰の意味を問うように促す「解釈学的」装置である。遠藤がよく用いる言葉で言うならば、フェレイラの棄教という事実は、私たちにフェレイラの棄教の真実を問うことを要求するのである。言い換えれば、『沈黙』におけるフェレイラの棄教は、私たちが前提としている信仰の本質を根本から問い、また揺るがせる問題として提示されているのである。

ロドリゴは、フェレイラの棄教という大事件の真相を調べるために、日本に来る。彼は、寄港地のマカオでキチジローという日本人に遭う。彼は、切支丹だったように見えるが、信頼に値する人物とは思われない。しかし、日本について何も知らないロドリゴとしては、彼を頼りにするしかなく、やがて彼を連れて日本に上陸する。ロドリゴとキチジローがともに日本——事件の現場——に登場する様子は、コナン・ドイルのホームズとワトソン、ダーシャル・ハメットの『影なき男』の夫婦探偵のニックとノラの場合を連想させる。また、『おバカさん』でガストンの行方を追う兄妹（探偵）の隆盛と巴絵の面影も浮かんでくる。

ところで、キチジローが日本に戻ってくるのは、あたかも犯人が再び「犯罪現場」に行くような衝動によるものでもある。その衝動につき動かされて、キチジローは信仰を棄てて逃げ出した日本に戻るのである。遠藤は、

（３）W・H・オーデン「罪の牧師館——探偵小説についてのノート」一〇三－一〇四頁。

（４）Trotter, David, “Fascination and Nausea: Finding Out the Hard-Boiled Way” in: *The Art of Detective Fiction*, ed. by Warren Chernaik, Martin Swales and Robert Vilain, MacMillan Press Ltd, 2000, p. 21.

『沈黙』執筆の背景について述懐する中で、キチジローについて次のように述べるが、これを読むかぎり、『沈黙』には探偵小説的なモチーフが働いていたことがくっきりと浮かんでくる。

もう一人の人物キチジローについてだが、彼は『沈黙』の冒頭、マカオからロドリゴの案内役として日本へ帰ってくる。私がキチジローを日本に置かず、マカオから戻ってくるという設定にしたのは、ひとつには私のなかに、聖フランシスコ・ザビエルがゴヤから来るときに日本人を連れてやってきたという事実があったからだろう。当時、ゴヤやマニラにはたくさんの日本人がいた。だが、キチジローのように、自分が恐がっている日本へもういちど戻ってくるというのは、じつは大事な部分なのであり、小説の後半でもキチジローは捕えられたロドリゴのもと（牢屋）へ再び戻ってくるのである。

日本の批評家たちはほとんど分かってくれなかったことだが、聖書のなかに弟子のペテロがイエスの捕えられたカヤパの官邸に行く場面がある。そこへ自分が行くとは非常に危険をともなうことであるにもかかわらず、ペテロは出かけていった。そしてそこで聞いたださされ、

「イエスなど知らぬ」

と鶏が三度鳴くごとに否む。危険を承知でそこへ出かけたくせに、いざとなると信念を覆してしまう。そういう人物としてペテロは描かれているのだが、実はキチジローも同じ形として私は描いたのだ。

つまり、人間とはそういうものなのだ。逃げだすけれども、また戻ってくる。ドストエフスキーの小説に、殺人を犯したラスコーリニコフが犯罪現場へまた戻ってくる場面があるが、それもやはり同じである。単なる好奇心からではなく、心の補償作用として行く。キチジローが自分の怖れている日本へ戻ってきたのも、やはり彼が心のなかで何かを求めていたからである。のちにロドリゴのもとへまた戻ってくるように、自分が裏切りを行いながらもあえて危険な場所へ戻ってくるという矛盾した心情のひとつの伏線として、私は

『沈黙』の最初にキチジローの日本への帰り方を置いたのである。

（『沈黙の声』六〇－六二頁、傍点引用者）

二　井上筑後守とロドリゴ――「中道に於けるサスペンス」

すでに前章までの議論で明らかになったように、『沈黙』の物語が展開されるに当たっても、追跡する者と追跡される者の間の緊張関係が中枢になっている。追跡する者の代表は長崎奉行の井上筑後守であり、追跡される者は言うまでもなくロドリゴである。井上とロドリゴは、それぞれ「探偵」と「犯人」の関係に置かれている。しかし『沈黙』においては、探偵小説における「探偵」と「犯人」の関係が複層的であり、伏線的でもある。というのは、フェレイラの棄教という「犯罪」を犯したのは、実は井上であり、ロドリゴではないからである。むしろロドリゴこそ、井上の（犯罪）行為によって起こったフェレイラの棄教の真相を捜す探偵である。そのような視点で『沈黙』を読むと、井上とロドリゴは、追跡する者と追跡される者の役割を相互に担っていることがわかる。井上は宣教師のロドリゴを追跡する者ではあると同時に、彼は、自分の（犯罪）行為の真相を捜す探偵ロドリゴに追跡される者でもある。しかしながら、フェレイラの棄教という（犯罪）行為の真相を捜し求めるロドリゴは、現実においては奉行井上に追跡される者である。

ここで、探偵と犯人の関係は探偵小説の歴史とともに変遷してきたということを思い出してほしい。すでに言及したように、遠藤はハードボイルドを耽読していたが、ハードボイルドにおいては、謎解き流の探偵小説とは異なり、「殺人者が探偵の複製《レプリカ》であり一種の裏返しの探偵である」(5)という事情がある。

探偵を殺人者の複製《レプリカ》、裏返しの犯人にすることも同じくらい簡単である。第一の場合、論理が物語のすべての部分をとらえている。第二の場合、作品を支配するのは暴力であり、自分が追跡する人びととほとんど同じ環境に育った探偵というものを実際に想定してみよう。彼は彼らと同じようにしゃべり、同じような服装をして同じように粗野であり、要するに安い報酬で体を張って生きることを選んだ男である(6)。

しかし、このような探偵の姿が変わることによって、探偵小説は「今までの謎解き小説とは別のタイプのものになる」のである。「探偵は一種の使用人、『私立探偵』となり、もやはアマチュアでも管理人でもないのである。以後彼は、いつも不満ばかり並べ、しかも急いでいる依頼人のために能率給で働くことになる。したがって、書斎に閉じ込もり、はっきりしない証拠を暇にまかせて検討することなど彼にはもう不可能である。彼は決闘の場におもむき、危険に身をさらし、殴ったりしなければならない(7)」。それゆえ、ハードボイルドにおいては、犯罪行為の謎を解き、「犯人を見つけるのはさほど重要なことではない。むしろ、犯人を窮地に追いこむか、もしくはハメットのお気に入りの表現にしたがえば『だしぬく』かして、それから犯人を無力化することに重きがおかれている(8)」。

フェレイラの棄教の真相を調べるために来日したロドリゴは、事件の真相を追跡するが、自分が追跡されるものであることをすでに承知している。それゆえ、犯人を見つけ出すということは、最初から問題にもしていない。フェレイラの跡を追跡するロドリゴと、そのロドリゴを追跡する者たちの間の緊迫した場面は、ロドリゴが踏絵の前に立たされる場面でクライマックスに達する。

こうしたハードボイルドの状況とは少し異なる意味ではあるが、『沈黙』においても井上とロドリゴの関係は特殊である。すなわち、彼らはそれぞれが相手のドッペルゲンガー（Doppelgänager）という関係に置かれている。遠藤も書いたように、「探偵の推理するのは、事件の経過だけではない。彼は亦犯人たちの心理過程を推理する」

（『作家の日記』一九五二年三月三一日付の日記）。以下のような遠藤の述懐は、こうした主張を支えてくれる。

だが考えてみれば、外国と日本のその距離感こそ私の書きたかったことだとも言える。つまり、それが小説の最後で井上筑後守がロドリゴに向かって語る言葉なのである。

井上筑後守はいちどキリスト教徒になり、そしてキリスト教を棄てた男だった。しかも彼は大インテリであり、戦を経験せずに大名になった、徳川時代最初の官僚だった。おそらく彼ほどの優秀な頭脳を持った男なら、自分がキリスト教徒になるときも棄てるときもいろいろ考えたはずである。だからこそ最後に彼はロドリゴに向かって言う。おまえは日本という泥沼に敗れたのだ。この国は切支丹の教えにはむかない。切支丹の教えは根をおろさない。日本とはそうした国だ。どうにもならない……

これは井上筑後守が相手に対して同情しつつ言っている言葉である。外国人宣教師たちがいくら頑張っても、表面的なキリスト教なら日本に植えつけることができるが、キリスト教の背後にある本質的なものを育てることができない。

（『沈黙の声』七四－七五頁）

そうであれば、井上の執拗な追跡は、すでに転んだ者が生き残るために取る方法であったかもしれない。転んだ者には、二つの道があるであろう。後悔のなかで生涯を送るか、それとも自分の過去を徹底的に否定し、それ

（5）ポワロ＝ナルスジャック『探偵小説』九三頁。
（6）同上、九三－九四頁。
（7）同上、九四頁。
（8）アンドレ・ヴァノンシニ『ミステリ文学』七三頁。

を証明するためにも、迫害する側の手先になり、より徹底的に信者を迫害する、という道である。井上が選んだのは、後者だったのであろう。井上の胸中には、「転び者、裏切者の殉教者にたいする言いようのないコンプレックス」、すなわち「羨望と嫉妬と憎悪」（『沈黙の声』二八頁）が動いていたかもしれないのである。こうしたことは、遠藤周作文学記念館所蔵資料の一九五三年の日記――『われら此処より遠きものへ』執筆当時の日記――から推定することができる。

小説駄目なり。此処に描かうとしたもの背教者　党の裏切者等の humiliation（屈辱）と彼がかつて appartenir（所属）していたもの（党　教会　……）への l' haine（憎悪、あるいは憎しみ）。Jacques Madoule（ジャック・マドール）はその G. Green（G・グリーン［グレアム・グリーン］）論のなかで La haine nait de l' humiliation（憎しみは屈辱から生まれる。）

そうであれば、棄教者井上の「憎しみ」は、自分の信仰を棄ててしまったという「屈辱」からくるのであろう。遠藤は「キチジローが見せる裏切り」について次のように述べたが、この箇所は、「日本人のインテリ」のはしりとして井上にも該当すると受け取っても支障はあるまい。

かつて私の一世代うえに、左翼運動に身を投じつつも党から離れていった人びとがいた。すると彼らは自分の存在価値を証明するために、所属していた党を徹底的に憎むか、真っ向から否定しようとするか、あるいは最後まで党にこだわってウシロめたさを憶えながら生きるか、いずれかの道をとったのだ。つまりキチジローは、私の前の世代をふくめた日本人のインテリのひとつの現われのような気がするのである。

（『沈黙の声』六二―六三頁）

こうした点で、『沈黙』には、第二章で言及したアーサー・ケストラーの『ゼロと無限』のモチーフも入っていると思われる。この作品は、スターリン体制のもとで、体制に批判的な人びとが逮捕され、拷問を受けながら転向を強いられる様子を描いたもので、主人公ルバショフは、牢屋の中で処刑されてしまう。

さて、井上とロドリゴは互いに追跡する者と追跡される者の関係にあるが、その相互の追跡が行われる場は遠藤の内面である。こうしたことは、遠藤が『沈黙』を通して、彼の生涯のテーマ、西欧のキリスト教と日本の精神的風土の間の距離を乗り越える課題を成し遂げようとしたということからも明確である。遠藤は、『沈黙の声』の中の「登場人物と私の関係」という項目で、次のように述べる。

小説家は、自分のなかのいろいろな人格をそれぞれ独立させて、それを作中人物として描いていく。『沈黙』について言えば、フェレイラもキチジローもロドリゴも私であり、井上筑後守も私なのである。つまり私のなかで共存しているものを作中人物として独立させて描いていく。当然ながら登場人物同士の関連性は強い。

長崎の街を私が歩きはじめたとき、それらの登場人物たちはまだ名前を持たなかった。しかしつねに彼らは私の心のなかで互いに問答をしていた。その問答している一人一人を具体的な人物に描くのが小説という作業である。

ほかの小説家の場合もおそらく同じで、「他人を書く」のはよほどの才能のある小説家でないかぎり出来るものではない。自分とまったく違う他人を書くなど不可能に近いと私は思っている。

（『沈黙の声』五八－五九頁）

このように、井上とロドリゴが互いに追撃する場は、遠藤の内面の信仰という場所である。こうした事実を象徴的に示すのが、追撃されるロドリゴが草原を徘徊する場面であろう。この場面は、実は遠藤が「一番ぼくを感動させている」と言った、グレアム・グリーンの『内なる私』を連想させる。『作家の日記』では、遠藤が留学中、グリーンに受けた感動が窺われる。

グレアム・グリーンの『内なる私』を読み始む。最初のアンドリューズが森の中を恐怖においつめられて逃げる書き出しは非常にうまいと思った。（一九五一年一二月七日）

（15・一五九頁）

グリーンの小説の中で、『内なる私』は一番ぼくを感動させている。つまり、デュアメルの『サラバンの日記』を読んだ時の感動と似たものが……弱い者が、その弱さにかまけながら次第に崇高なものになっていく姿勢、それこそ、ぼくが描こうと思っていて、とり出す事の出来なかったものがそこにあると思われる。（一九五一年一二月九日）

（15・一六〇頁）

グリーンの『内なる私』（*The Man Within*）は、アンドリューズという「弱い者が、その弱さにかまけながら次第に崇高なものになっていく」物語である。密輸業者の主人公アンドリューズは、同僚たちを警察に密告する。同僚たちの何人かは逮捕され、アンドリューズは彼らに追跡される者になる。彼は途中でエリザベスという女性に会い、逮捕された旧同僚たちの裁判で証言するよう勧められる。アンドリューズはその勧告に従い証言しようとするが、怖くて再び逃げようとする。しかし、検事の女に誘惑され、彼女と肉体的関係を持つ代わりに証言を行う。証言の後アンドリューズは、今度はエリザベスが旧同僚たちの復讐の的になったことがわかる。躊躇の末、彼はエリザベスにこの事実を告げるために彼女の下に戻るが、彼女は殺されてしまう。アンドリューズは、危機に直面するたびに、もう一人の自分の声が自分の中から聞こえてくるのを経験する。『内なる私』において「弱い者が、その弱さにかまけながら次第に崇高なものになっていく姿勢」は、アンドリューズともう一人のアンドリューズとの闘いの場で行われたのである。

遠藤が「『内なる私』は一番ぼくを感動させている」と言ったのは、それが『沈黙』の主題としての弱い者の救いと、「弱い者が、その弱さにかまけながら次第に崇高なものになっていく姿勢」と、相通じるからである。『沈黙』のキチジローも、何度も踏絵を踏んでしまうが、依然として信仰を持ちつづけたことが描かれているからである。

遠藤は、『内なる私』の「最初のアンドリューズが森の中を恐怖においつめられて逃げる書き出しは非常にうまいと思った」と日記に書き残したが、実際、『沈黙』でロドリゴが山中を逃げまわるところの描写——この部分はロドリゴの書簡である——と、『内なる私』の書き出しの部分を比較してみれば、『内なる私』では静まった草原がかえって作品の緊迫性を増していくのがわかる。しかし、描写の類似性への判断はともかく、アンドリューズとロドリゴの徘徊の風景は、両者の心のなかで行われる追跡の心象と重なるものである。『内なる私』は、「私の中の、もう一つの私は、私に対して怒っている」（サー・トマス・ブラウン）というエピグラフがついているように、アンドリューズの中でアンドリューズと「もうひとりの自分」との追跡である。

　彼の頭脳のなかの恐怖は、道は危険だぞ、と彼に言いきかせた。彼は小声で、「危険だぞ、危険だぞ」と言ってみた。すると、脇の小道を、彼を追跡してくる、もう一人の男こそ小声で物を言わなくちゃならぬのだということを思い出したので、急に恐ろしくなって、生垣をかき分けながら横切った。(9)

ロドリゴも、山中を逃げまわっていた時、「一人の男」に会うことになる。そして、自分の顔とその「一人の男」が重なり合うことを経験する。笠井は、『沈黙』のテーマについて言及する際に、遠藤が「異邦人の苦悩」で語った言葉を引用する。(10) そこで遠藤は、『沈黙』の主題が「キリストの顔の変容」にあると述べているのである。

午後、僅かながら空が晴れました。空は地面にのこっている水溜りにその碧色と白い小さな雲とをうつす。私はしゃがみ、汗にぬれた首をぬらすためにその白い雲を手でかきまわす。と雲は失せ、その代りに一人の男の顔が——疲れ凹んだ顔がそこに浮かんできました。なぜ、私はこういう時、別の男の顔を思うのか。十字架にかけられたその人の顔は幾世紀もの間、多くの画家の手で描かれつづけてきた。現実にその人を誰も見たわけではないのに画家たちは人間のすべての祈りや夢をこめて、その顔をもっとも美しく、もっとも聖らかに表わしました。おそらく彼の本当の顔は、それ以上に気高かったに違いありません。だが今、雨水にうつるのは泥と髭とでうすぎたなく汚れ、そして不安と疲労とですっかり歪んでいる追いつめられた男の顔でした。人間はそんな時、不意に笑いの衝動にかられるのだということを御存知でしょうか。水に顔をさしのべ、まるで頭のおかしな人間のように唇をまげたり、眼をむいたりして、おどけた表情を幾度も作りました。

（2・二二二—二二三頁）

ここで、ロドリゴの顔は、「一人の男」の顔と重なる。「神秘的な一致」(*unio mystica*)とも言えるこの瞬間は、キリストがロドリゴの「同伴者」となり、ロドリゴと一緒に追跡されていることを示す。ロドリゴは、井上に追跡される身であったが、実際に追跡されていたのは、草原で遭ったその「一人の男」である。そうであれば、井上が追跡していたのも、この「一人の男」である。さらに考えてみれば、ロドリゴも井上もともに、この「一人の男」に追跡されているのかもしれない。

こうした心理的プロセスについての関心は、遠藤がピーター・シエーネの『イヌを笑うか』を読んで、「色々教えられる所があった」と書いたことを思い出させる。遠藤は、『作家の日記』(一九五二年三月三一日付の日記)で、「もし、これらの〈想像、推理〉を、探偵小説的表面性にとどめず、もっとふかい人間心理(特に精神分析学的方法などをもちいて)にまで止揚したならば、必ず面白い作品が出来るに違いない」と書いているが、まさに『沈黙』こそ、事件の経過よりもその事件に巻き込まれた人間心理のほうにクローズアップされている。

また、遠藤がハメットの『ガラスの鍵』を読んでからも、「『ガラスの鍵』では、もう少し、各登場人物への疑惑を行動よりは心理的に絡みあわせている。しかし、それだからといってこれは探偵小説である」(一九五二年二月一一日)と評価しているのである。

このように、乱歩がグレアム・グリーンを「心理的スリル派」に分類したことを援用して言うならば、『沈黙』は「宗教的スリラー」(religious thriller)として読むことができることがわかる。乱歩は、グリーンの『密使』と『ブライトン・ロック』を「心理的スリラー」[11]に分類したが、遠藤においても、グリーンの作品全体を貫く書き方としての「スリラー・パターン」が働いているのである。例えば、『クリスチャン・サイエンス・モニター』(*The Christian Science Monitor*)は、「一月のベスト・ブックス」(二〇一六年一月一三日の記事)として遠藤の『沈黙』を挙げ、次のように紹介している。

---

(9)グレアム・グリーン『内なる私』(グレアム・グリーン選集1、瀬尾裕訳)早川書房、一九七〇年、七頁。
(10)笠井秋生、前掲書、一五五頁。
(11)『幻影城』八八頁。

この作品は、日本の作家遠藤周作が一九六六年に出版したもので、政治的なスリラーと宗教的なアレゴリーの間の不思議で強力な混種（hybrid）である。この作品は、悪夢的な奇襲のサスペンス、弱い連帯、追跡（*persuit*）、そして逮捕をもって構成されているが、真実のドラマは内面的であり、霊的なものである。現在この本は、英語翻訳として新版が出ており、二〇一六年に上映されたマーティン・スコセッシの映画と同時に出版された。[12]

このように、『沈黙』は、信仰者が神との「神秘的一致」に至るために通過しなければならない「暗い夜」であろう。

三　最後の切支丹司祭——「結末の意外性」

短く言うならば、私は、遠藤の中で、フィリピの信徒への手紙が語るケノシス（*kenosis*）を見る。そこで、イエスは自らを無化して、奴隷の形をとり、死ぬまで従順であり、しかも十字架で死ぬまで従順であった。私は、遠藤の中で、十字架の聖ヨハネの「魂の暗い夜」を見ており、「無知の雲」における「全てと無」をみる。いま私は、遠藤がいつも、自分自身を無化した弱いイエスに焦点を当てていることがわかる。そして、遠藤は、いつも自分の罪を認識しており、また自分は踏絵を踏んでしまうと認める。しかしながら、彼は自分がイエスに従っていると考えている。弱さの栄光化こそ彼の作品の核心部分である。[13]

そして、最後に、乱歩の言う「結末の意外性」はどうであろうか。それは、何よりも、井上に逮捕されたロドリゴが踏絵の前に立たされた場面であろう。そこでドラマチックな反転が行われる。追跡された末ロドリゴが捕まり、また踏絵を踏むように強いられたことは、驚くべきことではない。そして、ロドリゴが踏絵に足を置いたことも――フェレイラの場合から推論してみても――、ある程度想像できることでもあろう。驚くべきところは、踏絵の前まで追いつめられたロドリゴが、「踏むがいい」という、キリストの声を聞くところにある。そして、踏絵を踏んだロドリゴは、今度はキチジローの告悔を聞く場面に、真の驚き――乱歩の言う「結末の意外性」――がある。

「この国にはもう、お前の告悔をきくパードレがいないなら、この私が唱えよう。すべての告悔の終りに言う祈りを。……安心して行きなさい」　（2・三三五頁）

告悔が終わってから、ロドリゴが、「聖職者しか与えることのできぬ秘蹟をあの男に与えた」自分の行為が「冒瀆の行為」であると非難されるとのことは承知の上で、「自分は彼等を裏切ってもあの人を決して裏切ってはいない」と自分に言い聞かせる。そして、踏絵を踏むという怖ろしい行為の中に隠されていた信仰の意味が、ロドリゴには啓示のような形で知らされる。

（12）https://www.csmonitor.com/Books/2016/0113/10-best-books-of-January-the-Monitor-s-picks/The-Silence-by-Shusaku-Endo（二〇一八年二月五日閲覧、傍点引用者）.

（13）William Johnston, *Mystical Journey. An Autobiography*, Orbis Books, 2006, p.108-109.

今までとはもっと違った形であの人を愛している。私がその愛を知るためには、今日までのすべてが必要だったのだ。私はこの国で今でも最後の切支丹司祭なのだ。そしてあの人は沈黙していたのではなかった。たとえあの人は沈黙していたとしても、私の今日までの人生があの人について語っていた。（2・三二五頁）

この啓示の瞬間こそ、フェレイラの棄教の真相を捜してきたロドリゴが見つけた、事件の真相の核心が明らかになる瞬間である。すなわち、フェレイラの棄教に隠されていた問題は、誰が誰に踏絵を踏ませたのか、なぜ踏絵を踏んだのか、という表面的な問題——探偵小説の主なテーマとしての「誰がやったのか」（Whodunit）の問題——ではないということが、ロドリゴが受けた啓示のような悟りによって明らかになったのである。この瞬間は、ロドリゴが探してきた事件の真相が露わになる瞬間である。

さて、ここで指摘したいのは、事件の真相が探偵（＝ロドリゴ）の説明によって明らかになっているという点である。このような手法は、すでに遠藤が『作家の日記』で書いたものであった。すでに一章二節で言及したように、一九五二年三月二一日付の日記で、遠藤はブルノ・フィッシャーの『サ・ト・ラ・クープ』を読んで、「二月一一日にかいた、ぼくの探偵小説の方法」を求めていると書いたが、ここで言う「二月一一日にかいた、ぼくの探偵小説の方法」とは、遠藤がハメットの『ガラスの鍵』を読んだ後に記した覚書きのことである。そこで遠藤は、自分が探す探偵小説の方法としては、読者に推理を托すのではなく、「最後の大団円まで推理して来たものを一切捨てて……ハメット〔『ガラスの鍵』の探偵〕の勝手な説明を受け入れねばならない」ことをあげている。要するに、遠藤が自分のものにしたかった探偵小説の方法とは——古典的な謎解きの探偵小説のように——読者に推理の悦びを与えるものではない。むしろ、探偵と犯人の追跡のプロセスを通して、人間の本質が露わになることを、遠藤は探偵小説の典型として認めたのである。「最後の大団円まで推理して来たものを一切捨てて……

エッド（＝『ガラスの鍵』の探偵）の勝手な説明を受け入れねばならぬ」というのは、読者の予想が覆され、真の意味での「メシア的反転」が訪れることを意味するのである。

こうしたことは、若き遠藤がフランス留学中グレアム・グリーンや英米の探偵小説から学んだことを書き残した『作家の日記』についての考察を必要とする。とりわけ、遠藤が「二十八日の計画」に従ってハメットの『見つからないもの』（影なき男）を読んだ日（一九五二年二月三日）の日記に再度注目すべきである。その日記で遠藤は、ハメットの小説が「着想は面白い」が、「その発見へのみちびき方が、最後まで不秩序で、最後にニックの説明によってわかるので全くあっけない」（15・一七三頁、傍点引用者）。

同様の事柄は、ハメットの『ガラスの鍵』について記した遠藤の日記（一九五二年二月一一日付）にも登場する。遠藤は、『ガラスの鍵』が探偵小説である所以の一つとして、「真の犯人は全く意外な人物であるが（被害者の父親）、それは、この本の大半を埋める、各疑惑から全く離れていていかなる手がかりも読者にあたえられてない」という点をあげている。しかも、「読者は、探偵ネッドの説明以外には父親が何故犯人だったかを知る事は許されぬ」という点を指摘した上で、「ぼくはこの小説を探偵小説とする」と結論づけている（『作家の日記』15・一七四―一七五頁、傍点引用者）。作品の結末が、犯人もしくはその犯人を追跡してきた探偵の「説明によってわかる」という手法は、遠藤の作品のいたる所で用いられていたからである。

遠藤が『沈黙』で描きだそうとしたのは、井上やロドリゴを通して明らかになる人間の本質であり、そのような人間の本質を究明するために欠かせない、信仰の本質の究明であった。

反転はそれだけではない。ロドリゴが逮捕されてからは、井上が追跡される者になる。『沈黙』の大団円の部分の「切支丹屋敷役人日記」においてこそ、そのようなさらなる反転が行われる。「切支丹屋敷役人日記」において、「先にいる多くの者が後になり、後にいる多くの者が先になる」（マルコによる福音書一〇・三一）というような反転を読み取ることができる。ここで井上はロドリゴに追跡される者になる。彼は、ロドリゴが信仰を棄てたことを絶えず証明せざるを得なくなったのである。外見では、井上は依然として追跡する側にあるように見えるが、内実は正反対である。井上は、キチジローとロドリゴが信仰を捨てたことを確認しなければならない状況に追い込まれてしまったのである。そのような井上の焦燥感について知ることは、なぜ『沈黙』が「切支丹屋敷役人日記」によって締めくくられたのかについて論じる、一つの理由でもある。

遠藤は、「切支丹屋敷役人日記」中でロドリゴについて次のように書いている。

「正月廿日より二月八日迄岡田三右衛門儀、宗門の書物相認め申し候様に遠江守申付けられ候」

（2・三二六頁）

これについて、遠藤は、評論家の三好行雄との対談「文学——弱者の論理」において、次のように述べる。

この「書物」というのは、だいたい原本がございまして、それを多少変えたわけですから——「書物」というのを私の『沈黙』英訳本なんかのを見ましても、「ブック」と訳している。「ライト・ア・ブック」というふうに。私、ブックのつもりではなかったのです。これは、「誓約書」という意味だったのです。誓約書というのはもう一度、拷問にかけられて、また「私は転びます」といった誓約書です。しかし拷問にかけられたというのは、「私はやっぱりキリスト教徒です」ということを宣言したためです。「私はけっして棄てたのではない」と言ったために拷問にかけられたんです。私はこの誓約書をかかされたということを、この「書物」という、「書き物」ということばで暗示しておったんです。[14]

『沈黙』の読者は、ロドリゴが踏絵を踏むことによって、井上とロドリゴの間の追跡は結末を迎えたと思うであろう。井上自身もそう考えたかもしれない。しかし、踏絵を踏むことによって新しい信仰のあり方が生まれたことを、「切支丹屋敷役人日記」の「書物」は暗示するのである。

四　なぜ『沈黙』は「切支丹屋敷役人日記」で締めくくられたのか

『沈黙』は、「切支丹屋敷役人日記」（以下「役人日記」と略記する）によって締めくくられている。そして、この「役人日記」の前には、「長崎出島オランダ商館員ヨナセンの日記より」という、もう一つの「日記」が置かれている。[15] 日本に派遣された宣教師ロドリゴの足跡を描いた『沈黙』は、彼について証言をする二つの「日記」、すなわち欧米人の日記と日本人の日記という、二つの歴史的な文書によって幕を下ろしているのである。

それゆえ、「役人日記」は『沈黙』の「付録」のような印象を読者に与えるであろう。実際に、『沈黙』の英語訳にもドイツ語訳にも、「役人日記」に「付録」という意味の「Appendix」や「Anhang」というタイトルがそれぞれつけてある。[16]

（14）遠藤周作・三好行雄、前掲書、二五〇頁。
（15）以下の論述の多くの部分には、拙稿「『痕跡』の文学」――遠藤周作の文学世界を理解するために」『遠藤周作研究』10（二〇一七年）（四一）－（五四）頁からの転載が含まれている。
（16）Shusaku Endo, *Silence* tr.by William Johnston, Sophia University Press in cooperation with The Charles E. Tuttle Company, 1969, p. 299; *Schweigen* (übersetzt von Ruth Linhart) Septime, 1969, S. 281.

「役人日記」は、遠藤が『沈黙』の初版本の「あとがき」で明記したように、『続々群書類従』の中にある『査祆余録』から「抜粋し、書きなおす」形で書かれたものであって、長編小説『沈黙』の大団円の幕を下ろす結末ともいえる部分である。このことは、「役人日記」が単なる「資料」の添付や引用ではなく、あくまでも遠藤が特定の意図のもとで書き足した創作であることの証左である。

また第九章中の「長崎出島オランダ商館員ヨナセンの日記」は村上博士訳『オランダ商館日記』から、「切支丹屋敷役人日記」は『続々群書類従』の中にある『査祆余録』から抜粋し、書きなおしたことを附記しておく。

ところが、作者自らも言及しているように、この「役人日記」はあまり読者や評論家の注目を引いてこなかった。遠藤は、この「役人日記」が話題になるたびに、その部分が読み落とされていることに繰り返し、ある種の不満を述べていた。たとえば、すでに引用した三好行雄との対談の中で、遠藤は「神の沈黙」をめぐる話が進む中で、再び「役人日記」について触れている。『沈黙』の主題をめぐり『神』は依然として、沈黙しているわけですね」という三好の主張に続いて、遠藤と三好が交わす会話の部分をみよう。

遠藤　いや、私はそうじゃなく、「神は語っている」ということを書きたかったわけです。
三好　「語る」のは、イエス……踏絵を通して……最後に。
遠藤　はい、最後の段です。二行……「たとえあの人は沈黙していたとしても、私の今日までの人生があの人について語っていた」。と、それから最後に「切支丹屋敷役人日記」というのがございます。自分としてはあそこも大切なんです。ところがたいていの読者は「切支丹屋敷役人日記」の前のところで、もうこの

小説を読むのをおやめになってしまうんです。(17)
（傍点引用者）

さて、右の遠藤と三好の会話から、遠藤にとって、あるいは、遠藤の文学世界を理解するにあたって、改めてこの「役人日記」が極めて重要な意味を持っていることがわかる。「役人日記」の直前、すなわち、普段読者が『沈黙』を読むのをやめるといわれるところには、ロドリゴの次のような独白が記されている。

自分は彼等を裏切ってもあの人を決して裏切ってはいない。今までとはもっと違った形であの人を愛している。私がその愛を知るためには、今日までのすべてが必要だったのだ。私はこの国で今でも最後の切支丹司祭なのだ。そしてあの人は沈黙していたのではなかった。たとえあの人は沈黙していたとしても、私の今日までの人生があの人について語っていた。
（2・三三五頁）

ロドリゴが語るように、「今日までの人生が神について語ってきた」とするならば、つまり、彼の来日、宣教活動、逮捕、そして踏絵を踏むに至ったロドリゴの人生が、「神について語ってきた」とするならば、ロドリゴの転んだ後の人生も、相変わらず「神について語っている」はずであろう。そして、転んだ後のロドリゴの人生について語るのが、ほかならぬ「役人日記」なのである。評論家の武田友寿が「神の沈黙」というテーマに関連して指摘するとおりである。

（17）遠藤周作・三好行雄、前掲書、二五〇頁。

それ〔神の沈黙というテーマ〕は、神は沈黙しているのではなく、「神の沈黙」に絶望した人間のその後の人生を通して語っているのではないか、という神の答えの暗示なのだ。『沈黙』の終わりに付された「切支丹屋敷役人日記」に記録されたロドリゴの三十年後の死がそれを示している。評者はしばしば、読者がこの部分を読み落としていることを指摘して、『沈黙』の主題の隠されていることを強調するが、たしかにこの、結末を読み落としては「神の沈黙」の真の意味は見えてこないというべきである。(18)

しかしながら、上記の対談で三好が指摘したように、「『役人日記』は活字のポイントも落として組まれて」いるし、「候文」になっているため、「役人日記」が読み落とされたのは、ある意味でやむを得なかったとも言える。遠藤自らも、こうした点を認めるような発言もしている。たとえば、遠藤が世を去る四年前の一九九二年に刊行された『沈黙の声』――この本は『沈黙』が執筆されるまでの経緯やその背景、そして、それが出版されて彼の読者や評論家の反応について遠藤の所懐を述べたものである――の中で次のように語るところでも明らかになる。

しかし正直なところ『沈黙』のなかでいままでも気になっているのは、最後の「切支丹屋敷役人日記」の章である。資料の文章をそのまま使ったため、解りにくくなってしまった。やはり現代語訳にして書いたほうが誤解もすくなくてすんだろうと思っている。

(『沈黙の声』八八頁)

さて、『沈黙の声』の中で遠藤が『沈黙』の執筆の経緯について述懐するところによると、「役人日記」の内容、つまり、転んだ後のロドリゴの「後半生」を題材とする作品が「『沈黙』の続編」として構想されていた。

ロドリゴのモデルにしたジョゼフ・キャラについては、のちに彼が講談社ちかくの切支丹屋敷に送られ、そこで二人の男女が召使いとして使われたという記録も残っている。実はそのころ私は『沈黙』の続編としてキャラの後半生を別の小説に書く可能性を持っていたいと思っていた。そしてそれを書くときはおそらくフィクションで構築していくだろうと思ったので、『沈黙』ではあえてロドリゴという仮名に変えた。

（『沈黙の声』五九頁、傍点引用者）

言い換えれば、転ぶまでのロドリゴの「前半生」を内容とする『沈黙』は、転んだ後のロドリゴの「後半生」を念頭に置きながら執筆されたのである。それゆえ、ある意味では、ロドリゴの「後半生」は彼の「前半生」を理解するための前提になるともいえる。そして、切支丹屋敷に送られたロドリゴの「後半生」を記したものが「役人日記」である以上、当然ながら「役人日記」は『沈黙』の単なる「付録」として位置づけられるべきものではない。むしろ、「役人日記」が『沈黙』を生み出したものであると同時に、『沈黙』は「役人日記」によってはじめて理解され始めるという考え方が成り立つのである。

そうであれば、私たちに浮かんでくる疑問は次のようなものになるだろう。

第一、なぜ遠藤は、自分の作品にとってそれほど重要な「役人日記」を「解りにくく」書いたのか。

確かに遠藤も、「やはり現代語訳にして書いたほうが誤解もすくなくてすんだろうと思っている」と、まるで後悔するような言い方をしている。しかし、以上で述べたことに基づいて言うならば、上記の遠藤の言葉を必ずしも文字通りに受け取るべきではない。否、文字通り受け取ってはならないとも言える。なぜならば、遠藤自らも認めたように、作品の「一部分を直せば全体の構成がバランスを失う危険性がある」（『沈黙の声』八七頁）から

（18）武田友寿『「沈黙」以後』二一五頁。

であろう。
ここで遠藤のいう「バランス」とは、もちろん一つの作品における「一部分」と「全体」のことを指してはいる。しかし、考え方によっては、遠藤の文学作品の「一部分」としての『沈黙』と遠藤の文学作品「全体」との「バランス」のこととして受け取ってもそれほど無理ではないはずである。なぜならば、遠藤が述懐するように、『沈黙』は彼の「過半生のすべて」のまとめであるならば、『沈黙』の結論としての「役人日記」こそ、そのようなまとめのさらにまとめと理解されるからである。

『沈黙』は突然に生まれた小説ではなかった。広い意味で言えば、私が小説というものを書きはじめる前から悩んでいたことの積み重ねであり、そして小説を書きはじめてからの宿題の積み重ねがこの小説であった。したがって『沈黙』には、自分の過半生をすべて打ち明けなければならないという問題が含まれていた。

（『沈黙の声』九四頁）

このように、『沈黙』の「一部分」としての「役人日記」を「直せば全体の構成がバランスを失う」とするならば、そのときの「バランス」とは、遠藤の全作品の基本構造につながるものである。果たしてその「バランス」とは何か。換言すれば、「役人日記」をそのまま置くことによって遠藤の作品と作品の間のバランスが維持されるとすれば、「役人日記」は遠藤の作品全体において如何なる意義をもっているのか。ここで、第二の問いが生まれる。
第二の問いはこれである。なぜ遠藤は、『沈黙』の「結論」であると主張した重要な部分を、『査祅余録』という歴史的文書から「抜粋し」それを「書きなおす」形で書いたのか。
確かに、「役人日記」は『沈黙』が「歴史小説」および「歴史探偵小説」であることを示す印であることには間違いない。しかし、それだけだっただろうか。言い換えれば、なぜ『沈黙』は、作者（＝遠藤）でもなければ作中人物でもない、第三者としての切支丹屋敷を監視する役人の「役人日記」という「歴史的文書」を引用する形で――たとえそれが作家によって「書き直された」ものとはいえ――締めくくられたか。

実に、この「役人日記」の「解りにくい」「書き方」には、遠藤文学全体の根本事実とも想定されるものが隠されている。その根本事実とは、以下のようなものであろう。

『沈黙』が「役人日記」によって締めくくられたのは、遠藤の作品全体を貫通する「主題」（「哲学的観念」）から必然的に生み出された結果であり、その「主題」は、「痕跡の追跡」という探偵小説のテーマである。遠藤は、「痕跡の追跡」という「主題」を「物のようにわれわれの眼前に存在させる」ための「様式」として「探偵小説」の手法を選んだ。遠藤は、探偵小説としての『沈黙』、より正確にいうならば、「歴史探偵小説」としての『沈黙』を締めくくる方法として、「役人日記」をおいたのである。

スキャッグスによれば、「歴史探偵小説」は、読者から信憑性を確保するために、細部描写に力を入れるし、「こうした意味で、歴史探偵小説と警察小説（police procedural）の間には、重要な類似性がある。なぜなら、事実主義的な枠のなかで、主題、動機、人物を構築するからである」[19]。しかしながら、歴史と文学の間の葛藤、事実と真実の間の葛藤は、歴史探偵小説に内在する基本的な葛藤である。なぜならば、「歴史探偵小説の目標は現実（reality）ではなく、現実の幻想（illusion of reality）である」からである。「現実」と「幻想」の間の矛盾を解消するために、歴史探偵小説は、三つの基本装置を設けることによって、「現実と幻想の多様な次元を作り、また強化する」[20]。

（19）John Scaggs, *ibid.*, p. 126.

一つ目は、「物語の中に別の物語を挿入する方法」であり、スキャッグスはウンベルト・エーコの『薔薇の名前』をその例として挙げる。歴史家と思われる無名の語り手は、ある日、一四世紀のアドソという人物が書いた物語の翻訳書——これは一八世紀に翻訳されたものである——を発見し、それが『薔薇の名前』の内容を構成する（『薔薇の名前』に登場する修道士——修道院で起こる連続殺人事件の真相を捜す探偵役——の名前はバスカヴィルのウィリアムで、これは言うまでもなく、アーサー・コナン・ドイルの『バスカヴィル家の犬』〔*The Hound of Baskervilles*〕から借りたものであろう）。

二つ目は、作品の虚構の編集者を想定する方法として、『薔薇の名前』やV・ナボコフの『ロリータ』（一九五五年）がその好例である。作中の編集者であるジョン・レイ・Jrによる「序文」は、主人公の少女性愛者について語る。

三つ目は、「実際の」（real）歴史的な事件を細かく説明する「脚注（footnote）や巻末の注（endnote）を用いる方法であり、スキャッグスは、その一例として、ホセ・カルロス・ソモザ（José Carlos Somoza）の『イデアの洞窟』（*The Athenian Murders*, 2000）をあげる。古代ギリシャのアテネで、トラマコスという少年が殺害される事件が起こった。少年の師匠のディアゴラスは、謎の解読者として著名なヘラクレス・ポントルに捜査を依頼する。『イデアの洞窟』という小説の語り手の「私」は、この小説を翻訳していく。これは、一番目の「物語の中に別の物語を挿入する方法」と似ているといえるが、翻訳者の「私」によってつけられた脚注があり、その脚注のなかには、翻訳者が解くべき謎が隠されている。しかし、ここで忘れてはならないのは、「これらの技法が、歴史的な細部事項の『事実性』（reality）を強調しながらも、それと同時にその架空的特性を示している」[21]という点である。

前でも指摘したように、こうした手法は『闇のよぶ声』と『青い小さな葡萄』においても用いられた。『闇のよぶ声』では、犯人から送られた手紙によって一連の失踪事件の真相が解明され、『青い小さな葡萄』では、レジスタンスの殺戮行為を告発した「モンドンの封筒」によって、スザンヌの運命も暗示される。同じ手法は、すでに言及したガボリオの『ルコック探偵』でも用いられている。この作品は、痕跡への徹底した追跡という探偵小説の特徴を遺憾なくあらわす作品であるが、ここでも、容疑者の真相は、『現代名士録』という文書によって明らかになる。その文書を手に取った瞬間、次のような歎声があがる。

ああここに載っている。デスコルヴァル！　聴きたまえ、目から鱗が落ちた気になるよ。[22]

「役人日記」は、いわゆる本文のなかに書かれた結論でありながら、「巻末の注」にみえるように考案されている。それは、まず、『沈黙』が単なる歴史的事実を描く小説ではなく、歴史的事件を素材とした「現実の幻想」であることを明確にするためであろう。そして、その「現実の幻想」こそ信仰の現実を表わすということを、遠藤は「役人日記」によって強調したかったと思われる。

少し文脈は異なるが、探偵小説においては、作家が物語の結末を直接に述べるのではなく、第三者の日記や手紙、あるいは公文書や歴史的文書にすりかえる手法がもちいられる場合がある。これは、作者や探偵の判断には、絶対性が保障され得ないという自覚があり、それゆえ多重的な視線を混ぜ入れるのである。ここには、「神のミスティック」について書くカトリック作家の自己理解が働いていると言ってよいだろう。遠藤が『作家の日記』でマドールから引用した通りである。「マドールは次のように説明している。〃カトリック作家は神ではない。彼

(20) *ibid.*, p. 131.
(21) *ibid.*, p. 131.
(22) エミル・ガボリオ『ルコック探偵』（松村喜雄訳）旺文社、一九七九年、一五五頁。

は人間の眼がみる事の出来るものをみ、我々の耳が聞く事の出来るものをきく。彼は我々が知っている事を知っているだけで、それ以上の事を知らぬ〟」。

この問題に関連して、いわば「後期クイーン的問題」、すなわち、探偵は神ではなく、探偵の推理の正しさは保証されないということがあげられる。「役人日記」は、探偵としての井上の推理（＝追跡）が失敗に終ったことを語ると同時に、そのような推理では到達できない現実を表わすのである。[23] 同様の文脈で言えば、近代的文学ジャンルとしての探偵小説は、作家が自分の推論の独占的主張を避けるために、「多元的な語り手」[24]を一つの作品に動員することがある。さらに、バフーチンがドストエフスキーの特徴として唱えたポリフォニー（polyphony）の立場も、ここで援用することができる。

自立しており融合していない複数の声や意識、すなわち十全な価値をもった声たちの真のポリフォニーは、実際、ドストエフスキーの長編小説の基本的特徴となっている。作品のなかでくりひろげられているのは、ただひとつの作者の意識に照らされたただひとつの客体的世界における複数の運命や生ではない。そうではなく、ここでは、自分たちの世界をもった複数の対等な意識こそが、みずからの非融合状態を保ちながら組み合わさって、ある出来事という統一体をなしているのである。実際、ドストエフスキーの主人公たちは、ほかならぬ芸術家の創作構想のなかで、作者の言葉の客体であるだけではなく、直接に意味をおびた自分自身の言葉の主体にもなっているのである。そのため、主人公の言葉は、性格造形やプロット展開のような通常の機能に尽きるものではけっしてないと同時に（たとえばバイロンの場合のような）作者自身のイデオロギー的立場の表現にもなっていない。主人公の意識は、もうひとつの、他者の意識としてあたえられているものの、それと同時に物のようにはあつかわれず、閉じられておらず、作者の意識の単なる客体になっていないのである。[25]

遠藤がオランダ商人の記録と切支丹屋敷役人の記録を借りてロドリゴの「後半生」について記述した理由は、まさにここにあるのではないだろうか。そうすることによって、遠藤は自分の「推理」の正当性が支えられることを望んだのである。こうしたことは、遠藤がカトリック作家と探偵小説の関係について記したさいに書き残したもの、すなわち、「カトリック作家は神ではない」という遠藤自らの自覚の反映ともいえる。

遠藤も、ガボリオと同様に、痕跡を一つずつ追いかけながら犯人を追跡する歴史探偵小説（＝「現実の幻想」）を、歴史に残された痕跡（＝「現実」）によって締めくくる。すなわち、歴史に残されたロドリゴやキチジローの痕跡を読者に見せることによって、そうした歴史的な痕跡をはるかに超える現実（＝信仰の現実）を読者に提示するのである。しかも、「役人日記」は、ロドリゴやキチジローを追跡した側の記録である。そして、この「役人日記」は、棄教を強制されたロドリゴやキチジローの信仰について語るものである。そうであれば、「役人日記」は、日本には棄教者たちによって信仰の痕跡が後代に伝えられつつあったことを語る文書でもある。ロドリゴとキチジローの痕跡が残された「役人日記」によって、ロドリゴとキチジローが日本にキリスト教信仰を伝えるための「踏石」となったことが明らかになる。

ロドリゴに踏絵を踏ませた井上筑後守は、ロドリゴに向かって、「パードレは決して予に負けたのではない。

（23）諸岡卓真『現代本格ミステリの研究――「後記クイーン的問題をめぐって」』北海道大学出版会、二〇一〇年、一九〇頁以下、笠井潔『探偵小説論II――虚空の螺旋』東京創元社、一九九八年、一八六頁以下参照。

（24）小嶋洋輔「遠藤周作作品における語り手――同伴者としての語り手、『沈黙』、『深い河』」『キリスト教文学研究』21（二〇〇四年）一三〇－一四一頁参照。

（25）ミハイル・バフチン『ドストエフスキーの創作の問題』（桑野隆訳）平凡社、二〇一三年、一八－一九頁。

この日本と申す泥沼に敗れたのだ」という。これを受けてロドリゴは、「いいえ私が戦ったのは〔中略〕自分の心にある切支丹の教えでございました」と応じる。井上の主張は、「あなたたちの思考方式で鍛えられていないキリスト教を、もういちど考えなくてはいけないのではないか」（『沈黙の声』七六頁）といった提案であった。とすれば、ロドリゴの答えも決して井上に反駁するものとしては受け取れない。遠藤が語っているように、『沈黙』に登場する作中人物がすべて遠藤自身の分身であるとすれば、両者の会話は、遠藤のなかで行なわれた自問自答として受け取られるべきであろう。すなわち、日本の「汎神論的血液」とキリスト教の「一神論的」信仰の間の「距離」を自分のなかで融合させるという、遠藤にとっての「過半生」の課題が、ようやく解決の出口に向けて動き出そうとするところを指している。『沈黙』においては『弱者』だけが主題のすべてではなかった」（『沈黙の声』九七頁）と遠藤が語っている通りである。

しかし、別の視点から言うならば、上記の井上とロドリゴの対話は、拷問によってしか強引に信仰を棄てさせることができなかった奉行井上の「負け」の宣言であると同時に、西欧のキリストの顔をそのまま日本に移植しようとしていたロドリゴの「敗れ」の告白でもある。これは、文脈を少しかえて考えてみれば、「利用できるものは、すべて利用しつくす、しかし利用できなくなった時は敝履のように捨てる」（『銃と十字架』10・二二八頁）日本の為政者の態度と、「布教の拡張のため東洋や新大陸やアフリカの各国侵略を黙認する」欧米の教会の態度、これら両方の「敗れ」であろう（同上、二七五頁）。「役人日記」は、この二つの「敗れ」を認めた上でのロドリゴの「後半生」が語られているとすれば、そのロドリゴの「後半生」は、あのペトロ岐部の「後半生の秘密」（同上）と重なる。岐部は、欧米の教会の植民主義や日本の為政者たちのキリスト教利用に絶望しながらも、日本に戻ってきた。なぜなら、下記のように言えるからである。

日本人神父は西欧教会の過失とイエスの教えとが何の関係もないことを、身をもって同胞に証明せねばならぬ。イエスの福音とイエスの愛の思想は、このような西欧国家の領土的野心とはまったく次元を異にしていることを、為政者にも日本人にもはっきり示さねばならぬ。それが今の日本人神父の義務であり使命だ。ペトロ岐部はそのように結論を出したのである。
（同上、二九七頁）

また、ロドリゴの「後半生」とペトロ岐部の「後半生の秘密」は、武田友寿が語るとおり、宣教師としての自分の野心が失敗に終わってから再び日本に戻ってきたベラスコ神父（『侍』）の「後半生」ともオーバーラップする。

神の名をかたって自己の野心＝教会内における立身栄達を相望していたベラスコが「日本という泥沼のなかにおかれる踏み石の一つになる」ことを願って、死に就こうとしている使徒に変貌しているのである。これはロドリゴでもフェレイラでもない。いや、『沈黙』の末尾に置かれた「切支丹屋敷役人日記」が語っている彼らの末期の姿だったのかもしれない。(26)

遠藤も、上記の三好との対談で、転んだ宣教師のフェレイラのことに触れながら、彼は日本という「泥沼」のなかにおかれた「踏石」となったと語る。少し長いが、引用しておきたい。

その泥沼のなかへはいってしまったということは、この泥沼をおまえは引き受けた、ということでもある

(26) 武田友寿、前掲書、三四七頁。

と思うのです。それから、泥沼を引き受けて、〔中略〕新しい司祭がまたやってきたということです。〔中略〕フェレイラがはいり込んでしまったけれども、その泥沼の上に、ひとつの踏石は残したと思うのです。

彼〔新しくやってくる司祭〕はその踏石を踏んで、そして次の踏石をつくるかもしれない――私もひとつの泥沼のなかの踏石です。私のあとのカトリック作家が、私やフェレイラが同じように残した踏石を使って、その上に何かが築いてくるかもしれない、という気持はありますね。〔中略〕

ロドリゴが失敗してもかまわないのです。それは歴史ですから。また、次が来るでしょう。事実新井白石のときシドッチというやつが来た。シドッチのあと、また、プチジャン神父が来た。つまり、ひとつひとつ踏石を置いてゆくうちに、泥沼に埋没しないように――それは、ひとつだけだったら弱いものかもしれないけれど、ひとつ、ふたつとふえていけば、何か出てくるかもしれない。それが歴史です。私にとっては、『沈黙』でひとつの、結論は出ないかもしれないけれども、日本のキリスト教の土着化ということについてはささやかな踏石を置いたのだという、自負はすこしあります。(27)

踏絵を踏んで転んだフェレイラとロドリゴは、「泥沼」に入り込むことによって、むしろその泥沼を渡っていくための「踏石」となる。あるいは、「評定所の捨石とされた」「侍」だったが、彼は自分の人生を通して、「針金のように痩せ、力なく両手を拡げて釘づけにされ、首垂れたあの男」が自分に「似ている」ことに気づいていく。踏絵を踏まざるを得なかった「弱者」たちは、人びとに踏まれながら人びとを支える「強者」に変わる。そうであれば、彼らがこのように変わることができたのはなぜだろうか。上の引用文で遠藤は、「私やフェレイラが同じように残した踏石を使って、その上に何かが築かれてくるかもしれない」と述べたが、遠藤がフェレイラとともに「踏石」になり得ると断言するその理由とは何だろうか。

遠藤は、フェレイラが著したものとされる『顕偽録』について言及する中、以下の箇所で「言いようのない彼の悲しみがにじみでている」と語る。

某、南蛮の僻地に生まれ……若年之時より鬼利志端宗旨の教をのみ業として意に出家を遂げ、長じて此道を日本に弘めんことを思ふ志深くして数千万里を遠しとせず、日城に至り、此法を万民に教へんがため、多年の間、飢寒の労苦をいとはず山野に形をかくし、身命を惜しまず、制法を怖れず東漂西泊して此法を弘む。(28)

(『沈黙の声』五六－五七頁)

棄教を誓ったフェレイラは、日本に医学や天文学的知識を広めるための活動をするが、これについて遠藤は、「転んだ後にもフェレイラには、人々の役にたとうとする司祭的な心理が残っていた」と解釈している。つまり、キリストの教えを「万民に教へんがため、多年の間、飢寒の労苦をいとはず山野に形をかくし、身命を惜しまず、制法を怖れず東漂西泊して」きたフェレイラの司祭としての生き方は、転んだ後にも依然として「残っていた」のである。

同じことは、転んだ後切支丹屋敷に閉じ込められたロドリゴについてもいえる。前節で言及したように、「役人日記」にある「正月廿日より二月八日迄岡田三右衛門儀、宗門の書物相認め申し候様に遠江守申付けられ候」という文章が、ロドリゴは依然として信仰をもっていることを示すのである。

「役人日記」は、迫害者側の記録に残されている信者たちの痕跡である。それは、迫害者が追跡してきたのが

(27) 遠藤周作・三好行雄、前掲書、二五三頁(傍点引用者)。
(28) Hubert Cieslik S. J., "The Case of Christovão Ferreira" *Monumenta Nipponica* vol.29, no.1 (1974) pp. 1–54 参照。

神の痕跡であったことを語る。そこで井上筑後守の焦燥感の本質がある。ロドリゴやキチジローが棄教したことを確認しなければならなくなったのは、逆に言えば、井上筑後守が常に神の痕跡に直面したことを意味する。そして、その神の痕跡は、実は井上筑後守にも残っているものである。信仰を棄てた彼であるが、彼にも洗礼の痕跡は消せないものだからである。井上筑後守にも、キチジローが最後まで抱いていたキリストの焼き印は残っている筈であろう。

岡田三右衛門召連れ候中間吉次郎へも、違ひ胡乱なる儀ども故、牢舎申し候、囲番所にて吉次郎懐中の道具穿鑿《せんさく》仕り候処、首に懸け候守り袋の内より、切支丹の尊み申し候本尊みいませ一、出て申し候、サレハウラサンヘイトロ、裏にジャビヱルアン女之有り候、吉次郎牢より呼出し、国所、親類の様子相尋ね候、生国九州五島の者、当五拾四歳に罷り成り申し候[29]

（2・三二七）

五　結論の代わりに——今後の遠藤研究のための提言

「はじめに」で述べた通り、『作家の日記』に残されていた「*Catholique* 小説と ***roman policier*** との関係」という書き込みは、カトリック作家としての遠藤周作の生い立ちが「探偵小説に頼る」ところにあったことを示す。本書は、「*Catholique* 小説と ***roman policier*** との関係」という遠藤自身の目覚めに基づき、彼の文学世界の新たな理解を試みてみたものである。

遠藤は、「探偵小説に頼る」ことによってカトリック小説を書くための第一歩として、アメリカのハードボイルド作家のダシャール・ハメットを始め数多くの探偵小説を耽読したし、さらにはカトリック作家のグレアム・グリーンの「手法」を学ぶために全力を注ぐことになる。それゆえ、「*Catholique* 小説と *roman policier* との関係」についての遠藤の自覚こそ、実に遠藤文学の原点であり、彼の作品世界の構成原理であると言えるであろう。

本書では、上記の観点に基づき、遠藤文学全体を俯瞰しようとした。すなわち、遠藤はいかなる経緯でどのような探偵小説を読んでいたのか（第一章）、遠藤が理解していた探偵小説の構造とは何だったのか（第二章）、などについて論じた。また、そもそも遠藤はなぜ「探偵小説に頼る」ことを目指したのかについて理解するために、小説家になる以前に批評家として彼の活動についても言及し、さらには探偵小説とキリスト教信仰との関係についても論究した（第三章）。

その際に、本書においては、探偵小説を「痕跡と追跡」という二つの軸によって成り立つものと理解したうえで、遠藤文学が「痕跡の追跡」というモチーフに終始一貫したものであるということを明らかにしようとした。

（29）「みいませ」は、像のことを意味するポルトガル語の *imagem* のこと。「サレハウラ」は聖パウロ、「サンペイトロ」は聖ペトロ、「ジャビエル」は宣教師のザビエル、「アン女」は天使を意味するポルトガル語の *anjo* のこと。ただし、「ジャビエル」は天使のガブリエルのことを意味するとの見解もある。*Kirishito–Ki und Sayo–Yoroku. Japanische Dokumente zur Missionsgeschichte des 17. Jahrhunderts.* Übersetzt von Gustav Voss S. J. und Hubert Cieslik S. J. Sophia Univesity, 1940, S. 116 参照。

もともと『査祆余録』には、お手伝いの角内が切支丹の信仰の遺物を所持していたとあるが、遠藤は角内を吉次郎に「書き直した」。また、『査祆余録』によると、角内は越前出身で、当時は四二歳だったが、遠藤はロドリゴやキチジローのことを考えて、年齢も五四歳に引き上げた。また、この年に、切支丹屋敷の中では盗難事件があり、これをきっかけにして全般的な捜索が行われたが、遠藤はこれについては省いている。池田純溢「遠藤周作『沈黙』の研究――「切支丹屋敷役人日記」〈実〉と〈虚〉との間」『上智大学国文学論集』26（一九九三年）二四頁参照。

そのために、「痕跡の追跡」という観点から遠藤の諸作品を読むように試み（第四章）、「痕跡の追跡」という主題が遠藤文学のバックボーンであることを証明しようとした。これらをさらに裏付けるために、遠藤文学の精髄と評価される『沈黙』こそ、探偵小説の技法と内容であらわされた作品であることを明らかにしようとした（第五章）。

言うまでもないが、こうした試みの妥当性について、そしてもし妥当ならばその妥当性の範囲はどこまでなのか、などの批判的な問いは当然提起されるであろう。いや、むしろそのような批判的な問いは提起されねばならないものでもあろう。しかしながら、そうした問いは、ある観点で一人の作家の作品を紐解こうとする試みには、必然的に随伴するものであろうし、本書も決してそのような問いから逃れることはできないであろう。

ここでは、今まで論じて来た内容を踏まえながら、今後の遠藤周作研究のためのいくつかの提言をあげておきたいと思う。

一、遠藤文学の全体像を把握するためには、いわば「オーソドックスなアプローチ」（武田友寿）、すなわち、遠藤の「純文学」として分類される作品群のみに注目した上で、それらを遠藤の「人生体験」に照らし合わせて理解する試みを乗り越えることが要求される。

遠藤の「人生体験」――肉親の母との関係、非自発的洗礼、フランス留学、病床体験など――は、確かに遠藤文学を生み出した原体験である。しかしながら、それらの経験は、あくまでも彼の「芸術体験」に媒介されまた表現されることによってはじめて「体験」となったものである。それゆえ、遠藤の文学世界を理解するに当たっては、彼の「芸術体験」を解明する研究が欠かせない。

二、遠藤の「芸術体験」を究明するための一つの観点として、本書においては「*Catholique* 小説と *roman* *policier*との関係」という彼の自覚に着目し、彼の文学世界を探偵小説との関連づけで理解しようとした。遠藤の「芸術体験」を明らかにするためには、まず、彼のフランス留学時に作成された『作家の日記』への研究が必須であろう。フランス留学は、「遠藤文芸の根幹を不断に照らし出す光源」（川島秀一）と言われる通り、遠藤文学の基底を造ったものであり、『作家の日記』に残されている遠藤の読書の痕跡こそ、彼の「芸術体験」の跡である。

三、遠藤の「芸術体験」には、遠藤が数多くの海外文学者から受けた様々な影響が融合されている。そこには、遠藤がフランス留学以前から興味を持っていたフランソワ・モーリアックやジョルジュ・ベルナノスを始め、ジュリアン・グリーン、アルベル・カミュー、ジャン・ポール・サルトル、グレアム・グリーン、ウィリアム・フォークナーなどの哲学や文学の世界が含まれている。それゆえ、これらの哲学者・文学者の思想に照らし合わせながら遠藤文学を理解する試みが、緊急な課題になっている。

そのなかで、遠藤の作品をフランソワ・モーリアックやジョルジュ・ベルナノスと関連して理解する研究は、国内においてすでに行われてきたが、他の哲学者・文学者との比較研究は、まだ端緒についたばかりであると言わざるを得ない。たとえば、本書では、遠藤の病床体験を理解するための「芸術体験」として、彼がフランスでの療養の時期に読んだトーマス・マンの『魔の山』について言及したが、それはあくまでも一つの試論の域を脱していない。遠藤の病状体験が背景となっている作品としての『満潮の時刻』を『魔の山』と比較しながら理解する研究は、遠藤の人間理解や神理解を明らかにするためにも欠かせない作業であろう。

ひいては、遠藤自らが多大な影響を受けたと述べる吉満義彦の神学・哲学思想と遠藤文学との関係についての研究も、遠藤文学に新しい視座を与えることになるはずである。

遠藤の諸作品の中で働いている、これら海外文学の影響を究明する研究は、従来の遠藤研究の枠をはるかに超えて、遠藤文学を国際的な視点で解読するために、国際的な規模の研究体制が必要であると言わざるを得ない。

遠藤周作の文学世界は、二〇世紀欧米のキリスト教神学、哲学、文学の思想、または日本の欧米思想受容の様相などが流れ込んで造られた雄大な貯水池のようなものであろう。その貯水池で融解されたこれらの思想は、遠藤の生涯にわたった格闘によって形成され、その貯水池の外に溢れ出し、多くの支流を作りつつ豊かな生命力を人びとに与えている。遠藤についての研究がさらに進むことによって、その生命力はさらに増していくはずであろう。

参考文献

1　遠藤周作関連一次資料

（以下は、本書で扱った遠藤の作品のみを記している。単行本の場合は、必ずしも初版本に限るものではない）


『遠藤周作文学全集』（全15巻）新潮社、一九九九－二〇〇〇年。

『われら此処より遠きものへ』（一九五三年?）遠藤周作文学館編『遠藤周作文学館資料叢書「われら此処より遠きものへ」草稿翻刻』長崎市遠藤周作文学館、二〇一一年、七－一四四頁。

「アフリカの体臭――魔窟にいたコリンヌ・リュシェール」（一九五四年）『遠藤周作　『沈黙』をめぐる短編集』慶應義塾大学出版会、二〇一六年、二九三－三〇四頁。

三角帽子（遠藤周作・村松剛・服部達）

「メタフィジック批評の旗の下に1――われらの風土を超えて」『文學界』9（4）（一九五五年）一六〇－一六七頁。

「メタフィジック批評の旗の下に2――批評と創作との間」『文學界』9（5）（一九五五年）一二八－一三五頁。

「メタフィジック批評の旗の下に3――現代日本語との闘い」『文學界』9（6）（一九五五年）一〇四－一一〇頁。

「メタフィジック批評の旗の下に4――戦後派の栄光と悲惨」『文學界』9（7）（一九五五年）一五四－一六一頁。

「メタフィジック批評の旗の下に5――未来への突破口」『文學界』9（8）（一九五五年）一五八－一六五頁。

「メタフィジック批評の旗の下に6――われらはかく主張する」『文學界』9（9）（一九五五年）一〇九－一一五頁。

「影なき男」『宝石』12（一九五七年）五六－六七頁。

「昔のころ」『堀田善衛集』（新選現代日本文学全集30）「付録4」筑摩書房、一九五八年、三－五頁。

「クロソウスキー氏会見記」遠藤周作・若林真『ロベルトは今夜』河出書房新社、一九六〇年、二二〇－二二五頁。

「ぼくと探偵小説」大岡昇平『ミステリーの仕掛け』社会思想社、一九八六年、二四－二六頁。

「背後をふりかえる時」『昭和文学全集』第21巻、小学館、一九八七年、九八〇–九八六頁。

『蜘蛛――周作恐怖譚』新潮社、一九五九年。

『偽作』東方社、一九六四年。

『狐狸庵閑話』桃源社、一九六五年。

『さらば、夏の光よ』講談社、一九六六年。

『闇のよぶ声』講談社、一九六六年。

『楽天大将』講談社、一九六九年。

『遠藤周作怪奇小説集』講談社、一九七〇年。

『ユーモア小説集』講談社、一九七三年。

『第二ユーモア小説集』講談社、一九七五年。

『口笛をふく時』講談社、一九七五年。

『怪奇小説集I』講談社、一九七五年。

『遠藤周作ミステリー小説集』講談社、一九七五年。

『悲しみの歌』新潮社、一九七七年。

『第三ユーモア小説集』講談社、一九七七年。

『小説　身上相談』文藝春秋、一九七八年。

『ぐうたら会話集　第2集』角川書店、一九七八年。

『第二怪奇小説集』講談社、一九七七年。

『ぐうたら漫談集』角川書店、一九七八年。

『真昼の悪魔』新潮社、一九八〇年。

『ぐうたら会話集　第3集』角川書店、一九八〇年。

『悪霊の午後』講談社、一九八三年。

『宿敵（上・下）』角川書店、一九八五年。

『妖女のごとく』講談社、一九八七年。

『わが恋う人は』講談社、一九八七年。

『その夜のコニャック』文藝春秋、一九八八年。

『心の夜想曲《ノクターン》』文藝春秋、一九八九年。

『春は馬車に乗って』文藝春秋、一九九二年。

『沈黙の声』プレジデント社、一九九二年。

『自分をどう愛するか〈生活編〉幸せの求め方』青春出版社、一九九三年。

『万華鏡』朝日新聞社、一九九三年。

『蜘蛛』出版芸術社、一九九六年。


〈座談〉


遠藤周作他、「特集・日本の小説はどう変るか」『文學界』8（一九五七年）八－三八頁。

遠藤周作・北杜夫「対談・われらの文学放浪のころ——文壇に出るまで」『三田文学』10（一九七二年）五－二一頁。

遠藤周作・小潟昭夫「わが思索のあと（対談）」『三田文学』2（一九七四年）六－二三頁。

遠藤周作・井上しさし「対談　神とユーモア」『文學界』10（一九七四年）一五八－一七五頁。

「徳岡孝夫の著者と60分」『文藝春秋』四（一九八六年）三八二－三八五頁。

遠藤周作・三好行雄「対談　文学——弱者の論理」『群像　日本の作家22　遠藤周作』小学館、一九九一年、二三六－二五七頁。

佐藤泰正・遠藤周作『人生の同伴者』春秋社、一九九一年。

遠藤周作・北杜夫『狐狸庵vsマンボウ』（ＰＡＲＴⅡ）講談社、一九七八年。

2　その他

（1）和書

阿刀田高『短編小説のレシピ』集英社、二〇〇二年。

アウグスティヌス『告白』(上)(服部英治郎訳)岩波書店、一九七六年。

池田静香「翻刻にあたって」遠藤周作文学館編『遠藤周作文学館資料叢書「われら此処より遠きものへ」草稿翻刻』長崎市遠藤周作文学館、二〇一一年、五-七頁。

池田純溢「遠藤周作『沈黙』の研究――「切支丹屋敷役人日記」・〈実〉と〈虚〉の間」『上智大学国文論集』26(一九九三年)一九-三四頁。

石川和代「『野生の棕櫚』における二つの愛の型」『名古屋女子大学紀要』34(一九八八年)三〇七-三一五頁。

今井真理「堀田善衛と遠藤周作」『三田文学』105(二〇一一年)二〇四-二〇七頁。

今井真理『それでも神はいる――遠藤周作と悪』慶應義塾大学出版会、二〇一五年。

江戸川乱歩『幻影城』(江戸川乱歩全集第26巻)光文社、二〇〇三年
江戸川乱歩『探偵小説の四十年(下)』(江戸川乱歩全集第29巻)光文社、二〇〇六年。

遠藤順子・鈴木秀子『夫・遠藤周作を語る』文藝春秋、二〇〇〇年。

奥村三和子「『二重小説』の意味――『野生の棕櫚』について」『英語学英米文学論集』11(一九八五年)二九-三九頁。

小倉孝誠『推理小説の源流――ガボリオからルブランへ』談交社、二〇〇二年。

笠井秋生『遠藤周作論』双文社出版、一九八七年。

笠井秋生「『沈黙』の「切支丹屋敷役人日記」を読み直す――弱者はいかにして強者になったか」『キリスト教文藝』25(二〇〇九年)一三-二七頁。

笠井秋生「『沈黙』をどう読むか――ロドリゴの絵踏み場面と「切支丹屋敷役人日記」」『遠藤周作研究』5(二〇一二年)八六-一〇五頁。

笠井潔『探偵小説論II――虚空の螺旋』東京創元社、一九九八年。

上総英郎『遠藤周作論』春秋社、一九八七年。

上総英郎『十字架を背負ったピエロ』朝文社、一九九〇年。

片山はるひ「『夜の果て』の曙――G・ベルナノスの文学世界――『ウィーヌ氏』と『田舎司祭の日記』をめぐって」『キリスト教文学研究』第十九号(二〇〇二年)一〇九-一一七頁。

加藤宗哉『遠藤周作』慶應義塾大学出版会、二〇〇六年。

兼子盾夫「遠藤文学における悪の問題I――『海と毒薬』」『湘南工科大学紀要』32（一九九八年）一二七－一三四頁。

兼子盾夫『遠藤周作の世界――シンボルとメタファー』教文館、二〇〇七年。

河合隼雄『影の現象学』講談社、一九八七年。

川島秀一『遠藤周作――愛の同伴者』和泉書院、一九九三年。

金承哲「遠藤周作の『イエスの生涯』について――神学と文学の間で」『キリスト教文藝』28（二〇一二年）（1）－（21）

金承哲「『痕跡』の文学」――遠藤周作の文学世界を理解するために」『遠藤周作研究』10（二〇一七年）（四一）－（54）頁。

金承哲『沈黙への道・沈黙からの道――遠藤周作を読む』かんよう出版、二〇一八年。

金承哲「遠藤周作とミステリー小説――『影なき男』と遠藤文学へのもう一つの視座」『遠藤周作研究』11（二〇一八年）（1）－（23）頁。

『グレアム・グリーン全集』（全25冊）早川書房、一九八〇年。

小嶋洋輔『遠藤周作論――「救い」の位置』双文社出版、二〇一二年。

小嶋洋輔「遠藤周作作品における語り手――同伴者としての語り手、『沈黙』、『深い河』」『キリスト教文学研究』21（二〇〇四年）一三〇－一四一頁。

小松史生子「江戸川乱歩『影男』論――江戸川乱歩の戦後」『金城学院大学論集（国文学編）』46（二〇〇三年）一一九－一三七頁。

権田萬治・新保博久監修『日本ミステリー事典』新潮社、二〇〇〇年。

権田萬治監修『海外ミステリー事典』新潮社、二〇〇〇年。

佐古純一郎『椎名麟三と遠藤周作』朝文社、一九八九年。

佐藤啓介『死者と苦しみの宗教哲学――宗教哲学の現代的可能性』晃洋書房、二〇一七年。

サルトル、J・P『シチュアシオンI　評論集』（渡辺明正訳）（『サルトル全集』第一一巻）人文書院、一九八〇年（改訂重版）

鈴木幸夫「序にかえて――探偵小説・傷だらけの不死鳥」R・チャンドラー他『殺人芸術――推理小説研究』（鈴木幸夫編）荒地出版社、一九五九年、三－八頁。

高橋哲雄『ミステリーの社会史――近代的「気晴らし」の条件』一九八九年。

高柳俊一「『カトリック作家の問題』『宗教と文学』『石の声』――遠藤周作の評論とキリスト教文学論」山形和美編『遠藤周作――その文学世界』国研出版、一九九七年、三四五－三六一頁。

高山鉄男「解説」『作家の日記』ベネッセ、一九九六年、四一九－四二九頁。

武田友寿『遠藤周作の文学』聖文舎、一九七五年。

武田友寿『「沈黙」以後――遠藤周作の世界』女子パウロ会、一九八五年。

武田友寿「狐狸庵先生《えんどうしゅうさく》の天使たち（１）――遠藤周作「軽小説」（エンターテインメント）の世界」『世紀』４６６（一九八九年）七六－八五頁。

武田友寿「狐狸庵先生《えんどうしゅうさく》の天使たち（２）――西方のピエロ」『世紀』４６７（一九八九年）七九－八七頁。

武田秀美「遠藤周作の文学と「留学日記」について――肺病・回宗・文学テーマの元型」『星美学園短期大学研究論叢』42（二〇一〇年）三－二四頁。

巽豊彦「ニューマン・岩下・吉満――復興への軌跡」『ソフィア――西洋文化ならびに東西文化交流の研究』43（一九九四年）八六－八八頁。

槌賀七代「『女の一生』論――「現代日本」への挑戦」笠井秋生・玉置邦雄編『作品論　遠藤周作』双文社出版、二〇〇〇年、二四一－二五三頁。

都留信夫「宗教の世界とスリラーの世界――グレアム・グリーンの場合」『L&L』（明治学院大学英文学会）７（一九六二年）四一－六〇頁。

中野記偉「二重小説の運命――フォークナー・堀田善衛・遠藤周作」高柳俊一編『受容の軌跡』南窓社、一九七九年、二三八－二五八頁。

中野記偉「G・グリーンと日本の作家たち（一）――堀田善衛の場合」『世紀』２４０（一九七〇年）七三－八〇頁。

中野記偉「G・グリーンと日本の作家たち（二）――遠藤周作の場合」『世紀』２４１（一九七〇年）七三－八〇頁。

長濱拓磨「遠藤周作の『歴史小説』の一側面――松田毅一との関係をめぐって」『遠藤周作研究』４（二〇一一年）一四－二八頁。

野村知佐子「ウィーヌ氏、マイナスの司祭」『Stella』（九州大学フランス語フランス文学研究会）30（二〇一一年）二五五－二六三頁。

服部達『われらにとって美は存在するか』講談社、二〇一〇年。

原口遼「FAULKNER小説の二重性をめぐって――THE WILD PALMSを中心に」『英文学研究』59（1）（一九八二年）八五－九八頁。

バフーチン、ミハイル『ドストエフスキーの創作の問題』（桑野隆訳）平凡社、二〇一三年。

久松健一「遠藤周作がフランス語の書物群から受けた影響――旧蔵書の調査を通じて」『明治大学人文科学研究所紀要』第69冊（二〇一一年）一一五－八二頁。

広石廉二『遠藤周作のすべて』朝文社、一九九一年。

広石廉二『遠藤周作の縦糸』朝文社、一九九一年。

廣野由美子『ミステリーの人間学――英国古典探偵小説を読む』岩波書店、二〇〇九年。

フレイセス、フランセスコ・トラデフロート「『法華経』と『神秘家・十字架のヨハネ』における愛」（賀佐見ドリス直子訳）『東洋学術研究』48（二〇〇九年）一一二－一四二頁。

堀田善衛「グレアム・グリーンの『恐怖省』」『堀田善衛全集13』筑摩書房、一九九四年、八五－九四頁。

堀田善衛「グレアム・グリーンの『密使』」『堀田善衛全集13』筑摩書房、一九九四年、九九－一〇三頁。

堀田善衛「神のある文学者と神のない文学者と」『堀田善衛全集13』筑摩書房、一九九四年、三一七－三三一頁。

増本浩子「哲学的ジャンルとしての推理小説――デュレンマットの推理小説について」『独語独文学研究年報』31（二〇〇四年）二三二－二四四頁。

町田市民文学館編集（久松健一監修）『町田市民文学館蔵　遠藤周蔵書目録（欧文編）――光の序曲』町田市民文学館ことばらんど、二〇〇七年。

松橋幸代『遠藤周作のユーモア研究――新聞雑誌掲載作品を中心に』（忠南大学大学院博士学位請求論文）二〇一五年。

松本鶴雄「批評家としての遠藤周作――メタフィジック批評について」『国文学――解釈と鑑賞』6（一九七五）一一八－一二三頁。

マドール、ジャック「『権力と栄光』研究　裏切りと十字架」野口啓祐訳編『グレアム・グリーン研究II』南窓社、一九七四年、一〇七－一四九頁。

宮尾俊彦「『沈黙』覚書――「切支丹屋敷役人日記」と「査祆余録」」『長野県短期大学紀要』36（一九八一年）七－一二頁。

守口三郎『病と文学』英宝社、二〇〇〇年。

諸岡卓真『現代本格ミステリの研究――「後記クイーン的問題」をめぐって』北海道大学出版会、二〇一〇年。

山形和美『グレアム・グリーンの文学世界――異国からの旅人』研究社出版、一九九三年。

山形和美「『死海のほとり』――イエスに向けてのキリストの非神話化」山形和美編『遠藤周作――その文学世界』国研出版、一九九七年、一八七－二〇〇頁。

山形和美編集・監修『グレアム・グリーン文学辞典』彩流社、二〇〇四年。

山根道公「遠藤周作の病床体験と信仰――『満潮の時刻』を中心に」『キリスト教文化研究所年報』25（二〇〇三年）八八－一一二頁。

山根道公『遠藤周作――その人生と『沈黙』の真実』朝文社、二〇〇五年。

山根道公「吉満義彦体験――その影響と超克」柘植光彦編『遠藤周作――挑発する作家』至文堂、二〇〇八年、三六－四六頁。

山根道公「遠藤周作における吉満義彦体験――霊性文学の原点」『キリスト教文化研究所年報』二〇〇九年、六三－八二頁。

吉屋健三「作家案内――遠藤周作」『青い小さな葡萄』講談社、一九九三年、一九一－二〇五頁。

ルイス・C・D「探偵小説――その存在意義」チャンドラー、R他『殺人芸術――推理小説研究』（鈴木幸夫編）荒地出版社、一九五九年、一一五－一二七頁。

若松英輔『吉満義彦――詩と天使の形而上学』岩波書店、二〇一四年。

渡辺一夫『寛容について』筑摩書房、一九七二年。

（2）洋書

Ahlquist, Dale. "The Art of Murder: G. K. Chesterton and the Detective Story" in: Moran, Anya & Raubicheck, Walter ed., *Christianity and the Detective Story*, Cambridge Scholars Publishing, 2013.
Ascenso, Adelino. *Transcultural Theodicy in the Fiction of Shusaku Endo*, Gregorian & Biblical Press, 2009（アデリノ、アシェンソ『遠藤周作――その文学と神学の世界』［川鍋襄・田村脩作］教友社、二〇一三年）.

Auden, W. H. "The Guilty Vicarage: Notes on the detective story, by an addict"（オーデン、W・H「罪の牧師館――探偵小説についてのノート」チャンドラー、R他『殺人芸術――推理小説研究』［鈴木幸夫編］荒地出版社、一九五九年、九五－一一四頁）.

Backhaus, Karl. *Religion als Reise. Intertextuelle Lektüren in Antike und Christentum* Mohr Siebeck, 2014.

Bedard, J. Bernard. *The Thriller Pattern in the Major Novels of Graham Greene*（dissertation）, University of Michigan, 1959.

Berg, Stanton O. "Sherlock Holmes: Father of Scientific Crime and Detection" *The Journal of Criminal Law and Criminology* voL 61, no. 3, pp. 446–452.

Bloch, Ernst. *Das Prinzip Hoffnung* Dritter Band, Shurkamp Verlag, 1959.

Bloch, Ernst. "Philosophische Ansicht des Detektivromans" in: ders., *Verfremdungen* Suhrkamp Verlag, 1968（ブロッホ、エルンスト「探偵小説の哲学的考察」『異化』［片岡啓治・種村季弘・船戸満之訳］現代思潮社、一九七六年、四八－八五頁）.

Boff, Clodovis. *Mt den Füssen am Boden. Theologie aus dem Leben des Volkes* Patmos Verlag, 1986.

Boileau–Narcejac. *Le Roman policier* P. U. F., 1974（ボワロ＝ナルスジャック『探偵小説』［篠田勝英訳］白水社、一九七七年）.

Bosco, Mark. "From *The Power and The Glory* to *The Honorary Consul*: The Development of Graham Greene's Catholic Imagination" *Religion & Literature*, vol. 36, no. 2（2004）51–74.

Bonaventura. *Itinerarium mentis in Deum*（*Der Weg des Menschen zu Gott*）Übersetzt, erläutert und mit einem Nachwort versehen von Dieter HattrupPaderborn, 2008.

Burney, Ian. "Our Environment in Miniature: Dust and the Early Twentieth–Century Forensic Imagination" *Representations*（*Berkley*）121（1）（2013）, pp. 31–59.

Cassuto, Leonard. *Hard–Boiled Sentimentality: The Secret History of American Crime Stories*, Columbia University Press, 2008.

Castelli, Ferdinando, S. J. "*Silenzio*, di Shusaku Endo. Un 'thriller' teologico" *La Civiltà Cattolica Quaderno* 3997（2017）pp. 23–33.

Cawelti, John G. "Canonization, Modern Literature, and the Detective Story" *Theory and Practice of Classic Detective Fiction* ed. by Jerome H. Delamater & Ruth Prigozy, Hofstra University, 1997, pp. 5–15.

Cawelti, John G. "Faulkner and the Detective Story's Double Plot" in: *Mystery, Violence, and Popular Culture*, The University of Wisconsin Press, 2004, pp. 265–275.

Cayrol, Jean. *Les Corps étrangers* 1959.（ケーロル、ジャン『異物』［弓削三男訳］白水社、一九六七年）.

Chesterton, G. K. "Errors about Detective Stories" *The Illustrated London News*, August 28, 1920.

Chesterton, G. K. "A Defense of Detective Stories"（チェスタトン、G・K「探偵小説を弁護する」ハワード・ヘイクラフト編『ミステリの美学』［仁賀克雄編訳］成甲書房、二〇〇三年、一一九－一二三頁）.

Cieslik, Hubert, S. J. "Der erste Japaner in Europa" *The Journal of Sophia Asian Studies* 12（1994）pp. 35–46.

Cieslik, Hubert, S. J. "The Case of Christovão Ferreira" *Monumenta Nipponica*, vol. 29, no. 1（1974）pp. 1–54.

Kirishito–Ki und Sayo–Yoroku. Japanische Dokumente zur Missionsgeschichte des 17. Jahrhunderts. Überstetzt von Gustav Voss S. J. und Hubert Cieslik S. J. Sophia Univesity, 1940.

Craver, Harry T. *Reluctant Skeptic: Siegfried Karcauer and the Crisis of Weimar Culture*, Berghahn Books, 2017.

Diemert, Brian. *Graham Greene's Thrillers and the 1930s*, McGill–Queen's University Press, 1996.

Dubois, Jacque. *Le Roman Policier ou La Modernité* Nathan, 1996（デュボア、ジャック『探偵小説あるいはモデルニテ』［鈴木智之訳］法政大学出版局、一九九八年）.

Faulkner, William. *The Wild Palms* Random House, 1939（フォークナー、ウィリアム『野生の棕櫚』（大久保康雄訳）新潮社、一九五四年）.

Fechtner, Kristian. "Spuren lesen: Eine praktisch–theologische Lektüre von P.D. James '*Was gut und böse ist* "Kinjig, Wolfram & Volp, Ulrich hrsg. *God and Murder: Literay Representation of Religion in English Crime Fiction*（*Darstellung von Religion in englisch sprachiger Kriminalliteratur*）Ergon Verlag, 2008, S. 153–164.

Gaboriau, Émile. *Monsier Lecoq*, 1868（ガボリオ、E『ルコック探偵』［松村喜雄訳］旺文社、一九七九年）.

Gadamer, Hans–Gerog. *Wahrheit und Methode: Grundzüge einer philosophischen Hermeneutik*, Tübingen, 1960.

Ginzburg, Carlo. *Miti emblemi spie. Morfologia e storia*, Einaudi, 1986（ギンズブルグ、カルロ『神話・寓話・徴候』［竹山博英訳］せりか書房、一九八八年）.

Glover, David. "The thriller" The Cambridge Companion to Crime Fiction Cambridge, ed. by Martin Priestman, University Press, 2003, pp. 135–153.

Gorrara, Claire. "Cultural Intersections: The American hard–Boiled Detective Novel and Early French roman noir" *The Modern Language Review*, vol. 98, no. 3（2003）pp. 590–601.

Greene, Graham. *The Lawless Roads,* Penguin Books, 1982.

Greisch, Jean. "Unterwegs zum Lebendig–Konkreten: Romano Guardini und die zeitgenössische Phänomenologie" *Trigon: Kunst, Wissenschaft und Glaube im Dialog*（Band 9）, Hrsg. von Guardini Stifutung, Berliner Wissenschafts–Verlag, 2011, S. 11–26.

Hammett, Dashiell. *The Thin Man,* 1934（ハメット、ダシエル『影なき男』［砧一郎訳］早川書房、一九八四年）.

Hard, Gerhard. *Spuren und Spurenleser: Zur Theorie und Ästhetik des Spurenlesens in der Vegetation und anderswo*, Universitäts-verlag Rasch Osnabrück, 1995.

James, P. D. *Talking about detective fiction* Vintage Books, 2011.

Jewkes, W. T. "Counterpoint in Faulkner's *The Wild Palms*" *Wisconsin Studies in Contemporary Literature*, vol. 2, no. 1（1961）pp. 39–53.

Johnston, William. *Mystical Journey: An Autobiography*, Orbis Books, 2006.

Kalas, J. Ellsworth. *Detective Stories from the Bible*, Abingdon Press, 2009.

Kinzig, Wolfram & Volp, Ulrich. "Einleitung" Kinjig, Wolfram & Volp, Ulrich hrsg. *God and Murder: Literay Representation of Religion in English Crime Fiction*（*Darstellung von Religion in englisch sprachiger Kriminalliteratur*）Ergon Verlag, 2008, S. 7–16.

Kinzig, Wolfram. "Paradoxical Perpetrations: Whodunit and Theology" Kinjig, Wolfram & Volp, Ulrich hrsg. *God and Murder: Literay Representation of Religion in English Crime Fiction*（*Darstellung von Religion in englisch sprachiger Kriminalliteratur*）Ergon Verlag, 2008, S. 95–106.

Koestler, Arthur. *Darkness at Noon*, The Macmillan Company, 1941（ケストラー、アーサー『真昼の暗黒』［中島賢二訳］岩波書

店、二〇〇九年）.

Koopmann, Helmut. "Philosophischer Roman oder romanhafte Philosophie? Zu Thomas Manns lebensphilosophischer Orientierung in den zwanziger Jahren " Rudolf Wolff hrsg., *Thomas Mann. Aufsätze zum Zauberberg*, Bouvier Verlag, 1988, S. 61–88.

Kracauer, Siegfried. *Der Detektiv–Roman: Ein philosophischer Traktat* Suhrkamp Verlag, 1979（クラカウアー、ジークフリート『探偵小説の哲学』［福本義憲訳］法政大学出版局、二〇〇五年）.

Kunkel, Francis L., *The Labyrinthine Ways of Graham Greene,* Paul P. Appel, 1973.

Ladenthin, Volker. "Am Anfang war der Mord: Detektivgeschichte und Religin" Kinjig, Wolfram & Volp, Ulrich hrsg. *God and Murder: Literay Representation of Religion in English Crime Fiction*（*Darstellung von Religion in englisch sprachiger Kriminalliteratur*）Ergon Verlag, 2008, S. 73–94.

Locard, Edmond. *L'enquête criminelle et les methodes scientifiques* E.Flammarion, 1920.

Locard, Edmond. *Policiers de roman et de laboratoire* Payot, 1924.

Locard, Edmond. *Die Kriminaluntersuchung und ihre wissenschaftlichen Methoden* Kameradschaft Verlagsges.m.b.H., Berlin W35, 1930.

Locard, Edmond. "The Analysis of Dust Traces Part I" *The American Journal of Police Science* vol. 1, no. 3（1930）, pp. 276–298; "The Analysis of Dust Traces Part II"（tr. by D. J. Larson）*The American Journal of Police Science* vol. 1, no. 4（1930）, pp. 401–418; "The Analysis of Dust Traces Part III" *The American Journal of Police Science* vol. 1, no. 5（1930）, pp. 496–514.

MacCoy, Horace. *No Pockets in a Shroud*（*Un linceul n'a pas de poches*, Paris, Gallimard, 1949）（マッコイ、ホレス『血まみれの鋏』［井上一夫訳］東京創元社、一九五七年）.

Madaule, Jacques. *Graham Greene* Éditions de Temps Présent, 1949.

Mann, Thomas. *Der Zauberberg* 18. Auflage. Fischer–Taschenbuch, 1991（マン、トーマス『魔の山』下巻［高橋義孝訳］新潮社、一九六五年）.

Marcus, Laura. "Detection and literary fiction" The Cambridge Companion to Crime Fiction Cambridge, ed. by Martin

Priestman, University Press, 2003, pp. 245–267.

Merleau–Ponty, Maurice. *Sens et Non–sens,* Les Éditions Nagel, 1966（メルロー＝ポンティ、モーリス『意味と無意味』［滝浦静雄・粟津則雄・木田元・海老坂武訳］みすず書房、一九八三年）.

Murdoch, Iris. *Sartre: Romantic Realist* The Harvester Press Limited, 1980（マードック、アイリス『サルトル——ロマン的合理主義者』［田中清太郎・中岡洋訳］国文社、一九六八年）.

Morlan, Anaya & Raubichek. Walter Raubichck, ed., *Christianity and the Detective Story*, Cambridge Scholars Publishing, 2013.

Meister Eckhart. *Deutsche Predigten und Traktate*, herausgegeben und übersetzt von Joseph Quint, Carl Hanser Verlag, 1963.

Murdoch, Iris. *Under the Net*, Chatto & Windus, 1969.

Nigg, Walter. *Der Christliche Narr* Artemis–Verlag, 1956.

Nussbaum, Martha. *Love's Knowledge: Essays in Philosophy and Literature*, Oxford University Press, 1990.

Nusser, Peter. *Der Kriminalroman*, J.B. Metzlersche Verlagsbuchhandlung und Carl Ernst Poeschel Verlag, 1980.

Okada, Sumie. *Japanese Writers and the West*, Palgrave MacMillan, 2003.

Pannenberg, Wolfhart. *Anthropologie in theologischer Perspektive*, Vandenhoek & Ruprecht, 1983（パネンベルク、W『人間学——神学的考察』［佐々木勝彦訳］教文館、二〇〇八年）.

Pannenberg, Wolfhart. *Theologie und Philosophie: Ihr Verhältnis im Lichte ihrer gemeinsamen Geschichte*, Vandenhoek & Ruprecht, 1996.

Plessner, Helmuth. *Lachen und Weinen: Eine Untersuchung der Grenzen menschlichen Verhaltens*, 1941.

Queen, Ellery. *Queen's Quorum: A History of the Detective–Crime Short Story as Revealed by the 125 Most Important Books Published in the Field since 1845,* Biblo–Moser, 1969.

Rabinowitz, Peter J. "The Click of the Spring: The Detective Story as Parellel Structure in Dostoyevsky and Faulkner" *Modern Philology* vol. 76, no. 4（1979）pp. 355–369.

Rahner, Karl. "Zum Verhältnis von Naturwissenschaft und Theologie." In ders, *Schriften zur Theologie. Bd. XIV: Wissenschaft und christlicher Glaube*, Benzinger Verlag, 1980, S. 63–72.

Reuter, Yves. *Le Roman Policier* Édition NATHAN, 1997.

RGG (*Religion in Geschichte und Gegenwart*) hg. Hans Dieter Betz et. al., Vierte, völlig neu bearbeite Auflage, Mohr Siebeck, 2002.

Sayers, Dorothy, L. ed. "Introduction" in *The Omnibus of Crime*, New York, 1929（セイアズ、ドロシー「探偵小説の本質と技巧」チャンドラー、R他『殺人芸術――推理小説研究』［鈴木幸夫編］荒地出版社、一九五九年、一五－七六頁）.

Saward, John. *Perfect Fools: Folly for Christ's Sake in Catholic and Orthodox Spirituality,* Oxford University Press, 1980.

Scaggs, John. *Crime Fiction*, Routledge, 2005.

Schütt, Sita A. "French crime fiction " in: *The Cambridge Companion to Crime Fiction* ed. by Martin Priestmanm Cambridge University Press, 2003, pp. 59–76.

Shaler, Robert C. *Crime Scene Forensics: A Scientific Method Approach,* CRC Press, 2012.

Silverstein, Marc. "After the Fall: The World of Graham Greene's Thrillers" in: *NOVEL: A Forum on Fiction* vol. 22, no.1 (Autumn, 1988), pp. 24–44.

Smith, A. J. M. "Graham Greene's Theological Thrillers" *Queen's Quarterly* 64 (1961), pp. 15–33.

Spencer, William David. *Mysterium and Mystery: The Clerical Crime Novel*, Southern Illinois University Press, 1989.

Stern, Simon. "Detecting Doctrines: The Case Method and the Detective Story" *Yale Journal of Law & the Humanities*, vol. 23, issue 2, 2011, pp. 339–387.

Symington, Rodney. *Thomas Mann's The Magic Mountain: A Reader's Guide,* Cambridge Scholars Publishing, 2011.

Symons, Julian. *Bloody Murder. From the Detective Story to the Crime Novel: A History,* Curtis Brown Limited, 1972（シモンズ、ジュリアン『ブラッディ・マーダー――探偵小説から犯罪小説への歴史』［宇野利泰訳］新潮社、二〇〇三年）.

Thomas, Ronald R. *Detective Fiction and the Rise of Forensic Science,* Cambridge University Press, 1999.

Trotter, David. "Fascination and Nausea: Finding Out the Hard–Boiled Way" in: *The Art of Detective Fiction* ed. by Warren Chernaik, Martin Swales and Robert Vilain, MacMillan Press Ltd, 2000, 21–35.

Taylor, Mark C. *Erring: A Postmodern A/theology,* The University of Chicago Press, 1984.

Thums, Barbara. "Kracauer und die Detektive: Denk–Rume einer »Theologie im Profanen«" *Deutsche Vierteljahres Schrift für Literaturwissenschaft und Geistesgeschichte*）84. Jg., 3（2010）S. 390–406.

Vanoncini, André, *Le roman policier*, Presses Universitaires de France, 1993（ヴァノンシニ、アンドレ『ミステリ文学』［太田浩一訳］白水社、二〇一二年）.

von Balthasar, Hans Urs. *Gelebte Kirche: Beranos*, Johannes Verlag, 3. Aufl., 1988.

Williams, Andy. *Forensic Criminology* Routledge, 2015.

Žižek, Slavoj. *Looking Away: An Introduction to Jacques Lacan through Popular Culture*, The MIT Press, 1991（ジジェク、スラヴォイ『斜めから見る――大衆文化を通してラカン理論へ』［鈴木晶訳］青土社、一九九五年）.

本文の引用内に今日の人権意識に照らして差別語にあたる言葉が含まれますが、当時の背景を考慮しそのままとします。

（編集部）

あとがき

本書は、遠藤周作の「芸術体験」というものに注目しながら、彼の作品世界を探偵小説と関連づけて理解しようとしたものである。だが、文学ではなくキリスト教神学を勉強する者による一つの拙い試みにすぎない。文学とは縁の遠い者がどうして日本を代表するとも言える作家について敢えて論じようとしたのであろうか。この「あとがき」では、本書が出来上がるまでの経緯についての個人的な話をさせていただく形で、ある種の自問自答をすることが許されればありがたいと思う。

遠藤周作についての研究書として、本書は筆者にとって三番目の本になる。最初のものは『遠藤周作の文学とキリスト教——母なるものとしての神を探して』（엔도 슈사쿠의 문학과 기독교——어머니되시는 신을 찾아서、釜山・新知書院、二〇〇八年、二九三頁）であって、主に遠藤の「純文学」を中心としながら、キリスト教は日本を含めアジアという文化にどのよう受容されうるのかという視座から遠藤の文学世界を理解したものであった。

二番目の本は、『遠藤周作——痕跡と痛みの文学』（엔도 슈사쿠——흔적과 아픔의 문학、ソウル・ビアトル出版社、二〇一七年、五七五頁）である。これは、韓国のキリスト教系の雑誌『基督教思想』に二年間（二〇〇五年三月－二〇一七年二月）にわたって連載した原稿を基にした単行本である。この本は、遠藤の多様なジャンルの作品を「痕跡と痛み」という概念を中心にしながら紐解こうとした試みである。

「痕跡」が遠藤の文学世界を貫通する鍵であるという認識は、上記の連載作業の出発点であったが、それに「追跡」という概念を加えるならば、それこそ「痕跡の追跡」という探偵小説の根本モチーフになるはずである。そのようなことに気づいたのは、実は二年間の連載が終わりかけようとした時点であった。そして、探偵小説という技法が遠藤のほとんどの作品の中で働いており、彼自身もそのような技法を強く意識しながら創作活動をしていたと確信することができたのは、町田市民文学館に所蔵されている、遠藤のフランス留学時代の書物を閲覧した時であった。遠藤の『作家の日記』（一九五二年一月二八日）に登場する、古びたジャック・マドールの本（*Graham Green*）を開いたとき、そこには「Catholique 小説と roman policier との関係」という遠藤自らの書き込みが鮮明に残っていたのである。その書き込みを目にした瞬間、本書への構想が具体的に芽生えはじめたと思う。

思えば、遠藤周作の作品を初めて読んだのは、理学部に通っていた大学二年の頃であった。その後キリスト教神学を勉強することになってからも、彼の作品はずっと私の心を鷲づかみしてきた。その所以とは、まずは遠藤の文学世界が欧米のキリスト教をどのように受容すべきかという、いわばキリスト教信仰の土着化という解釈学的な関心から生まれたものだったからであり、それこそ、私が神学を勉強しようとした動機でもあったからである。

さらに遠藤の文学世界には、「信仰とは何か」「信仰について語ること（＝神学）とは何か」という、より根本的な問いがその根本にある。遠藤におけるキリスト教の土着化というテーマはいままでわりと多くの論者によって論究されてきたが、遠藤がどのような道筋を通してその土着化を目指していたかについては、それほど言及されていない。それは、キリスト教神学の土着化という主題をも含むより広い問い、すなわち、信仰とは何か、その信仰について語ることとは何かという問題があまり議論されてこなかったということを意味する。

「探偵小説」との関連で遠藤周作の作品を読み解くことによって、地上における神の痕跡を追跡する者としての信仰者の姿があらわれる。また、人がそのように神を探すのは、神自らが人の中に刻み込まれている御自分の痕跡［imago dei］を追跡するからである。カトリック作家と呼ばれる遠藤が築き上げた文学の世界は、まさにこうしたことを明らかにするところにある。本書は、こうしたことを究明しようとしたものだが、その意図が成功したかどうかは筆者の判断の枠を超えるものであろう。読者諸賢のご叱正を請う次第である。

言うまでもないが、本書は多くの方々よりいただいたお助けによって出来上がることになった。金城学院大学文学部日本語日本文化学科の小松史生子先生には、探偵小説のことについて多くの貴重な情報をいただくことができた。ノートルダム清心女子大学キリスト教文化研究所の山根道公先生、清泉女学院大学文化学科の古橋昌尚先生、上智大学文学部フランス文学科の福田耕介先生には、本書の構造を始め細かい表現のところまで諸々の改善策をご提示いただいた。

出版に当たって様々なご助言をいただいた詩人の柴崎聰氏、また日本キリスト教文学会と遠藤周作学会、そして韓国日本キリスト教文学会の会員の方々にもお励ましをいただいたことに御礼を申し上げたい。

町田市民文学館の学芸員杉本佳奈氏と神林由貴子氏、長崎の遠藤周作文学館の学芸員の川崎友里子氏と林田小緒里氏には、資料収集に当たってご助力をいただいた。

南山大学では、神言会の神父様や教員の方々より、いつもお祈りとお励ましをいただいていることに感謝する。教文館出版部の髙橋真人氏と福永花菜氏には、本書の刊行に当たって拙稿の検討や編集の段階においてたいへんお世話になった。

本書は、南山大学・南山学会の二〇一八年度「南山大学学術叢書」出版助成によって出版されることになった。ここに記してすべての方々に深謝したいと思う。

二〇一九年二月　南山宗教文化研究所にて

著　者

索　引

か　行

さ　行

た　行

な　行

は　行

ま　行

や　行

ら　行

《著者紹介》

金 承哲（キム・スンチョル）

1958年、韓国・ソウル生まれ。1981年高麗大学理学部物理学科卒業。1984年、韓国・メソジスト神学大学大学院神学研究科修士課程修了。1989年、スイス・バーゼル大学神学部博士課程修了、神学博士。専門は組織神学、宗教間対話、宗教と科学の対話。

釜山神学大学教授、金城学院大学教授を経て、現在、南山大学人文学部教授、南山宗教文化研究所所長。東京と名古屋で「遠藤周作を読む会」主宰。


著書　韓国語の著書に、『遠藤周作の文学とキリスト教』（新知書院、1998年）、『遠藤周作――痕跡と痛みの文学』（ビアトル、2017年）、『桜とキリスト――文学で読む「日本キリスト教」の系譜』（ドンヨン、2012年）、『無住と放浪――キリスト教神学の仏教的想像力』（ドンヨン、2015年）ほか。

日本語の著書に、『神と遺伝子――遺伝子工学時代におけるキリスト教』（教文館、2009年）、『沈黙への道　沈黙からの道――遠藤周作を読む』（かんよう出版、2018年）ほか。

また、遠藤周作の作品の韓国語訳として、『沈黙の声』（トンヨン、2016年）、『おバカさん』（文学と知性社、近刊）、『女の一生　二部　サチ子の場合』（パウロの娘、近刊）がある。

遠藤周作と探偵小説――痕跡と追跡の文学

2019年3月30日　初版発行

著　者　金　承哲
発行者　渡部　満
発行所　株式会社　教文館
〒104-0061 東京都中央区銀座4-5-1 電話 03(3561)5549 FAX 03(5250)5107
URL　http://www.kyobunkwan.co.jp/publishing/
印刷所　モリモト印刷株式会社

配給元　日キ販　〒162-0814　東京都新宿区新小川町9-1
電話 03(3260)5670　FAX 03(3260)5637

ISBN978-4-7642-7433-4　Printed in Japan